Håkan Nesser · Die Lebenden und Toten von Winsford

HÅKAN NESSER

Die Lebenden und Toten von Winsford

ROMAN

Aus dem Schwedischen
von Paul Berf

btb

»Für die Heide gilt, dass ihr im Wesentlichen Anfang und Ende fehlt. Von all den anderen Dingen, die man in dieser himmlischen Landschaft nicht finden wird, möchte ich drei erwähnen: Sackgassen, Ausflüchte sowie nicht zuletzt – Worte.«

Royston Jenkins (1866–1953),
Gastwirt in Culbone

»… die teilnahmslose Wässrigkeit in einem Auge, das etwas vergessen wollte und deshalb schließlich alles vergaß.«

Roberto Bolaño: Amuleto

I.

1

Vorgestern beschloss ich, meinen Hund zu überleben. Das bin ich ihm schuldig. Zwei Tage später, also heute, beschloss ich, in Wheddon Cross ein Glas Rotwein zu trinken.

So schlage ich mich dieser Tage durch die Zeit. Ich fasse Beschlüsse und setze sie in die Tat um. Das ist nicht sonderlich schwierig, aber schwieriger als gedacht, was natürlich den besonderen Umständen geschuldet ist.

Der Regen hatte mich auf der ganzen Strecke durch die Heide begleitet, schon seit ich bei Bishops Lydeard von der A 358 abgefahren war, und die rasch einsetzende Abenddämmerung ließ in mir Tränen hervorquellen wie erkaltete Lava. Eine fallende Bewegung, eine ansteigende, aber vielleicht waren diese Tränen ja ein gutes Zeichen. Ich habe viel zu wenig geweint in meinem Leben, worauf ich noch zurückkommen werde.

Gegen eins war ich in London aufgebrochen, und nachdem ich mich durch Notting Hill und Hammersmith gequält hatte, war die Fahrt besser verlaufen als erwartet. Westwärts ging es, auf der M 4 durch Hampshire, Gloucestershire und Wiltshire, zumindest bilde ich mir ein, dass diese Grafschaften so heißen, und etwa zwei Stunden später ging es dann hinter Bristol auf der M 5 in Richtung Süden. Es ist ein beruhigendes Gefühl, dass all diese Straßen ihre eigenen Nummern haben – und alle Orte ihre eigenen Namen –, aber dass man dies so empfindet, ist wahrscheinlich weniger beruhigend.

Besser als erwartet trifft es eventuell nicht ganz, aber meine Sorge, mich zu verfahren, die falsche Abfahrt zu nehmen und in deprimierenden Autobahnstaus in falschen Richtungen zu landen und deshalb nicht pünktlich anzukommen, hatte mich einen guten Teil der Nacht wachgehalten. Für die restliche Nacht übernahm das die alte Geschichte vom Liebhaber von Martins Schwester. Ich habe keine Ahnung, warum sie und er auftauchten, aber so war es. In den frühen Morgenstunden ist man so wehrlos.

Ich bin keine routinierte Autofahrerin, es hat sich so ergeben. Ich erinnere mich, dass ich in jungen Jahren fand, es sei mit einem gewissen Freiheitsgefühl verbunden, am Steuer zu sitzen und Herrin – oder eventuell Herrscherin – über sein Schicksal und seine Wege zu sein. In den letzten fünfzehn, zwanzig Jahren ist aber ausnahmslos Martin gefahren, und es ist lange her, dass sich überhaupt die Frage stellte, wer bei gemeinsamen Autofahrten auf dem Fahrersitz Platz nehmen sollte. Und für diese Navigationssysteme hatte er immer nur verächtliches Schnauben übrig.

Gibt es etwa keine Karten mehr? Was soll denn plötzlich an einer ehrenwerten Straßenkarte so verkehrt sein?

Und zu allem Überfluss der Linksverkehr in diesem alten, sturen Land, wodurch mir die Gefahr, dass die Sache auf irgendeine Weise gründlich schieflaufen könnte, ziemlich groß erschien. Aber es war alles gut gegangen. Ich hatte sowohl Londons Hexenkessel aus veralteten Verkehrslösungen als auch das Elend Autobahn bezwungen. Es war mir problemlos gelungen, zu tanken und in bar zu zahlen, und erst als ich auf die schmale Achterbahnstraße durch Exmoor gelangte, holte mich die Schwermut ein. Ich hielt dennoch auf keinem Parkplatz, um meinem schwerer werdenden Herzen neuen Mut zuzusprechen, was mir möglicherweise gutgetan hätte. Ich bin mir nicht sicher, ob ich überhaupt einen Parkplatz sah.

Aber da nach wie vor fast alles, was in diesem Land namentlich auf einer Karte auftaucht, auch einen Pub hat, parkte ich um kurz nach halb fünf neben einem weißen Lieferwagen mit dem Schriftzug »Peter's Plumbing« an der Tür auf einem auffallend verlassenen Parkplatz neben einem auffallend verlassenen Kricketfeld. Eilte unter das schützende Dach, ohne dass Zeit für Reue oder Nachdenken gewesen wäre.

Also Wheddon Cross. Nie zuvor hatte ich meinen Fuß dorthin gesetzt, niemals von diesem Ort gehört.

Doch, ich dachte kurz darüber nach, erst eine kurze Runde mit Castor zu drehen, vor diesem Glas Wein, das tat ich wirklich. Aber er hält nicht viel von Regen und war anderthalb Stunden zuvor an unserer Tankstelle draußen gewesen. Ich glaube nicht einmal, dass er den Kopf hob, als ich die Autotür öffnete und wieder schloss. Er ruht sich gerne aus, mein Castor, und wenn es sich ergibt, kann er durchaus fünfzehn, sechzehn Stunden am Tag schlafen.

Das Lokal hieß *The Rest and Be Thankful Inn*. Außer von der blondierten Bedienung hinter der Bar mit dem üppigen Busen (in meinem Alter, vielleicht auch etwas jünger) wurde es an diesem späten Novembernachmittag von zwei Menschen bevölkert: einer spröden, Tee trinkenden, alten Dame mit einem Kreuzworträtsel sowie einem übergewichtigen, etwa dreißigjährigen Mann in einem Blaumann und mit schmutziger Baseballkappe. Ein leicht verschnörkeltes PP auf deren Schirm, das Bierglas festgewachsen in einer kräftigen Pranke auf dem Tisch. Ich nahm an, dass dies der fahrende Klempner war, aber weder er noch die Kreuzworträtselfrau blickten auf, als ich eintrat.

Was Bar-Blondie hingegen tat. Zwar erst, nachdem sie zunächst sorgsam das bauchige Glas in ihrer Hand abgetrocknet und auf einem Regal vor sich abgestellt hatte – aber immerhin.

Ich bestellte ein Glas Rotwein, sie fragte, ob ein Merlot recht sei, und ich erwiderte, das passe ausgezeichnet.

»Ein großes oder ein kleines?«

»Ein großes, bitte.«

Es ist möglich, dass sowohl PP als auch die Kreuzworträtsellöserin hierbei eine Anzahl von Augenbrauen hoben, doch war dies etwas, das ich auf die gleiche Art registrierte, wie man etwa den Flügelschlag eines Schmetterlings hinter seinem Rücken wahrnimmt.

»Es regnet«, stellte Blondie beim Einschenken fest.

»Ja«, erwiderte ich. »Das tut es weiß Gott.«

»Regen, Regen, Regen.«

Dies sagte sie in einem singenden Tonfall, und ich nahm an, dass es der Refrain eines alten Gassenhauers war. Ich weiß nicht, warum ich das Wort »Gassenhauer« wähle, schließlich bin ich nicht älter als fünfundfünfzig, aber es gibt gewisse Begriffe, die mein Vater regelmäßig benutzte, und mir ist aufgefallen, dass ich in letzter Zeit dazu neige, sie selbst zu verwenden. Tipptopp. Braut. Anderthalb, wie dem einen oder anderen aufgefallen sein mag.

Ich bekam mein Glas und setzte mich an einen Tisch, auf dem eine kleine Broschüre über Wanderwege in der näheren Umgebung lag. Um etwas zu haben, worauf ich den Blick richten konnte, tat ich so, als würde ich mich in sie vertiefen. Am liebsten hätte ich mein Weinglas in drei großen Schlucken geleert und wäre weitergefahren, aber es lag nicht in meiner Absicht, einen bleibenden Eindruck zu hinterlassen. Vielleicht würde ich in Zukunft zu diesem Pub zurückkehren – auch wenn die Tatsache, dass ich ausgerechnet hier Halt gemacht hatte, eigentlich gerade darauf hinauslief: nicht zurückzukehren. Eine einsame, fremde Frau reiferen Alters, die nachmittags hereinschaut und ein großes Glas Wein trinkt, hinterlässt in einem kleinen Dorf zweifellos Spuren. So lauten die Bedingungen, und wenn man keine Dichterin oder Künstlerin ist, macht es wenig Sinn, blind dagegen anzurennen. Ich bin weder das eine noch das andere.

Außerdem war Wheddon Cross nicht mein Dorf. Mein Dorf heißt vielmehr Winsford und müsste laut der Broschüre vor mir etwa ein halbes Dutzend Meilen weiter südlich liegen. Im dortigen Pub wird es wichtig sein, sich nicht danebenzubenehmen. Dort werde ich unter Umständen ein wiederkehrender Gast sein und mit meinen Mitmenschen Worte wechseln und Gedanken austauschen. Jedenfalls hatte ich eine solche Überlegung angestellt, und nach dem ersten Schluck konnte ich mich darüber freuen, dass sich die kalten Lavatränen offenbar zurückgezogen hatten. Rotwein besitzt eine samtweiche Seite, die mich zur Alkoholikerin machen könnte, aber ich habe nicht vor, mich in diese Richtung zu bewegen.

Ich habe generell nur eine vage Auffassung von Richtungen. Auch das hat sich so ergeben, und wie alles in einem halben Jahr aussehen wird, ist eine Frage von fast schon lachhafter Unberechenbarkeit. Ach, wie flüchtig, ach, wie nichtig ist der Menschen Leben.

Wie man so sagt.

Die Abenddämmerung hatte sich in den zwanzig Minuten, die ich im *The Rest and Be Thankful Inn* verbracht hatte, zu Dunkelheit verdichtet, und der Regen war vorübergehend abgezogen. Ich gab Castor ein Leckerchen – getrocknete Leber, seine geheime Leidenschaft – und konsultierte die Karte. Fuhr vom Parkplatz auf die Straße und nahm die A 296 in Richtung Dulverton, bis nach einigen Meilen kurviger Fahrt rechterhand eine Straße und ein Schild auftauchten: Winsford 1. Diese neue Straße verlief durch ein schmales Tal, wahrscheinlich parallel zum Fluss Exe, der, wenn ich es recht sah, der ganzen Heidelandschaft ihren Namen gegeben hatte, doch der Flusslauf war vor dem Autofenster nicht mehr als eine schüchterne Ahnung. Oder wie ein Atemhauch oder ein sehr zurückgezogen lebendes Wesen: Es fiel nicht weiter schwer, sich in dieser fremden, unsichtbaren Landschaft, in der sich jetzt auch Nebel bildete, düsteren Fantasievorstellungen hinzugeben, und als meine Scheinwerfer die ersten Gebäude am Dorfrand einfingen, empfand ich eine fast primitive Erleichterung. Ich fuhr am örtlichen Lebensmittelladen, der zugleich Postamt war, vorbei, bog links ab und parkte, den Anweisungen folgend, die ich erhalten hatte, vor einem Kriegerdenkmal zu Ehren der Gefallenen des Ersten und Zweiten Weltkriegs. Nahm Castor über eine schlichte Holzbrücke und ein fließendes Gewässer mit, lokalisierte vor dem unruhigen, bleidurchsetzten Himmel, nun plötzlich frei von Nebel, einen Kirchturm und ging eine Dorfstraße namens Ash Lane hinauf. Kein Mensch in Sicht. Gleich hinter der Kirche klopfte ich an eine blaue Tür in einem flachen Feldsteinhaus, und zehn Sekunden später wurde dieselbe Tür von Mr Tawking geöffnet.

»Miss Anderson?«

Das war der Name, den ich angegeben hatte. Ich weiß nicht, warum ich mich ausgerechnet für den Mädchennamen meiner Mutter entschieden hatte, möglicherweise aus dem einfachen Grund, dass ich ihn nicht vergessen würde. Anderson außerdem nur mit einem *s*, was in diesem Land die übliche Schreibweise war. Mr Tawking bat mich mit einer schlichten Handbewegung hinein, und wir ließen uns an einem flachen, dunklen Holztisch neben einem künstlichen Gaskaminfeuer in Sesseln nieder. Eine Teekanne, zwei Tassen, ein Teller Kekse, das war alles. Sowie zwei Schlüssel an einem Ring auf einem Blatt Papier; ich begriff, dass es der Mietvertrag sein musste. Er goss Tee ein, strich Castor über den Rücken und forderte ihn auf, sich vor der Feuerstelle ins Warme zu legen. Castor folgte seiner Anweisung, und es war unverkennbar, dass Mr Tawking in seinem Leben viel mit Hunden zu tun gehabt hatte. Momentan sah ich allerdings keinen. Mr Tawking war gebeugt und alt, sicher einiges über achtzig, vielleicht hatte er einen vierbeinigen Freund gehabt, der vor einem Jahr gestorben war, und vielleicht hatte er gespürt, dass es zu spät war, sich einen neuen anzuschaffen. Hunde sollten ihre Besitzer nicht überleben, zu diesem Schluss war ich immerhin erst kürzlich selbst gekommen.

»Sechs Monate ab gestern«, meinte Mr Tawking. »Vom ersten November bis zum letzten Tag im April. Tja, geben Sie mir nicht die Schuld.«

Er versuchte sich an einem Lächeln, aber seine Muskeln kamen nicht richtig mit. Vielleicht war es ja lange her, dass er einen Grund gehabt hatte, sich zu freuen, über ihm selbst und dem Raum, in dem wir saßen, hing tiefste Schwermut. Vielleicht hat ihn nicht nur ein Hund verlassen, dachte ich, sondern auch eine Ehefrau. Ehefrauen sollten ihre Männer wahrscheinlich überleben, was allerdings ein ganz anderes Thema war, und in der gegenwärtigen Situation hatte ich keine Lust, mich mit ihm zu beschäftigen, beim besten Willen nicht. Der Teppichboden war abgetreten und schmutzig, hielt ich stattdessen fest, die großgemusterte Tapete hatte Stockflecken, und aus irgendeinem Grund saß in der oberen rechten Ecke des Fernsehbildschirms ein kleiner Streifen rotes Klebeband. Ich spürte, dass ich diesen Ort möglichst schnell hinter mir lassen wollte. Meine eigenen düsteren Gefühle bedurften wahrlich keiner zusätzlichen Ermunterung, und nach weniger als einer Viertelstunde hatte ich den Vertrag unterschrieben, die vereinbarte Miete für ein halbes Jahr bezahlt, 3000 Pfund in bar (zusätzlich zu den 600, die ich zwei Tage zuvor an seine Bank überwiesen hatte), und die Schlüssel erhalten. Wir hatten keine anderen Themen als das Wetter und praktische Fragen berührt.

»Auf der Spüle liegt ein Leitfaden. Er ist natürlich eigentlich für Sommerurlauber gedacht, aber wenn etwas ist, werden Sie eben bei mir vorbeischauen oder mich anrufen müssen. Meine Nummer steht auch darin. Seien Sie vorsichtig, wenn Sie Feuer machen.«

»Kann man da oben mit dem Handy telefonieren?«

»Kommt auf Ihren Anbieter an. Sie können es auf dem Hügel auf der anderen Straßenseite versuchen. Da hat man eigentlich immer Empfang. Wo diese Frau begraben liegt und rundherum. Diese Elizabeth.«

Wir gaben uns die Hand, er strich Castor über den Rücken, und wir verließen ihn.

Hund und Frauchen kehrten auf der Ash Lane zu Denkmal und Auto zurück. Es war stürmisch geworden, der Wind zerrte und zog an Lärchen und Telefonleitungen, aber der Regen hielt sich fern. Der Nebel gestattete einem höchstens dreißig Meter freie Sicht. Weiterhin kein lebendes Wesen außer uns. Castor sprang auf seinen Platz im Wagen, und ich gab ihm noch ein Leber-Leckerchen. Ich wechselte einige beruhigende Gedanken mit ihm und versuchte, so gut es ging, die Fragen in seinen bekümmerten Augen auszulöschen. Danach nahmen wir vorsichtig die andere Straße durch das Dorf.

Halse Lane. Nach nur fünfzig Metern kamen wir am Dorfpub vorbei. Er hieß *The Royal Oak Inn* und war mit einem prächtigen, dicken Strohdach gedeckt, ein matter Lichtschein glomm durch die Fenster auf die Straße hinaus. Unmittelbar dahinter, wenngleich auf der gegenüberliegenden Seite, lag ein stillgelegtes Hotel namens Karslake House mit dunklen, akkurat angeordneten Fensterrechtecken.

Danach hörten sowohl die Bebauung als auch die Straßenbeleuchtung auf. Die Straße wurde noch enger als zuvor, war gerade einmal breit genug für ein Fahrzeug, aber in den sieben oder acht Minuten, die es dauerte, durch enge und schwer zu fahrende Kurven nach Darne Lodge hinaufzukommen, begegneten wir keinem einzigen Auto. Außerdem wurde die Sicht von hohen, uralten Gras- und Steinwällen versperrt – außer auf den letzten Metern, als sich die Heide urplötzlich in alle Richtungen ausbreitete, kurz erhellt von einem Vollmond, dem es gelungen war, für Sekunden die Wolken und Nebelschwaden zu verdrängen. Die Landschaft bekam auf einmal etwas Vergeistigtes, wie ein altes Gemälde – Gainsborough oder Constable vielleicht? Oder warum nicht Caspar David Friedrich?

Friedrich ist immer Martins Lieblingskünstler gewesen, schon als wir uns kennenlernten, hing ein Kunstdruck von *Der Mönch am Meer* in seinem Büro, und ein dubioses Gefühl von Grauen und Erleichterung durchströmte mich, als ich aus dem Wagen stieg, um das Tor aufzustoßen. Vielleicht hatte mich diese unheilige Allianz, die Dunkelheit und das Licht, aber auch schon seit jenem Strand außerhalb von Międzyzdroje begleitet.

Międzyzdroje, ich kann es nach wie vor nicht korrekt aussprechen, aber die Schreibweise stimmt, das habe ich überprüft. Mittlerweile sind es elf Tage: ein sicher schwer zugänglicher Zeitraum, in dessen Verlauf sich die unschönen Erstickungsgefühle trotz allem mit jedem neuen Morgen, jedem neuen Entschluss ein wenig abgeschwächt hatten; jedenfalls war das eine Vorstellung, der ich mich liebend gerne hingab.

Ich beschloss, mich ihr weiter hinzugeben.

Und sobald ich in Darne Lodge erst einmal ein Kaminfeuer und den Strom eingeschaltet und mir ein, zwei Gläser Portwein einverleibt hatte, lag an diesem Ort natürlich ein Ozean aus Stillstand vor mir. Sechs Monate Winter und Frühling in der Heide. Ohne eine andere Gesellschaft als Castor, mein eigener, alternder Körper und meine verirrte Seele. Ein Tag wie der andere, eine Stunde unmöglich von der vorherigen oder nächsten zu unterscheiden, nun ja, soweit ich überhaupt begonnen hatte, mir ein Bild von diesem kommenden Halbjahr zu machen, sah es zumindest so aus. Ein Eremitendasein aus Heilmitteln und Reflexion und Gott weiß was – aber sowohl Castor als auch ich waren gut darin, uns keine Sorgen um das Morgen zu machen, und als wir uns eine Stunde später auf einem Schaffell beziehungsweise in einem Schaukelstuhl vor dem offenen Kamin und seinem zögerlich knisternden Feuer aufhielten, schliefen wir, einer nach dem anderen, umgehend ein.

Es war der zweite November, es kann nicht schaden, das festzuhalten, und wir hatten uns weiter entfernt, als ich es mir je erträumt hätte, und wenn ich recht sah, hatten wir alle Spuren hinter uns verwischt. In dieser beruhigenden Gewissheit zogen wir kurz vor Mitternacht in das mittig durchhängende Doppelbett im Schlafzimmer um. Ich lag noch kurze Zeit wach und schmiedete ein paar vorläufige und praktische Pläne für den nächsten Tag. Lauschte dem Wind, der über die Heide fegte, und dem Kühlschrank, der in der Kombination aus Küche und Wohnzimmer brummte, und dachte, dass die Ereignisse der letzten Monate endlich ihren definitiven Schlusspunkt gefunden hatten. Genau genommen der letzten Jahre.

Noch genauer: meines Lebens, wie es bisher ausgesehen hatte.

2

Ich kann gut verstehen, dass ihr das Bedürfnis habt, wegzukommen«, hatte Eugen Bergman gesagt und uns über den Rand seiner altmodischen Lesebrille hinweg angeblickt. »Wenn man an diese verrückte Frau und das alles denkt. Und das literarische Timing könnte kaum besser sein. Was immer dabei herauskommt, wir werden es verkaufen können.«

Sie sollen nicht davon handeln, was gewesen ist, diese unsortierten Notizen – nur so viel soll gesagt werden, wie nötig ist, um das Gegenwärtige zu verstehen. Falls ich überhaupt Ambitionen hegen sollte, reichen sie jedenfalls nicht weiter. Man schreibt – und liest –, um zu verstehen, so habe ich es mir häufig eingebildet. Es gibt vieles, was ich nie begreifen werde, das hat mir die letzte Zeit mit mehr als wünschenswerter Deutlichkeit gezeigt, aber darf man nicht wenigstens versuchen, die Dinge ein wenig zu beleuchten? Ich habe viel zu spät angefangen, aber irgendetwas muss man ja tun, während man auf den Tod wartet, wie eine meiner Kolleginnen an manchen trüben Montagvormittagen im Affenstall zu sagen pflegte. Aber jetzt schweife ich schon ab, und Worte und Zeiten verrutschen. Zurück zu dem berühmten Verlagshaus am Sveavägen in Stockholm vor ziemlich genau einem Monat. Zu Eugen Bergman.

»Was immer dabei herauskommt?«, entgegnete Martin, als wäre ihm die entgegenkommende Ironie im Tonfall seines Verlegers entgangen. »Darf ich dich daran erinnern, dass ich dieses Material seit nunmehr dreißig Jahren unter Verschluss halte. Wenn eure Zahlenjongleure nicht kapieren, was es wert ist, gibt es woanders genügend andere Zahlenjongleure, die das tun werden.«

»Ich habe doch gesagt, dass wir es veröffentlichen werden«, wehrte Bergman mit dem für ihn typischen schiefen Lächeln ab. »Und du bekommst auch deinen Vorschuss. Was ist denn nur los mit dir, alter Junge? Ich kann dir schon jetzt mit Sicherheit sieben oder acht Übersetzungen versprechen. In England müsste sogar eine Auktion um die Rechte drin sein. Macht ihr euch ruhig auf den Weg, mein Gott, meinen Segen habt ihr. Abgabetermin ist Ende April nächsten Jahres. Aber ich schau mir natürlich auch schon vorher gerne Teile des Manuskripts an, das weißt du.«

»Das kannst du vergessen«, erwiderte Martin und nickte mir zu. »Kein Schwein liest auch nur eine Zeile, bevor die Sache in trockenen Tüchern ist.«

Ich begriff, dass es an der Zeit war, sich zu verabschieden. Wir hatten keine zehn Minuten in dem Büro verbracht, aber die Angelegenheit war natürlich schon im Vorfeld besprochen worden. Bergman ist seit zwanzig Jahren Martins Verleger und als solcher von einer alten, offenkundig aussterbenden Art. Jedenfalls behauptet Martin das immer. Jeder neue Vertrag – nicht, dass es so viele gewesen wären, sechs oder sieben Stück, wenn ich richtig rechne – wird in Bergmans Büro besiegelt. Eine Unterschrift, ein Handschlag, ein Fingerbreit Amaro aus kleinen, verkratzten Espressogläsern, die er in einer Schreibtischschublade aufbewahrt; das ist das übliche Prozedere, und so lief es auch an diesem Freitagnachmittag Anfang Oktober ab.

Am sechsten, um genau zu sein. Ein Altweibersommertag, wie er im Buche stand, zumindest in der Gegend um Stockholm. Ich bin mir nicht ganz sicher, warum Martin auf meiner Anwesenheit bestanden hatte, aber wahrscheinlich sollte dadurch etwas klargestellt werden.

Leicht zu verstehen, was.

Dass wir weiterhin zusammengehörten. Dass die Turbulenzen der letzten Monate nicht in der Lage gewesen waren, das solide Fundament unserer Ehe zu erschüttern. Dass ich hinter meinem Mann stand, oder wo stand eine selbstständige, aber gute Ehefrau sonst? An seiner Seite vielleicht?

Außerdem muss ich gestehen, dass »darauf bestanden« nicht ganz zutrifft. Tatsächlich hatte Martin mich nur darum gebeten, sonst nichts. Eugen Bergman ist seit vielen Jahren ein guter Freund von uns, auch wenn wir seit dem Ableben seiner Frau Lydia 2007 keinen größeren Umgang mehr mit ihm gepflegt hatten. Es war also nicht das erste Mal, dass ich das chaotische Arbeitszimmer am Sveavägen besuchte. Weit gefehlt, und in neun von zehn Fällen hatte ich dort Amaro getrunken.

Als wir aus dem Verlagshaus traten, erklärte Martin, er habe zwei weitere Termine, und schlug mir vor, dass wir uns gegen sechs im Restaurant Sturehof treffen sollten. Wenn ich jedoch lieber nach Hause wolle, könne ich gerne das Auto nehmen, es mache ihm nichts aus, mit der S-Bahn zu fahren. Ich erwiderte, dass ich mich bereits mit dieser Violetta di Parma verabredet hätte, die während unserer Abwesenheit in unserem Haus wohnen sollte – was er übrigens eigentlich hätte wissen müssen, da ich es am Morgen während unserer Autofahrt in die Stadt gesagt hatte –, und dass mir sechs Uhr im Sturehof hervorragend passe.

Er nickte ein wenig geistesabwesend, umarmte mich flüchtig und ging den Sveavägen in Richtung Sergels torg hinunter. Aus irgendeinem Grund blieb ich auf dem Bürgersteig stehen und schaute ihm hinterher, als er sich durch den Strom fremder Menschen pflügte, und ich weiß noch, wie ich dachte, wenn ich während dieses Weihnachtsfests bei seinen grauenvollen Eltern vor dreiunddreißig Jahren nicht zufällig schwanger geworden wäre, dann wäre mein Leben sicher anders verlaufen. Und seines auch.

Aber das war natürlich ein Gedanke, der ebenso banal war wie Zellulitis und weder Trost noch Sinn spendete.

Im Wintersemester 1976 schrieb ich mich am Literaturwissenschaftlichen Institut der Universität ein. Ich war neunzehn Jahre alt, und gemeinsam mit mir schrieb sich mein Freund und meine erste Liebe Rolf ein. Ich studierte zwei Semester Literaturwissenschaft, und vielleicht hätte ich das Studium fortgesetzt, wenn Rolf im darauffolgenden Sommer nicht verunglückt wäre, aber sicher ist das nicht. Im Laufe des ersten Studienjahres hatten mich immer wieder Zweifel daran beschlichen, ob es wirklich meine wahre Berufung war, Texte mit engstirniger Lupe zu lesen, und obwohl ich die Klausuren ohne größere Probleme bestanden hatte – wenn auch nicht mit Glanz und Gloria –, bildete ich mir ein, dass es andere Arenen gab, in denen sich das Leben abspielen konnte. Oder wie man es nun ausdrücken soll.

Natürlich spielte Rolfs Tod eine entscheidende Rolle. In unserer Beziehung war er der große Literaturliebhaber und Bücherwurm gewesen. Voller Begeisterung hatte er nach sechs Gläsern Wein mitten in der Nacht Rilke und Larkin deklamiert, er hatte mich zu Seminaren beim Arbeiterbildungsverband und im Literaturverein Asynja geschleppt – und er war derjenige von uns, der sein letztes Geld lieber für ein halbes Dutzend gebrauchter Bücher von Ahlin, Dagerman und Sandemose in Rönnells Antiquariat ausgab, als dafür zu sorgen, dass wir am Wochenende etwas Essbares im Haus hatten. Wir kamen nie so weit, eine gemeinsame Haushaltskasse zu führen, aber wenn wir eine gehabt hätten, wären Konflikte vorprogrammiert gewesen.

Mitte August 1977 stürzte Rolf jedoch an einem Schweizer

Bergmassiv fünfzig Meter in die Tiefe, so dass sich diese Frage niemals stellte. Ich gab mein Literaturstudium auf, und nach einigen Trauermonaten, in denen ich abwechselnd bei meinen Eltern wohnte und nachts als Rezeptionistin in einem Hotel auf Kungsholmen arbeitete, wurde ich im Januar zu einer Art Medienausbildung am Stadtrand von Stockholm angenommen, und in diesem Stil ging es dann weiter. Eineinhalb Jahre später bekam ich eine Stelle beim Schwedischen Fernsehen, wo bis vor drei Monaten mein Arbeitsplatz gewesen ist – abgesehen von zwei Geburten und dem einen oder anderen freien Projekt.

Es ist schon ein seltsames Gefühl, dass man ein Leben so handlich zusammenfassen kann, aber wenn man die Kindheit sowie alles, was man für bedeutsam hielt, ausklammert, steht dem eigentlich nichts entgegen.

Knapp ein Jahr nach Rolfs Tod ging ich zu einem Gartenfest in Gamla stan, der Stockholmer Altstadt. Es war Mitte Juni 1978; ich hatte mich von einer meiner Kommilitoninnen bei dieser Medienausbildung mitschleifen lassen und lernte an diesem Abend Martin kennen. Eigentlich hatte ich gar nicht mitkommen wollen, und so war es während des gesamten vergangenen Jahres gewesen. Ich trauerte nicht nur um einen Toten, sondern um zwei. Ein alter und ein neuer Todesfall, ich werde später darauf zurückkommen, und die Sache mit der Trauerarbeit lässt sich nicht klar definieren.

Es zeigte sich allerdings, dass ich Martin schon einmal begegnet war.

»Erkennst du mich nicht?«, wollte ein junger Mann wissen, der mit roter Bowle in einem großen Plastikbecher zu mir kam. Er hatte lange, dunkle Haare und Che Guevara auf der Brust. Rauchte Pfeife.

Das tat ich nicht. Ihn erkennen, meine ich.

»Wenn du dir die Frisur und Ernesto wegdenkst«, fügte er

hinzu. »Literaturwissenschaft vor einem Jahr. Wo bist du abgeblieben?«

Daraufhin sah ich, dass er Martin Holinek war. Assistent am Institut, zumindest war er das während des Jahres gewesen, in dem ich dort studiert hatte. Wir hatten nur wenige Worte miteinander gewechselt, und er hatte keines der Seminare geleitet, an denen ich teilgenommen hatte, aber als bei mir endlich der Groschen fiel, erkannte ich ihn wieder. Er hatte in dem Ruf gestanden, ein junges Genie zu sein, und ich glaube, Rolf hatte sich häufiger mit ihm unterhalten.

»Die Sache mit deinem Freund«, sagte er jetzt. »Das war natürlich eine schreckliche Geschichte.«

»Ja«, erwiderte ich. »Es wurde alles zu viel für mich. Ich konnte nicht so weitermachen wie geplant.«

»Mein herzliches Beileid«, sagte er. »Bist du denn inzwischen wieder halbwegs auf die Beine gekommen?«

Ich hatte keine Lust, auf seine Frage einzugehen, auch wenn der mitfühlende Ton in seiner Stimme echt klang, so dass ich ihn fragte, was ihn mit den Gastgebern des Fests verbinde. Er antwortete, dass er im selben Häuserblock wohne und die meisten Gäste kenne, woraufhin wir uns über Gamla stan und die Vor- und Nachteile verschiedener Stadtteile Stockholms unterhielten. Vorort gegen Innenstadt und so weiter; wobei es uns auf mir unverständliche Weise gelang, den Aspekt zu umschiffen, dass dies eine Frage der gesellschaftlichen Stellung war und sonst nichts, zumindest ist es mir so in Erinnerung geblieben. Anschließend landeten wir an der langen Essenstafel nebeneinander, und ich merkte zu meiner Verwunderung, dass ich es nett fand. Nicht nur Martin, sondern die ganze Veranstaltung. Die Leute waren fröhlich und anspruchslos, es wimmelte von Kindern und Hunden, und der Frühsommer zeigte sich in all seiner Pracht. Seit dem Unfall war ich nicht besonders gesellig gewesen, war für mich geblieben und hatte meiner Trübsal die Stange gehalten, und ich glaube, es war das erste Mal seit jenem August, dass ich spontan über etwas lachte. Vermutlich über etwas, was Martin gesagt hatte, aber ich erinnere mich nicht mehr.

Dagegen weiß ich natürlich noch, was er mir damals über Griechenland erzählt hat. Schon in der nächsten Woche würde er sich in eine Maschine nach Athen setzen und anschließend die Fähre von Piräus nach Samos nehmen. Zum westlichen Teil von Samos, Südseite. Dort würde er wenigstens einen Monat in einer Art Schriftstellerkommune verbringen, was er bereits im Vorsommer gemacht hatte, und als er mir davon erzählte, begriff ich, dass es für ihn ein Erlebnis gewesen war, das fast alles andere in den Schatten stellte. Natürlich war dort gekifft worden, und es wurden auch verschiedene Arten von Gras geraucht, das gab er unumwunden zu – es versammelten sich dort einige Leute, die ursprünglich aus Kalifornien stammten –, aber Kern des Ganzen blieb trotzdem die literarische Arbeit. Eine Autorenschmiede, wenn man so wollte. An diesem ersten Abend gelang es ihm nicht wirklich zu erklären, was das im Klartext bedeutete, aber die gesamte Kolonie hielt sich in und um ein großes Haus herum auf, das dem englischen Dichter Tom Herold und seiner jungen amerikanischen Ehefrau Bessie Hyatt gehörte. Von diesem Paar hatte ich schon einmal gehört; Herold hatte eine ganze Reihe gefeierter Gedichtsammlungen veröffentlicht, obwohl er nicht sehr viel älter als dreißig sein konnte, und Bessie Hyatts Debütroman *Bevor ich stürze* war eines der meistdiskutierten Werke des Vorjahres gewesen. Nicht nur in den USA, sondern weltweit. Dass es allgemein hieß, es enthalte zahlreiche Anspielungen auf ihre komplizierte Beziehung zu Herold, machte die Sache nicht uninteressanter.

Natürlich war ich beeindruckt, und natürlich merkte ich, dass Martin Holinek stolz war, Teil eines solch illustren Kreises zu sein. Für einen Literaturwissenschaftler hieß dies immerhin, sich ausnahmsweise an der Quelle aufzuhalten – statt sich durch eine Menge von Diskursen, Analysen und Essays zu ackern, die auf jedem Text und jedem schriftstellerischen Werk von Bedeutung wuchern wie Schimmel in einem schlecht gelüfteten Keller. Ich wusste nicht, worüber Martin am Institut forschte, aber wenn er an einer Dissertation arbeitete, war es wahrscheinlich so, dass er sich mit etwas Schwedischem oder zumindest Nordischem beschäftigte.

Ich fragte ihn wohl nie danach, und als wir zwei Jahre später verheiratet waren und in unserer ersten gemeinsamen Wohnung in der Folkungagatan wohnten, war diese Kommune auf Samos im Grunde das Einzige, was mir von unserer ersten Unterhaltung in Erinnerung geblieben war.

Im Nachhinein sind mir Zweifel gekommen, ob wir überhaupt über so viel anderes gesprochen haben.

Ich bekam einen Job beim Schwedischen Fernsehen, weil ich gut aussah und eine klare Aussprache hatte.

Einer meiner männlichen Chefs – in verwaschenen Jeans, schwarzem Jackett und einem kleidsamen Dreitagebart – fasste das Auswahlverfahren einige Monate später mit diesen Worten zusammen. Er tat es im Anschluss an ein Fest in irgendeiner Stockholmer Kneipe, ich weiß nicht mehr, in welcher, und weil er bei diesem Verfahren seine Finger im Spiel gehabt hatte, war er der Meinung, dass wir ebenso gut in seine Fünfzimmerwohnung im vornehmen Stadtteil Östermalm gehen und eine Weile seinen einmaligen Coltrane-Aufnahmen lauschen könnten. Ich lehnte mit der Begründung ab, dass ich glücklich verheiratet und außerdem schwanger sei, aber wenn mich nicht alles täuscht, wurde mein Platz von einer rothaarigen und fröhlichen Kollegin eingenommen, die ihren Arbeitsvertrag wahrscheinlich auf Grund der gleichen soliden Qualifikation bekommen hatte wie ich.

Jedenfalls wurde der Affenstall mein Arbeitsplatz. So lautete in all den Jahren unsere private Bezeichnung für das Schwedische Fernsehen – seine Universität lief bei uns abwechselnd unter der Bezeichnung »Seniorenheim« oder »Sandkasten«. Ich arbeitete einige Jahre als Nachrichtensprecherin, war jahrelang Moderatorin verschiedener unentbehrlicher Sendungen und ging kurz nach der Jahrtausendwende dazu über, als Produzentin tätig zu sein. Ich hatte zwar noch immer eine saubere Aussprache, aber meine Schönheit hatte zu diesem Zeitpunkt jenen speziellen Reifegrad erreicht, der sich auf dem Bildschirm nicht mehr wohlfühlt. Worüber mich ein anderer männlicher Chef mit kleidsamem Dreitagebart aus gegebenem Anlass aufklärte.

Mein ganzes Leben als Erwachsene bin ich jedenfalls daran gewöhnt gewesen, dass mich wildfremde Menschen grüßen. Im Supermarkt, in der Stadt, in der U-Bahn. Halb Schweden erkennt mich, das ist die bittere Wahrheit, und obwohl Martin die Schlagzeilen im Mai und Juni ganz klar dominierte, das will ich ihm keineswegs streitig machen, spielten mein Name und mein Gesicht zweifellos eine gewisse Rolle für die Einschätzung der Nachricht.

Ich kündigte im Übrigen nicht beim Affenstall. Ich beließ es vielmehr dabei, mich ein Jahr beurlauben zu lassen – ein Antrag, dem kommentarlos und innerhalb von zwei Minuten von Alexander Skarman stattgegeben wurde, dem während der Urlaubszeit zuständigen Entscheidungsträger. Es war Mitte Juli und heißer, als es in einem Haus für namhafte Primaten sein sollte; er roch nach dem Mittagessen nach Riesling und stammte aus einer langgedienten und getreuen Medienfamilie, ohne in irgendeiner Weise ein Mogul oder auch nur halbwegs begabt zu sein. Er trug ein Oberhemd aus Leinen und eine kurze Hose. Die Zeiten haben sich geändert. Sandalen und schmutzige Füße.

Ich hatte für meinen Wunsch, mir freizunehmen, keine Begründung angegeben, was so, wie die Dinge lagen, allerdings auch nicht erforderlich war.

»Ab dem ersten September?«, stellte er lediglich fest.

»Im August habe ich Urlaub«, stellte ich meinerseits fest.

»Du hast einen Namen, das weißt du.«

Ich erwiderte nichts. Er unterdrückte ein Rülpsen und unterschrieb.

Unsere Kinder, Gunvald und Synn, riefen im Laufe des Sommers einige Male an – nicht *wiederholte*, nur *einige* Male –, aber es war schon fast Mitte August, bis eines von ihnen uns besuchte. Es war Synn, die zu einem dreitägigen Kurztrip aus New York einflog. »Wirst du Papa jetzt verlassen?«, war das Erste, was sie mich fragte, und in dem gehemmten Wust von Gefühlen, der in ihrer Stimme mitschwang, war es gespannte Erwartung, die ich am deutlichsten heraushörte. Sie und Martin haben sich nie gut verstanden, und ich nehme an, sie betrachtete das, was passiert war, als einen ordentlichen Schwall Wasser auf die Mühlen, die sie gemauert hatte, seit sie in die Pubertät gekommen war.

Aber ich dementierte. Versuchte dabei allerdings nicht besonders überzeugend zu klingen, sagte nur irgendetwas darüber, dass erst einmal ein wenig Gras über die Sache wachsen müsse und dass man dann weitersehen könne. Ich glaube, das hat sie akzeptiert. Ob während der vierundzwanzig Stunden, die sie in unserem Haus verbrachte, ein persönliches Gespräch zwischen Vater und Tochter zustande kam, weiß ich nicht. Martin erwähnte jedenfalls nichts dergleichen, und dass sie nicht noch länger bei uns blieb, fand er mit Sicherheit schön.

Gunvald habe ich seit Weihnachten nicht mehr gesehen; eigentlich hatten wir vorgehabt, auf dem Weg nach Süden einen Zwischenstopp in Kopenhagen einzulegen, um ihn zu besuchen, aber weil das mit Polen dazwischenkam, wurde daraus nichts.

Vielleicht war es aber auch gar nicht vorgesehen gewesen, vielleicht gab es eine Abmachung zwischen Martin und Gunvald, manchmal bilde ich mir das ein. Ein Gentlemen's Agreement, sich nicht von Angesicht zu Angesicht zu begegnen, was sicher keine schlechte Idee ist; es scheint, dass wir unseren Kindern momentan den größten Gefallen tun, wenn wir sie in Ruhe lassen.

Ich schreibe *wir*, nehme jedoch an, dass ich das Pronomen zu einem *ich* kürzen sollte.

Übrigens eventuell für immer in Ruhe, ich gestehe, dass dies eine Frage ist, die in diesem Herbst immer drängender geworden ist. Aber das gilt für viele Fragen. Der Unterschied zwischen einem Tag, einem Jahr und einem Leben ist beachtlich geschrumpft.

3

Der erste Morgen war grau und nasskalt.

Zumindest im Haus war es nasskalt. Im Schlafzimmer stieg einem unverkennbar der Geruch heimisch gewordenen Schimmels in die Nase, aber ich dachte, dass ich schon noch lernen würde, damit zu leben. Das Haus verfügt nur über zwei, allerdings recht große, Zimmer, und die Fenster in beiden gehen in dieselbe Richtung: nach Süden. Dort beginnt die Heide hinter einer schiefen und moosüberwucherten Steinmauer, die das Grundstück in drei Himmelsrichtungen umschließt. Auf der Heide fällt das Gelände dann in einer langgezogenen Senke zu einem Tal hin ab, das vermutlich bis zum Dorf hinunterführt – aber die dicke Nebelwulst, die sich draußen breitgemacht hatte, erschwerte an diesem Morgen eine genauere Beurteilung der Topographie.

Insbesondere vom Kopfkissen aus, es dämmerte erst ansatzweise, und weder Castor noch ich verspürten große Lust, die Decke zur Seite zu schlagen und die relative Bettwärme zu verlassen, die wir in der Nacht gemeinsam erzeugt hatten.

Früher oder später muss jedoch jeder seine Notdurft verrichten, darin bildete auch dieser Morgen keine Ausnahme. Castor hält es zwar ewig aus, aber ich ließ ihn trotzdem hinaus, während ich selbst fröstelnd auf der eiskalten Klobrille saß. Als ich fertig war, wartete er Sitz machend vor der Tür und wirkte leicht vorwurfsvoll, wie er es bei jeder passenden und unpassenden Gelegenheit tut. Ich wischte seine Pfoten trocken und füllte die beiden pastellfarbenen Plastikschalen, die ich am Vorabend unter der Spüle gefunden hatte, mit Futter und Wasser für ihn. Seine angestammten Näpfe lagen noch im Auto, ich hatte es mir erspart, im Dunkeln auszupacken.

Anschließend setzte ich Teewasser auf, und es gelang mir, ein Kaminfeuer zu entfachen; die Unruhe, die hinter meiner Stirn gelegen und gebrodelt hatte, wurde langsam von der Wärme und dem diskreten Gefühl von Gemütlichkeit aufgelöst, das sich trotz allem einzustellen versuchte. Eine Wahrheit weit jenseits vermeintlicher Zivilisation und moderner Irrlichter präsentierte sich: Hält man das Feuer am Leben, dann hält man auch das Leben am Leben.

Das Haus entbehrt ansonsten genau wie sein Eigentümer jeglichen Charmes. Hier gibt es nur das Allernötigste, mehr nicht. Kühlschrank und Herd. Eine Couch, einen Sessel, einen Tisch mit drei Stühlen sowie einen altertümlichen Schreibtisch am Fenster. Einen Schaukelstuhl. Nichts passt zusammen. Ein ziemlich großes Bild von ein paar Ponys auf der Heide hängt schief über der Couch. Ein kleinerer gestickter Wandbehang, sechs schräg wachsende Bäume darstellend, er sieht nach einer Kinderhandarbeit aus.

Und, wie gesagt, die funktionierende Feuerstatt. Gott sei Dank. Castor streckte sich auf dem Schaffell vor dem Kaminfeuer aus, als wäre es die natürlichste Sache der Welt. Ich nehme an, dass er sich immer noch fragt, wo Martin geblieben ist, aber er lässt sich nichts anmerken. Nicht das Geringste.

In dem Wandkleiderschrank im Schlafzimmer fand ich die beiden elektrischen Heizkörper – für die ich Mr Tawking gesondert bezahlen muss, wenn ich sie benutze – und steckte in jedem Zimmer einen ein. Stellte beide auf die höchste Stufe und hoffte, so wäre auch ohne Hilfe des Feuers eine anständige Temperatur im Haus zu erzielen. Vielleicht auch, ein bisschen Schimmel in die Flucht zu schlagen.

Ich trank meinen Tee ohne Zucker und Milch, aß ein halbes Dutzend Zwiebacke und einen Apfel, das Einzige, was von meinem Reiseproviant übrig geblieben war. Anschließend führte ich eine einfache Bestandsaufnahme der Küchenutensilien in Schränken und Schubladen durch und begann, eine Liste der Dinge zu erstellen, die ich einkaufen musste. Zum Beispiel eine Reibe, zum Beispiel eine Bratpfanne und einen Nudelkochtopf, zum Beispiel ein ordentliches Brotmesser, und als es halb zehn war – wir waren um kurz nach sieben aufgewacht –, hatte ich außerdem alles aus dem Auto ins Haus getragen und in Schränken und Schubladen verstaut.

Es funktioniert, erdreistete ich mich zu denken. Ich tue eins nach dem anderen, und es funktioniert. Castor lag nach wie vor ausgestreckt vor dem Kaminfeuer, in aller Seelenruhe, soweit ich es beurteilen konnte, und ich dachte, dass es wirklich interessant wäre, für kurze Zeit einmal in seinen Schädel zu blicken. Wirklich interessant, statt eines Menschen ein Hund sein zu dürfen, und sei es auch nur für ein paar Augenblicke.

Wobei sich dies möglicherweise auch als eine außerordentlich beängstigende Erfahrung erweisen könnte.

Als das Einräumen und die praktischen Erledigungen abgehakt waren, stand ich eine Weile auf dem Hof und versuchte, die Lage zu beurteilen. Der Nebel hatte sich kaum gelichtet, obwohl von den höher gelegenen Teilen der Heide im Norden ein frischer Wind wehte. In manchen Richtungen betrug die Sicht kaum mehr als hundert Meter, und statt zu einem längeren Spaziergang aufzubrechen, was ich zunächst in Erwägung gezogen hatte, setzten wir uns ins Auto, um zum Dorf zu fahren und unsere Einkäufe zu erledigen.

Nur ein Bruchteil dessen, was ich zu benötigen glaubte, ließ sich im örtlichen Laden auftreiben – Winsford Stores. Die Inhaberin, eine rundliche Dame Mitte sechzig, war jedoch ausgesprochen hilfsbereit und erklärte, ich bräuchte mich bloß nach Dulverton zu begeben, dort würde ich sicher das meiste bekommen. Ihr lag möglicherweise die unausgesprochene Frage auf den Lippen, wer ich war und was mich in ihr kleines Winsford geführt hatte; ich hatte eine ebenso unausgesprochene Antwort auf den Lippen, aber weiter kamen wir an diesem ersten Morgen nicht. Stattdessen erhielt ich genaue Wegbeschreibungen; ich konnte zwischen zwei Routen wählen, zum einen die A 396 am Exe entlang, über Bridgetown und Chilly Bridge, zum anderen die B 3223 oben auf der Heide und am Barle entlang, dem zweiten größeren Flusslauf durch Exmoor, nach Dulverton hinunter. Wir konsultierten eine Straßenkarte, die ich ebenfalls kaufte, und einigten uns darauf, dass es sicher eine gute Idee wäre, die erste Route für den Hinweg und die zweite für den Rückweg zu wählen. Nicht zuletzt, wenn man oben in der Heide wohnte, was ich aus unklaren Gründen jedoch nicht offen zugab. Ich bezahlte für die Waren, die ich zusammengetragen hatte, unter anderem für ein Dutzend gesprenkelter Eier, die an diesem Morgen von der nur einen Katzensprung entfernten Fowley Farm gekommen waren und allen vernunftbegabten Geschmacksrichtern zufolge die leckersten und nahrhaftesten im gesamten Vereinigten Königreich waren. Ich bedankte mich für ihre Hilfe und wünschte ihr einen guten Tag. Sie wünschte mir das Gleiche, und auf dem Weg nach Dulverton trug ich ihre Wärme und ihr Wohlwollen noch längere Zeit in mir.

Eine halbe Stunde später parkte ich nahe einer alten Steinbrücke über den Fluss Barle vor *The Bridge Inn*. Dulverton ist zweifellos ein Städtchen, das für einen modernen – oder auch unmodernen – Menschen alles bereithält, was er eventuell benötigen könnte. Auf einem zehnminütigen Rundgang – grauweißer Himmel, der Nebel verschwunden, die Sonne möglicherweise kurz davor, die Wolkendecke zu durchbrechen – konnten Castor und ich feststellen, dass es hier sowohl Restaurants als auch eine Polizei- und eine Feuerwache, eine Apotheke, eine Bibliothek, verschiedene Geschäfte, Pub und Teesalon gab. Sogar ein Antiquariat, in dem wir unbedingt kurz vorbeischauen mussten, weil auf der klapprigen Tür ein Schild verkündete, vierbeinige Freunde seien besonders herzlich willkommen.

In gemächlichem Tempo erledigten wir unsere Einkäufe, unternahmen einen kürzeren Streifzug an einem munter fließenden Fluss Barle entlang – oh, was freut es mich, »munter fließend« schreiben zu dürfen, ich glaube, es handelt sich um eine Art Rehabilitierung –, und es fiel mir schwer zu begreifen, wo eigentlich das viele Wasser herkam. Zum Abschluss aßen wir im *The Bridge Inn* eine Quiche aus Hirschfrikassee mit einem Brei aus grünen Erbsen. Nun ja, Castor musste sich mit einer Handvoll Hundeleckerchen begnügen, die bereitwillig aus einem Vorrat unter der Theke hervorgeholt wurden.

Ich bemerkte, dass ein beträchtlicher Unterscheid zwischen einer alleinstehenden Frau mittleren Alters und einer alleinstehenden Frau mit Hund bestand. Castors Gesellschaft, wenn er ausgestreckt unter meinem Tisch im Pub liegt, verleiht mir eine Art selbstverständlicher Würde und eine Daseinsberechtigung, die ich nicht wirklich erklären kann. Wie eine Gnade, die man einfach unverdient genießt. Ich würde die Situation, in die ich geraten bin, niemals ertragen, wenn ich mich nicht auf seine beruhigende Gegenwart stützen könnte, ganz bestimmt nicht. Dennoch bin ich mir natürlich höchst unsicher, ob die Sache glücklich ausgehen wird, was immer mit diesem Klischee gemeint sein könnte, nicht einmal mit diesem famosen Gefährten an meiner Seite, aber ich werde zumindest die kurzen Zeitabschnitte einigermaßen gut bewältigen können. Die Minuten, die Stunden, vielleicht sogar die Tage. Wahrscheinlich sind das auch die Segmente, in denen Hunde denken und sich durchs Leben schlagen. Stück für Stück, in diesem Punkt sind sie eindeutig im Vorteil.

Dabei gehörte er eigentlich Martin. Er hatte darauf bestanden, dass wir ein Haustier bräuchten, als die Kinder uns verließen, und mit Haustier meinte er selbstverständlich einen Hund und sonst nichts. Er ist mit einer ganzen Reihe von Kläffern aufgewachsen, in meiner eigenen, durchorganisierten Kindheit war für solche Extravaganzen dagegen kein Platz, ich weiß im Grunde gar nicht, warum. Ich musste mich mit unzuverlässigen Katzen und einer Handvoll schnell sterbender Aquarienfische begnügen, das war alles. Na ja, und einem Bruder. Und einer kleinen Schwester, ich würde gerne um sie herumschreiben, in einem großen, weiten Bogen, aber mir ist bewusst, dass dies nicht funktionieren wird.

Er ist sieben, fast acht Jahre alt, mein Castor. Ein Rhodesian Ridgeback, eine Rasse, von der ich noch nie gehört hatte, als Martin mit ihm nach Hause kam. Ich glaube, er hegte den vagen Traum, dass der Hund in seinem Arbeitszimmer in der Universität zu seinen Füßen liegen und ihn eventuell sogar begleiten würde, wenn er im Hörsaal stand. Aber daraus wurde natürlich nichts. Stattdessen blieb es mir überlassen, mit Castor zu Kursen und zum Tierarzt zu gehen. Ich war es, die sich um alle praktischen Belange kümmerte, die damit zusammenhingen, einen Hund zu halten, und ich war es, die zweimal täglich lange Spaziergänge mit ihm machte.

Weil ich es war, die Zeit dafür hatte.

Oder richtiger, weil ich mir die Zeit dafür nahm, aber über diese Frage wurde nie diskutiert. Es machte mir einfach Spaß. Zwei Stunden täglich mit einem stillen und treuen Begleiter durch Wald und Wiesen spazieren gehen zu dürfen und kein anderes Ziel zu haben, als genau das zu tun – sich durch die Natur zu bewegen und still zu sein –, oh ja, das war eine Beschäftigung, die mir bereits nach wenigen Wochen das Wichtigste und Sinnvollste in meinem Leben zu sein schien.

Was vielleicht etwas über dieses Leben aussagt.

Als ich nach Darne Lodge zurückfuhr – auf der hochgelegenen Straße über die Heide –, hatte sich der Nebel endgültig aufgelöst, und man konnte meilenweit sehen. Ich ließ das Seitenfenster herunter und meinte in der Ferne das Meer erahnen zu können oder zumindest den Bristol Channel, woraufhin mich mit aller Macht das Gefühl überkam, sehr einsam und vollkommen bedeutungslos und ausgeliefert zu sein. Es ist in vieler Hinsicht leichter, ohne Horizonte zu leben, im Nebel und in der Enge, jedenfalls ist mir bewusst, dass ich mich an simple und praktische Tätigkeiten halten muss: wie gesagt, Beschlüsse fassen und sie in die Tat umsetzen, sonst könnten alle Dämme brechen. Wenn alles, jeder Schritt und jede Handlung und Unternehmung, ohne tieferen Sinn ist, wenn man ebenso gut etwas völlig anderes hätte tun können als das, was man gerade macht, und man es einfach nicht lassen kann, sich daran zu erinnern – und wenn das Einzige, was eventuell von Bedeutung ist, in den Fehlern und Missetaten zu bestehen scheint, die man in der Vergangenheit begangen hat –, tja, dann lauert der Wahnsinn hinter der nächsten Ecke.

In der Heide zu leben, bedeutet eine schöne und lebensgefährliche Freiheit, ich fange bereits an, dies zu verstehen. An einem kleinen Parkplatz hielt ich an und ließ Castor von der Rückbank auf den Beifahrersitz umziehen. Er mag das, legt die Nase über die Belüftung und verschafft sich so eine überirdisch große Dosis von Geruchseindrücken.

Oder er hängt den ganzen Kopf aus dem Fenster, wie Hunde auf dem Land es häufig tun. Kein Mensch in der Welt weiß, dass wir uns hier aufhalten.

Ich wiederhole: Kein Mensch in der Welt weiß, dass wir uns hier aufhalten.

4

Am frühen Morgen des zehnten April vergewaltigte mein Mann in einem Hotel in Göteborg eine junge Frau. Sie hieß Magdalena Svensson, war dreiundzwanzig Jahre alt und seit Jahresbeginn in dem Hotel angestellt. Anzeige erstattete sie, nach ungefähr drei Wochen Bedenkzeit, am zweiten Mai.

Oder er vergewaltigte sie nicht. Ich weiß es nicht genau, schließlich war ich nicht dabei.

Martin wurde vernommen und saß eine Nacht und einen Tag bei der Polizei, ehe er bis zum Prozessbeginn freigelassen wurde.

Gut zwei Wochen später, am achtzehnten Mai, hatte eine Boulevardzeitung Wind von der Nachricht bekommen – dass der bekannte Redner, Schriftsteller und Literaturprofessor Martin Holinek der Vergewaltigung beschuldigt wurde –, und in der darauffolgenden Woche war das Ereignis in aller Munde. Magdalena Svensson erzählte einer großen Zahl von Medienvertretern, was in jener Nacht passiert war, und fünf Tage lang stand es in den Schlagzeilen von *Aftonbladet* und *Expressen.* Mein Mann verweigerte jeden Kommentar, er ließ sich krankschreiben, es wurde in Rundfunk, Fernsehen und Zeitungen debattiert. Aber vor allem in den sozialen Medien: In einem Blog gab beispielsweise eine andere Frau an, »dieser versaute Professor« habe auch sie vergewaltigt – in einem anderen Hotel in Umeå ein knappes Jahr zuvor. Er sei »so geil wie ein verdammter Schimpanse« gewesen – eine Formulierung, die sie offensichtlich von einem früheren Fall um einen bekannten französischen Bankier und Politiker entliehen hatte –, aber sie habe darauf verzichtet, den Vorfall anzuzeigen, da sie sich gefürchtet habe. Zwei andere Frauen schrieben in ihren Blogs, dass sie von ganz anderen Professoren vergewaltigt worden seien. Die Kommentare waren so zahlreich wie die Heuschrecken Ägyptens.

Als Sahnehäubchen bot einer der privaten Fernsehsender Martin und mir 50 000 Kronen dafür an, wenn wir zu dritt in einer seiner Talkshows auftreten würden. Mit »zu dritt« waren gemeint: die Vergewaltigte, der Täter, die Ehefrau des Täters. Dies sei für die Öffentlichkeit von großem Interesse. Wir lehnten dankend ab, und ob Magdalena Svensson das Angebot angenommen hat, haben wir nie erfahren. Jedenfalls ich nicht.

Am zehnten Juni zog Fräulein Svensson ihre Anzeige zurück, und für ein paar Tage nahm das Ereignis daraufhin erneut Fahrt in den Medien auf. Es tauchten Spekulationen über illegale Drohungen auf und darüber, dass der Vergewaltiger sich nach traditioneller patriarchalischer Sitte freigekauft habe, sowie ähnliche Mutmaßungen gleichen Stils. Zu einer Demonstration gegen Männer, die Frauen hassen, kamen in Stockholm zweitausend Menschen auf den Sergels torg. Jemand stopfte ein mit Kot gefülltes Kondom in unseren Briefkasten.

Um der Gerechtigkeit Genüge zu tun: Eine Handvoll Stimmen ergriffen zu Martins Verteidigung das Wort, es waren die üblichen Stimmen. Er selbst blieb jedoch bei seiner Linie, sich nicht öffentlich zu äußern. So hielt es auch sein Anwalt, obwohl er zu den Führenden im Lande gehört und normalerweise kein Blatt vor den Mund nimmt.

Die Ermittlungen wurden eingestellt, der Fall zu den Akten gelegt.

Auch ich hatte zu der ganzen Angelegenheit herzlich wenig zu sagen, zählte in der schlimmsten Zeit vor unserem Haus in

Nynäshamn jedoch mehr als zwanzig Journalisten und Fotografen. Eines späten Abends feuerte Martin mit seinem Elchstutzen zwei Schüsse durchs Fenster hinaus ab. Er zielte in den Himmel über dem Wald; die gesamte Heerschar bekam etwas, worüber sie berichten konnte, machte sich auf den Weg nach Stockholm und ließ uns vorübergehend in Ruhe. Ein Starreporter zu sein und vor einem Haus in Nynäshamn herumlungern zu müssen, ist gewiss kein Zuckerschlecken.

Ich weiß noch, dass Martin zufrieden auszusehen versuchte, als er die Waffe weggestellt hatte. »Das hätten wir«, sagte er. »Wollen wir ein Glas Wein trinken?«

Er klang jedoch alles andere als forsch, und ich lehnte seinen Vorschlag ab. Aus irgendeinem Grund wurde er nie dafür angezeigt, dass er in einem dichtbesiedelten Gebiet ein Gewehr abgefeuert hatte.

Darüber, was passiert war – was möglicherweise passiert war –, sprachen wir ein einziges Mal, danach nie wieder. Es war meine Entscheidung, das eine so gut wie das andere.

»Hast du mit dieser Frau geschlafen?«, fragte ich.

»Ich habe mit ihr geschlafen«, antwortete Martin.

»Hast du sie vergewaltigt?«

»Nie und nimmer«, antwortete Martin.

Es war der Tag, an dem die Zeitungen zum ersten Mal darüber berichteten, vorher hatte ich mich nicht durchringen können, ihn zu fragen, obwohl ich von der Sache wusste. Keines unserer Kinder meldete sich an jenem Abend bei uns. Auch sonst niemand aus unserem Bekanntenkreis, ich erinnere mich, dass unsere Telefone merkwürdig still blieben.

Abgesehen von Anrufern, deren Nummern uns unbekannt waren, natürlich, aber bei denen gingen wir nicht an den Apparat.

»Und diese Frau in Umeå?«, fragte ich dennoch ein paar Tage später, als diese Sache aufs Tapet kam.

»Du willst ja wohl nicht sagen, dass du ihr glaubst?«, entgegnete Martin.

Zu den Dingen, die mich den ganzen Sommer über mit einem seltsamen Gefühl erfüllten – in einem höheren Maße seltsam als schwierig, das muss betont werden –, gehörte es, dass ich mir keine Klarheit darüber verschaffen konnte, wo die Wahrheit lag. Ich nehme an, dass alles auf irgendeine Weise außerhalb meiner Reichweite war, es schien nicht wirklich verständlich zu sein, und wenn man etwas nicht begreift, kann man auch den Wahrheitsgehalt nicht beurteilen. Jedenfalls bilde ich mir ein, dass es sich so verhielt; morgens wachte ich regelmäßig auf und erinnerte mich nach den ersten leeren Sekunden, worin die neue Lage bestand. Und fand so die Antwort darauf, warum ich mich so müde und schwermütig fühlte – und während ich mich auf unwilligen Füßen zur Toilette begab, dachte ich, dass ich eine Schauspielerin war, die im falschen Film gelandet war. Im völlig falschen Film und fünfundzwanzig Jahre zu spät.

Sowohl Martin als auch ich hatten eine Affäre hinter uns, und beide Male war es uns geglückt, unsere Ehe danach wieder zu kitten. Erst hatte er eine, danach ich, als eine Art Rache. Es passierte, als die Kinder noch zu Hause wohnten, und es ist durchaus möglich, dass wir eine andere Entscheidung getroffen hätten, wenn sie schon aus dem Haus gewesen wären. Aber ich weiß es nicht, und es fällt mir schwer, darüber zu spekulieren; jedenfalls hätte keiner von uns das Verhältnis mit dem betreffenden Zweitpartner fortgesetzt, wenn sich eine solche Möglichkeit ergeben hätte. Das haben wir in den Jahren, die vergangen sind, seit es funkte, sowohl uns selbst als auch einander eingeredet. Sechzehn beziehungsweise vierzehn Jahre, um genau zu sein. Großer Gott, mit Schamesröte im Gesicht erkenne ich, dass ich einundvierzig war, als ich mit diesem jungen Aufnahmetechniker ins Bett ging. Er hätte ein Freund Gunvalds sein können, wenn Gunvald Kontakt zu Leuten wie ihm gehabt hätte.

Nachdem die schlimmste Zeit vorüber war, ungefähr ab Mitte Juli, spürte ich dennoch immer deutlicher, dass ich unbedingt wissen musste, was geschehen war. Was genau mein Mann mit besagter Kellnerin in besagtem Hotel getrieben hatte.

In der besagten Nacht.

Mein Problem war nur, dass es zu spät war, Martin danach zu fragen. Eine unsichtbare Grenze war überschritten, eine Art Waffenstillstand proklamiert worden, und ich hatte nicht das Gefühl, das Recht zu besitzen, ihn aufzukündigen. Ich finde heutzutage kaum noch Spaß an Sex und hatte deshalb wohl ein wenig gedankenlos vorausgesetzt, dass es Martin reichen würde, sich zu Fantasiebildern einer leidenschaftlichen Umarmung einen herunterzuholen, aber ganz so einfach lagen die Dinge offenbar nicht.

Die Scheidung verlangen? Natürlich, das war mein gutes Recht. Doch der Gedanke sagte mir nicht zu. Es lag etwas gekünstelt Banales in einer solchen Reaktion; immerhin waren wir seit dreißig Jahren verheiratet, wir hatten lange in einer Art angenehmem beiderseitigem Einverständnis parallele Leben geführt und auf dem Waldfriedhof ein Doppelgrab für uns reserviert.

Also rief ich sie schließlich an. Magdalena Svensson. Ihre Nummer fand ich im Internet, sie hielt sich daheim im Stadtteil Guldheden in Göteborg auf und meldete sich am Handy.

Drei Tage später, am zwanzigsten August, trafen wir uns in einem Café im Stadtteil Haga. Es war ein unglaublich heißer Tag, ich hatte einen frühen Zug aus Stockholm genommen. Da ich etwas zu früh war, beschloss ich, die gesamte Strecke vom Hauptbahnhof zu Fuß zurückzulegen, und war unangenehm verschwitzt, als ich schließlich ankam. Außerdem hatte sich in mir ein diffuser Ekel angestaut, und ich bezweifelte, dass mein

Vorhaben klug war. Nur einen Häuserblock von Haga entfernt war ich deshalb kurz davor, einfach wieder umzudrehen. Ich hielt mein Handy in der Hand, wollte ihre Nummer eingeben und erklären, dass ich es mir anders überlegt hatte. Dass ich nicht mit ihr sprechen wollte und es für uns beide das Beste wäre, die ganze Geschichte zu vergessen.

So kam es dann jedoch nicht. Ich riss mich zusammen.

Sie saß an einem Tisch unter einem Sonnenschirm und wartete auf mich. Sie trug ein hellgrünes Kleid und einen dünnen weißen Leinenschal, und obwohl ich sie von den Bildern in den Zeitungen wiedererkannte, war es doch, als handelte es sich um einen ganz anderen Menschen. Sie war jung und süß, aber nicht sonderlich sexy. Wirkte schüchtern und bekümmert, und in Anbetracht der Umstände war das vielleicht auch nicht weiter verwunderlich.

Als sie mich sah, stand sie auf. Offensichtlich gehörte sie zur Hälfte des schwedischen Volks, die mich erkannte. Ich nickte ihr zu, um zu bestätigen, dass ich sie identifiziert hatte, und erst, als wir uns die Hand gaben und begrüßten, holte mich die paradoxe Hoffnungslosigkeit der Situation ein. Entweder war dieses verzagte kleine Wesen von dem Mann vergewaltigt worden, mit dem ich mein ganzes Leben verbracht hatte, und dann musste sie einem natürlich leidtun. Oder sie hatte sich freiwillig darauf eingelassen, Sex mit ihm zu haben, und dann brauchte sie einem kein bisschen leidzutun.

»Ich bin so traurig«, sagte sie.

So lauteten ihre ersten Worte, und ich nahm an, dass sie weitersprechen würde, aber sie blieb stumm. Ich dachte, wenn sie schon hier gesessen und auf mich gewartet hat – auf die dreißig Jahre ältere und betrogene Frau –, dann müsste sie eigentlich genügend Zeit gehabt haben, sich etwas Prägnanteres auszudenken, als mir zu sagen, sie sei traurig. Diese Talkshow, die nie zustande gekommen war, wäre eine zähe Angelegenheit geworden.

»Das bin ich auch«, erwiderte ich. »Aber ich bin nicht gekommen, um Ihnen zu erzählen, wie ich mich fühle.«

Sie lächelte unsicher, ohne wirklich meinem Blick zu begegnen.

»Und auch nicht, um herauszufinden, wie Sie sich fühlen, ich möchte lediglich, dass Sie mir erzählen, was passiert ist.«

Wir setzten uns.

»Wenn Sie nichts dagegen haben«, fügte ich hinzu.

Sie saugte die Unterlippe in den Mund, und ich merkte, dass sie nahe am Wasser gebaut hatte. Es fiel nicht weiter schwer, sich auszumalen, wie es zu den vielen Stellungnahmen in den Zeitungen gekommen war. Die Journalisten hatten sie angerufen, und sie war dumm genug gewesen, nicht aufzulegen.

»Ich bin so traurig«, wiederholte sie, »und es tut mir so leid. Das muss alles wirklich furchtbar für Sie sein. Daran habe ich nicht gedacht.«

Wann, dachte ich. Wann hast du daran nicht gedacht?

»Wie alt sind Sie?«, fragte ich, obwohl ich die Antwort kannte.

»Dreiundzwanzig. Nächste Woche werde ich vierundzwanzig. Warum fragen Sie?«

»Ich habe eine Tochter, die fünf Jahre älter ist als Sie.«

»Aha?«

Sie schien nicht zu verstehen, worauf ich hinauswollte, und das tat ich selbst im Übrigen auch nicht. Eine Kellnerin kam zu unserem Tisch. Ich bestellte einen Espresso, Magdalena Svensson bat um eine weitere Tasse Tee.

»Mir ist bewusst, dass dies schwer für Sie ist«, sagte ich. »Es ist für uns beide nicht leicht. Aber für mich würde es die Sache bedeutend leichter machen, wenn ich erfahren könnte, was zwischen Ihnen und meinem Mann vorgefallen ist.«

Sie schwieg eine Weile, während sie sich an den Unterarmen kratzte und mit den Tränen kämpfte. Die Lippe verschwand wieder im Mund, es war fast unmöglich, kein Mitleid mit ihr zu empfinden. Es ist so gewesen, dachte ich. Er hat sie vergewaltigt.

»Es war meine Schwester«, sagte sie.

»Ihre Schwester?«

»Ja. Sie hat mich überredet, zur Polizei zu gehen. Ich bereue, dass ich das getan habe. Dadurch ist nichts besser geworden. Ich habe mich den ganzen Sommer so schlecht gefühlt, ich weiß bald nicht mehr, wie es weitergehen soll.«

Ich nickte. »Geht mir nicht anders«, erklärte ich.

»Meine Schwester, sie ist vergewaltigt worden«, fuhr Magdalena Svensson fort und schnäuzte sich in ein Papiertaschentuch. »Das ist jetzt fünf Jahre her, das haben wir gemeinsam. Obwohl sie den Mann nie angezeigt hat, der es getan hat. Und deshalb wollte sie, dass ich es tue.«

Plötzlich klang sie wie ein Schulmädchen. Eine Mittelstufenschülerin, die bei einem Ladendiebstahl oder beim Schuleschwänzen erwischt worden war. Für eine Sekunde tauchte vor meinem inneren Auge ein Bild von ihrem und Martins nackten Körpern in einem Hotelbett auf; es sah so absurd aus, dass es mir schwerfiel, es ernst zu nehmen.

Ließ sich so etwas ernst nehmen? Was bedeutete *ernst*?

»Sie hat gesagt, dass man den Täter immer anzeigen muss, sonst werden die Frauen niemals frei werden. Nie Gerechtigkeit bekommen … oder so. Und dann habe ich es getan. Sie hat mich zur Polizei begleitet. Sie heißt übrigens Maria, genau wie Sie.«

Ich nickte wieder. »Dann haben Ihre Schwester und Sie das also gemeinsam?«

»Ja.«

»Maria und Magdalena?«

»Ja, was ist damit?«

Ich schob den Gedanken beiseite. »Später haben Sie Ihre Anzeige dann wieder zurückgezogen?«

»Ja. Das habe ich getan.«

»Und warum?«

»Es wurde zu viel.«

»Zu viel?«

»Ja, mit den Zeitungen und allem.«

Der Kaffee und der Tee kamen, und wir schwiegen eine Weile.

»Entschuldigen Sie«, sagte ich und fühlte mich endgültig wie eine gestrenge Rektorin, die eine Schülerin an ihrer Lehranstalt für Mädchen aus besserem Haus ins Gebet nahm. »Entschuldigen Sie bitte, aber ich verstehe nicht ganz. Heißt das, Sie sagen, dass Sie wirklich von meinem Mann vergewaltigt wurden?«

Sie dachte einen Moment nach. »Ich bin unter Drogen gesetzt worden«, erklärte sie dann.

»Unter Drogen?«

»Ja. So muss es gewesen sein. Ich war völlig weggetreten. Und hinterher konnte ich mich an praktisch nichts mehr erinnern.«

»Sie konnten sich nicht mehr erinnern? Aber haben Sie nicht eben behauptet, dass ...?«

»Ich bin doch in seinem Bett aufgewacht«, erläuterte Magdalena Svensson. »Und ich hatte sein Sperma auf meinem Bauch.«

Ich trank meinen Espresso in einem einzigen Schluck. Richtete den Blick auf das Hinterrad eines Fahrrads, das nachlässig gegen eine grüne Wand gelehnt stand, und spürte, dass ich nichts dagegen einzuwenden gehabt hätte, mich jetzt ein wenig übergeben zu dürfen.

»Sie muss in einem Drink gewesen sein ... diese Droge.«

Ich bat sie mit einer Geste weiterzusprechen.

»An dem Abend hatte ich um neun Feierabend, aber ein paar von uns sind noch im Restaurant geblieben. Eine Kollegin, eine andere Frau, sie hatte Geburtstag, und wir hatten das als eine Überraschung für sie geplant ...«

Sie verstummte und suchte ein neues Taschentuch heraus. Ich dachte, dass diese Details sicher durch die Zeitungen gegangen waren, ich hatte sie nur nicht zur Kenntnis genommen.

»Sie meinen, dass mein Mann Ihren Drink vergiftet und Sie anschließend in sein Zimmer gelockt haben soll, und… nun ja?«

»Irgendjemand muss es getan haben«, erwiderte Magdalena Svensson. »Sie saßen am Tisch neben unserem. Und wir fingen irgendwie an, uns mit ihnen zu unterhalten.«

»Sie fingen an, sich mit ihnen zu unterhalten?«

»Ja.«

»Dann war es eine Gesellschaft?«

»Es waren mehrere Männer und Frauen«, verdeutlichte Magdalena Svensson. »In Ihrem Alter.«

Ich überlegte, wer die anderen gewesen sein mochten. Aller Wahrscheinlichkeit nach Kollegen von Martin, ein paar Akademiker, die er auf der Konferenz getroffen hatte. Aber das spielte keine Rolle, das meiste spielte keine Rolle.

»Es ist nicht einfach so gewesen, dass Sie zu viel getrunken haben?«, fragte ich.

Daraufhin brach Magdalena Svensson in Tränen aus. Wir blieben noch zehn Minuten in dem Café, aber ich brachte kein vernünftiges Wort mehr aus ihr heraus.

Im Zug nach Stockholm ließ mir von dem, was sie gesagt hatte, im Grunde nur eins keine Ruhe.

Ich hatte sein Sperma auf meinem Bauch.

Als ich nach meinem Gespräch mit Magdalena Svensson am späten Abend zu unserem Haus in Nynäshamn zurückkehrte, präsentierte Martin mir seinen Plan für den Winter. Ich fühlte mich ein bisschen wie ein Außerirdischer und hatte kaum etwas einzuwenden. Ich erzählte ihm auch nicht, wie ich den Tag verbracht hatte.

5

Gegen drei Uhr nachmittags, bevor das zögerliche Tageslicht zu tief gesunken war, brachen wir zu unserer ersten etwas längeren Wanderung durch die Heide auf.

Mit »etwas länger« meine ich in diesem Fall knappe zwei Stunden. Ich hatte mir in dem Antiquariat in Dulverton diverse Karten und Beschreibungen von Wanderwegen besorgt, nahm mir an diesem Tag jedoch nicht die Zeit, eine bestimmte Route zu studieren. Es erschien mir nur wichtig, mich vor Einbruch der Dunkelheit ein wenig mit der Heide vertraut zu machen – und Castor war anscheinend der gleichen Meinung, denn er setzte sich augenblicklich an die Spitze, ein untrügliches Zeichen dafür, dass er das Unterfangen interessant und sinnvoll fand.

Wir machten uns von Darne Lodge aus auf den Weg. Kletterten beziehungsweise sprangen über die Steinmauer und folgten danach einem der zahlreichen Trampelpfade in westliche Richtung. An manchen Stellen war der Boden sehr matschig, aber ich hatte mich mit meinen erstklassigen Wanderstiefeln ausstaffiert, die ich drei Tage zuvor im Queensway in Bayswater gekauft hatte, und Castor schert es wenig, wenn der Untergrund ein wenig morastig ist. Es ist das Harte und Scharfe, was er nicht verträgt, in dieser Hinsicht ähneln wir einander, wenn auch in einem übertragenen Sinn.

Bereits nach einigen hundert Metern erreichten wir eine auf

der Karte vermerkte Sehenswürdigkeit, das sogenannte Caratacus-Denkmal: ein kleiner offener Bau über einem Gedenkstein aus römischer Zeit. Die Inschrift ist für einen Laien nicht zu entziffern, aber man geht davon aus, dass der Stein aufgestellt wurde, um einen örtlichen Anführer zu ehren, der sich vor zweitausend Jahren tapfer gegen die Übermacht der Besatzer gestemmt hatte.

Wir gingen in südliche Richtung weiter, parallel zur Straße nach Dulverton, auch wenn wir sie nur gelegentlich kurz sahen. Ich dachte ein wenig teilnahmslos über den Begriff Widerstand, früher und heute, nach. Übermacht und Unterlegene, männlich und weiblich, ließ den Faden jedoch bald wieder fallen, er gehörte nicht in diese Landschaft. Ich weiß noch nicht, was hierhergehört und was nicht; es liegt eine grenzenlose Verlassenheit und eine ganz eigene Stille über dieser Heide, so viel wage ich zu sagen. Es sei denn, man schreckt einen oder zwei Fasane auf, von denen es Hunderte gibt, und zumindest die protzigen Männchen scheinen nicht fliegen zu können, ohne gleichzeitig lautstark zu zetern. Nach einer Weile begegneten wir auch einer kleinen Gruppe der berühmten wilden Exmoor-Ponys. Sie sahen zottig und robust aus – und flößten einem großen Respekt ein. Ich habe gelesen, dass sie hier oben das ganze Jahr über umherstreifen, ihr ganzes Leben von der Geburt bis zum Tod in dieser kargen Umgebung fristen, und sie scherten sich herzlich wenig um unsere Gegenwart. Castor beschränkte sich seinerseits darauf, sie aus sicherer Entfernung zu betrachten, und anschließend setzten wir unsere gemächliche Wanderung fort. Für ein ungeübtes Auge wie das meine ist die Heide sich selbst genug, das ist der überwältigende Eindruck; sie ist karg und wenig abwechslungsreich, vielleicht einen Hauch geheimnisvoll, und wogt sanft und still wie ein trockengelegtes Meer. Einzig flache Buschvegetation vermag aus dem nährstoffarmen Boden zu sprießen; Heidekraut, Farne und gelber Stechginster, einzelne Sträucher, die noch immer blühen. Hier und da wird die Landschaft von Talmulden durchzogen, im Laufe der Jahrhunderte von kleineren Wasserläufen ausgewaschen, die sich einen Weg zum Exe oder zum Barle suchen. In diesen Senken ist die Vegetation üppig, und wir befanden uns schon bald in einer solchen, vor Feuchtigkeit triefenden Falte; Buchen und Eichen, Erlen und Haselnuss, bei manchen Arten war ich mir nicht sicher und beschloss deshalb, mir möglichst bald einen anständigen Pflanzenführer zu besorgen. Ilex, Moos und Efeu erkenne ich, sie umwuchern gründlich und systematisch Stämme und Äste; unter dichten Rhododendronsträuchern murmeln stille Rinnsale, und der Modergeruch ist unverkennbar.

All diese Beobachtungen machte ich in den ersten dreißig bis vierzig Minuten und während wir an einem der Hänge abwärtsgingen – auf einem sehr lehmigen Weg, auf dem anscheinend erst kürzlich sowohl Pferde als auch Schafe getrampelt waren, und wahrscheinlich identisch mit der Abfahrt, die wir am Morgen von unserem Schlafzimmer aus beobachtet hatten. Und tatsächlich: einem der spärlich aufgestellten Wegweiser zufolge führte dieser Weg bis nach Winsford. Auf Höhe eines Hofs mit dem Namen Halse Farm, welcher folglich der Straße nach Darne Lodge hinauf den Namen gegeben haben dürfte, beschlossen wir jedoch umzukehren. Es war schon vier, und die Dämmerung brach immer deutlicher herein, so dass es zweifellos das Beste sein würde, den Fußmarsch zum Dorf hinunter am Morgen oder Vormittag anzutreten. Weder mir noch Castor würde es gefallen, in dieser grandiosen, brütenden Landschaft von der Dunkelheit überrascht zu werden. Das Wort *brütend* scheint mir hier in der Tat eine vollkommen korrekte Beschreibung zu sein.

Zurückgekehrt nach Darne Lodge verbrachten wir zwei Stunden mit häuslichen Verrichtungen. Erneut empfinde ich eine sprachliche Ambivalenz angesichts des Pronomens *wir*. Es war eindeutig ich allein, die Kerzen und Kaminfeuer anzündete, die für den Schmortopf, den ich später in meiner Einsamkeit verspeiste, Gemüse und Zwiebeln kleinhackte und Lammfleisch in Stücke schnitt. Ich war es, die spülte, diverse Schränke und Schubladen sauberwischte und die Kleider in den Schrank und die Kommode im Schlafzimmer einräumte. Castors Beitrag bestand lediglich darin, seine Abendmahlzeit zu fressen – Royal Canin Maxi für Hunde über sechsundzwanzig Kilo – sowie etwa fünfzig lautstarke Schlürfer aus seinem gewohnten Metallnapf zu nehmen. Ansonsten verbrachte er den späten Nachmittag und Abend auf seinem Schaffell vor dem Feuer.

Mein Bedürfnis, trotzdem an der Pluralform festzuhalten, ist natürlich nicht sonderlich schwer zu verstehen. Mehr als dreißig Jahre habe ich mit einem Mann unter demselben Dach gelebt, was in der Grammatik tiefe Spuren hinterlassen hat. Möglicherweise habe ich einfach Angst. Ein *wir* wiegt so viel schwerer als ein *ich*, selbst wenn es nur ein Hund ist, der einen dazu berechtigt. Außerdem ist die ältere Zwillingsschwester der Selbstständigkeit die Einsamkeit – sie mit der schlechten Haltung, der schorfigen Haut und dem schlechten Atem, sie ist es, die ich totschlagen und begraben muss. Immer und immer wieder, so ist das Leben. Sie ist das Monster und der Feind, das gilt sowohl für Castor wie auch mich. Ich weiß nicht, warum ich das aufgegriffen habe, zum Teufel damit, denke ich. Zur Hölle mit dieser Form von muffiger Analyse, ich glaube an den einsamen Menschen. Ich *muss* an den einsamen Menschen glauben.

Als Gegengift trank ich zwei Gläser des vorzüglichen Portweins, den ich in Dulverton gekauft hatte, und holte mein Notebook heraus. Das von Martin darf einstweilen noch in seiner schwarzen Aktentasche bleiben, jener mit dem nervigen Aufkleber aus Barcelona. Ich nehme an, dass ich sie noch früh genug öffnen werde, die Aktentasche wie auch das Notebook, aber an diesem Abend erschien es mir nun wirklich nicht als das Dringendste. Ich stellte fest, dass es hier oben natürlich kein Netz gab, was ich bereits wusste. Wenn ich in Zukunft das Bedürfnis haben sollte, ins Internet zu gehen – aus Gründen, die ich mir momentan im Grunde nicht vorstellen kann –, muss ich mich also entweder nach Minehead an der Küste begeben, wo es das ein oder andere Internetcafé geben dürfte, oder zur Bücherei in Dulverton. Jedenfalls nehme ich das an, aber vielleicht gibt es in der näheren Umgebung auch noch andere Möglichkeiten. Als ich es ausprobierte, erhielt ich zudem die Bestätigung, dass weder mein eigenes noch Martins Handy in diesem Haus funktionierten, und beschloss daraufhin, die Lage am nächsten Tag weiter oben an der Grabstelle zu testen, die Mr Tawking erwähnt hatte. Ich werde unter gar keinen Umständen versuchen, jemanden anzurufen – oder Mails beziehungsweise SMS zu verschicken –, aber es wäre natürlich nicht ganz uninteressant zu sehen, ob jemand den Versuch unternommen hat, Kontakt zu uns aufzunehmen.

Vielleicht ist es aber schon riskant, sein Handy zu aktivieren, keine Ahnung, wie diese Dinge funktionieren. Sollte man jedoch anfangen, nach uns zu suchen, ich meine, *wirklich* zu suchen, Interpol und Fahnder und so weiter, dann wird man uns natürlich früher oder später finden. Der Punkt ist, dass möglichst keiner auf die Idee kommen soll, nach uns zu suchen. Weil es dafür auch gar keinen Grund gibt.

Nach dem zweiten Glas Portwein und als das Feuer allmählich fahl wurde, ließ ich Castor hinaus, damit er seine abendliche Notdurft verrichten konnte. Er verschwand in der kompakten Dunkelheit, und da es fast fünf Minuten dauerte, bis er zurückkam, hatte ich genügend Zeit, mir das ein oder andere weniger Erbauliche vorzustellen. Die Gesamtfläche des Hofs beträgt nicht mehr als tausend Quadratmeter, aber es wäre für ihn natürlich ein Leichtes, die alte Steinmauer zu überwinden. Wenn er es denn wollte.

Anschließend gingen wir zu Bett. Es war erst Viertel nach zehn, aber die Dunkelheit und das Haus – und der Regen, der kurz darauf über das Schieferdach und die immergrünen Sträucher vor dem Fenster strich, auch hier Rhododendron, darauf wage ich mich festzulegen – reduzierten in irgendeiner Form den Zeitbegriff selbst zu einer … einer höchst vernachlässigbaren, theoretischen Konstruktion. Bevor ich einschlief, begann ich zum ersten Mal, über das Haus nachzudenken – über seine Geschichte; wie alt es war, welche Funktion es früher wohl erfüllt hatte, welche Menschen im Laufe der Jahre und Jahrhunderte in ihm gelebt hatten und warum es in solch einsamer Majestät mitten in der Heide stand. Ein kurzes Wegstück nach Winsford hinunter, oberhalb von Halse Farm, liegt ein richtiger Hof, und vielleicht ist Darne Lodge ja von diesem Anwesen abgetrennt worden. Es gibt hier einen verriegelten Stall, den ich noch nicht näher in Augenschein genommen habe, und ich denke, dass ich von Mr Tawking vielleicht Details erfahren könnte, falls ich das Gefühl haben sollte, sie erfahren zu wollen. Oder unten im *The Royal Oak Inn*, in das ich noch nicht meinen Fuß gesetzt habe.

Auf jeden Fall ist das Haus alt, wahrscheinlich mehrere hundert Jahre alt. Die Steinwände sind dick, die Decken niedrig und die Fenster sparsam bemessen; hier wird in herber Weise auf praktische Zwänge Rücksicht genommen, auch wenn die Zimmer groß sind, und als ich gut ins Bett gekommen war, merkte ich, dass man auch im Schlafzimmer von der Restwärme des Kamins profitieren konnte, wenn man tagsüber ordentlich eingeheizt hatte. Nach einer Weile stand ich auf und schaltete die beiden elektrischen Heizkörper aus. Ich verlasse mich besser auf das Feuer, dachte ich, der einfache Brennholzvorrat an der Stirnseite des Stallgebäudes ist gut gefüllt, vielleicht erwartet mein Vermieter ja, dass ich ihn in dem Zustand zurücklasse, in dem ich ihn bei meiner Ankunft vorgefunden habe, dann habe ich keine Ahnung, woher ich Holz bekommen könnte, was aber nun wirklich kein Problem ist, welches ich in absehbarer Zeit lösen muss; und als ich wieder unter die Decke schlüpfte, kam mir ein weiteres Mal der bittersüße Gedanke in den Sinn, dass kein Mensch auf der Welt wusste, wo wir uns aufhielten. Castor und sein Frauchen.

Oder auch sein Herrchen.

Und diejenigen, denen bekannt ist, dass jemand in Darne Lodge oberhalb des Dorfes Winsford in der Grafschaft Somerset nahe der Grenze zu Devon wohnt – momentan vielleicht niemand außer Mr Tawking –, wissen gleichwohl nichts über die Identitäten seiner Bewohner.

Eine Frau und ihr Hund, das ist alles.

Eine Herbstnacht wie jede andere.

Eine Stunde später wurde ich abrupt wach. Ich konnte nicht ausmachen, ob mich etwas Äußeres oder Inneres geweckt hatte, aber irgendeine intensive und unangenehme Wahrnehmung pochte in mir, und ich schob mich am Kopfende des Betts in eine halbsitzende Position. Der Regen war verstummt, die Dunkelheit undurchdringlich. Schwacher Schimmelgeruch. Die einzigen Geräusche waren Castors regelmäßige Atemzüge unter der Decke; dennoch nahm ich eine neue Art von Anwesenheit im Raum wahr. Als würde jemand an die Wand neben dem Kleiderschrank gepresst stehen und uns beobachten. Vielleicht war aber auch gerade die Tür zugeschlagen worden, und mich hatte dieses Geräusch geweckt – was natürlich schlichtweg unmöglich war. Auf etwas in dieser Art hätte Castor reagiert. Seine Ohren sind viel besser als meine, und obwohl man über seine Qualitäten als Wachhund trefflich streiten kann, bemerkt und signalisiert er es doch auf jeden Fall, sollte in unserer unmittelbaren Nähe ein neues, fremdes Wesen auftauchen.

Trotzdem raste mein Herz, und es dauerte eine ganze Weile,

bis es mir gelang, mich wieder zu beruhigen. Ich überlegte, ob ich mir nicht einen kleinen CD-Player anschaffen sollte. Eine beruhigende Stimme oder ein Saxophon, die Dunkelheit und Stille lindern würden, wären zweifellos angebracht. Dexter Gordon vielleicht? Oder Chet Baker? Würde es möglich sein, in einem Musikgeschäft in Minehead oder Dulverton Chet Baker aufzutreiben? Oder musste ich mich dafür bis nach Exeter begeben? Das ist die einzige größere Stadt in dieser abgelegenen Gegend, und wenn ich die Karte richtig gelesen habe, kann es dorthin mit dem Auto höchstens eineinhalb oder zwei Stunden dauern.

Irgendwann schlief ich ein und träumte augenblicklich von dem grauweißen Strand nahe Międzyzdroje. Von dem Spaziergang Richtung Osten im Gegenwind und dem merkwürdigen Spaziergang zurück.

Dem merkwürdigen Spaziergang zurück.

6

Martin verbrachte insgesamt drei Sommer auf Samos. 1977, 1978 und 1979. Die literarische Kommune hatte noch ein weiteres halbes Jahrzehnt Bestand, aber Tom Herold und Bessie Hyatt verließen ihr Haus und ihre Mittelmeerinsel im September 1979. Bessie Hyatts zweiter Roman – *Der Blutkreislauf des Mannes* – erschien einen Monat später im selben Herbst, und zu diesem Zeitpunkt hatte sich das Paar in der Nähe von Taza in Marokko niedergelassen, wo die beiden bis zu Bessies Selbstmord im April 1981 blieben.

Im Juli und August 1980 war Martin für zwei Wochen Gast in ihrem neuen Zuhause in Marokko – während ich in Stockholm blieb und Gunvald erwartete. Wir waren, im Mai, in unsere erste gemeinsame Wohnung gezogen, drei Zimmer in der Folkungagatan. Ich weiß nicht genau, was sich in diesen Wochen in Taza abspielte, aber irgendetwas muss vorgefallen sein. Als Martin nach Schweden zurückkam, war er in einer Weise verändert, die mir wahrscheinlich erst Jahre später bewusst wurde. Obwohl wir im Begriff standen, Eltern zu werden, kannten wir uns noch nicht besonders lange, meine Schwangerschaft verlief nicht ohne Komplikationen, und meine gesamte Aufmerksamkeit galt allem, was mit meinem Körper geschah: den inneren Veränderungen, nicht den äußeren.

Jedenfalls sprachen wir kaum über Taza. Nicht vor Bessies Selbstmord, nicht danach. In jenen Jahren wurde eine Menge über Herold und Hyatt geschrieben, und eine englische Filmproduktionsfirma begann sogar, einen Film über ihr Leben zu drehen – mit zwei relativ prominenten Schauspielern in den Hauptrollen –, aber das Projekt scheiterte aus unbekannten Gründen. Eventuell Geldmangel, eventuell die Androhung einer Klage durch Tom Herolds Anwälte.

Martin veröffentlichte dagegen nie etwas, keine Zeile, und als ich ihn viel später danach fragte – eher zufällig denn aus wirklichem Interesse –, antwortete er nur, er sei an gewisse Versprechen gebunden. Nein, er *antwortete* nicht so, er *deutete an* – wenn ich daran zurückdenke, weiß ich genau, dass es so war.

Tom Herold behielt sein Leben und seinen Ruhm. Er blieb bis Anfang des 21. Jahrhunderts, als er nach England zurückging, in Marokko – allerdings nicht in Taza. Insgesamt veröffentlichte er mehr als zwanzig Gedichtsammlungen, drei Romane sowie eine Art Memoiren, die ein halbes Jahr nach seinem Tod 2009 posthum erschienen. Außerdem drehte und produzierte er in den neunziger Jahren zwei eigensinnige Spielfilme – für eine breitere, nicht literarische Öffentlichkeit erreichte sein Ruhm jedoch im Mai 2003 den Zenit, als Herold in seinem Haus in Dorset einen jungen Einbrecher mit Hilfe eines tausend Jahre alten arabischen Krummsäbels köpfte. Da der Dieb mit einem Messer und einer Pistole bewaffnet war, wurde Tom Herold beim anschließenden Prozess freigesprochen.

Er brachte es zudem auf eine weitere kurze Ehe – ungefähr zwischen 1990 und 1995. Die fragliche Frau war eine junge Marokkanerin, ihr Name war Fatima, aber auch diese Beziehung wurde nicht mit Kindern gesegnet.

Während seines ganzen Lebens wurde viel über Tom Herold geschrieben, obwohl er die Öffentlichkeit konsequent scheute. Er erklärte sich grundsätzlich nicht zu Interviews bereit, nicht einmal, als er von Journalisten und Autoren aus allen möglichen Lagern zeitweilig hart bedrängt wurde. Vor allem nach Bessie

Hyatts Selbstmord kam es zu etwas, was man durchaus als eine Hetzjagd auf seine Person bezeichnen kann. Er wurde wiederholt angeklagt, schuld am Tod seiner Frau zu sein, und es kursierten Gerüchte über Drogenmissbrauch und diverse okkulte Rituale. Herold kommentierte die Beziehung zu seiner verstorbenen Frau allerdings mit keinem Wort. Als fast dreißig Jahre nach Bessie Hyatts Tod posthum seine Memoiren veröffentlicht wurden, waren die Erwartungen folglich ziemlich hochgesteckt. Außerdem war nicht ganz klar, ob er die Veröffentlichung vor seinem Tod genehmigt hatte oder ob sein Verleger die Sache eigenmächtig in die Hand genommen hatte. Herold hinterließ keine Nachkommen und hatte auch kein Testament aufgesetzt. Er starb an einem aggressiven Dickdarmkrebs, und seinen wenigen Freunden zufolge waren seine letzten Lebensjahre von Schmerzen und Schwermut geprägt.

Jedenfalls erwies sich *Die Summe der Tage* als literarische und kommerzielle Enttäuschung. Die Kritiken fielen durch die Bank hinweg kühl aus, und wer offenherzige Bekenntnisse, insbesondere über die Jahre mit Bessie Hyatt, erwartet hatte, fühlte sich gründlich an der Nase herumgeführt. Es zeigte sich, dass diese sogenannten Memoiren größtenteils aus einer Art distanzierter Naturbeobachtungen ohne spürbare Schärfe oder Finesse bestanden; die einzigen etwas persönlicheren Kapitel behandelten einige Sommer in der Kindheit, die Herold zusammen mit einer Cousine auf einem Bauernhof in Wales verbracht hatte. Bessie Hyatt wurde in dem gesamten Text zwei Mal namentlich erwähnt, und der sagenumwobenen Ehe der beiden waren insgesamt dreieinhalb Seiten gewidmet. Außerdem fanden die meisten, das Buch sei schlecht lektoriert worden, und obwohl Herold in großen Teilen der Welt ein bekannter Name war, stand eine internationale Vermarktung des Werks niemals zur Debatte.

Die Auflage der beiden Romane Bessie Hyatts – *Bevor ich*

stürze und *Der Blutkreislauf des Mannes* – lag dreißig Jahre nach ihrem Tod bei weltweit mehr als fünfundzwanzig Millionen verkaufter Exemplare. Grob überschlagen übertrifft dies Herolds Verkaufszahlen um ein Zehnfaches.

»Ich verstehe«, hatte Eugen Bergman an jenem Oktobernachmittag in Stockholm gesagt. »Und wie umfangreich ist dein Material ungefähr?«

»Tausend Seiten«, stellte Martin mit einem leichten Schulterzucken fest. »Es können auch hundert mehr oder weniger sein. Ein halbes Jahr werde ich brauchen, es zu ordnen. Vielleicht auch länger, aber erst einmal ein halbes Jahr.«

»Hm«, machte Eugen Bergman.

»Marokko«, fuhr Martin fort und warf mir einen kurzen Blick zu, der Einvernehmen signalisieren sollte. Dass wir über das Thema gesprochen hatten, einer Meinung waren und im selben Boot saßen. Im selben ehelichen, unerschütterlichen Nachen in schwerer See. Die Bilder waren Legion, und ich spürte plötzlich, dass mir schlecht war.

»Ich habe da unten noch ein paar Bekannte, und es ist immer von Vorteil, am richtigen Ort zu sein.«

»Hm«, wiederholte Bergman und hievte sich aus seinem Schreibtischstuhl. Stellte sich ans Fenster und blickte eine Weile zur Adolf-Fredriks-Kirche hinaus. Wippte in einer Weise auf Fersen und Zehenballen, die man wohl charakteristisch nennen muss. Die Hände hinter dem Rücken gefaltet. Die Haare zu Berge stehend. Es war ein schöner Herbsttag. Martin bedeutete mir, still zu sein. Ich sah mich nach einem geeigneten Ort um, falls ich mich tatsächlich würde übergeben müssen. Entschied mich für den Papierkorb neben dem Schreibtisch.

»Und über Bessie Hyatt? Über diese Jahre?« Er murmelte es mit leiser Stimme, fast beiläufig und ohne sich umzudrehen.

»Natürlich«, antwortete Martin in seinem verschlagen bescheidenen Tonfall. »Darum dreht sich doch alles, nicht wahr?«

Dennoch hätte es auch darum gehen können, was gegen Halsschmerzen zu tun ist oder welche Art von Dachbelag man für sein Plumpsklo wählen sollte. Meine Übelkeit zog sich langsam zurück. Bergman tat das Gleiche, zog sich an seinen Schreibtisch zurück und setzte seine Lesebrille auf. Schob sie auf die Nasenspitze hinunter und betrachtete uns, als wären wir ein Rätsel, zu dem ihm gerade die Lösung eingefallen war. Oder was auch immer.

»Nun, ich kann gut verstehen, dass ihr wegkommen wollt. Wenn man an diese verrückte Frau und das alles denkt.«

Erklärte Eugen Bergman, Verleger, Pataphysiker und guter alter Freund seit einem halben Leben.

Fortsetzung wie eingangs beschrieben.

Es war nun wirklich ein simpler Plan; als wir uns mit Bergman trafen, war mehr als ein Monat vergangen, seit Martin ihn mir präsentiert hatte, und ich hatte mich mit ihm einverstanden erklärt, ohne großartig darüber nachzudenken. Vielleicht war das falsch von mir gewesen, ja, das war es natürlich – nicht, dass ich nicht nachdachte, sondern dass ich ihm überhaupt zustimmte. Nachdenken in die eine oder andere Richtung hätte mir nicht viel genützt, es war eine Situation, in der Bauchgefühl und Intuition gefragt waren, nicht logisches oder emotionales Kalkül.

Und möglicherweise traf ich dann die falsche Entscheidung. Die völlig und höllisch falsche Entscheidung.

Aber mir war nun einmal die Begegnung mit Magdalena Svensson noch in so frischer Erinnerung, ich werde es wohl darauf schieben müssen.

»Lass uns einfach für ein halbes Jahr verschwinden«, sagte Martin. »Den Luxus sollten wir uns wirklich gönnen.«

»Was genau meinst du damit?«

Er gab vor, einen Moment nachzudenken, während er mich mit diesem nackten Blick betrachtete, der viele Jahre eine Trumpfkarte gewesen war, nun aber nicht mehr funktionierte. »Ich meine ... ich meine nur, dass wir sechs Monate verreisen und keinem Schwein erzählen sollten, wohin wir fahren.«

»Aha?«

»Höchstens, dass wir nach Marokko wollen ... manchen Leuten zumindest. Unsere Post können wir uns nach Marrakesch oder Agadir nachschicken lassen. Poste restante, das funktioniert auch noch heutzutage, wir holen sie ab, wenn uns danach ist. Müssen wir Kontakt zur Außenwelt aufnehmen, können wir uns jederzeit ein Internetcafé suchen. Keine Handys, ich habe diese Handys so verdammt satt. Nur du und ich ... Besinnung und Heilungsprozess und was immer du willst.«

»Hast du einen bestimmten Ort im Sinn?«, erkundigte ich mich. »Ein Haus oder so?«

Ein einziges Mal war er in moderner Zeit nach Marokko zurückgekehrt. Ende der neunziger Jahre, und wenn mich nicht alles täuscht, ging es um einen Auftrag der Universität, zwei sufische Dichter oder so etwas Ähnliches, und damals hatte er seinen Aufenthalt dort privat um eine Urlaubswoche verlängert. Vielleicht hatte er Herold getroffen, vielleicht auch nicht. Wir hatten nie darüber gesprochen, was er dort eigentlich getrieben hatte, ich weiß nicht genau, warum. Vielleicht herrschte zur gleichen Zeit eine Krise im Affenstall. Oder im Sandkasten, beide hatten die Angewohnheit, alljährlich mehrmals zu implodieren.

»Es gibt einige Möglichkeiten«, sagte er. »Ich kenne da unten noch ein paar Leute, die ich ansprechen könnte.«

»Tausend Seiten?«, fragte ich, denn das hatte er mir auch erzählt.

»Allerdings.«

»Und du hast wirklich vor, ihre Geschichte zu schreiben? Herolds und Hyatts?«

»Warum nicht?«, entgegnete Martin und setzte erneut seine ausdruckslose Miene auf.

Ich dachte an dieses angedeutete Schweigegelübde, mittlerweile mehr als dreißig Jahre alt, und nahm an, dass der Tod es aus dem Weg geräumt hatte. Herolds Tod. Ich sprach es nicht an.

»Und was sollen wir deiner Meinung nach mit dem Haus machen?«, fragte ich stattdessen. »Und mit Castor?«

»Wir vermieten die Bude«, antwortete Martin. »Oder lassen sie leer stehen, wie du willst. Und Castor nehmen wir mit. Er hat doch seinen Pass, ihn nach Marokko einzuführen, dürfte kein Problem sein, und ich denke, es wird auch möglich sein, ihn wieder außer Landes zu schaffen. Wenn nicht, müssen wir ihn eben schmuggeln. Es wäre ja nicht das erste Mal.«

Er hatte auf jede Frage eine Antwort.

»Bist du sicher, dass du sie nicht vergewaltigt hast?«, fragte ich. »Bist du sicher, dass sie es auch wollte?«

Er hatte auch darauf Antworten. Ich erzählte ihm nicht, dass ich in Göteborg gewesen war und mit dem Opfer gesprochen hatte.

»Okay«, sagte ich. »Vielleicht ist es ja gar keine schlechte Idee.«

»Wenn es stürmt, muss man Schutz suchen«, bemerkte Martin.

Und damit hatten wir uns entschieden. Das einzige Gefühl, zu dem ich mich aufraffen konnte, besagte, dass es im Grunde keine Rolle spielte.

7

Wir wurden spät wach. Zumindest ich, und Castor ist niemand, der ein Bett verlässt, nur weil er zufällig die Augen aufschlägt.

Ich nahm eine mittelprächtige Dusche. Das enge Badezimmer ist kalt und feucht. Außerdem hat es einen seltsamen Geruch, der mich unvermittelt an ein Paar Gummistiefel aus meiner Kindheit erinnerte (sie standen bei meiner Klassenkameradin Vera immer an dieser Stelle zwischen Veranda und Küche, ein oder zwei Jahre lang verbrachte ich ungefähr vier Tage in der Woche in ihrem Haus; die Stiefel müssen ihrem Vater gehört haben, einem dickbäuchigen, dicknasigen und allgemein ungesunden Menschen). Das Warmwasser wird von einer Gasflamme erhitzt, während es durchs Rohr fließt; das funktioniert mehr schlecht als recht, aber ich nehme an, dass es besser ist als nichts. Vielleicht muss ich mich ja auch nicht jeden Morgen duschen, wie ich es mein Leben lang gehalten habe. Jedenfalls scheint es vernünftiger zu sein, vorher ein ordentliches Feuer im Kamin zu entfachen, um den Rest des Hauses ein bisschen vorzuwärmen. Ich lerne; Kälte und Feuchtigkeit gebären Trauer und Hoffnungslosigkeit.

Wir frühstückten und planten. Ich ließ Castor zu einer dreiminütigen Pinkelrunde hinaus. Stand in der Tür und beobachtete ihn. Er drehte zwei leidenschaftslose Runden auf dem Hof, wo es offenbar nicht viel zu schnuppern gab, nicht einmal die

Mülltonne hinten am Stall war ihm an diesem Morgen die Mühe wert. Er pinkelte an beiden Seiten des einzigen Baums, einer großen und schief gewachsenen Lärche, das ist offenbar die richtige Stelle, seit unserer Ankunft hat er es jedes Mal getan. Ich frage mich, was in seinem Kopf vorgeht.

Nordwind. Graubleicher Himmel. Ich beschloss, mir ein Thermometer anzuschaffen. Und sei es auch nur, um jeden Morgen halbwegs adäquate Wetterbeobachtungen anstellen zu können. Kaminfeuer-Dusche-Frühstück-Wetter, das scheinen mir angemessene Haken zu sein, an denen ich mein Dasein aufhängen kann.

Ich schätzte acht Grad an diesem Tag und notierte dies. Am vierten November. Ich notierte auch, dass ich fünfundfünfzig Jahre, drei Monate und vier Tage alt war.

Danach natürlich ein Spaziergang. Hunde sind dazu erschaffen worden, sich zu bewegen, afrikanische Löwenhunde zumindest. Meine Wahl fiel auf die Tarr Steps, einen Ort, der in allen gängigen Reiseführern erwähnt wird, in denen ich bisher geblättert habe, und der mit dem Auto nur zehn Minuten entfernt liegt. In Richtung Withypool; es handelt sich um eine alte Steinplattenbrücke über den Barle, wenn ich es richtig verstanden habe, aus dem Mittelalter oder noch älter. Wanderwege zu beiden Seiten des Flusses und ein Café, das eventuell offen sein könnte.

Danach Einkaufen. Danach gegen Abend Essen gehen im Pub unten im Dorf. Ein guter Plan. A day in the life.

Oder umgekehrt, denn so kommt man einer anderen Art von Wahrheit auf die Spur. *A life in a day*. Wie du einen Tag leben kannst, so kannst du auch alle anderen Tage leben. Bis ans Ende der Zeit. Bin ich deshalb hier? Ist das der simple Plan? Ich muss aufhören, mir Fragen dieser Art zu stellen.

Es stellte sich heraus, dass Tarr Steps windgeschützt lag, aber dafür begann es zu regnen; unerwartet wie eine Todesnachricht mitten in einer Fernsehshow. Allerdings nicht gleich; wir hatten am Fluss entlang bereits einen Teil der Strecke zurückgelegt, waren zwei älteren Frauen mit ihren Retrievern begegnet, die Hunde grüßten höflich, die Frauen und ich auch, und ich hatte bereits in Erwägung gezogen, bis nach Withypool zu gehen. Von Tarr Steps führt in knapp zwei Stunden ein Wanderweg dorthin, und im Ort gibt es einen Pub.

Der Niederschlag ließ uns dann jedoch den Rückzug antreten. Wir überquerten eine Furt, machten uns auf der anderen Seite des strömenden Wassers auf den Rückweg und erreichten nach insgesamt zweieinhalb Stunden unseren Ausgangspunkt. Das Café war geöffnet, aber ich fühlte mich eindeutig zu matschig und nass, um hineinzugehen. Im Auto schaltete ich mein Telefon ein und kontrollierte die Lage: kein Netz. Ich schaltete es wieder aus. Vielleicht sollte ich versuchen, eine Stelle zu finden, an der es funktioniert, und es anschließend jeden zweiten Tag kurz einschalten.

Höchstens. Vielleicht reicht auch schon einmal in der Woche, man muss es doch sicher benutzen, irgendwo anrufen oder einen Anruf annehmen, damit das Telefonat zurückverfolgt werden kann? Ich weiß es nicht.

Auch Martins. Natürlich sollte ich mich dazu durchringen, je früher, desto besser wahrscheinlich. Unsere Notebooks nicht zu vergessen. Denn so ist es ja trotz allem; ich muss ein wenig kommunizieren, mich mit der Welt auseinandersetzen, die eine oder andere Mail schreiben, den Schein wahren. Unsere Kinder, Eugen Bergman. Mein Bruder. Christa… ja, natürlich, das werde ich in Angriff nehmen und so tun, als existierten wir weiter im guten alten Stil und als wäre bei uns alles in bester Ordnung.

In erster Linie vielleicht Christa, das erschien mir logisch.

Dennoch beschloss ich, es bis zum nächsten Tag aufzuschieben. Noch eilt es nicht; man braucht einige Zeit, um nach Marokko zu kommen. Ich ließ den Wagen an und fuhr nach Darne Lodge zurück.

Wiederholte und präzisierte meinen Plan: ein Nachmittag vor dem Kaminfeuer. Tee und ein belegtes Brot. Ein dickes Buch, ich hatte im Antiquariat einen alten Dickens gekauft. *Bleak House*, neunhundert Seiten, das erschien mir genau richtig.

Danach, gegen Abend, zum *The Royal Oak Inn* hinunter.

Entschluss und Handlung. Bis ans Ende der Zeit.

Aber sie sind schwer, diese Momente, wenn man im Auto sitzt und noch nicht entschieden hat, wohin man fahren soll. Dulverton, Exford oder Withypool. Oder ans Meer hinaus.

Oder, wie gesagt, ganz gleich wohin. Alles ist gleichermaßen sinnvoll und sinnlos. Und egal, vollkommen egal. Vielleicht wäre es leichter, wenn man eingesperrt säße, kam mir an diesem unwirtlichen Vormittag in den Sinn. Wenn man engere Horizonte bekäme und jemanden, der sich um einen kümmerte? Wir brauchen eine Richtung, dachte ich, mein Hund so gut wie ich, einen Wanderweg, der den ganzen Winter vorhält.

Oder ein Puzzle mit fünftausend Teilen, warum eigentlich nicht?

Ich hatte diese bleiernen Momente vorhergesehen, das hatte ich natürlich; während der gesamten wirren Fahrt durch Europa war mir bewusst gewesen, dass sie kommen würden, aber was nützt es einem, Dinge vorherzusehen? Eines schönen Tages werden wir sterben, das wissen wir, aber in welcher Weise ist uns mit diesem Wissen geholfen?

Im Übrigen muss ich aufhören, Castor über meinen eigenen erbärmlichen Kamm zu scheren. Es handelt sich mit Sicherheit um einen Unterschied, von dem ich mir gar keine Vorstellung machen kann. Oder das sind genau die Dinge, über die Hunde unablässig nachgrübeln.

Muddy Paws Welcome

Castor blieb stehen und schnüffelte an dem Schild. Es war Viertel nach sieben. Aus dem Pub drangen Stimmen zu uns heraus, ein Mann und eine Frau; ein wenig schleppend, ein wenig energielos wie ein altes Paar, das seit einer langen Reihe von Jahren miteinander spricht. Wir traten ein und schauten uns um. Die Frauenstimme gehörte der Bardame, einer Kopie oder vielleicht auch Schwester der Frau, der ich am Vortag im Lebensmittelladen begegnet war, rosig und Geborgenheit ausstrahlend wie ein Topflappen. Der Mann, auch er etwa sechzig, saß mit einem dampfenden Gericht und einem Glas Bier vor sich an einem der Fenstertische.

Kariertes Flanellhemd. Schütteres Haar und hager, ein Adamsapfel wie ein Vogelschnabel. Die auffälligste Eigenschaft seines Gesichts war seine Brille.

»Sieh an, eine Fremde«, bemerkte er.

»Herzlich willkommen«, sagte die Frau hinter der Theke. »Beide. Draußen ist es ein bisschen ungemütlich.«

Ich empfand hastig aufflammende Dankbarkeit. Dafür, dass sie mit mir sprachen. Aber so machte man das nun einmal in diesem Land, und mir wurde ohne Weiteres meine Existenz bestätigt. Castors auch. Er wedelte ein paar Mal mit dem Schwanz, ging zu dem Mann und schnupperte an ihm, woraufhin dieser ihm freundlich über den Kopf strich. Auf die richtige Art, kein kräftiger Klaps, man merkte, dass er nicht zum ersten Mal mit Hunden zu tun hatte. Auch dafür war ich dankbar.

»Mein Winston ist im Frühjahr gestorben«, erklärte er. »Ich habe es noch nicht über mich gebracht, mir einen neuen anzuschaffen.«

»Man muss sie erst gründlich vermissen«, meinte die Frau. »Diesen Respekt haben sie verdient.«

»Stimmt genau«, sagte der Mann.

»Stimmt genau«, sagte ich. Das Bild Martins auf dem Strand tauchte für Sekundenbruchteile auf, aber ich stieß es fort.

»Ich nehme an, Sie sind auf der Durchreise?«, fragte die Frau.

»Eigentlich nicht«, antwortete ich. »Ich habe für die Wintermonate ein Haus in der Nähe des Dorfs gemietet. Darne Lodge, falls Sie das kennen?«

Der Mann schüttelte den Kopf, aber die Frau nickte. »Da oben?«, sagte sie. »Oberhalb von Halse Farm?«

»Ja, genau.«

»Für die Wintermonate?«

»Ja.«

»Kümmert sich nicht der alte Mr Tawking darum?«

»Ja, Mr Tawking, das ist richtig.«

»Und Sie wollen den Winter über da wohnen?«

»Ja, so ist es geplant. Ich habe ein paar Schreibarbeiten zu erledigen.«

Sie lachte auf. »Na ja, wenn Sie die Einsamkeit suchen, sind Sie an den richtigen Ort gekommen. Aber entschuldigen Sie bitte. Was möchten Sie trinken? Manchmal vergesse ich glatt, dass ich in einem Pub arbeite.«

»Du wirst es schon noch lernen«, schaltete sich der Mann ein. »Immerhin stehst du da erst seit dreißig Jahren.«

»Zweiunddreißig«, entgegnete die Frau. »Wir haben heute einen richtig guten Shepherd's pie, wenn Sie etwas essen wollen. Stimmt es nicht, Robert?«

»Durchaus essbar, das muss man zugeben«, antwortete Robert und betrachtete mit ernster Miene seine Portion, von der er erst einen oder zwei Bissen verspeist hatte. »Ich habe schon Schlimmeres gegessen. Ich erinnere mich zwar nicht mehr, wann und wo, aber ich glaube, es könnte in …«

Er wurde dadurch unterbrochen, dass eine weitere Person zur Tür hereinkam.

»Guten Abend, Henry«, grüßte die Frau. »Scheußliches Wetter da draußen.«

Robert zuckte mit den Schultern und begann zu essen. Der Neuankömmling – ein etwa fünfunddreißigjähriger Mann von kleiner und drahtiger Statur – nickte allen zurückhaltend zu, und als er Castor entdeckte, der sich bereits neben der Heizung auf dem Boden ausgestreckt hatte, lächelte er. »Schöner Hund. Ja, es wird langsam Winter.«

»Einen Augenblick, Henry«, sagte die Frau. »Ich will mich nur erst um unseren neuen Gast kümmern. Wie sieht es aus, möchten Sie den Pie probieren? Es gibt natürlich auch Steak mit Kidneybohnen. Und anderes.«

»Shepherd's pie hört sich gut an«, sagte ich. »Und ich denke, ich nehme ein Glas Rotwein.«

»Ausgezeichnet«, sagte die Frau. »Ich heiße übrigens Rosie. Es ist immer nett, ein neues Gesicht zu sehen.«

»Was stimmt denn mit unseren Gesichtern nicht?«, erkundigte sich Robert mitten in einem Bissen. Henry, der im Übrigen aussah, als könnte er sein jüngerer Bruder oder sogar sein Sohn sein, zog seine Jacke aus und hängte sie an einen Haken an der Wand. Ich bekam mein Weinglas und nahm an einem der vier freien Tische im Schankraum Platz. Castor hob den Kopf und zog in Erwägung, etwas näher zu mir zu rücken, beschloss dann jedoch, dass der Platz unter dem Heizkörper schöner war.

»Ja, ja«, sagte der Mann namens Henry, der ein wenig schüchterner, eine Spur in sich gekehrter war als die beiden anderen, Robert und Rosie. »Mrs Simmons ist jedenfalls gut ins Krankenhaus gekommen.«

»Gott sei Dank«, erwiderte Rosie.

»Keinen Tag zu früh, wenn ihr mich fragt«, warf Robert ein.

»Dich fragt aber keiner«, sagte Rosie. »Wie geht es George?«, fügte sie hinzu.

»Ich weiß nicht recht«, meinte Henry. »Er hat gesagt, dass

er die Gelegenheit nutzen und zumindest die Couch rauswerfen will.«

»Immerhin etwas«, sagte Robert. »Die Katze hat zehn Jahre lang auf das Ding gepisst.«

»George ist der liebste Mensch, dem ich jemals begegnet bin«, sagte Rosie und begann, Henry ein Bier zu zapfen.

»Außer, wenn er Fußball guckt«, stellte Robert fest. »Dann ist er wie ein Gorillamännchen mit Zahnschmerzen.«

Henry setzte sich auf einen der Barhocker. Sie unterhielten sich noch eine Weile über Mrs Simmons und George, die Couch und die Katze. Die ganze Zeit über vermieden sie es, Mrs Simmons' Vornamen zu nennen, wie auch immer er lauten mochte, und ich machte mir Gedanken, warum. Aber ich fragte sie nicht danach. Nippte nur an meinem Wein und begann, in meinem Reiseführer über Exmoor zu blättern. Dachte, wenn ich hier wirklich den ganzen Winter verbringen wollte, würde ich mit der Zeit eine ganze Menge Verbindungen und Zusammenhänge begreifen, von denen ich vorerst noch keine Ahnung hatte. Vielleicht hatten Robert und Rosie und Henry ihr ganzes Leben in diesem Dorf verbracht. Genau wie Mrs Simmons und George. Die Katze und die Couch. Für einige Minuten schien sich keiner von den anderen dafür zu interessieren, dass ich hier saß, und ich überlegte, ob es an mir war, irgendeine Art von Faden aufzugreifen. Mich nach dem einen oder anderen zu erkundigen, aber bevor ich so weit war, tauchte eine junge Frau mit meinem Essen auf. Sie hatte dunkle Haare, war hübsch und höchstens fünfundzwanzig, und es wurde irgendwie deutlich, dass sie hier nicht wirklich zu Hause war.

»Wenn du mit dem anderen fertig bist, kannst du die Flaschen mit rausnehmen«, sagte Rosie. Die junge Frau nickte und verschwand in den hinteren Räumen.

»Es ist nicht leicht, gute Leute zu finden«, sagte Rosie an keinen Bestimmten gewandt.

Robert räusperte sich und schien etwas sagen zu wollen, brachte aber nichts heraus. Rosie schaltete den Fernseher ein, der in einer Ecke des Raums unter der Decke hing. Wir starrten alle vier – Castor nicht, er war eingeschlafen – eine halbe Minute auf eine Quizsendung, dann schaltete Rosie wieder aus.

»Schmeckt es Ihnen?«

Ich hatte gerade erst zwei Bissen zu mir genommen, erklärte jedoch, dass es ganz vorzüglich sei.

»In der Küche macht sie ihre Sache jedenfalls gut«, sagte Robert.

»Leider nicht nur dort«, erwiderte Rosie, und ich begriff, dass sie mehr Seiten hatte als die rosige.

Ich blieb knapp zwei Stunden im *The Royal Oak* und trank ein zweites Glas Wein. Während ich dort saß, trafen drei weitere Gäste ein. Ein junges Paar, das nur blieb, um rasch einen Drink von unbekannter Beschaffenheit zu sich zu nehmen, sowie kurz darauf ein Mann von schwer zu schätzendem Alter. Er war groß und schlank, hatte dunkle, etwas ungepflegte Haare und ließ sich mit einem Pint Ale und einer Portion Kabeljau mit Salzkartoffeln am Nachbartisch nieder.

Nach einer Weile waren wir im Gespräch.

8

Ich hatte einmal eine Kindheit.

Eine Mutter und einen Vater, die Zahnarzthelferin und Zahnarzt waren. Einen älteren Bruder, der Göran hieß und immer noch so heißt, und eine jüngere Schwester, die Gun hieß. Wir wohnten in einer mittelschwedischen Kleinstadt voller Kleinbetriebe, Freikirchen und verwöhnter Jugendlicher, denen es gut ging, die aber trotzdem in die Welt hinauswollten. Unser Haus hatte einen Garten mit Johannisbeersträuchern, einem moosdurchsetzten Rasen, alten Apfelbäumen und einer Schaukel, auf die sich keiner mehr setzte, nachdem die kleine Gun überfahren worden war und starb.

Es gab einen Sandkasten, der zuwuchs, und eine Katze, die kam und ging. Übrigens war es nicht bloß eine Katze, es waren verschiedene. Aber immer nur eine zur selben Zeit. Die Katze hieß stets Napoleon, auch wenn sie kein Kater, sondern eine Katze war und Junge bekam, die wir verkauften oder verschenkten.

Sie war ein Nachkömmling, die kleine Gun, und erst acht, als ihr Leben endete, während Göran und ich ins Gymnasium gingen. Er in die zwölfte und oberste Klasse, ich in die zehnte. Manche Familien überstehen eine Katastrophe, andere tun das nicht. Unsere tat es nicht.

Der Busfahrer, der Gun totfuhr, überstand es auch nicht. Er wurde irre daran, dass er mitten auf dem Parkplatz vor dem

Hallenbad beim Zurücksetzen ein kleines Kind totgefahren hatte, sein Frau verließ ihn nach einem Jahr, und etwas später erhängte er sich in einem ganz anderen Teil Schwedens in einem Wald. Er hieß Bengt-Olov, und viel früher in seinem Leben, bevor er eine Familie gründete und anfing, Bus zu fahren, war er der beste Mittelstürmer gewesen, den wir in unserer örtlichen Fußballmannschaft jemals gehabt hatten. Groß und schwer, aber dennoch schnell und kaum auszurechnen. Er kam sogar bei zwei Juniorennationalspielen zum Einsatz. Ich glaube, das war Ende der vierziger Jahre.

Göran machte Abitur und zog fort, und zwei Jahre später folgte ich seinem Beispiel. Mutter und Vater blieben mit ihrer Zahnarztpraxis, ihrem schönen alten Haus und einander allein. Da arbeitete Mutter allerdings schon nicht mehr als Zahnarzthelferin, sie schaffte es einfach nicht mehr.

Aber bevor Gun starb – und bevor sie geboren wurde –, das war die Zeit, in der ich eine Kindheit hatte. Ich habe viele Jahre versucht, sie zu vergessen. Sie ist auch ziemlich gut darin zu verschwinden, sobald sie auftaucht; sie war irgendwie so unanfechtbar, so hoffnungsfroh und hell, dass ich geblendet werde. Ja, von diesem besonderen Schimmer, der sich nur einen Moment lang zeigt, um sich anschließend davonzustehlen, bin ich oft geblendet worden und ist mir häufig ein wenig übel geworden.

Und wenn ich plötzlich, viel später im Leben, rein zufällig diesem oder jenem Klas und jener Britt-Inger begegne – oder auch Anton, dem Jungen, den ich als Erstes küsste und an dem ich meinen Unterleib in einem Park rieb, den es nicht mehr gibt, dann, ja dann schnürt sich mir unweigerlich der Hals zu, und ich will kehrtmachen und davonlaufen. Was ist nur aus dir geworden?, frage ich mich. Ich ertrage es nicht, dich zu sehen. Du kannst doch unmöglich Anton Antonsson mit dem wunderbaren Lachen und den sanften, warmen Händen sein, wo ist das alles hin? Woher kommt dieser verlegene, düstere Mann mittleren Alters mit erstarrtem Gesicht und Bierbauch? Und dann taucht Gun in meinem Kopf auf, wie ich unter der Dachschräge in ihrem Bett liege und ihr *Mio, mein Mio* vorlese, und daraufhin denke ich – und habe ich immer gedacht –, dass ich diese verdammte Kindheit nicht haben will, dieses verdammte Schimmern, ich will mich nicht an ihre blinzelnden Augen und ihre Arme um meinen Hals erinnern, wenn ich sie vom Badesteg am See hochtrage und sie wispernd *Wer kann schon segeln ganz ohne Wind* in mein Ohr singt.

Oder Mutters oder Vaters Beerdigung, auf die kann ich auch verzichten, es lag nur ein gutes halbes Jahr zwischen beiden, und ich weiß, dass man sich Krebs holen kann, wenn man nur will. Dieser Aufgabe hatte Mutter sich gewidmet, während sie daheim im Trauerhaus saß, sie dachte den Krebs in ihrem Körper herbei, es dauerte sieben Jahre, aber es funktionierte. Und nachdem Vater unter die Erde gekommen war – Todesursache: gebrochenes Herz –, habe ich diese mittelschwedische Stadt nur noch sehr selten besucht. Aber wenn ich es doch einmal tat, habe ich immer Atemnot bekommen und gedacht, dass es ist, als würde man abends frühstücken, obwohl man es gar nicht will.

Wir brachen kurz nach Mitternacht auf. Es war Martins Idee, die erste Etappe nachts zurückzulegen. Bis zu einem Lieblingshotel in Kristianstad zu fahren, dort zu frühstücken und anschließend von Ystad aus die Fähre zu nehmen. So machten wir es auch, jedenfalls in geographischer Hinsicht, begannen auf der Fahrt jedoch aus irgendeinem Grund, über Gunvald zu sprechen.

»Es gibt da etwas, was ich dir nie erzählt habe«, sagte Martin.

Wir hatten gerade an dieser ewig offenen Tankstelle in der Nähe von Järna getankt. Vierhundert Kilometer einer gottverlassenen E 4 lagen vor uns, danach würde es quer durch Småland und das nördliche Schonen auf einer Straße mit anderer Nummer gehen. Es war eine Nacht zwischen einem Donnerstag und einem Freitag im Oktober, das Morgengrauen lag Lichtjahre entfernt, wir hätten eine Raumkapsel sein können, die unterwegs zu einem toten Stern war. Eine Reise in Zeit und Raum.

»Und was? Was hast du mir nie erzählt?«

»Ich dachte, er wäre nicht von mir. Anfangs konnte ich es wirklich nicht glauben.«

Ich begriff nicht.

»Gunvald«, verdeutlichte Martin. »Ich bildete mir ein, ein anderer müsse sein Vater sein.«

»Was zum Teufel meinst du damit?«, fragte ich.

Er lachte auf diese gutmütige Art, die er seit seinem vierzigsten Geburtstag trainierte. »Na ja, du weißt schon, wie bei Strindberg. *Der Vater* … das ist eben einer dieser Gedanken, die allen Männern irgendwann kommen. Stell dir vor. Stell dir vor, es ist von einem anderen? Woher soll man das auch so genau wissen? Und man kann ja schlecht fragen, nicht?«

Er versuchte, gutmütig zu glucksen. Mir fiel kein passender Kommentar ein. Ich dachte, dass es das Beste wäre, ihn weiterreden zu lassen, und begann, mit einem ganz besonderen Gedanken zu spielen, aber es war zu früh, um ihn ins Spiel zu bringen. Immerhin hatten wir noch die ganze Nacht vor uns, vielleicht ein ganzes halbes Jahr, es eilte also nicht. Nichts eilte.

So, wie die Dinge sich dann entwickelten, griff ich ihn jedoch niemals auf, diesen Gedanken.

»Also, ich wäre dir dankbar, wenn du das jetzt nicht in den falschen Hals bekommen würdest«, sprach er nach einigen Sekunden der Stille und leichten Fingertrommelns auf dem Lenkrad weiter. »Es war natürlich bloß eine Zwangsvorstellung, aber es ist schon merkwürdig, wie hartnäckig sich so ein Gedanke halten kann. Außerdem sah er mir auch gar nicht ähnlich, das musst du ja wohl zugeben? Die Leute ließen sogar Bemerkungen darüber fallen, erinnerst du dich nicht? Dein Bruder, zum Beispiel.«

»Wenn es einen Menschen gibt, der seinem Vater ähnelt, dann ist es ja wohl Gunvald«, entgegnete ich. »Äußerlich vielleicht nicht, das mag sein, aber wenn du in ihn hineinsiehst, musst du ja wohl merken, dass du … dass du in einen Spiegel schaust?«

Darüber dachte Martin einen Kilometer verlassener Autobahn lang nach. Ich begriff, dass ich ihn verletzt hatte und er im Grunde nicht fand, dass es der Mühe wert war, ein vernünftiges Gespräch mit mir zu führen. Wie üblich, dass er es aber auch nie lernte. Er war ein vernünftiger und besonnener Mann, ein optimistischer Mensch, der tatsächlich glaubte, dass die Sprache ein Werkzeug statt einer Waffe sein konnte; ich war eine Frau, die schwamm und manchmal in einem belanglosen Meer aus Gefühlen ertrank. Ja, richtig, *belanglos*.

Aber vielleicht tue ich ihm jetzt auch Unrecht, das ist durchaus möglich, und ich nehme mir das Recht heraus, es zu tun.

Aber ich begriff einfach nicht, worauf er eigentlich hinauswollte. Wollte er, dass ich ihm recht gab? Sollte ich ihm bestätigen, dass es höchst berechtigt gewesen war, einen solchen Verdacht zu hegen, als damals unser erstes Kind zur Welt kam? Dass dies vielleicht in irgendeiner Weise mit seinem Bedürfnis in Verbindung stand, viele Jahre später in einem Hotel in Göteborg eine unbekannte Kellnerin zu vergewaltigen – oder zumindest mit ihr zu schlafen und sein Sperma auf sie zu spritzen.

»Ich bin mir ziemlich sicher, dass er von dir ist«, sagte ich.

»Was?«, sagte Martin.

Das Auto brach kurz aus.

»Ich habe gesagt, dass er von dir ist«, sagte ich.

»Das hast du überhaupt nicht gesagt«, entgegnete Martin. »Du hast etwas ganz anderes gesagt.«

»Ich kapiere nicht, worauf du hinauswillst«, sagte ich. »Wie war das denn bei Synn, war es da etwa das Gleiche?«

Martin schüttelte den Kopf. »Überhaupt nicht. Das Gefühl hatte ich nur, als es um Gunvald ging. Ehrlich gesagt habe ich mit ein paar Freunden über das Thema gesprochen. Oder besser gesagt, vor ein paar Jahren habe ich mit ihnen darüber gesprochen, und sie haben zugegeben, dass ihnen die gleichen Gedanken durch den Kopf gegangen sind.«

»Als sie ihre Söhne bekamen?«

»Ja.«

»Bei ihren Töchtern dagegen nicht?«

»Hör auf«, sagte Martin. »Übrigens hat keiner von ihnen Töchter. Aber wenn du nicht darüber sprechen willst, vergessen wir es. Ich fand nur, es könnte vielleicht nicht schaden, es zu erwähnen.«

»Waren das Akademiker?«, fragte ich.

»Wer?«

»Diese anderen Männer, die auch ein Problem mit ihrer Vaterschaft hatten. Waren das Leute von der Universität?«

»Warum willst du das wissen?«

»Weil es die Sorte Schädel braucht, um sich etwas so verdammt Bescheuertes auszudenken. Wie dem auch sei, er ist von dir, ich hatte damals keine anderen Männer.«

Es war nicht meine Absicht gewesen, so scharf zu schießen, aber meine Worte brachten Martin minutenlang zum Schweigen. Mehrere neue, dunkle Kilometer E 4. Weiter hinaus zu dem erloschenen Stern, aus irgendeinem Grund fiel es mir schwer, dieses Bild wieder abzuschütteln.

»Was glaubst du, wie es ihm geht?«, fragte er in einem etwas normaleren Tonfall, als wir die erste Abfahrt nach Nyköping hinter uns gelassen hatten. Es war kurz nach eins.

Ich dachte, dass dies zumindest eine berechtigte Frage war. Gunvald war es niemals gut gegangen, jedenfalls nicht, seit er in die Pubertät gekommen war. Er hatte Probleme, Freunde zu finden, und ging schon in der Mittelstufe zu verschiedenen Psychologen und Therapeuten. Wir haben den Verdacht, dass er zwei Mal versucht hat, sich das Leben zu nehmen, was jedoch niemals endgültig geklärt werden konnte. Er war bei beiden Gelegenheiten bereits volljährig, und das bedeutet ärztliche Schweigepflicht. Wenn der Patient es möchte, kann sie natürlich aufgehoben werden, aber das wollte Gunvald nicht. Er lag in seinem Krankenhausbett, schaute uns entschuldigend an und behauptete, er wäre gestolpert und von einem Balkon im fünften Stockwerk gefallen. Was sollten wir sagen?

Beim zweiten Mal lag er auch im Krankenhaus, aber zu dem Zeitpunkt war er schon nach Kopenhagen gezogen, und es passierte, als Kirsten ihn verlassen hatte. Diesmal war von einer Lebensmittelvergiftung die Rede, und er wollte keinen Besuch empfangen.

Kirsten hatte die Kinder – meine Enkelkinder – genommen und war zu ihren Eltern nach Horsens gezogen. Außerdem hatte sie erklärt, wenn Gunvald irgendwelche Ansprüche erheben wolle, werde sie zur Polizei gehen und ihn anzeigen. Das schrieb sie in einer Mail an mich.

Ich weiß nicht, weshalb sie ihn anzeigen wollte, sie erzählte es mir nicht, als ich ein paar Tage später mit ihr sprach. Das tat auch Gunvald nicht, natürlich nicht.

Als wir nun auf unserer nächtlichen Reise zusammensaßen, waren seither ziemlich genau zwei Jahre vergangen, und Gunvald war in eine eigene Wohnung im Stadtteil Nørrebro gezogen, die er offenbar auf Vermittlung eines Kollegen an der Universität gefunden hatte. Martin hatte ihn zwei Mal in Kopenhagen besucht, und ich hatte ihn einmal in Stockholm getroffen, als er eine Vorlesung an der Hochschule Södertörn hielt. Das war alles. Ich dachte, wenn Martin sich einbildete, er wäre nicht Gunvalds Vater, konnte ich mir ebenso gut einbilden, dass ich nicht seine Mutter war.

Meine Enkeltöchter, die Zwillinge, hatte ich nach der Lebensmittelvergiftung einmal getroffen. Ich fuhr zu ihnen, nach Horsens in Jütland, und blieb drei Tage. Ich sprach wesentlich mehr mit Kirstens Eltern als mit Kirsten selbst; sie waren nett, ich gewann den Eindruck, dass wir uns verstanden. Aber gut, ich kann auch über Kirsten nichts Schlechtes sagen.

Wodurch die Gleichung ein wenig problematisch wird.

»Vielleicht bekommt er sein Leben ja allmählich in den Griff«, sagte Martin. »Es steht uns nicht zu, das zu beurteilen.«

Ich wusste, dass sie telefonisch und über Mail zumindest sporadisch in Kontakt standen, aber Martin erzählte mir nie, worüber sie sich unterhielten. Ihre Arbeit wahrscheinlich. Die akademische Erbsenzählanstalt hier und dort, in Stockholm und in Kopenhagen. Sicher nicht als Vater und Sohn, sondern eher wie zwei Kollegen, ein junger und aufstrebender, ein alter und erfahrener. Ein Lehrbeauftragter an der philosophischen Fakultät und ein Professor an derselben Fakultät. Linguistik versus Literaturwissenschaft, ja, ich bin mir ziemlich sicher, dass sie auf sicherem Terrain bleiben.

Ich selbst hatte wegen Gunvald seit seiner Pubertät ungefähr zehn Jahre lang so viele Nächte wachgelegen, dass es mich fast in den Wahnsinn getrieben hatte. In dieser Zeit dürfte ich mein attraktives Äußeres verloren haben, das den Ansprüchen für den Bildschirm zunächst genügte und irgendwann nicht mehr genügte. Im Laufe der Zeit hatte ich zudem einen Wundschorf entwickelt, hart und stattlich, und beabsichtigte nicht, ihn abzukratzen. Beim besten Willen nicht. Eines Tages, falls Gunvald von sich aus zu mir kommen und mich darum bitten sollte, dann vielleicht, aber nicht aus eigenem Antrieb. Die ohnmächtige, fehlgeleitete Urkraft einer Mutter, dazu wird es nicht mehr kommen.

Aber ich fragte mich natürlich immer noch, worauf Martin eigentlich hinausgewollt hatte, und konnte es mir nicht verkneifen, ein wenig Salz in die Wunde zu streuen.

»Hast du das ihm gegenüber jemals angedeutet?«, fragte ich.

»Was?«

»Dass du geglaubt hast, du wärst nicht sein Vater.«

»Verdammt noch mal!«, platzte Martin heraus und schlug mit der flachen Hand auf das Armaturenbrett. »Hast du sie nicht mehr alle? Natürlich nicht. Ich hab das bloß als Kuriosum erwähnt. Vergiss es einfach.«

»Als Kuriosum?«

Er antwortete nicht. Was zum Teufel hätte er antworten sollen?

Und ich hatte nichts hinzuzufügen. Stattdessen kippte ich die Rückenlehne nach hinten, blies mein Reisekissen auf und erklärte, dass ich versuchen würde, ein wenig zu schlafen. Er tippte Musik von Thelonious Monk in den CD-Player, und danach sprachen wir die nächsten Stunden nicht mehr miteinander.

Ich schlief jedoch nicht. Hielt nur die Augen geschlossen und dachte daran, wie eigenartig es im Grunde war, dass wir im selben Auto auf dem Weg nach Süden waren. Nach all diesen Jahren. Nach all den Unzulänglichkeiten und Kursänderungen. Dass wir trotz allem zusammengeblieben waren. Und dass mein Leben an einen Punkt gelangt war, an dem ich mir nur noch eines wünschte, nämlich meine Ruhe haben zu dürfen, das dachte ich auch. Dass wir die Menschen gewesen waren, die wir gewesen waren. Erste Liga, wie mein Bruder Göran es einmal ausgedrückt hatte. Ich weiß noch, dass ich *Erste Liga?* zurückfragte. Was meinst du damit? Na, das ist doch klar wie

Kloßbrühe, antwortete Göran. Ein Literaturgigant und ein Fernsehstar, ihr spielt in der ersten Liga, das habt ihr euch nun wirklich selbst eingebrockt.

Er selbst spielt in der Amateuroberliga. Das erläuterte er mir auch. Er ist Mittelstufenlehrer an einer Gesamtschule in einer mittelschwedischen Kleinstadt, und das bedeutet, man steht fest auf dem Boden der Tatsachen. Nicht in der Stadt, in der wir aufgewachsen sind, natürlich nicht. Außerdem stellte sich heraus, dass er das mit den Ligen von einem Kollegen übernommen hatte. Martin gefiel das gar nicht, immerhin hat er sich zwei Mal bei Wahlen für die Sozialdemokraten aufstellen lassen – zwar nie auf einem sicheren Listenplatz, aber trotzdem –, und wenn man das tut, sollte man besser nicht zur Elite gehören.

Das war lange vor jenem Hotel in Göteborg gewesen. Ungefähr um die Jahrtausendwende hörte Martin auf, Sozialdemokrat zu sein, wann genau, ist jedoch ein wenig unklar.

Allerdings hat sich unser Leben zu einem großen Teil in dem abgespielt, was man gemeinhin Rampenlicht nennt, in diesem Punkt hatte mein Bruder damals schon recht. Wir haben auf der Bühne gestanden, im Allgemeinen jeder auf seiner eigenen Bühne, aber manchmal auch auf derselben, und wenn man auf einer Bühne steht, versucht man etwas darzustellen. Wie gesagt, hübsch auszusehen und klar und deutlich zu sprechen. Solange es währt und bis irgendjemand einen anweist, von ihr abzugehen. Und als Gunvald dieses eine Mal betrunken nach Hause kam und mir die Wahrheit ins Gesicht sagte, stellte er ungefähr die gleiche Analyse an, das tat er wirklich.

»Du bist total austauschbar, kapierst du das nicht? Eine geschminkte Ausschneidepuppe, das ist die Frau, die sich meine Mutter schimpft, ja, vielen Dank auch. Aber du brauchst dich deshalb nicht zu schämen, das habe ich all die Jahre für dich getan.«

Damals war er siebzehn. Ein Jahr später war er volljährig und fiel von diesem Balkon.

Ich rückte das Kissen am Seitenfenster zurecht und dachte stattdessen an Synn.

9

Mark«, sagte er. »Ich heiße Mark Britton. Ich sehe, dass über Ihnen ein Schatten hängt.«

Das waren seine ersten Worte, und ich war mir nicht ganz sicher, ob ich richtig gehört hatte.

»Verzeihung«, sagte ich. »Was haben Sie gesagt?«

Er hatte seinen Teller fast geleert. Nun schob er ihn zur Seite und wandte sich mir zu. Wir saßen an Nachbartischen, zwischen uns lag ungefähr ein Meter. Rosie hatte den Fernseher wieder eingeschaltet, die Lautstärke jedoch fast abgedreht. Zwei Männer in weißen Hemden und schwarzen Westen spielten Billard.

»Ein Schatten«, wiederholte er. »Sie müssen entschuldigen, aber ich sehe so etwas.«

Er lächelte und streckte mir die Hand entgegen. Ich zögerte eine Sekunde, ehe ich ihm meine reichte und meinen Namen nannte.

»Maria.«

»Sie sind nicht von hier?«

»Nein.«

»Auf der Durchreise?«

»Nein, ich habe in der Nähe des Dorfs für den Winter ein Haus gemietet.«

»Für den Winter?«

»Ja. Ich bin Schriftstellerin. Man benötigt Einsamkeit.«

Er nickte. »Mit Einsamkeit kenne ich mich aus. Außerdem lese ich ziemlich viel.«

»Was war das eben mit dem Schatten?«

Er lächelte wieder. Allem Anschein nach sanft und freundlich, er machte überhaupt den Eindruck, ein in sich ruhender Mensch zu sein. Ich bin mir nicht sicher, was ich mit dieser Charakterisierung meine oder wie ich sie bewerte, aber er erinnerte mich vage an einen Religionslehrer, den ich auf dem Gymnasium gehabt hatte. Eine Überlegung, die ich heute, im Nachhinein, anstelle, während ich diese Zeilen schreibe, und nichts, was mir auffiel, als wir noch im *The Royal Oak* saßen. Ich weiß nicht mehr, wie dieser Lehrer hieß, aber ich erinnere mich, dass er eine Tochter hatte, die an den Rollstuhl gefesselt war.

Außerdem frage ich mich, was mich eigentlich dazu veranlasste, mich so leichtfertig auf ein Gespräch mit diesem Mark Britton einzulassen. Es lag nicht nur an meiner Einsamkeit, die nach einem Nächsten schrie, nach irgendwem; es gab bei ihm vielmehr eine schlichte Direktheit, dagegen keine Spur von dieser typisch männlichen Berechnung, die man zuhauf antrifft und die ungefähr so schwer zu entdecken ist wie ein Elefant im Porzellanladen. Mir ist trotz allem bewusst, dass ich nach wie vor als attraktive Frau durchgehe. Auch wenn Mr Britton sicher ein paar Jahre jünger gewesen sein dürfte als ich selbst.

»Darf ich mich zu Ihnen setzen?«

»Bitte.«

Er griff nach seinem halb geleerten Bierglas und nahm mir gegenüber Platz. Ich hatte den Eindruck, dass sowohl Rosie als auch Robert uns beobachteten, jedoch möglichst den Anschein erwecken wollten, es nicht zu tun. Henry saß auch noch in seiner Ecke, war aber in eine Zeitung und eine Broschüre vertieft, die wahrscheinlich ein Galopprennprogramm war. Verstohlen betrachtete ich meinen neuen Tischnachbarn. Er hatte lange, leicht zerzauste Haare, aber ich fand dennoch, dass er zivilisiert aussah. Mit zivilisiert meine ich vermutlich, dass er eher in eine Stadt als in eine ländliche Gegend wie diese Heidelandschaft zu gehören schien. Vielleicht hat er nur seine alte Mutter besucht und ist auf dem Rückweg nach London, überlegte ich. Oder eine Schwester und seinen Schwager, was wusste ich denn schon? Ein dunkelrotes Hemd jedenfalls, am Hals aufgeknöpft, darüber ein blauer Pullover. Außerdem ziemlich groß, ziemlich hager, ziemlich gut rasiert. Tief liegende Augen, die eventuell eine Spur zu eng saßen. Er hatte eine dunkle und angenehme Stimme, er hätte durchaus Schauspieler oder Rundfunkmoderator sein können. Oder warum nicht beim Fernsehen, zumindest, wenn er mal zu einem Friseur ginge? Ich lächelte über den letzten Gedanken, und er wollte wissen, worüber ich lächelte.

»Nichts.« Ich zuckte mit den Schultern. »Nur ein flüchtiger Gedanke.«

Castor bemerkte, dass ich Gesellschaft bekommen hatte, und kam zu unserem Tisch. Schnupperte vorsichtig an Mr Britton, gähnte und suchte sich einen neuen Platz auf dem Fußboden.

»Ihr Hund?«

»Ja.«

»Wie heißt er?«

»Castor.«

Er nickte, und wir schwiegen einige Sekunden.

»Also, was ich da eben über einen Schatten behauptet habe«, meinte er dann, »das habe ich mir nicht einfach ausgedacht, um mich wichtigzumachen, ich hoffe, das ist Ihnen klar? Ich hätte auch von einer Aura sprechen können, aber vor dem Wort fürchten sich die Leute meistens.«

Ich dachte einen Augenblick nach. Erklärte, dass ich keine große Angst vor Auren hätte, aber auch nicht an sie glaubte. Erkundigte mich, ob sich die Leute vor Schatten weniger fürchteten.

»Allerdings«, antwortete er. »Darüber hinaus sehe ich einen

abwesenden Mann und ein Haus im Süden, aber das ist eher vage. Sie sind noch nicht lange hier, nicht wahr? Jedenfalls habe ich Sie hier noch nie gesehen.«

Ich merkte, dass mein Puls zuckte, und dachte, dass ich Zeit gewinnen musste. *Abwesender Mann? Haus im Süden?* Was ich mit der eventuell gewonnenen Zeit anfangen sollte, wusste ich allerdings nicht.

»Ich bin vorgestern angekommen«, sagte ich. »Und Sie? Wohnen Sie hier?«

»Ein bisschen außerhalb des Dorfs.«

»Es ist schön hier.«

»Ja. Schön und abgeschieden. Zumindest um diese Jahreszeit.«

»Manche Menschen bevorzugen die Abgeschiedenheit.«

Er verzog kurz den Mund. »Ja, das tun wir wohl. Sind Sie schon einmal in unserer Gegend gewesen?«

»Noch nie.«

Daraufhin begann er, mir von der Heide zu erzählen. Langsam, fast zögerlich und ohne, dass ich ihn darum gebeten hätte. Von Orten, von Wanderungen, vom Nebel. Darüber, dass er ein Faible für diese Jahreszeiten hatte, Herbst und Winter, in denen nur wenige Touristen kamen. Es komme vor, dass er den ganzen Tag draußen unterwegs sei, erzählte er, vom Morgengrauen bis zur Abenddämmerung, mit Vorliebe ohne Karte und Kompass, mit Vorliebe ohne zu wissen, wo er sich genau befand.

»Trout Hill«, sagte er, »oberhalb von Doone Valley, oder Challacombe, da oben kann ein Mensch viel lernen. Sich bestimmt auch in der Heide verlaufen, aber wenn man sich nicht verläuft, kann man sich auch nicht selbst finden.«

Er lachte ein wenig selbstironisch und strich die Haare fort, die ihm ab und zu ins Gesicht fielen und es halb verdeckten. Er bot mir nicht seine Dienste an, fragte mich nicht, ob ich einen Führer bräuchte oder jemanden, der mir Tipps zu Orten und Wegen geben könnte. Ermahnte mich lediglich, vorsichtig zu sein, und erklärte, wenn Nebel aufziehe, verirrten sich manchmal sogar die wilden Ponys. Wenn man in ihn gerate, sei es häufig besser, stehen zu bleiben, wo man gerade stand, und zu hoffen, dass er sich auflösen würde. Vorausgesetzt, man sei warm genug angezogen; wenn man friere, sei es natürlich immer besser, in Bewegung zu bleiben.

Ich fragte ihn, ob er in Exmoor geboren sei, und er meinte, das treffe zu. Nicht hier in Winsford, sondern in Simonsbath, ein wenig höher und ziemlich genau mitten in der Heide gelegen. Er sei zum Studium fortgegangen, vor zehn Jahren jedoch zurückgekehrt. Da er Programmierer sei, spiele es keine Rolle, wo er wohne, und zwanzig Jahre Großstädte und Stress hätten ihm gereicht, betonte er.

Eine Familie erwähnte er nicht. Erzählte nicht, ob er Kinder hatte, und auch nichts darüber, was man als seine »persönlichen Lebensumstände« bezeichnen könnte. Ich ahnte, dass er möglicherweise schwul war, er hatte diese spezielle Offenheit, die heterosexuellen Männern normalerweise fehlt. Obwohl er auffallend wenig Interesse an meinen Lebensumständen zeigte.

Ich fragte ihn nicht nach Details, natürlich nicht, und während er erzählte, gewann ich, trotz allem, besagte Zeit und konnte entscheiden, wie viel ich von meinem Ich preisgeben wollte.

Nicht viel, stellte ich fest und blieb bei dieser Linie.

Maria Anderson, Schriftstellerin aus Schweden. Ich glaube sogar, dass es mir gelang, ihm weiszumachen, dass ich unter einem Pseudonym schrieb. Wohnhaft etwas oberhalb von Winsford, wie gesagt, wo genau, erwähnte ich nicht.

Was für Bücher, wollte er wissen.

Romane.

Nein, ich war keine bekannte Autorin. Erst recht nicht im

Ausland, aber ich kam über die Runden. Hatte irgendein einjähriges Stipendium bekommen, deshalb hielt ich mich hier auf.

»Und Sie wollen über die Heide schreiben?«

»Ich denke schon.«

Anschließend fragte ich ihn, was er mit seiner Bemerkung über den Schatten, den abwesenden Mann und dieses Haus im Süden gemeint habe.

»Ich kann nichts dafür. Ich schaue den Leuten in den Kopf, so ist das einfach. Und es ist schon immer so gewesen.«

Unsere Gläser waren wieder gefüllt worden. Er trank noch ein dunkles Bier, ich ein weiteres Glas Rotwein.

»Interessant«, sagte ich neutral.

»Ich hatte das schon als Kind«, erläuterte er. »Lange bevor meine Mutter es herausfand, wusste ich, dass mein Vater eine andere Frau hatte. Damals war ich acht. Ich begriff sofort, dass die Mutter meiner Schullehrerin gestorben war, als ich sie an jenem Wintermorgen über den Schulhof gehen sah. Fünf Minuten, bevor sie ins Klassenzimmer kam und es uns erzählte. Und ich wusste… nein, schon gut. Es bringt ja nichts, Beweise aufzuzählen. Es spielt keine Rolle, ob Sie mir glauben oder nicht.«

Ich nickte. »Ich habe keine Veranlassung zu zweifeln«, sagte ich.

»Und jetzt fragen Sie sich, was ich über diesen Mann und das Haus zu sagen habe?«, stellte Mark Britton fest und trank einen Schluck Bier.

»Wer A sagt, muss auch B sagen«, schlug ich vor.

Er lachte auf. Ein wenig nervös, wie mir schien, was im Laufe unseres Gesprächs zum ersten Mal passierte.

»Es gibt kein B«, sagte er. »Mir schießt ein Bild durch den Kopf, und anschließend kann ich nur erzählen, was das Bild darstellt. Was es bedeutet, ist eine ganz andere Sache.«

»Und was haben Sie bei mir gesehen?«

Er dachte einen Moment nach, nicht länger. »Es war nicht

besonders viel«, erklärte er. »Ich sah zuerst einen Mann und danach ein weißes Haus … in grellem Sonnenlicht, man sah, dass es irgendwo im Süden stand. Am Mittelmeer oder in Nordafrika vielleicht. Danach kam der Schatten, er kam von oben und senkte sich herab, und es kam mir vor, als wäre es *Ihr* Schatten. Oder dass er zumindest mit Ihnen zu tun hatte. Und er wischte den Mann fort. Das Haus blieb jedoch stehen. Tja, das war alles, aber es war ziemlich deutlich … Nebel trifft es übrigens wohl besser als Schatten.«

Ich schluckte. »Wie sah dieser Mann aus, konnten Sie das erkennen?«

»Nein. Ich sah ihn aus ziemlich großer Entfernung. Aber er war schon ein bisschen älter, nicht wirklich alt, vielleicht so um die sechzig …?«

»Und das haben Sie alles in meinem Kopf gesehen?«

Er setzte eine entschuldigende Miene auf. »Ganz so ist es vielleicht nicht, aber diese Bilder tauchen manchmal auf, wenn ich ein Gesicht betrachte, und das habe ich eben getan.«

»Sie haben mein Gesicht betrachtet?«

»Jeder Mann zwischen fünfzehn und neunzig würde Ihr Gesicht betrachten. Wenn er die Gelegenheit dazu bekäme. Finden Sie mich aufdringlich?«

Ich dachte darüber nach, ob es so war. Überlegte, dass ich sein Verhalten unter anderen Umständen vielleicht so empfunden hätte. Nun saßen wir jedoch im örtlichen Pub in dem Dorf Winsford in der Grafschaft Somerset, und abgesehen von Mr Tawking war dieser Mark Britton der erste Mensch, mit dem ich in der letzten Woche mehr als eine halbe Minute gesprochen hatte. Nein, ich fand sein Verhalten nicht aufdringlich und erklärte ihm auch, warum.

»Danke. Es ist ein einsames Leben, Schriftstellerin zu sein?«

»Das ist Teil des Berufs. Wenn man die Einsamkeit nicht erträgt, sollte man sein Leben nicht dem Schreiben widmen.«

Er zuckte mit den Schultern und sah auf einmal ein wenig traurig aus.

»Wenn es das ist, worauf es ankommt, könnte ich ein großer Schriftsteller werden.«

Seine Bemerkung bot mir natürlich die Chance, eine Frage nach seinen persönlichen Verhältnissen zu stellen, aber ich ließ es bleiben. Nutzte lieber die Gelegenheit, um einige praktische Informationen einzuholen. Zum Beispiel, wo ich einen Waschsalon finden und wo man Brennholz besorgen konnte. Wo man am besten Lebensmittel einkaufte.

Mark Britton informierte mich über diese und weitere Dinge, und als wir kurz nach neun aufbrachen, dankten wir uns gegenseitig für das nette Gespräch. Er erklärte, dass er *The Royal Oak Inn* in der Regel zwei Mal in der Woche besuche und sich schon freue, mich wiederzusehen.

Danach gaben wir uns die Hand und verabschiedeten uns. Er verschwand die Halse Lane hinauf, und Castor und ich überquerten die Straße zu unserem Auto hinunter, das ich vor dem Kriegerdenkmal geparkt hatte. Mir fiel ein, dass ich statt des geplanten einen Glases Rotwein zwei getrunken hatte, aber in der Dunkelheit zu Fuß nach Darne Lodge hinaufzugehen, kam mir nicht einmal für Sekundenbruchteile in den Sinn. Ich sah Mark Britton nirgendwo am Straßenrand und nahm deshalb an, dass er in eine der engen Passagen eingebogen war, bevor man zur eigentlichen Heide hinaufgelangte.

Ich hatte im Badezimmer das Licht angelassen, das von der Straße aus jedoch nicht zu sehen war, und ich begriff erst, nachdem wir das Haus fünfzig Meter hinter uns hatten, dass ich es verpasst hatte. Auf dem schmalen Asphaltband zurückzusetzen, war nicht gerade ein Kinderspiel, aber es ging. Ich ermahnte mich innerlich, daran zu denken, mir irgendeine Außenlampe zu besorgen, die ich an den Torpfosten hängen konnte, damit ich in Zukunft wenigstens nach Hause finden würde.

Bevor ich einschlief – aber eine ganze Weile, nachdem Castor dies am Fußende des Betts getan hatte –, fasste ich zwei Entschlüsse. Ich würde mindestens eine Woche verstreichen lassen, bis ich wieder meinen Fuß in *The Royal Oak* setzte, und ich würde am nächsten Tag die Notebooks hochfahren, sowohl mein eigenes als auch Martins. Sechzehn Tage waren vergangen, seit wir Stockholm verlassen hatten, es war vermutlich höchste Zeit.

Ich würde mich in Minehead in ein Internetcafé setzen, Mark Britton hatte gesagt, dort gebe es zwei, und in Martins und meine Mails schauen. Vielleicht auch die eine oder andere dringliche Mail beantworten. Es würde auf gar keinen Fall von Vorteil für mich sein, wenn jemand anfinge, nach uns zu fahnden.

Auf gar keinen Fall.

10

Nach Synns Geburt erkrankte ich an etwas, was als Wochenbettdepression diagnostiziert wurde.

Ich weiß nicht, ob das die korrekte Bezeichnung war, aber wenn beides zeitlich zusammenfällt – das Wochenbett und die Depression –, versteht sich das vermutlich von selbst. Jedenfalls bedeutete es, dass die Beziehung zu meiner Tochter vom ersten Augenblick an gestört war. Der so oft beschworene wichtige Kontakt zwischen Kind und Mutter kam erst Monate später zustande, und da war es schon zu spät.

Es ging gar nicht darum, dass ich mein Kind nicht liebte. Es ging darum, dass ich einfach nicht mehr leben wollte. Ich sah nirgendwo auch nur den kleinsten Lichtblick, und absolut alles erschien mir sinnlos. In den Wochen, die ich im Krankenhaus lag, bat ich das Personal täglich, mir meine Tochter zu bringen, aber sobald sie ein paar Minuten bei mir gewesen war, brach ich in Tränen aus. Ich konnte nicht mehr aufhören zu weinen, und nachdem ich sie mehr schlecht als recht gestillt hatte, nahmen die Schwestern sie wieder mit. Ich weiß, dass ich mehr wegen Synn als wegen mir selbst weinte.

Ich erhielt Unterstützung unterschiedlichster Art und mit der Zeit eine Therapeutin. Es war das erste Mal in meinem Leben, dass ich so jemandem begegnete. Sie hieß Gudrun Ewerts und stellte bereits nach zwei oder drei Terminen fest, dass ich schon weitaus früher Hilfe benötigt hätte. Nachdem ich ihr meine Lebensgeschichte bis zum damals aktuellen Datum erzählt hatte – also bis 1983, ich war gerade sechsundzwanzig geworden –, legte Gudrun Ewerts den Kopf in ihre Hände und seufzte.

»Liebes Kind«, sagte sie. »Haben Sie sich eigentlich schon einmal überlegt, was Sie in den letzten zehn Jahren alles durchgemacht haben?«

Ich dachte nach. Fragte sie dann, was sie meine.

Sie warf einen Blick auf ihren Notizblock. »Wenn ich es richtig sehe, haben sich die folgenden Dinge ereignet: Ihre kleine Schwester ist gestorben. Ihr Freund ist gestorben. Erst ist Ihre Mutter und kurz darauf Ihr Vater gestorben, und Sie haben zwei Kinder zur Welt gebracht. Stimmt das so weit?«

Ich dachte wieder nach. »Ja«, antwortete ich. »Ja, das stimmt. Das war vielleicht ein bisschen viel.«

Gudrun Ewerts lächelte. »Das kann man wohl sagen. Und ich mache Ihnen keine Vorwürfe, weil Sie damit so umgegangen sind, wie Sie es getan haben.«

Anschließend erklärte sie mir, dass ich einfach alles unter dem Deckel gehalten habe und sich das nun räche. Im Grunde könne es schon eine praktikable Methode sein, Dinge unter Verschluss zu halten, das gebe sie gerne zu, aber ehe man das tue, müsse man eine Vorstellung davon haben, was sich hinter dem Schloss befinde.

Sie sprach gerne in Bildern, und worüber wir uns in all unseren Gesprächen unterhielten – denn es waren viele, sicher mehr als hundert –, hatte wesentlich mehr mit meiner verstorbenen kleinen Schwester und meinem in den Tod gestürzten Freund zu tun als mit meiner kleinen Synn.

Aber am meisten ging es natürlich um mich selbst.

Mein Leben sei vernachlässigt worden, erfuhr ich. Ich hätte mich nicht so darum gekümmert, wie man sich um ein Leben kümmern müsse, es nicht ernst genug genommen. Aber im Fernsehen käme ich ziemlich gut zur Geltung, das müsse sie schon zugeben, und ich erinnere mich, dass wir darüber lachten. Grundsätzlich wäre es sicher von Vorteil, wenn man Nachrichtensprecher in Zeichentrick verwenden könnte, fand Gudrun Ewerts, es sei nicht besonders gesund, in eine Kamera zu blicken und zu wissen, dass einem eine Million anonym bleibende Menschen ins Gesicht starrten. Abend für Abend für Abend. Ich legte ihren Vorschlag sogar einem meiner Chefs vor, bei dem er jedoch wie erwartet auf wenig Gegenliebe stieß.

Nachdem meine Depression abgeklungen und verschwunden war, trafen wir uns weiter regelmäßig. Fast zweieinhalb Jahre lang, gegen Ende nur noch ein, zwei Mal im Monat, und ich weiß genau, wenn es um mein Selbstverständnis geht, hat kein Mensch mehr für mich bedeutet als diese Gudrun Ewerts.

»Sie haben Ihr ganzes Leben nach den Regeln der anderen gelebt«, sagte sie. »Zumindest seit dem Tod Ihrer kleinen Schwester. Sie haben sich gespiegelt, verstehen Sie, was ich damit sagen möchte? Wenn man seinen Willen in einer Wüste vergräbt, kann man sich nicht darauf verlassen, dass er überlebt.«

Ich weiß, dass sie mir an jenem Strand vor den Toren von Międzyzdroje in den Sinn kam, meine liebe, alte Therapeutin, als ich meinen merkwürdigen Spaziergang im Gegenwind machte, nachdem ich die schwere Tür geschlossen hatte. Es war vielleicht nicht weiter verwunderlich, und ich glaube, ich lächelte sie an. Oder zumindest die Erinnerung an sie, denn sie ist seit mehr als zehn Jahren tot, und es muss ein eigentümliches Lächeln gewesen sein.

Die Beziehung zu meiner Tochter erholte sich allerdings nie. Sie wurde ein stilles Kind, das viel zu früh lernte, sich alleine zu beschäftigen, und unser Kontakt blieb problematisch. Es war, als spielten wir die Rollen von Mutter und Tochter, und wir waren zweifellos geschickte Schauspielerinnen, sie so gut wie ich. Und für das Verhältnis von Vater und Tochter galt – vielleicht in einem noch höheren Maße – leider das Gleiche. In ihrer gesamten Kindheit und Jugend nahm Synn ihr Leben selbst in die Hand, ihre Schullaufbahn und die Beziehungen zu ihren Freunden regelte sie vorbildlich – oder jedenfalls, ohne dass wir uns eingemischt hätten –, und ihre Geheimnisse behielt sie immer für sich. Ich habe keine Ahnung, wann sie zum ersten Mal ihre Tage bekam, und weiß auch nicht, wann sie zum ersten Mal Sex hatte. Zwei Wochen nach dem Abitur ging sie nach Frankreich, und ich erinnere mich, dass ich dachte: Statt einer Mutter bin ich eine Hotelwirtin gewesen. Neunzehn Jahre hatte ich denselben Gast im selben Zimmer bewirtet, jetzt war er weitergezogen.

Martin gegenüber brachte ich diesen Gedanken nie zur Sprache, es hätte keinen Sinn gehabt. Der zweite Hotelgast, Gunvald, war im Übrigen nur ein halbes Jahr vor seiner Schwester ausgezogen.

Wenn ich dies niederschreibe, kommt es mir so vor, als könnte es nicht stimmen. So schlimm kann es gar nicht gewesen sein, ich sitze hier und fabuliere. Ich lag doch während all dieser Nächte wach und machte mir Sorgen, so war es doch? Ich dachte an sie und glaubte, dass ich sie liebte.

Nun ja, denke ich, manche Leute meinen ja, dass Lügen der einzige Weg zu einer Art Wahrheit sind.

Gegen sieben kamen wir in diesem Hotel in Kristianstad an. Es war ein grauer und diesiger Herbstmorgen, und ich hatte im Auto ein paar Stunden geschlafen, aber Martin war so müde, dass er schielte. Er trank drei Tassen Kaffee, und nach einem üppigen Frühstück und einem halblangen Spaziergang mit Castor fuhren wir nach Ystad weiter, wo wir kurz vor Mittag an Bord der Fähre nach Świnoujście rollten.

Die Überfahrt dauerte sechs Stunden. Martin schlief praktisch die ganze Zeit, ich saß im Ruhestuhl neben ihm und versuchte das Kreuzworträtsel in *Svenska Dagbladet* zu lösen, denn es war ein Freitag, und es war mir gelungen, die Zeitung auf dem Weg zum Hafen in einem Kiosk aufzutreiben. Castor lag ausgestreckt zu unseren Füßen. Ich erinnere mich, dass nur wenige Reisende an Bord waren und ich schon bald von einem intensiven Gefühl der Verlassenheit übermannt wurde. Fast schon von Identitätslosigkeit. Wer war ich? Wohin war ich unterwegs? Warum?

Sich solche Fragen zu stellen, ist für eine Frau von fünfundfünfzig Jahren wenig erbaulich, jedenfalls in gewissen Situationen, in denen man nicht einmal in die Nähe von Antworten kommt. Nach einer Weile erkannte ich, dass der beste Weg, meine aufkommende Angst im Keim zu ersticken, darin bestehen würde, Christa anzurufen und ein paar Worte mit ihr zu wechseln, aber als ich zu dieser Einsicht gelangte, waren wir schon so weit draußen auf dem offenen Meer, dass es kein Mobilfunknetz mehr gab.

Stattdessen kam mir eine Rede in den Sinn, die Martin einmal gehalten und in der er erklärt hatte, was die beiden Begriffe »Angst« und »Kartoffel« betreffe, so gebe es zwischen ihnen keinen größeren Unterschied. Es gebe Dinge, die man der Angst zuschreiben könne, es gebe Dinge, die man der Kartoffel zuschreiben könne, manche seien beiden gemeinsam, manche unterschieden sich. Das sei alles. Er sprach auf einem Festessen zur Feier der Promotion eines Kollegen, eines staubtrockenen Dozenten der Semantik; ich erinnere mich, dass der Vergleich an der gesamten Tafel ungeheure Heiterkeit auslöste und Martin mächtig stolz auf seinen Einfallsreichtum war. Natürlich ohne dies mit einer Miene zu verraten. Ich persönlich begriff kein Wort von dem, was er da redete.

Christa und ich lernten uns vor Urzeiten im Affenstall kennen. Erst arbeiteten wir einige Jahre unter demselben Dach – meistens auch innerhalb derselben, ziemlich eng stehenden Innenwände –, ehe wir einander wirklich nahekamen. Zu unserer Annäherung kam es Ende der neunziger Jahre, als sie sich von ihrem Mann scheiden ließ, einem nicht ganz unbekannten Schauspieler mit sehr großem Ego. Christa traf diese Trennung sehr, und es ging ihr so schlecht, dass sie an manchen Tagen, wenn sie zur Arbeit kam, zwei Schlaftabletten nehmen und sich unsichtbar machen musste, um zu verhindern, dass sie endgültig zusammenbrach.

So drückte sie sich aus. »Maria, jetzt bin ich kurz davor, endgültig zusammenzubrechen, sei bitte so lieb, setz dich zu mir und halte meine Hand, während ich einschlafe.«

Und dann saß ich dort, in einem der kleinen Ruheräume des Affenstalls, und hielt eine ihrer Hände zwischen meinen beiden, während sie weinte, redete, allmählich lallte und schließlich einschlief. Diese Prozedur wiederholte sich im Laufe von mindestens drei Monaten zwei Mal in der Woche, und wie es uns gelang, das vor unseren Chefs geheim zu halten, ist mir bis heute ein Rätsel geblieben.

Unter solchen Voraussetzungen lernt man sich wirklich kennen, und daran haben wir seither festgehalten. Wenn es nach mir geht, wird Christa der Mensch sein, der nach meinem Tod meine Asche verstreut, ich habe sie tatsächlich schon für diese Aufgabe ausgewählt – und sie mich, aber ich weiß nicht, ob sie sich noch daran erinnert. Ungefähr ein Jahr nach ihrer aufreibenden Scheidung reisten wir gemeinsam nach Venedig, nur wir zwei, und als wir eines Abends nach einem langen und weinseligen Restaurantbesuch auf einer der Brücken über irgendeinen verlassenen Kanal standen, versprachen wir uns gegenseitig, dass diejenige von uns, die länger leben würde, sich um die sterblichen Überreste der anderen kümmern und dafür sorgen würde, dass sie am richtigen Ort landeten. Ich nehme an, dass wir damit das schwarze Wasser in besagter Stadt meinten, in der wir uns gerade aufhielten – und dass wir uns auf diese Weise des ewigen Lebens versichern wollten –, aber wir sprachen hinterher nie mehr darüber. Wir waren natürlich ein wenig beschwipst, das versteht sich von selbst.

Nach dem Vorfall in Göteborg konnte Christa mir leider nicht zur Seite stehen. Sie war mit ihrem neuen Mann, einem Fotografen, auf einer Reportagereise in Südamerika, und die beiden kehrten erst im August nach Stockholm zurück. Wir hatten ein paar Mails gewechselt und ein oder zwei Mal telefoniert, aber erst zwei Tage, nachdem ich in Göteborg gewesen war und das eventuelle Vergewaltigungsopfer befragt hatte, saßen wir uns Auge in Auge gegenüber, um über das Thema zu sprechen. Wir aßen im Restaurant *Ulla Winbladh* zu Mittag und unterhielten uns fast drei Stunden, aber als ich aufbrach, war ich ehrlich gesagt dennoch ein wenig enttäuscht.

Ehrlich gesagt weiß ich allerdings auch nicht, was ich erwartet hatte, aber wir hatten uns seit über einem halben Jahr nicht mehr gesehen, und um die Wahrheit zu sagen … nun ja, wenn ich das wirklich tun soll, dann war unsere Freundschaft in den letzten Jahren ein wenig oberflächlicher geworden. Seit Herbst 2008 waren wir keine Arbeitskollegen mehr. Wir hatten uns immer seltener gesehen, den Kontakt per Mail gehalten; zwei Mal im Monat, manchmal öfter. Kurze Lageberichte nur, mehr nicht; selbstironisch und ein bisschen scherzhaft, das ist ja die einfachste Tonart, wenn es nicht um Leben und Tod geht. Wenn es um Leben und Tod geht, meine ich.

Im Moment ging es immerhin um ziemlich viel, zumindest wollte ich mir das einreden, und wenn ich mich nicht binnen weniger Wochen melden würde, nachdem ich Stockholm verlassen hatte, würde Christa trotz allem Unheil wittern. Zumindest würde sie es seltsam finden, gab es in Marokko etwa keine Internetcafés wie überall sonst in der Welt? Zuletzt hatten wir drei Tage, bevor Martin und ich aufbrachen, miteinander telefoniert.

Während ich mit meinem ungelösten Kreuzworträtsel auf der Fähre saß, kam mir auch der Gedanke, dass ich mich unbewusst von ihr distanziert hatte, was mein eigener Fehler war. Der Gedanke stimmte mich traurig. Es ist mir nie gelungen, eine dieser Frauen zu werden, die jederzeit auf ein halbes Dutzend Freundinnen zurückgreifen können, und damit kann ich gut leben. Aber war vielleicht auch meine Freundschaft mit Christa niemals so richtig gewesen? Was immer damit gemeint sein könnte. *So richtig?* Ich weiß es nicht. Angst oder Kartoffel?

Es ist schon eigenartig, dass geographische Veränderungen so vieles ins Rollen bringen können. Als hätte alles, was ich gewesen und gedacht und geglaubt hatte, mit diesem Haus in Nynäshamn zusammengehangen. Und mit dem Affenstall. Gunvalds Kommentar damals und das furchtbare Bild von dem Spiegel kamen mir jedenfalls wieder in den Sinn, und ich erkannte mitten auf der Ostsee, dass es im Grunde niemanden interessierte. Was mit mir passieren würde. Oder mit Martin. Wir hatten unser Leben gelebt, ein paar Jahre in der ersten Liga gespielt, ein paar Monate die Schlagzeilen beherrscht, danach die Flucht ergriffen. Der Rest ist Schweigen. Der große Schlaf, wenn einem Chandler lieber ist als Shakespeare. Eugen Bergman war natürlich interessiert, aber eher beruflich als auf einer menschlichen Ebene. Unsere Kinder? Pustekuchen. Christa? Ich hatte meine Zweifel.

Aber wahrscheinlich unterschätze ich den Freundeskreis in universitären Kreisen, mit dem sich Martin im Laufe der Jahre umgeben hat, aber das zu beurteilen, steht mir nicht zu. Ich habe mein Leben lang Dinge unterschätzt oder falsch eingeschätzt.

Die Tatsache, dass ich nicht die geringste Chance sah, Gedankengänge dieser Art mit dem Mann zu besprechen, der an meiner Seite schnarchte, war natürlich auch nicht sonderlich aufbauend. Ich erinnere mich, dass ich mich hinunterbeugte und eine ganze Weile Castor streichelte und dass er meine Zärtlichkeit erwiderte, indem er mein rechtes Ohr sauberleckte, wie er es häufig tut.

Jedenfalls wage ich zu behaupten, dass während dieser Fährfahrt über die Ostsee etwas in mir erwachte. Etwas, das besser weitergeschlafen hätte, aber wenn man unbedingt hochtrabend werden möchte, ging es wohl um den Willen kontra das Schicksal, um unsere Entscheidungen und Beweggründe. Ich finde natürlich nicht die richtigen Worte, um es auf den Punkt zu bringen, abgesehen von dem, was ich bereits gesagt habe: dass offenbar so vieles in dem Affenstall und diesem verdammten Haus in Nynäshamn zurückblieb. Dreißig Jahre hart erkämpfter Lebenserfahrung, wie lächerlich sie einem doch an einem klaren Tag auf See erscheinen können.

Es dauerte nur eine halbe Stunde, vom Fährhafen in Świnoujście zu Professor Soblewskis Haus zu fahren. Es war eine große, alte Holzvilla in einem Buchenwald in Meernähe, die in den dreißiger Jahren von irgendeiner Nazikoryphäe erbaut worden war und in kommunistischer Zeit Politruks aus der Parteispitze als Sommerhaus gedient hatte. Das berichtete unser Gastgeber, als wir auf der Terrasse Sekt tranken. Wie er selbst an den Kasten gekommen war, erzählte er uns nicht. Er war Anfang siebzig, versiert und einigermaßen charmant. Seine dreißig Jahre jüngere Frau, oder vielleicht auch Lebensgefährtin, hieß Jelena und sprach nur wenig Englisch und Deutsch, so dass die Konversation ein wenig einseitig ausfiel. Daran war ich jedoch gewöhnt, zwei männliche Universitätsdozenten, die sich im Stehen unterhielten und gutmütig lachten, zwei Ehefrauen, die dabeistanden und tapfer lächelten.

Ich bin mir nicht ganz sicher, welche Absicht der Besuch bei

Professor Soblewski verfolgte. Gut möglich, dass Martin es mir erzählt hatte, aber ich hatte ihm nicht richtig zugehört. Jedenfalls hatte er schon früh erklärt, dass wir diese Route durch Europa nehmen würden, statt der naheliegenderen westlichen: Rødby-Puttgarden-Hamburg-Straßburg... und so weiter. Ich weiß, dass Soblewski zu der Gruppe gehörte, die sich in den Siebzigern auf Samos aufgehalten hatte, und wenn man bedachte, was in Martins Gepäck lag – und was der explizite Sinn unserer ganzen Reise war –, ging ich davon aus, dass unser Besuch mit Herold und Hyatt zusammenhing. Auf die eine oder andere Art.

Ich mag mich jedoch täuschen. Soblewski ist ein großer Name in der Welt der Literaturwissenschaft, und obwohl ich ihm nie zuvor begegnet war, hat Martin im Laufe der Jahre doch häufiger Kontakt mit ihm gehabt. In Nynäshamn steht ein halbes Dutzend seiner Bücher im Regal, eines sogar in schwedischer Übersetzung – *Unter der Oberfläche der Worte.*

Jedenfalls saßen wir bei einem langen und etwas bemühten Abendessen zusammen, nur wir vier, und das Bemühte betraf natürlich nur die Damen. Die Herren hatten kein Problem, der Konversation immer neuen Schwung zu geben, zwei Karaffen Rotwein und einige Gläser Wodka taten das Ihrige dazu. Jelena trank Wodka, aber keinen Wein, bei mir war es umgekehrt. Eine düstere, leicht hinkende Frau bediente uns, und Professor Soblewski erläuterte, sie sei eine entfernte Verwandte, der das Leben übel mitgespielt habe.

Nach dem Kaffee bat ich um Erlaubnis, mich zurückziehen zu dürfen, was mir bewilligt wurde, und während ich in dem voluminösen Doppelbett in der oberen Etage lag und auf den Schlaf wartete, konnte ich durch den Fußboden noch stundenlang Martins und Soblewskis Stimmen hören. Sie palaverten und diskutierten und klangen sehr engagiert, ab und an fast erregt, aber worüber sie sprachen, weiß ich nicht. Damals nicht und auch jetzt, siebzehn Tage später, nicht. Ich glaube, es war schon fast halb drei, als Martin neben mir ins Bett taumelte. Er war von einer Wolke aus Wodka umgeben.

11

Fünfter November. Dreizehn Grad. Nebel.

Wir machten unseren Morgenspaziergang in nördliche Richtung, zu dem hinauf, was The Punch Bowl und Wambarrows heißt. Wambarrows ist einer der höchsten Punkte in der gesamten Heide, aber die Sicht betrug an diesem Tag kaum mehr als dreißig, vierzig Meter, und die Welt versteckte sich. Wir folgten einem Trampelpfad, der stellenweise matschig und mühsam zu gehen war, und um nicht Gefahr zu laufen, uns zu verirren, machten wir nach einer halben Stunde kehrt und nahmen denselben Weg zurück. Keine wilden Ponys tauchten aus dem Nebel auf, nur die üblichen kreischenden Fasane. Die eine oder andere Krähe. Ich bin sehr froh, dass Castor jede Form von Jagdinstinkt fehlt, mit einer anderen Sorte Hund wäre es kompliziert gewesen, in dieser Weise zu wandern. Er trottete wie üblich vor sich hin, auf dem Hinweg zehn Meter zurück, auf dem Heimweg zehn Meter voraus.

Wir stießen auch auf »das Grab dieser Frau«, das Mr Tawking erwähnt hatte. Umgeben von einem Kranz niedriger, windgeformter Bäume sitzt auf einem Zweig eine kleine Metallplakette: *Zur Erinnerung an Elizabeth Williford Barrett, 1911–1961.*

Sonst nichts. Es sah nicht aus wie ein Grab. Ich dachte, dass man in diesem kleinen, privaten Trauerhain vermutlich nur ihre Asche verstreut hatte.

Wer sie wohl war? Und warum ausgerechnet dieser karge

Ort? Nicht mehr als hundert Meter von Darne Lodge entfernt. Sie war nur fünfzig Jahre alt geworden, und ich spürte, dass ich gerne mehr über sie erfahren wollte. Nicht an diesem Tag, aber zu gegebener Zeit, immerhin ist sie meine nächste Nachbarin.

Bevor wir aufbrachen, hatte ich im Kamin Feuer gemacht, und als wir zurückkamen, war es warm im Haus. Ich frühstückte in aller Ruhe und las dabei die ersten dreißig Seiten von *Bleak House*. Es ist kaum zu fassen, dass die Schilderung des Londoner Nebels im Anfangskapitel hundertfünfzig Jahre alt sein soll. Sie hätte ebenso gut heute entstanden sein können. Ich habe nicht sehr viel von Dickens gelesen, aber Martin hat immer große Stücke auf ihn gehalten. Vielleicht mache ich es mir ja zur Gewohnheit, jeden Morgen *Bleak House* zu lesen, was dann Lektüre für einen Monat wäre, und anschließend kann ich zu dem Antiquariat in Dulverton fahren und mir einen neuen Dickens kaufen. Warum nicht, ich muss mein Dasein rund um praktische Rituale gestalten; es ist eine Zeit, um behutsam aufzubauen, nicht abzureißen.

Wenn ich aus dem Fenster schaue und meinen eigenen Exmoornebel mit Dickens' *Fog* des neunzehnten Jahrhunderts vergleiche, kann einen schon das Gefühl beschleichen, als wäre er, genau wie Dickens behauptet, ein lebendiges Wesen. Ein kultivierter und intelligenter Feind, der dabei ist, alles zu umzingeln, zu attackieren und zu verschlingen. Geduldig und systematisch wie ein Virus, es erfordert Körper mit einer Energiemenge wie der unserer Sonne, um sich auf Dauer dagegen wehren zu können, und der Lebensraum, den Castor und ich, so gut wir können, aufrechterhalten, wird natürlich eines Tages nachgeben. Aber ich denke, dass dies im Grunde nur eine Variante des altbekannten Wissens um die Unbestechlichkeit der Natur und des Todes ist, und rede mir ein, nicht zufälligen Stimmungen nachzugeben. Wie gesagt, meinen Hund überleben. Beschlüsse fassen und sie in die Tat umsetzen. Nebel hin oder her.

Kurz nach elf setzten wir uns ins Auto und fuhren nach Exford. Es ist ein etwas größerer Ort als Winsford; zwei Pubs statt einem, Post und Laden getrennt sowie reichlich Übernachtungsmöglichkeiten für kurzzeitige Besucher. Wir kauften eine Zeitung und fuhren nach Nordwesten über das Hochland, und ich nahm an, dass es dieser Teil der Heide war, von dem Mark Britton gesprochen hatte, aber die Sicht war immer noch eingeschränkt, und der Bristol Channel und Wales, die man an klaren Tagen von hier aus sehen können soll, tauchten nicht eine Sekunde auf. Dahinter die steil abfallende Straße nach Porlock hinunter und anschließend an der Küste entlang nach Minehead. Bevor wir losfuhren, hatte ich die Karte gründlich studiert und hielt auf der Fahrt zwei Mal an, um mich zu orientieren.

Minehead ist eine richtige Stadt, im Sommer zweifellos ein ziemlich bedeutender Touristenort, um diese Jahreszeit jedoch recht entvölkert. Wir parkten und gingen die Hauptstraße The Avenue zum Meer hinab, dann auf der Uferpromenade ein Stück hin und wieder zurück. Fanden schließlich einen Waschsalon, in dem es mir mit etwas Mühe gelang, zwei Maschinen anzusetzen, und nicht weit davon entfernt ein offenes Internetcafé. Ich kaufte Tee und Scones und öffnete mit Castor unter dem Tisch zum ersten Mal seit unserer Abreise aus Schweden unsere Mailboxen. Erst meine eigene und danach die von Martin. Ein gewisses Herzklopfen machte sich geltend, das will ich nicht leugnen. Ich hatte unsere Notebooks nicht mitgenommen, sondern saß an einem der sechs PCs des Cafés, etwas altmodische Geräte; ich bilde mir ein, dass man es so machen muss, auch wenn ich Jugendliche mit eigenen Laptops in neumodischen Einrichtungen wie Starbucks und

Espresso House gesehen habe. In dieser verschlafenen Stadt hatte ich allerdings weder den einen noch den anderen Kaffeetempel entdeckt.

Meine Mailbox enthielt insgesamt sechsunddreißig neue Nachrichten, einunddreißig davon waren allgemein und uninteressant, fünf privat. Zu den privaten zähle ich dabei auch zwei Einladungen zu Herbstfesten, die eine von Kollegen aus dem Affenstall, die andere von einer schonischen Freundin und früheren Arbeitskollegin, die bei sich daheim im Stadtteil Södermalm alljährlich ein Gänseessen veranstaltet; jedes Jahr seit 2003, als ich das einzige Mal zusagte, habe ich die gleiche Einladung bekommen. Da das Fest bereits stattgefunden hatte, sparte ich mir eine Antwort. Die drei verbliebenen Kontaktversuche stammten von Synn, Violetta, die in unserem Haus in Nynäshamn wohnt, und Christa. Keine dieser Nachrichten war länger als drei Zeilen. Violetta hatte eine Frage zur Mülltrennung, die ich rasch beantwortete. Synn wollte nur wissen, ob alles gut geklappt hatte und wo wir steckten, das Absendedatum lag acht Tage zurück. Ich verfasste eine höfliche und nichtssagende Antwort, dass es uns gut gehe, wir in Marokko angekommen seien und ich hoffte, das Leben in New York mache Spaß. Christa schrieb Folgendes:

Liebe Maria. Ich habe so ein Gefühl, dass nicht alles
so ist, wie es sein soll. Habe zwei Nächte hintereinander
von dir geträumt. Sei so lieb und melde dich kurz
und vertreibe meine Sorgen. Wo seid ihr? C

Ich schrieb auch Christa eine beruhigende Antwort. Die Reise durch Europa sei ausgezeichnet verlaufen, wir hätten ein kleines Haus in der Nähe von Rabat gemietet, könnten in der Ferne das Meer sehen oder zumindest erahnen, und Martin und mir gehe es gut. Ich merkte, wie sehr es mich trotz allem freute, dass Christa sich in dieser Weise gemeldet hatte. Man träumt ja wohl kaum von Leuten, die einem nichts bedeuten?

Danach wandte ich mich Martins Mailbox zu. Es war das erste Mal überhaupt, dass ich auf die Idee kam, seine Mails zu lesen, aber da er in den letzten zehn Jahren immer dasselbe Passwort benutzt hatte, konnte ich mich problemlos bei ihm einloggen. Allerdings verspürte ich ein hastig aufwallendes – und anschließend langsam abklingendes – Schamgefühl, als ich es tat. Aber wer sollte sich von nun an um seine Mails kümmern, wenn nicht ich?

Zweiunddreißig Nachrichten. Ich öffnete alle und konnte ein Drittel unverzüglich löschen, aber die übrigen knapp zwei Dutzend las ich mir gründlich durch, jede einzelne von ihnen. Die meisten kamen von Kollegen, deren Namen mir mehr oder weniger bekannt waren, eine war von Gunvald, eine von Bergman – sowie eine von jemandem, der sich G nannte und dessen Mailadresse keine weiteren Informationen enthielt. Der Inhalt dieser letztgenannten Mail war zudem ein wenig kryptisch, und als ich in der Mailbox weiter zurückging, fand ich keine anderen Nachrichten von diesem Absender. Aber da ich mich über das Internet eingeloggt hatte, war auch nichts gespeichert, was mehr als zwanzig Tage zurücklag. Jedenfalls schrieb besagter G:

I fully understand your doubts. This is no ordinary cup of tea. Contact me so we can discuss the matter in closer detail. Have always felt an inkling that this would surface one day. Best, G.

Ich las den Text ein weiteres Mal und übersetzte ihn gleichzeitig im Kopf.

Deine Zweifel? Keine gewöhnliche Tasse Tee? Eingehend diskutieren? Ein Gefühl, dass dies hochkommen würde?

Was war das? Ich spürte einen deutlichen Anflug von Sorge

und dachte, dass ich nach meiner Rückkehr zu Darne Lodge unbedingt Martins Adressbuch durchforsten musste, um Informationen über die Initiale G zu finden. Ich machte mir allerdings keine großen Hoffnungen, denn Martin hat nie begriffen, wie man ein solches Register benutzt, stattdessen hat er einfach jahrelang alle alten Mails nicht gelöscht. Wahrscheinlich war dieser Weg inzwischen jedoch auch versperrt, weil wir beide – aus gegebenem Anlass – uns im Laufe des Sommers neue Mailadressen zugelegt hatten.

Ich klickte sie fort und begann stattdessen, eine Antwort an Gunvald zu schreiben. Er erhielt die gleichen Informationen wie in meinen Mails an Christa und Synn, und ich beschloss, mir gewisse Fakten über unsere fiktive Behausung zu notieren – zum eigenen Gebrauch und um sie in Zukunft einheitlich beschreiben zu können.

Ein Haus vor den Toren Rabats. Alleinlage und sicher. Ein kleiner Pool, das Meer in der Nähe.

Außerdem erklärte ich, dass wir beabsichtigten, unsere Mails in Zukunft nur einmal in der Woche zu lesen, und verspätete Antworten somit keinen Grund zur Sorge bildeten. Wir hätten einige Kilometer von unserem Haus entfernt ein kleines Internetcafé entdeckt, aber einer der Gründe für unsere Reise sei bekanntlich, uns ein wenig abzuschotten. Das würden sie freundlicherweise akzeptieren müssen: Bergman, Gunvald, Synn, Christa und alle anderen.

Etwa eine Minute saß ich anschließend da und zog in Erwägung, auch die Mail von G zu beantworten, aber da mir keine passenden Formulierungen einfielen, beschloss ich, es aufzuschieben. Außerdem beschloss ich, noch etwas Zeit verstreichen zu lassen, bis ich Bergman antwortete.

Als die Mails erledigt waren, las ich in den Internetausgaben der größten Tageszeitungen Nachrichten aus Schweden, erkannte jedoch nach wenigen Minuten, dass sie mich nicht im

Mindesten interessierten. Sie enthielten jedenfalls keine Informationen darüber, dass die Polizei nach der verschwundenen Ehefrau eines Professors suchte, der an der polnischen Ostseeküste unter mysteriösen Umständen tot aufgefunden worden war, und obwohl ich auch nichts dergleichen erwartet hatte, reagierte ich doch erleichtert. Ich dankte der jungen Frau hinter dem Tresen, zahlte und kündigte an, dass ich sicher wiederkommen würde.

Anschließend kehrte ich in den Waschsalon zurück, stopfte mehrere Einpfundmünzen in die Maschinen und drückte auf neue Knöpfe, um die Trockner zu starten. Nahm Castor zum Auto mit und ließ ihn unter einer Decke auf der Rückbank liegen, während ich in der Stadt einkaufen und schließlich meine trockene Wäsche holen ging.

Ich war zweifellos glücklich und zufrieden, all diese praktischen Dinge erledigt zu haben, als wäre ich irgendeine gewöhnliche, anständige und funktionierende Frau mittleren Alters. Mit Hund.

Auf dem Rückweg nahmen wir eine andere Strecke über die Heide. Fuhren durch die mittelalterliche Stadt Dunster, über Timberscombe und Wheddon Cross; die ganze Zeit auf derselben schmalen, kurvigen, zeitweise tiefgelegten Straße. Man ist generell gezwungen, vorsichtig zu fahren, und an manchen Stellen muss man sogar anhalten, wenn einem ein Auto entgegenkommt, aber ich merke, dass ich mich langsam daran gewöhne.

Mich an alles gewöhne; als es dämmerte, so gegen halb fünf, waren wir wieder in Darne Lodge. Der Nebel war den ganzen Tag unvermindert dicht geblieben. Um diese Uhrzeit zu einem Spaziergang aufzubrechen, war völlig unmöglich, Castor und ich hätten einen längeren Marsch gut gebrauchen können, aber stattdessen vergingen die Abendstunden damit, Wäsche zu falten und eine Gemüsesuppe zu kochen, die mindestens drei Tage reichen sollte.

Das waren alles in allem gute und lebenserhaltende Tätigkeiten, aber ich merkte, dass meine Gedanken dazu neigten, zu G und seiner nicht näher bestimmten Sorge zurückzukehren.

12

Lass uns erst noch einen Spaziergang am Strand machen. Castor braucht Bewegung.«

Es war halb elf am Vormittag. Wir hatten uns soeben von Professor Soblewski und seiner Jelena verabschiedet, die beiden standen noch winkend auf der Terrasse. Wir saßen auf dem holprigen Kiesweg, der zum Haus hinaufführte, im Auto und wollten losfahren.

Martin hatte unübersehbar einen Kater und gestand, dass es für ihn eigentlich noch ein wenig zu früh sei, um am Steuer zu sitzen. Ich erwiderte, dass ich ganz seiner Meinung sei. Uns erwartete ein langer Tag auf der Straße, nicht nur der Vierbeiner unter uns brauchte frische Luft.

Es dauerte nur wenige Minuten, einen Weg zum Meer zu finden. Wir fuhren eine kurze Strecke, fünf, sechs Kilometer, würde ich schätzen, und hielten auf einem kleinen Parkplatz neben einem nach Saisonende geschlossenen Café im Buchenwald. Ein Fuß- und Fahrradweg führte über die Böschung hinweg zu einem blassgrauen Sandstrand hinunter, der sich zwischen den Bäumen vage erkennen ließ. Dorthin begaben wir uns und stellten fest, dass er sich in beide Richtungen unendlich weit zu erstrecken schien. Das Ufer war menschenleer, es war diesig, und es wehte ein ziemlich kräftiger Wind aus nordwestlicher Richtung, soweit ich es beurteilen konnte, und ohne ein Wort darüber zu verlieren, gingen wir daraufhin nach Osten. Castor hatte Sandstrände immer schon geliebt und lief ausnahmsweise mit hochgerecktem Schwanz vor. Martin war wesentlich zurückhaltender, vergrub die Hände in den Hosentaschen und zog die Schultern hoch. Darüber hinaus ging er lieber ein paar Meter von mir entfernt, und es war ihm deutlich anzusehen, dass er nicht zu Gesprächen aufgelegt war; ich nahm an, dass ihn der Wodka vom Vorabend noch in der Gewalt hatte, der Zustand war mir nicht unbekannt.

Vielleicht lag es aber auch an dem Gespräch mit Professor Soblewski, dessen Inhalt mir ebenfalls unbekannt war.

Nach einer Weile, als wir ungefähr fünfhundert Meter gegangen und immer noch keiner Menschenseele begegnet waren, fiel Martin auf, dass er Portemonnaie und Handy im Auto liegen gelassen hatte. Ich fragte ihn, ob er zurückgehen wolle, aber er schüttelte nur gereizt den Kopf.

»Das ist ja wohl nicht meine Schuld«, sagte ich.

»Habe ich das etwa behauptet?«, entgegnete Martin.

Ich sparte mir die Antwort. Griff stattdessen nach einem Stock und begann, mit Castor zu spielen. Normalerweise ist er kein Hund, der gerne Stöcken hinterherjagt, aber an diesem Tag war er mit Begeisterung bei der Sache. Ich warf, er lief, dass der Sand hochspritzte, und kam sogar mit der fiktiven Beute zurück.

»Pass auf, dass er nicht nass wird«, rief Martin. »Denk daran, dass er den ganzen Tag im Auto liegen und müffeln wird.«

Ich kommentierte auch diese Bemerkung nicht. Aber trotz des Meers und des Strands und des Windes sank mein Lebensgefühl nach und nach auf ein gefährlich tiefes Niveau. Ich weiß nicht, was ich mit diesen Worten genau meine – gefährlich tiefes Niveau –, aber sie kamen mir schon damals in den Sinn und waren nichts, was ich mir erst im Nachhinein zurechtlegte, als ich zu analysieren und zu verstehen versuchte, was geschehen war. Die Stimmung von der Überfahrt am Vortag kehrte schlagartig zurück, und dann die schlaflosen Stunden in der Nacht, bevor Martin zu mir hochkam und sich hinlegte – sobald er im Bett war, begann er zu schnarchen, was dazu führte, dass es fast vier war, als ich endlich einschlief –, und während wir den Strand entlanggingen und darauf achteten, zehn, fünfzehn Meter oberhalb der Wasserlinie zu bleiben, wo es einen breiten Streifen festeren Sand gab, auf dem sich angenehm gehen ließ, begriff ich, dass sie letztlich nichts mit Angst zu tun hatte.

Eher mit Nichtigkeit. Einem Gefühl ohne Gefühl, einer Gleichgültigkeit, die mich trotz allem erstaunte, weil ich mich nicht erinnern konnte, sie je zuvor erlebt zu haben. Andererseits war es vielleicht genau das, dem Gudrun Ewerts in unseren späteren Gesprächen auf die Spur zu kommen versucht hatte. Oder ist es typisch für diese Nichtigkeit, dass man sie gerade *nicht* erlebt, klingt es nicht danach? Es kam mir vor, als hätte es ebenso gut eine ganz andere Frau sein können, die mit ihrem Mann und ihrem Hund im Wind spazieren ging – oder dass irgendein zynischer Machthaber sich einen Spaß daraus gemacht hatte, ein anderes Gehirn und ein anderes Erinnerungsarchiv in meinen armen Kopf zu stopfen, und dass ich mich deshalb nicht orientieren konnte. Ich war in meiner inneren Landschaft verloren, was einfach daran lag, dass sie ausgetauscht worden war. Oder ausradiert. Ich dachte, dass man in meinem Alter keinen Gefühlen oder Stimmungen ausgesetzt werden sollte, die sich nicht abwägen und identifizieren lassen, aber so verhielt es sich nun einmal. Ich war ein neugeborenes, fünfundfünfzigjähriges Baby.

Ich versuche also, meinen Zustand an jenem Tag in Worte zu fassen, und tue dies jetzt annähernd drei Wochen später. Das mag den Anschein erwecken, dass ich hiermit dem Willen Ausdruck verleihen möchte, zu begreifen und zu rechtfertigen, aber ich fürchte, auch das ist eine Verfälschung. Ich schreibe, um dem Wahnsinn zu entgehen – dem geduldig erodierenden Wahnsinn der Einsamkeit – und um meinen Hund zu überleben, das ist alles.

Wir gingen noch etwas weiter. Einen Kilometer, vielleicht auch eineinhalb. Ohne ein Wort. Ohne eine Menschenseele zu sehen, das war ein wenig seltsam. Nur Martin, Castor und ich, in gebührendem Abstand voneinander. Jeder von uns offensichtlich in seiner eigenen Welt. Drei Lebewesen an einem Strand, Ende Oktober. Castor jagte keinen Stöcken mehr hinterher, lief aber weiter vor uns her. Ich dachte, dass ich mich nach nichts sehnte. Ich war nicht hungrig, nicht durstig.

Dann kamen wir zu dem Bunker.

Er lag halb im Sand begraben, ein ganzes Stück von der Wasserlinie entfernt, gleich unterhalb der Böschung, auf deren anderer Seite der Buchenwald begann.

Martin blieb stehen.

»Jetzt sieh dir das an.«

Es waren die ersten Worte, die einer von uns äußerte, seit er mich ermahnt hatte, auf den Hund achtzugeben. Ich betrachtete den Bunker – es gab nichts anderes, was ihn zu seiner Aufforderung hätte veranlassen können – und fragte mich, was er meinte.

Er lachte kurz auf, was ein wenig unerwartet kam, und ich dachte, dass der Wind vielleicht doch Einfluss auf den Wodka ausgeübt hatte.

»In das Ding würde ich gerne einmal einen Blick werfen«, meinte er und schaffte es, die Art von pfadfinderhaftem Enthusiasmus in seine Stimme zu legen, der ich mich dreißig Jahre lang so gehorsam unterworfen hatte. »Das ist bestimmt noch ein alter Klotz aus dem Zweiten Weltkrieg. Aber ich erinnere mich …«

Und während wir durch den etwas loseren und etwas schwerer zu durchquerenden Sand hinaufgingen – und während er schweren Sand wegtrat, der vor die rostige Eisentür auf der Rückseite des Bunkers geweht worden war –, erzählte er, dass es einen Roman eines ziemlich bekannten schwedischen Schriftstellers gab, in dem ein solcher alter Betonkasten eine entscheidende Rolle spielte. Der Name des Autors sagte mir etwas, aber das Buch hatte ich nie gelesen, was Martin dagegen offenkundig getan hatte; außerdem schien es ihn sehr beeindruckt zu haben, denn auf einmal war es ihm ungeheuer wichtig, auch einen Blick in das Innere des Bunkers zu werfen. Er schaufelte noch mehr Sand zur Seite, nun mit beiden Händen und Füßen, und versuchte mir gleichzeitig keuchend zu erklären, welche Rolle der Bunker in der Geschichte spielte. Eine entscheidende Begegnung zwischen zwei Rivalen, glaube ich, hörte allerdings höchstens mit einem halben Ohr zu und kann mich im Nachhinein an keine Details mehr erinnern. Mit der Zeit hatte er so viel Sand entfernt, dass wir den Riegel aus einer Verankerung heben und mit vereinten Kräften die schwere und träge Tür aufziehen konnten. Sie glitt auf kreischenden Scharnieren auf, zwar kaum mehr als dreißig bis vierzig Zentimeter, aber doch weit genug, damit wir hineinschlüpfen konnten.

Castor hielt es für besser, zehn Meter Abstand zu halten und unsere Aktivitäten misstrauisch zu beäugen. Wenn wir unbedingt in einen schmuddeligen alten Bunker gehen wollten, war das unsere Sache, nicht seine.

Im Inneren war es dunkel, Licht fiel lediglich durch die Tür herein, die wir gerade einen Spaltbreit aufbekommen hatten, sowie durch zwei Luken, die zum Meer hinausführten. Sie lagen direkt unter der Decke und hatten die Größe von zwei kleineren, hochkant stehenden Schuhkartons; ich nahm an, dass sie angelegt worden waren, um hinausspähen und durch sie schießen zu können.

Es handelte sich um einen einzigen, etwa fünf mal fünf Meter großen Raum. An drei Wänden entlang verlief eine fast meterbreite Bank, auch sie aus grobem, rauem Beton. Breit genug, um auf ihr zu liegen und zu schlafen, aber auch hoch genug, um sich auf sie stellen und zum Meer und zu eventuell näher kommenden Feinden hinausschauen zu können. Und sie, wie gesagt, niederzuschießen.

An den Wänden gab es einige Schmierereien, Namen und Daten und Tage verschiedener Art, und es roch muffig und penetrant nach abgestandener Luft und feuchtem Beton. Spuren von Öl oder Benzin und erkaltetem Ruß stachen einem ebenfalls in die Nase, und Martin zeigte auf die Reste eines ausgebrannten Feuers fast in der Mitte des Raums. Diese verkohlten Holzscheite sowie zwei Plastikkanister mit unbekanntem Inhalt und vereinzelt platzierte Eisenhaken an der Decke waren die einzigen Gegenstände in dem Bunker.

Jedenfalls glaubte ich das, als plötzlich zwei große Ratten direkt vor unseren Füßen unter der Bank auftauchten, quer durch den Raum flitzten und in einer dunklen Ecke verschwanden. Aber gut, Ratten zählen vielleicht auch nicht als Gegenstände. Ich schrie auf, und Martin fluchte.

»Verdammt!«

»Ja, was haben wir hier auch zu suchen?«

Ich empfand auf einmal, dass dies eine ungeheuer berechtigte Frage war, und zog mich rasch zur Tür zurück. Martin dagegen blieb, stieg auf die Bank und blickte durch eine der Luken hinaus. Sein Kopf füllte exakt die Öffnung aus, wodurch es in dem Raum noch eine Spur dunkler wurde.

»Hol mich der Teufel, das ist hier wirklich fast genauso wie in dem Buch …«

In seiner Stimme schwang Erregung mit, und mich überkam großer Ekel. Ich merkte, dass sich mein Blickfeld verengte, und ehe ich mich versah, hatte ich mich rückwärts zur Tür hinausgeschoben, sie unter Aufbietung all meiner Kräfte, von denen ich überhaupt nicht gewusst hatte, dass ich sie besaß, zugeschoben sowie den schweren Riegel vorgelegt.

Castor hatte sich nicht von der Stelle gerührt. Ich war höchstens eine Minute im Inneren des Bunkers gewesen. Ich hörte Martin von innen etwas zu mir hinausrufen.

Mein Blickfeld kehrte zu seinem normalen Umfang zurück, aber der Ekel blieb.

»Komm, Castor«, sagte ich, und wir marschierten am Ufer entlang denselben Weg zurück, den wir kurz zuvor gekommen waren. Ich nahm an, dass Martin erneut rief, aber der stürmische Wind schluckte alle Geräusche.

Ich überprüfte, dass mein Autoschlüssel in der Jackentasche lag. Dachte an dieses klebrige Zeug auf Magdalena Svenssons Bauch.

II.

13

Auf den ersten fünfzig bis hundert Kilometern wollten mir die Ratten nicht aus dem Kopf.

Nicht die Ratten in dem Bunker, sondern die fetten Biester, von denen der schwedische Schriftsteller E. in einem seiner Romane erzählt. Es ist nur eine Episode, aber Martin schrieb seine Dissertation über diesen Autor, und ich weiß, dass er immer maßlos begeistert von der Geschichte des Mannes war, der in seinem Erdkeller heimlich einen ganzen Haufen Ratten mästet. Wenn sie fett genug und blutdurstig geworden sind – ich erinnere mich nicht mehr an die Details, bilde mir aber ein, dass es sich um ein Dutzend oder mehr handelt –, hungert er sie tagelang aus, um danach eine Art Falle zu legen, die darauf hinausläuft, dass seine Frau den Weg in den Erdkeller hinunter machen muss (da er selbst krank das Bett hütet), auf der vereisten Treppe ausrutscht und durch die Tür, die automatisch aufschwingt und hinter ihr sofort wieder ins Schloss fällt, in die Dunkelheit zu den Ratten rutscht.

Und sie sind ein bisschen hungrig, diese Ratten.

Man darf wohl annehmen, dass alles nach Plan verläuft, denn eines Tages ist die Ehefrau plötzlich aus der Geschichte verschwunden. Es ist grundsätzlich eine Episode, bei der ich mir nur schwer vorstellen kann, dass eine Schriftstellerin auf die Idee gekommen wäre, sie so zu schreiben.

Während ich nach Süden fuhr – in Richtung Stettin und Berlin –, dachte ich darüber nach, ob Martin sich in diesem Moment wohl an E.s Erzählung erinnerte.

Und darüber, ob er selbst möglicherweise auch dabei war, aus der Geschichte zu verschwinden.

Doch bevor wir so weit gekommen sind, zum Auto und zur Europastraße 65, hatten wir im Gegenwind auf dem Strand eine lange Wanderung zu bewältigen, Castor und ich, die ich nicht überspringen kann. *Die merkwürdige Wanderung*; und was immer wir dachten und was immer wir während dieses entscheidenden Abschnitts in unserem Leben empfanden, so kehrten wir doch nicht um. Wir hielten nicht einmal inne und dachten darüber nach, kein einziges Mal. Ich nicht, Castor nicht, *wir blickten nicht zurück*. Ich könnte es darauf schieben, dass es schon nach sehr kurzer Zeit zu spät war. Was hätte ich Martin sagen sollen?

Außerdem – und erneut – waren meine Wahrnehmungen und Empfindungen im Besitz einer anderen. Als sähe und erlebte ich die Welt zum ersten Mal, die Worte erscheinen mir stumpf, wenn ich im Nachhinein versuche, mich diesem Zustand anzunähern, stumpfer denn je, aber da war der Sand, da war das Meer, da waren meine Schritte, ja, jeder einzelne Schritt, da war der Wind in meinem Gesicht, da waren die Rufe einzelner Möwen, meine Atemzüge und mein Hund, der ungewöhnlich dicht neben mir blieb, das tat er wirklich. All das, was uns umgab und umschloss, besaß eine Deutlichkeit und Schärfe und gleichzeitig einen Einklang, eine Prägnanz und Präsenz, die zuzunehmen schienen und meine Haut allmählich glühen ließen wie bei einem sich anbahnenden Fieberanfall.

Und wir gingen und gingen. Eine Stunde dauerte es, bis wir wieder auf dem kleinen Parkplatz waren; auch auf dem Rückweg waren wir keinem Menschen und keinem Fahrzeug außer unserem dunkelblauen Audi begegnet, der vor dem geschlossenen Café parkte. Möglicherweise lag Regen in der Luft, aber als wir uns in den Wagen schoben, fühlten wir uns lediglich angenehm durchgepustet und erfrischt, Castor und ich. Nachdem ich mich vergewissert hatte, dass Martins Telefon, sein Pass und sein Portemonnaie tatsächlich im Außenfach seiner Aktentasche lagen – und nachdem ich eine ganze Weile die Karte studiert hatte –, konnten wir uns ganz auf die Zukunft konzentriert auf den Weg machen.

Wir erreichten Berlin gegen sechs Uhr abends. Unterwegs hatte ich telefoniert und das Hotelzimmer storniert, das Martin gebucht hatte; ich erklärte, wir seien leider krank geworden, und man war so kulant, uns nichts zu berechnen. Stattdessen quartierte ich Castor und mich für sechs Nächte im Hotel Albrechtshof in Berlin-Mitte ein. Ich spürte, dass wir ein wenig Zeit benötigen würden, um in aller Ruhe zu planen und Maßnahmen zu ergreifen, und dieser Aufgabe widmeten wir uns in den folgenden Tagen.

Am ersten Abend, nur eine Stunde, nachdem wir unser Hotelzimmer bezogen hatten, ereignete sich eine kleine Episode, die ich hinterher als ein Zeichen deutete. Wir waren auf einem Spaziergang im Viertel und kamen auf einmal zu einer Polizeiwache. Ich muss eine Art Schock erlitten haben, denn ich blieb vor dem Eingang auf dem Bürgersteig stehen und war unfähig, mich von der Stelle zu rühren. Ich stand dort mit Castor an meiner Seite und hatte das Gefühl, dass sich die schweren Häuserblöcke über uns lehnten, als stünde die gesamte Gegend kurz davor einzustürzen. Die Geräusche der Stadt verzerrten sich in meinen Ohren zu einer unfassbaren Kakophonie, aber Sekunden später verstummte sie, und stattdessen hörte ich eine Stimme in meinem Kopf. *Es ist noch nicht zu spät*, sagte sie. *Noch lebt er. Du kannst durch diese grüne Tür treten und wieder alles in Ordnung bringen.*

Und ohne weiter nachzudenken, stieg ich die drei Treppenstufen hoch und schob, Castor auf den Fersen, die Tür auf. Wir gelangten in eine Art Empfangsraum und begegneten augenblicklich einer strengen Dame in Uniform, die verkündete, den Hund dürfe ich nicht in die Wache mitnehmen. Sie hielt aus irgendeinem Grund, der sich mir nicht erschloss, ein Stethoskop in der Hand. Die Polizei benutzt doch normalerweise keine Stethoskope?

Ich zögerte eine Sekunde, bat dann um Entschuldigung, nahm Castor mit und machte kehrt.

Ich setzte meinen Spaziergang wie geplant fort, und eine Viertelstunde später waren wir wieder in unserem Hotelzimmer. Ich schlief in dieser Nacht traumlos, und als ich am frühen Morgen des nächsten Tages erwachte, fühlte ich mich wie eine Ouvertüre.

Eventuell dachte ich das aber auch nur, denn es ist vielleicht nicht möglich, sich wie eine Ouvertüre zu fühlen.

Das Hotel Albrechtshof lag einen guten Kilometer vom Tiergarten entfernt, und wir verbrachten viele Stunden damit, durch diesen einladenden Park zu streifen und notwendige Beschlüsse zu fassen. Während der ganzen Zeit herrschte mildes und angenehmes Wetter, die Sonne ließ sich kaum blicken, aber es fiel auch kein Niederschlag. Ich hielt mich zum ersten Mal seit vielen Jahren wieder in Berlin auf und erinnerte mich vor allem an meinen allerersten Besuch in dieser gebeutelten Stadt. Er fand im Mai 1973 statt, ein halbes Jahr, bevor die kleine Gun starb, und unser vergötterter Klassen- und Schwedischlehrer Stolpen dirigierte uns. Die ganze Klasse war ohne Ausnahme mitgekommen, achtundzwanzig Fünfzehn- oder Sechzehnjährige sowie Stolpen und zwei Elternvertreter. Drei Wochen später würden wir die Mittelstufe der Gesamtschule verlassen und aufs Gymnasium wechseln, und wir sausten wie die Irren zwischen Museen, Cafés und Denkmälern umher, standen verwirrt und erschrocken da und starrten die Mauer und Checkpoint Charlie an, malten unsere Namen vor den Bahnhof Zoo, gingen im KaDeWe shoppen und versuchten sogar untereinander, Deutsch zu sprechen.

Und der Tiergarten, damals wie heute. Damals fünfzehn, heute fünfundfünfzig. Ich dachte, dass der Park sich nicht verändert hatte. Hielt fest, dass das Leben kurz war, immer wieder meinte ich das zu Castor. Wir teilten uns auf einer Parkbank eine Currywurst. Was sollen wir mit der Zeit anfangen, die uns trotz allem bleibt, fragte ich meinen Hund. Mehr deutsche Wurst essen, fand Castor, das war ihm deutlich anzusehen, und ich dachte erneut, dass ich die Welt sah, wie sie wirklich war. Zum ersten Mal. Ich lachte, das ging wieder vorbei, aber es gab einen Augenblick, als die Sonne sich zwischen den Wolken zeigte, in dem ich dort, auf einer Parkbank im Tiergarten, tatsächlich lachte.

Mein erster Entschluss lautete, dass ich nicht nach Schweden zurückkehren würde. Zu irgendeiner Art von Lebenszusammenhang zurückzukehren, mir eine Geschichte aus den Fingern zu saugen, dass Martin verschwunden war, meine vor Trauer schweren Schritte Kurs auf den Affenstall nehmen zu lassen … nein, das erschien mir unmöglich, diese Alternative zog ich nur wenige Minuten in Erwägung.

Der zweite Entschluss fiel mir nicht schwerer: Wir würden nicht nach Marokko fahren. Ich war noch nie in diesem Land gewesen, es gab dort niemanden und nichts, was uns erwartete, und ich machte mir keine Illusionen über die Aussichten, die eine alleinstehende Frau mit Hund hatte, dort in irgendeiner Form Fuß zu fassen.

Blieb was? Blieb, uns in Europa einen passenden Ort zum Überwintern zu suchen. Ein passendes Land. Es war natürlich jederzeit möglich, dass ich einen Nervenzusammenbruch erleiden würde, ich war die Erste, die das bereitwillig zugab; es würde sehr wohl alles zum Teufel gehen können, aber in Erwartung dieses Tages und Moments konnte ich ja schlecht einfach auf einer Parkbank im Tierpark sitzen bleiben und Wurst mümmeln. So leid mir das für Castor tat.

Blieb folglich eine Reihe praktischer Details. Vor allem, keine Spuren zu hinterlassen. Nicht zuzulassen, dass Kreditkarten und Handytelefonate Routen und Aufenthaltsorte verrieten. Falls nach uns gefahndet werden sollte.

Von der Polizei oder einem Ehemann, dem es irgendwie gelungen war, sich aus dem Bunker zu befreien. Während dieser Tage in Berlin wurde ich mir immer unsicherer, wie ich letztere Möglichkeit einschätzen sollte. Ich hatte keine genauere Vorstellung davon, wie lange ein Mensch ohne Essen und Wasser überleben konnte, nahm jedoch an, dass die Kälte der schlimmste Feind sein dürfte. Ich entsann mich, dass ich von Menschen gelesen hatte, die mehr als vierzehn Tage ohne Wasser überlebt hatten, vielleicht sogar bis zu einem Monat, aber dabei waren sie unter gut temperierten Verhältnissen eingesperrt gewesen. Wie warm mochte es in dem Bunker gewesen sein? Kaum mehr als sieben oder acht Grad, schätzte ich, und nachts sank die Temperatur wahrscheinlich noch tiefer. Ich versuchte die Gedanken daran zu verscheuchen, welche Rolle die Ratten eventuell spielen mochten, aber sie schienen über eine Art Gang zu verfügen, durch den sie hinein und hinaus gelangten. Oder benutzten sie die Luken zum Meer hinaus? Für einen erwachsenen Menschen waren sie zu klein, da war ich mir sicher, aber für eine Ratte reichten sie natürlich aus.

Tja, wie standen die Chancen für einen Menschen, ins Freie zu gelangen?

Wie stand es um die Wahrscheinlichkeit, dass ein Spaziergänger vorbeikam und jemanden um Hilfe rufen hörte?

Und das zweite Szenario – dass die Polizei anfing, nach Castor und mir zu suchen –, wie stand es mit der Wahrscheinlichkeit dafür? Wenn jemand eine Leiche in einem Bunker an der polnischen Ostseeküste fand, wie würde man dann vorgehen, um herauszufinden, wer das war?

Keine Papiere. Kein Handy. Hatte Martin etwas in den Taschen, was auf Schweden hindeuten konnte? Ich wusste es nicht. Der neunundfünfzigjährige Literaturgigant Martin Holinek aus Schweden war jedenfalls nicht als vermisst gemeldet, und seine Fingerabdrücke oder DNA befanden sich in keiner Kartei. Oder hatte die Polizei in den vierundzwanzig Stunden, in denen man ihn wegen der Vergewaltigung vernommen hatte, seine Fingerabdrücke abgenommen? Ich wusste es nicht. Woher sollte ich es auch wissen? Würde ein Verdacht in Professor Soblewskis Kopf auftauchen können, falls er in der Lokalzeitung von einem makaberen Fund am Strand lesen sollte? Das stand ja wohl nicht zu befürchten? Oder doch?

Gute Fragen vielleicht. Doch schon an meinem dritten Tag in Berlin beschloss ich, sie als irrelevant zu betrachten. Die Antworten auf sie hatten mit meinen Strategien für die Zukunft nichts zu tun, ich musste planen und handeln, als wäre alles unter Kontrolle. Was jenseits meines Horizonts geschah, hatte keinen Einfluss auf die Voraussetzungen – Castors und meine Voraussetzungen und Lebensumstände. Das Beste aus der Situation machen, nach vorne schauen, das war alles.

Außerdem stellte ich schon bald fest, dass ich mich eines logisch denkenden und kühlen Kopfes rühmen konnte, was vor allem daran lag, dass ich es nicht eilig hatte. Schließlich wurde ich nicht verfolgt, stand ich nicht unter Stress. Mir blieb genügend Zeit, die Lage zu analysieren und alle erforderlichen Maßnahmen zu ergreifen, und wenn ich der Ansicht war, mehr Zeit zu benötigen, hinderte mich nichts daran, den Aufenthalt in unserem Hotel um einige Tage zu verlängern. Berlin würde jedenfalls der letzte Ort sein, an dem ich Spuren hinterließ, beschloss ich. Der letzte Ort, an dem ich eine unserer Kreditkarten benutzte, und der Ort, an dem ich endgültig unsere Telefone abschaltete. Diese so leicht aufzuspürenden, modernen Dinger.

Dass ich weiterhin gezwungen sein würde, unser Auto zu benutzen, war möglicherweise eine Komplikation, aber ein anderes Fahrzeug zu stehlen oder zu versuchen, die Schilder auszuwechseln, tja, das fiel schlicht nicht in den Rahmen des Möglichen. Hätte ich einen Präsidenten oder Premierminister ermordet, hätte ich diese Alternative wahrscheinlich in Erwägung gezogen, aber solcher Übeltaten hatte ich mich nun doch nicht schuldig gemacht.

Auf absehbare Zeit würde uns mit angemessen eingeschränkten Mitteln niemand aufspüren, so lautete der Grundgedanke, an dem ich festhalten musste.

Und das tat ich.

Als wir am frühen Morgen des achtundzwanzigsten Oktober das Hotel Albrechtshof verließen, war es mir gelungen, in verschiedenen Banken und an Bankautomaten insgesamt 45 000 Euro abzuheben, was zusammen mit den 10 000 amerikanischen Dollar und den 12 000 Euro, die wir ohnehin schon in unserer Reisekasse hatten, genug Bargeld sein müsste, um uns mindestens ein halbes Jahr über Wasser zu halten. Wenn wir bescheiden lebten – um einiges länger.

Und während der diesigen Vormittagsstunden auf der Autobahn zwischen Berlin und Magdeburg entschied ich mich schließlich für England. Ich hatte sowohl mit dem Gedanken an Spanien als auch an die Provence gespielt – und an Italien und Griechenland, das soll nicht verschwiegen werden –, aber letztlich spielte das Klima keine entscheidende Rolle. Ich wollte, dass Castor und ich uns in ein Land zurückzogen, in dem ich wenigstens die Sprache beherrschte, in dem ich problemlos eine Tageszeitung lesen und die Nachrichten in Rundfunk und Fernsehen verfolgen konnte. Mir ist nicht ganz klar, warum mir dieser Faktor so wichtig erschien, aber das war nun wirklich nicht das Einzige, was mir unklar war.

In der folgenden Nacht schlief ich in einem kleinen Hotel in Münster, im Schatten der großen Kathedrale. Als wir uns anmeldeten, erklärte ich, mir seien Pass und Kreditkarte gestohlen worden, und bat darum, im Voraus bar bezahlen zu dürfen. Das war kein Problem. Es erwies sich generell als Vorteil, eine fünfundfünfzig Jahre alte, einigermaßen gepflegte Frau zu sein. Die Leute glauben einem, was immer man sagt.

Ebenso wenig war es ein Problem, Castor unter dem Ärmelkanal hindurch mitzunehmen – allerdings wäre es eins geworden, wenn ich mich nicht durch den Zoll geblufft hätte. Die geltenden britischen Bestimmungen zur Einfuhr von Tieren wurden mir erst am Tunnelterminal in Calais bewusst, und nachdem ich die Sache sorgfältig überdacht hatte, beschloss ich, es einfach darauf ankommen zu lassen. Ich packte um und hüllte Castor in eine Decke, sandte ein Stoßgebet gen Himmel, dass man ihn nicht entdecken würde, und hatte Glück. Natürlich musste ich meinen Pass vorzeigen, aber soweit ich sah, wurde er durch keinen Scanner gezogen, weshalb ich mir nicht sicher bin, dass meine Ankunft in Großbritannien tatsächlich registriert wurde.

Wie auch immer, ich habe nicht die Absicht, dieser Frage nachzugehen. Und wenn ich mir die Zeit genommen hätte, genauer nachzudenken, hätte ich mich vermutlich ohnehin gegen Großbritannien entschieden. Immerhin ist die Grenze zwischen Frankreich und diesem Inselreich in ganz Westeuropa im Großen und Ganzen der einzige bewachte Grenzübergang zwischen zwei Ländern. Aber ich machte mir eben nicht genügend Gedanken, und so kam es, wie es kam. Während ich in meinem Auto im Zug saß und mich ausruhte, dachte ich, dass man das

Wagnis eingehen muss, auf das Schicksal und höhere Mächte zu vertrauen, das muss man wirklich.

Wir rollten aus dem Tunnelzug und wurden von einem alten, schmutzig grauen Imperium empfangen. Mit dem Auto von Folkestone ins Zentrum von London zu gelangen, erwies sich als schwere Prüfung. Ich konnte während der ganzen Fahrt das Gefühl nicht abschütteln, dass ich einen Unfall verursachen würde und Castor und ich den Abend bei der Polizei verbringen würden. Und dass damit alles aus und verloren wäre. Ich versuchte, mich an dem Gedanken an das Schicksal und die höheren Mächte festzuhalten, aber es fiel mir nicht leicht. In den zwei Stunden, die wir benötigten, um bis Marble Arch zu kommen, war ich stattdessen von einem rasenden Herzen und unterdrückter Panik erfüllt, und als ich endlich in einer kleinen Seitenstraße zum Queensway in Bayswater parken konnte, empfand ich eine Erleichterung, die mich die Hände falten und Gott danken ließ.

Es war halb sieben, und es regnete. Die Eingangstore zu Kensington Gardens und zum Hyde Park waren sorgsam verschlossen worden, da es schon dunkel war, so dass wir stattdessen einen Abendspaziergang in Richtung Notting Hill unternahmen. Es war ein wahrhaft nieseliger Regen, ein Niederschlag, wie es ihn nur in London gab, etwas, was träge in der Luft schwebte, ohne wirklich zu fallen; ich habe das so jedenfalls noch an keinem anderen Ort erlebt. Wir begannen, nach einer Unterkunft zu fragen, und fanden schließlich ein einfaches Hotel am Leinster Square, das bereit war, sowohl mich als auch meinen Hund für die nächsten drei, vier Nächte aufzunehmen. Ein schmales Zimmer mit Aussicht auf eine Brandmauer, aber es reichte völlig, ein Dach über dem Kopf zu haben, da waren Castor und ich uns einig. Wir kehrten zum Auto zurück, und zwar gerade noch rechtzeitig, um der Politesse zuvorzukommen, die uns tatsächlich anlächelte und zuwinkte, als wir losfuhren. Ich fasste dies als einen freundlichen Gruß der höheren Mächte auf, und nachdem ich am Hotel einen Teil des Gepäcks sowie eine Tüte Hundefutter ausgeladen hatte, und nach einigem Suchen, fand ich ein Parkhaus in Richtung Paddington, in dem man sein Auto abstellen konnte, ohne vorher bezahlen zu müssen. Ich dachte, dass ich das Auto stehen lassen würde, bis es Zeit wäre, London wieder zu verlassen, und dass ich dann sicher irgendeinem Wächter würde erklären können, dass ich meine Kreditkarte verloren hatte und deshalb bar bezahlen wollte. Eine gepflegte Frau mittleren Alters lügt auch in diesem Land nicht.

So machte ich es am Ende auch. In der heutigen Welt ist es nicht ganz leicht, inkognito zu bleiben, aber ich merkte, dass ich in diesen Dingen langsam, aber sicher eine gewisse Routine entwickelte.

14

Zwölf Grad. Nebel, der sich allmählich auflöst, und Wind aus Südwest. Sechster November.

Kaminfeuer, kürzerer Spaziergang in Richtung Dulverton, Frühstück, dreißig Seiten *Bleak House*. Die Vormittage sind einfach. Wir haben nur vier Nächte in diesem Haus geschlafen, genauso gut könnten es vierzig sein. Wie du einen Tag lebst, so kannst du bis ans Ende deiner Tage leben; so lautet ein wiederkehrender Gedanke, aber ich kann ihn nicht recht einschätzen.

Eine Gruppe wilder Ponys kam näher und grüßte uns, könnte man hinzufügen. Zottelig und uns freundlich gesonnen, unserem Eindruck nach. Schlammbespritzt und nass, könnte man auch hinzufügen, ich denke darüber nach, mir statt der Winterschuhe ein Paar Gummistiefel anzuschaffen.

Gegen zwölf brach die Sonne endgültig durch, und wir machten uns mit dem Auto ein wenig planlos auf den Weg. Fuhren nach Norden und hielten schließlich auf einem kleinen Parkplatz zwischen Exford und Porlock. Hier oben ist die Heide tatsächlich so weitgestreckt und verlassen, wie Mark Britton sie beschrieben hat. Man sieht kilometerweit in alle Richtungen, um nicht zu sagen meilenweit, und erblickt kein einziges Gebäude. Nicht das geringste Anzeichen menschlicher Aktivitäten, kaum ein Baum, nur Heidekraut. Stechginster und Farne. Strohiges Gras, Moos und Lehm. Der Himmel kommt einem in einer solchen Landschaft unerhört nahe. Wir folgten einer Art

Pfad in nordöstliche Richtung, ich nehme an, die wilden Ponys haben ihn ausgetreten; er schien zu verschwinden und wieder aufzutauchen, an manchen Stellen war es zu nass, und wir mussten uns durch das dichte Heidekraut schlagen, uns buchstäblich hindurchzwängen, aber Castor begriff das Ganze als eine anregende Herausforderung, und ich merkte, dass seine Einstellung sich auf sein Frauchen übertrug. Ein wundersames Gefühl von Freiheit rührte mich an, von etwas Ursprünglichem und Wildem. *Wie du einen Tag lebst …* Wir bewegten uns in naturgegebenen Bögen um die schlammigsten Senken herum, schauten uns dabei immer wieder um, um nicht die Orientierung zu verlieren, die ganze Zeit respektvolle Gäste in dieser kargen, unberührten Landschaft. Es ist nicht erforderlich, dass man sich dafür entscheidet, das Gefühl stellt sich mit einladender Selbstverständlichkeit ein. Man ist ungeheuer klein.

Und plötzlich war der Himmel vollkommen klar und hellblau. Allein zu wissen, dass solche Tage möglich sind, dass es sie gibt und sie in der Zeit und im Kalender gelagert werden, macht das Dasein in einer Weise erträglich, der ich bisher viel zu wenig Beachtung geschenkt habe. Nach einer Weile entdeckten wir in der Ferne eine größere Gruppe von Ponys, ungefähr fünfundzwanzig oder dreißig Tiere, sie standen alle grasend auf einem sonnenbeschienenen Anstieg, und vielleicht, stellte ich mir plötzlich vor, war es ja so, dass sie dort, genau an dieser Stelle, vollkommen unabhängig davon gestanden hätten, ob sich der Weltkrieg, der Niedergang und Fall des Römischen Reichs und die Erfindung des Rads wirklich ereignet hätten oder nicht. Auf dieser sonnigen Wiese in diesem England, das bekanntlich die Wiege der modernen Zeit war.

In fünf, sechs Stunden würden sie in Nebel und Dunkelheit gehüllt sein, und nichts könnte sie weniger bekümmern.

Während wir uns langsam zum Auto zurückzogen, überlegte ich, ob ich versuchen würde, Reflexionen dieser Art zu Papier zu bringen, wenn ich tatsächlich die Schriftstellerin wäre, für die ich mich ausgab – oder vielleicht auf jeden Fall zu Papier bringen sollte –, entschied jedoch, dass dies müßig wäre. Warum noch einen Kübel Buchstaben auf den Müllhaufen aus verlorenen Naturbeschreibungen kippen, die … die der weiße Mann seit der Morgenröte der Zivilisation aus seiner existentiellen Verarmung herausgepresst hat? Worte, Worte, dachte ich und empfand fröhliche und unbestreitbare Dankbarkeit dafür, dass mein Schreiben lediglich ein Deckmantel war.

Auf der Rückfahrt machten wir in Exford Halt und kauften Lebensmittel und eine Tageszeitung. Seit ich auf der Fähre von Ystad mit dem *Svenska Dagbladet* dagesessen hatte, war ich im Grunde nicht mehr dazu gekommen, Zeitung zu lesen, und als wir wieder in Darne Lodge waren und sobald ich ein neues Feuer im Kamin entfacht hatte, lag ich mit Castor zusammengerollt unter meinen Beinen auf der Couch und arbeitete mich durch *The Independent*, zielstrebig von der ersten bis zur letzten Seite. Es war eher eine Geste der Wirklichkeit und der Zivilisation als solches gegenüber, glaube ich, denn ich fand nichts, was mich berührt oder die Sehnsucht danach geweckt hätte, mich in die weite Welt aufzumachen. Nach einer Weile schlief ich natürlich ein, und als ich aufwachte, herrschte Dunkelheit im Zimmer und das Feuer war zu einem gerade noch lebenden Gluthaufen heruntergebrannt.

Ich zündete die beiden Kerzen auf dem Tisch an. Blieb einen Moment liegen und dachte nach. Lauschte dem wispernden Geräusch der Rhododendronzweige auf dem Fensterblech und dem Wind. Er war stärker geworden. Im Wohnzimmer hingen keine Vorhänge. Wenn ein Mensch oder ein Tier zwei Meter vor dem Haus stünde und hineinschaute, würde ich ihn oder es niemals entdecken können. Ich stand auf und notierte *Taschenlampe* auf meiner Einkaufsliste; laut Mr Tawkings Inventarliste in dem Ordner sollte es hier zwei geben, aber ich habe keine von ihnen gefunden.

Als ich so weit durch diesen unauffälligen Novembertag gekommen war, beschloss ich, einen ersten Blick in Martins Material von Samos und aus Marokko zu werfen.

15

In meinem Zimmer im Simmons Hotel hatte ich keine Internetverbindung, aber in der Lobby stand ein Computer, der den Gästen zur Verfügung stand. An ihm verbrachte ich, zum Ärger einiger anderer, jüngerer Gäste an meinem ersten Vormittag in London annähernd zwei Stunden. So lange brauchte ich, um *The Darne Lodge* in der Nähe des Dorfs Winsford in der Grafschaft Somerset zu finden. Ich prüfte sicherlich mehr als hundert Mietobjekte im Südwesten Englands; dass ich mich ausgerechnet für diesen Teil des Landes entschied, hing damit zusammen, dass wir einmal vor vielen Jahren ein Haus in der Nähe von Truro in Cornwall gemietet hatten – Martin, die Kinder und ich. Wir blieben dort einen ganzen Monat, und in meiner Erinnerung war es der schönste Urlaub in all unseren gemeinsamen Jahren. Gunvald und Synn waren gerade in die Pubertät gekommen, aber es funktionierte trotzdem reibungslos, und ich weiß, dass ich, wenn wir nach unseren Ausflügen zum Abendessen in der engen Küche unseres kleinen Steinhauses zusammenkamen, eine Art Gemeinschaft und Verbundenheit empfand, wie ich sie nie zuvor empfunden hatte. Vielleicht bildete ich mir das auch nur ein, aber so etwas lässt sich nicht mit Bestimmtheit sagen. Außerdem erinnere ich mich, dass Martin und ich dort in Cornwall auch ein richtig gutes Liebesleben hatten. Es war übrigens der Sommer vor dem Winter, in dem Martin seine Affäre hatte.

Und ich kann nicht beschwören, dass sie nicht schon vor jenem Sommer begonnen hatte.

Ich weiß nicht, was ich mir eigentlich vorstellte, welche Bedeutung dieser lange zurückliegende Aufenthalt für meine gegenwärtige Lage haben sollte, aber vielleicht wollte ich an etwas Vergangenes mit guten Vorzeichen anknüpfen. Es hatte jedenfalls mehr mit Gefühlen als mit Gedanken zu tun, aber ich erkannte, dass mir das Bild eines kleinen Hauses im Südwesten Englands schon durch den Kopf gespukt hatte, als wir Berlin verließen.

In der Beschreibung zu Darne Lodge waren keine Kontaktdaten für das Internet angegeben. Nur eine Telefonnummer. Ich bat den schläfrigen Ungarn an der Rezeption, das Telefon benutzen zu dürfen, und Mr Tawking meldete sich nach einem halben Klingelton. Als hätte er darauf gewartet, dass ich anrufen würde. Fünf Minuten später hatten wir uns auf den Preis für ein halbes Jahr geeinigt, und die Sache war unter der Voraussetzung abgemacht, dass ich im Laufe des Tages eine bestimmte Summe als Vorauszahlung auf sein Konto überweisen würde.

Im Laufe des Tages, fragte ich nach.

Im Laufe des Tages, bestätigte Mr Tawking. Die Leute stehen Schlange, um in meinem Haus wohnen zu dürfen. Das bezweifelte ich zwar, damals nicht weniger als heute, aber ich akzeptierte. Castor und ich machten einen Spaziergang durch den Park nach Kensington hinunter und fanden schließlich eine Bank, in der wir nach einigem Verhandeln die Bezahlung an Mr Tawking durchführen konnten, ohne dass eine Kreditkarte oder persönliche Daten erforderlich gewesen wären. Doch, ich gab meinen neuen Namen an, Maria Anderson, sowie eine fiktive Adresse in Kopenhagen.

Ich wechselte sogar Geld, 1500 Pfund, und dachte, dass ich weiteres Geld in einigen der kleinen Bankfilialen am Queensway umtauschen würde, ehe wir nach Westen aufbrachen; passend verteilt auf nachvollziehbare Beträge, die kein Aufsehen erregen würden.

Aber keine Spuren. Inkognito. Als wir in den Sonnenschein auf der belebten Kensington High Street hinaustraten, war ich plötzlich und überraschend von Optimismus erfüllt. Ich fasste Entschlüsse und setzte sie in die Tat um. Ich stieß auf Probleme und löste sie. Ich gab Castor ein Leberleckerchen und versprach ihm, dass ich zumindest so lange am Leben bleiben würde, wie er es tat.

Etwa zwanzig Minuten später, unterhalb der Peter-Pan-Statue in Kensington Gardens, schlug mein Optimismus ins Gegenteil um.

»Maria?«

Ich sah sofort, wer da rief. Katarina Wunsch. Mittlerweile beim Rundfunk in Luleå, aber bis kurz nach dem Jahr 2000 waren wir Kolleginnen im Affenstall gewesen. Wir hatten zwar nicht besonders eng zusammengearbeitet, aber eine ganze Reihe von Jahren gemeinsam dort verbracht. Sie war mit ihrem Mann zusammen, mir fiel sein Vorname nicht mehr ein, aber ich war ihm einige Male begegnet.

Und nun waren sie gemeinsam in London. Ein Kurzurlaub, vielleicht auch etwas Berufliches, was wusste ich. Mir blieb eine halbe Sekunde, mich zu entscheiden.

»I'm sorry?«

»Aber…?«

Sie war unglaublich überrascht, starrte mich an und warf ihrem Mann einen Blick zu, um von ihm eine Bestätigung zu erhalten.

Eine Bestätigung dafür, dass die Frau mit Hund, mit der sie gerade in Kensington Gardens um ein Haar zusammengestoßen wären, tatsächlich Maria Holinek war, die… die sie seit vielen Jahren kannte. Sicher, sie hatten sich seit 2005 oder so nicht mehr gesehen, aber trotzdem. Da konnte es ja wohl überhaupt keinen Zweifel geben, immerhin war sie nun wirklich kein unbekanntes Gesicht, und außerdem hatten sie sogar von dem Hund gehört. Natürlich hatten sie, wie alle anderen Menschen auch, im Frühsommer von dieser schrecklichen Geschichte gelesen, aber konnte das wirklich …?

Nun ja, ich weiß natürlich nicht, welche Gedanken Katarina Wunsch und ihrem Gatten, wie auch immer er hieß, durch den Kopf gingen, aber es fiel einem nicht sonderlich schwer, es sich auszumalen. Und in meinem Schädel schien jeden Moment etwas platzen zu wollen.

»Are you not …?«

»I'm sorry. There seems to be a mistake here.«

Ich brachte tatsächlich diesen Satz heraus. Ich lächelte tatsächlich. Ich fiel nicht in Ohnmacht und versank nicht im Erdboden. Herr Wunsch räusperte sich verlegen und packte seine Frau am Arm.

»I apologize. We thought you were somebody else.«

Ich nickte.

»Somebody we used to know. So sorry.«

Danach brachten sie beide ein gekünsteltes Lächeln zustande und gingen weiter.

»No worries«, sagte ich an ihre Rücken gewandt, aber sie drehten sich nicht um. Ich nahm Castor an die Leine und eilte auf die Bayswater Road hinaus.

Kurz darauf saß ich in einem Straßencafé und versuchte, mich zu beruhigen. Versuchte zu analysieren, was vorgefallen war, und zu erraten, was die Eheleute Wunsch nach unserer unverhofften Begegnung zueinander gesagt haben mochten.

Das war sie doch, nicht?

Ohne jeden Zweifel? Was in Gottes Namen war denn nur los mit ihr?

Könnte es … könnte es an dieser Sache mit ihrem Mann gelegen haben? Die Geschichte, von der wir im Sommer gelesen haben? Vergewaltigung, tja, mein Gott, man weiß ja so wenig über die Menschen!

Ich weiß nicht. Ich kam zu keinem Ergebnis. Hatte ich es vielleicht doch geschafft? Es bestand eine winzige Chance. Immerhin existierten Kopien und Doppelgänger auf der Welt, Menschen, die sich fast bis aufs Haar glichen, obwohl sie keine Zwillinge waren. Vielleicht kam das Ehepaar Wunsch ja zu dem Schluss, dass sie sich geirrt hatten und die Frau, der sie zufällig begegnet waren, ein ganz anderer Mensch gewesen sein musste?

Eins war mir allerdings sofort klar: Falls sich die schwedische Polizei jemals mit einem toten Körper befassen sollte, der dem bekannten Literaturprofessor Martin Holinek gehörte, und die Presse Wind davon bekam – was sie natürlich tun würde –, dann würde sich das Ehepaar Wunsch problemlos an die Begegnung mit dieser Frau in Kensington Gardens erinnern können. Die Frau, die sie so eindeutig erkannt hatten, auch wenn sie geleugnet hatte, es zu sein.

Wofür es im Nachhinein eine sehr natürliche Erklärung gäbe.

Ich erkannte auch, dass ich lieber auf der Hut sein sollte, wenn sich mir das Gefühl eines unverblümten Optimismus aufdrängen wollte. Ich musste Vorsicht walten lassen, mich in acht nehmen. Vielleicht sollte ich mir die Haare schneiden und färben lassen, aber diese Idee kam jetzt natürlich etwas spät.

Ich verließ das Café, ermahnte Castor, dicht bei mir zu bleiben, und marschierte unter einer Wolke aus Missmut und Mutlosigkeit zum Hotel.

Wir verbrachten einen weiteren Tag in London. Ich ging tatsächlich zum Friseur, ließ die Haare jedoch nicht färben. Versuchte zu verstehen, wie ich nur so einfältig hatte sein können zu glauben, dass ich, mit einem Äußeren, das der halben schwedischen Bevölkerung bekannt war, ungehindert in einer Stadt wie London umherstreifen könnte, die täglich besucht wurde von… tja, was weiß ich? Zehntausend schwedischen Touristen? Abgesehen von den hunderttausend Schweden, die ohnehin schon dort lebten.

Dieser letzte Tag in Großstadtatmosphäre war wolkenverhangen mit dem gleichen charakteristischen, peitschenden Regen, aber ich kaufte mir trotzdem zwei Sonnenbrillen, die beide mein Gesicht halb verdeckten.

Sowie einen Hut mit breiter Krempe und einen wallenden Schal. Wahrscheinlich dachte ich an dieses Foto von Jacqueline Kennedy Onassis, das ich einmal gesehen hatte und auf dem sie in einer Konditorei in Uppsala sitzt und Kaffee trinkt. Das jedenfalls glaubt ein Literaturdozent in Uppsala und hat es Martin und mir bei mindestens zwei Gelegenheiten erzählt.

Ich tauschte wie geplant in einer Reihe kleiner Wechselstuben meine Euro in englische Pfund um und bekam so achttausend Pfund zusammen, ohne einen Ausweis zeigen zu müssen. Die Summe würde sicher für einige Monate reichen, denn was immer ich in Exmoor vorhaben sollte, verschwenderisch wollte ich bestimmt nicht leben, außerdem konnte man in diesem Inselreich auch an anderen Orten als der Hauptstadt Geld umtauschen.

In der Nacht vor unserer Fahrt nach Westen machte ich allerdings kaum ein Auge zu. Lauter alter Krempel trieb aus dem schlammigen Brunnen der Erinnerung nach oben, ich sah mich einem Angriff auf ein Leben ausgesetzt, von dem ich mich gerade verabschiedete. Oder, besser gesagt, mich bereits verabschiedet hatte; als versuchten mich all die Erinnerungen und Jahre zu Orten, Lebensumständen und Zusammenhängen zurückzuziehen, in denen ich nicht mehr heimisch war. Obwohl mich die Frage, wo ich heute heimisch war, näher betrachtet und genau genommen, auch nicht unbedingt friedlich einschlummern ließ. Wie es mir gelingen sollte, uns am nächsten Tag mit heiler Haut aus London herauszukutschieren, ohne wenigstens zwei, drei Stunden Schlaf gefunden zu haben… tja, es gab vieles, was mir mit jeder schlaflosen Minute, die vorübertickte, schwerer zu bewältigen schien.

Am Ende – irgendwann nach vier – war es eine Episode, die alles andere verdrängte und sich weigerte, mich in Frieden zu lassen: Viviannes Liebhaber. Ich begriff nicht, warum.

Vivianne war Martins ältere Schwester. Ich schreibe *war*, da sie seit vielen Jahren tot ist. Sie stürzte sich in Singapur aus dem sechzehnten Stock eines Hotels, eventuell wurde sie gestoßen, eventuell war es ein Unfall. Es passierte am achtundzwanzigsten Februar 1998. Sie hatte reichlich Alkohol im Blut, was in ihren letzten Lebensjahren nichts Ungewöhnliches war, und wenn ich es richtig verstanden habe, wurden die Ermittlungen nach zwei Wochen eingestellt, da keine Verdachtsmomente für ein Fremdverschulden vorlagen.

Die Geschichte mit ihrem heimlichen Geliebten ereignete sich jedoch zwölf Jahre vorher, ungefähr einen Monat vor dem Mord an Olof Palme.

16

Tausend Seiten, hatte er gesagt.

Es dauerte eine Weile, bis ich mir zumindest halbwegs einen Überblick verschafft hatte, aber ich war dennoch geneigt, Martins Schätzung auf gut die Hälfte zu senken. Obwohl es natürlich ganz davon abhing, wie man rechnete. Eine handgeschriebene Seite entspricht, auch wenn sie im A4-Format sein mag, keiner maschinengeschriebenen oder gedruckten, und ein recht großer Teil dessen, was ich als das »Material« auffasste, war handgeschrieben.

Diese handschriftlichen Seiten verteilten sich auf vier dicke Notizbücher, wie Martin sie sehr liebte, als wir uns kennenlernten, und auch noch einige Jahre danach. Dicke, schwarze Wachstucheinbände, hundertvierzig Seiten in jedem Buch, ich glaube, er bestellte sie bei einer deutschen Firma. Auf dem unlinierten Vorsatzblatt hatte er sorgsam Ort und Zeitraum angegeben: *Samos, Juli-August 1977. Samos, Juni-Juli 1978. Samos, Juli 1979. Taza, Juli-August 1980.*

Die ersten beiden Bücher waren fast vollgeschrieben. Das dritte war etwas mehr als halb gefüllt, das vierte, aus Marokko, zu ungefähr einem Drittel. Allerdings, notabene, nur die rechten Seiten, denn Martin hat es nie gemocht, wenn der Text von der vorherigen Seite durchscheint. Ein leeres Blatt soll ein leeres Blatt sein. Ich wusste, dass er auf seinen beiden letzten Reisen nach Samos und nach Taza im Jahr darauf eine Reiseschreibmaschine mitgenommen hatte, und nahm an, dass er diese zum Teil für die Art von Tagebuchaufzeichnungen benutzt hatte, um die es auch bei den späteren Reisen zu gehen schien.

Dies blieb jedoch vorerst unklar; bevor ich überhaupt anfing, mir den Inhalt anzuschauen, versuchte ich zunächst, den Umfang zu schätzen. Wenn ich wirklich beabsichtigte, mich in das Projekt in seiner Gänze zu vertiefen, gab es gute Gründe, einigermaßen systematisch vorzugehen.

Vielleicht hatte ich auch Eugen Bergman im Hinterkopf, ich glaube es fast. Immerhin würde sich trotz allem eine Situation ergeben können, in der es darauf ankam, sich ein bisschen auszukennen, auch wenn ich sehr froh über Martins beharrliche Weigerung war, während der laufenden Arbeit am Text über den Inhalt zu diskutieren. So ist es all die Jahre gewesen, in denen Bergman und er zusammengearbeitet haben, seinen Lektor würde es folglich keinesfalls wundern, wenn er keine näheren Informationen darüber erhielt, wie die Arbeit im fernen Nordafrika voranschritt.

Dass ich gezwungen sein würde, im Namen meines Gatten eine gewisse Mailkorrespondenz zu führen, erschien dagegen mehr oder weniger unvermeidlich.

Mit Nachrichten an Bergman und andere.

An G? Das erschien mir bizarr, und ich beschloss, nicht weiter daran zu denken.

Im Arbeitskoffer – der großen braunen Reisetasche, die ausschließlich Bücher, Schriftstellerisches und Schreibtischutensilien enthielt – fand ich einen Stapel von knapp dreihundert maschinengeschriebenen Seiten in einer mit *Schriftstellerisches* beschrifteten Mappe. Dieses Material war jedoch nicht näher datiert, jedenfalls nicht systematisch, und ich gewann den Eindruck, dass es sowohl aus abgeschriebenen Tagebuchaufzeichnungen als auch aus Originaltexten bestand. Es gab keine Seitenzahlen, aber als ich darin blätterte, sah ich, dass Überschriften und vereinzelt auch Datierungen auftauchten, hier und da auch handschriftliche Änderungen und Ergänzungen mit Bleistift. Außerdem gab es an manchen Stellen kopierte Fotos, die offenbar mit einem normalen Kopierer auf einfachem Kopierpapier gemacht worden waren. Zwei von ihnen musterte ich flüchtig, die Qualität war miserabel, und auf beiden war eine Gruppe von Menschen abgebildet, die auf Stühlen an einem Tisch saß. Martin war auf beiden zu sehen. Möglicherweise war eine große Frau, die auf dem einen Foto im Hintergrund vor einer weißen Wand stand, Bessie Hyatt. Eine üppige Mähne, eine weite, weiße Tunika und nackte Beine, ja, ich beschloss, dass sie es sein musste.

Abgesehen von dem handgeschriebenen und maschinengeschriebenen Material entdeckte ich zusätzlich eine Datei in Martins Notebook, *Taza* benannt, und da ich wusste, dass er erst Anfang der neunziger Jahre dazu übergegangen war, am Computer zu arbeiten, kam ich – ohne die Datei zu öffnen – zu dem Schluss, dass wir es hier mit einer Abschrift oder einem Text zu tun haben mussten, den er nachträglich komponiert hatte. Weitere Dokumente, in denen es eventuell um diese Sommer ging, fand ich allerdings nicht, und ich interessierte mich auch nicht sonderlich dafür, mir diese einzige Datei genauer anzusehen.

Als ich mir somit einen gewissen Überblick über das Material verschafft hatte, regte sich in mir unverzüglich große Skepsis dem ganzen Unterfangen gegenüber. Wozu sollte das gut sein? Was würde es mir bringen? Was würde es *irgendwem* bringen? Wäre es nicht besser, meine Zeit ausschließlich Dickens zu widmen? Oder etwas anderem, mit Bergman würde ich in Zukunft schon auf andere Weise zurechtkommen. Sofern es überhaupt einen Sinn hatte, sich eine Zukunft vorzustellen. Ich ließ Castor für die letzte Pinkelrunde des Abends hinaus und schenkte mir ein Glas Portwein ein, um mich in meinem Entschluss zu bestärken.

Schließlich beschloss ich, das erste Tagebuch als Bettlektüre mitzunehmen. Probehalber, ohne mir eine Fortsetzung zu schwören, aber um der Sache trotz allem eine Chance zu geben. Möglicherweise dachte ich, dass ich ihm dies irgendwie schuldig war, dass es mit dieser krankhaften weiblichen Verlässlichkeit zusammenhing, aber ich bin mir sicher, dass dies letztlich keine wahrheitsgemäße Beschreibung meiner Motive war. Man lügt in erster Linie seinem eigenen Seelenfrieden zuliebe.

Das erste offenkundige Problem, mit dem ich mich konfrontiert sah, war Martins Handschrift. Seit mehr als dreißig Jahren war ich an sie gewöhnt, aber manchmal half auch das nicht. Ich weiß zudem, dass selbst er gelegentlich Probleme hatte zu entziffern, was er geschrieben hatte, nicht zuletzt, wenn es um etwas ging, was er bloß auf die Schnelle in einen Notizblock oder auf einen Zettel gekritzelt hatte. In seinem Tagebuch über den Samos-Aufenthalt 1977 konnte man erkennen, dass er sich anfangs bemüht hatte, wenn schon nicht säuberlich, so doch zumindest lesbar zu schreiben, doch bereits nach wenigen Seiten ließen sich manche Worte unmöglich entziffern, selbst wenn man den Zusammenhang in Betracht zog.

Außerdem waren seine Aufzeichnungen einigermaßen uninteressant, ich konnte es einfach nicht anders sagen. Datum, Aufstehen, Frühstück, Wetter, Gespräch mit dem oder dem. Spaziergang, Schwimmen, Versuch einer Naturbeschreibung. Namedropping, oh ja, danach roch es wirklich schwer, obwohl die Namen dieser Leute mir persönlich nichts sagten – außer Hyatt und Herold, aber mit den beiden unterhielt er sich offensichtlich eher selten, zumindest in der ersten Woche. Er spricht nur aus der Distanz von ihnen. »Bessie saß am Vormittag unter der Platane und schrieb.« »Tom fuhr am Morgen mit dem Boot hinaus und tauchte den ganzen Tag nicht mehr auf. Kam am Abend in der Dämmerung mit einem Dutzend rötlicher

Fische zurück.« Man merkt, dass er die beiden bewundert, vor allem ihn. Im Sommer 1977 war Bessie Hyatts sensationeller Debütroman allerdings auch noch nicht erschienen – jedenfalls wenn ich mich recht erinnere, ich glaube, er kam erst im Herbst oder Winter heraus –, während Tom Herold bereits eine Art Ikone war. Vergleiche mit Byron waren nicht ungewöhnlich; ein wenig scherzhaft (darf man zumindest vermuten) beschreibt Martin ihn als »der Childe Harold unserer Zeit«, und es ist sicher nicht nur die Namensgleichheit, die er im Auge hat.

Des Weiteren wird das alltägliche Leben in der Kommune beschrieben. Man schläft auf einfachen Matratzen direkt auf dem Fußboden in einem großen Gebäude mit einem Dutzend kleinerer Zimmer, und das stimmt mit dem überein, was Martin mir bei unserer ersten Begegnung erzählt hat. Gemeinsame Dusche, gemeinsame Toiletten, er glaubt, dass das Gebäude früher vom Militär und als eine Art Kinderheim oder Unterkunft für Ferienfreizeiten benutzt wurde. Das Haus, in dem Herold und Hyatt wohnen, soll als Unterkunft für Personal oder Leute mit verschiedenen Führungsfunktionen gedient haben. Es liegt ein wenig abseits auf einer Anhöhe, und das berühmte Paar bleibt offensichtlich auch etwas für sich, jedenfalls ist noch nicht die Rede davon, dass man sie besucht. Für alle anderen gibt es eine große gemeinsame Küche und in zweihundert Metern Entfernung an der Straße, die zum Strand hinunterführt, eine Taverne. Er nennt die Miete, anscheinend bezahlt man über jemanden namens Bruno zweihundert Drachmen in der Woche an Hyatt und Herold, um dort wohnen zu dürfen. Spottbillig, kommentiert Martin.

Er erwähnt auch, dass Finn noch nicht angekommen sei, obwohl er versprochen habe, den ganzen Sommer dort zu verbringen. Ich weiß, dass damit Finn Halvorsen gemeint ist, ein guter norwegischer Freund Martins und derjenige, der ihm von dieser berühmt berüchtigten Kommune erzählt – und dazu eingeladen hat.

Reflexionen sind am Anfang des Tagebuchs dagegen Mangelware, zumindest prägnante Reflexionen. Beim Lesen gewinne ich den Eindruck, dass Martin irgendwie überwältigt ist, obwohl er sich alle Mühe gibt, nicht so zu wirken. Von der Umgebung: das blaue Mittelmeer, der weiße Strand, die Zypressen, der Duft von Thymian – vor allem vielleicht jedoch von den Menschen in seiner unmittelbaren Umgebung: freigeistige Hippies und Weltbürger, junge Männer und Frauen, die in der klassischen griechischen Inselwelt ein selbst gewähltes und ganz selbstverständliches Leben als Bohemiens führen, ohne dies im Mindesten seltsam zu finden. Sie sind vielmehr der Meinung, dass sie *ein Recht* darauf haben.

Und alle sind in irgendeiner Weise Schriftsteller. Oder zumindest freie Künstler. Zwei Frauen, er schätzt, dass sie ein lesbisches Paar sind, erwähnt jedoch nie, wie sie heißen, stehen auf der Hügelkuppe und malen den ganzen Vormittag. »Bis die Mittagshitze sie zum Meer oder unter ein Dach zwingt. Sie sind die ganze Zeit halbnackt.«

Die Erotik?, denke ich. An einem solchen Ort muss doch eigentlich ständig Erotik in der Luft gelegen haben.

Martin widmet sich jedoch lieber Gesprächen. »Unterhielt mich zwei Stunden mit Hernot und Della«, schreibt er. »Über Hermeneutik und Sartre. Bons kam dazu und mischte sich ein, er ist garantiert der fröhlichste Nietzscheaner, dem ich jemals begegnet bin, aber er hatte ein bisschen zu viel geraucht und döste mit der Zeit ein.«

Der fröhlichste Nietzscheaner, dem ich jemals begegnet bin? Es drängt sich einem der Verdacht auf, dass er schreibt, um jemanden zu beeindrucken. Wahrscheinlich sich selbst oder eine zukünftige Frau, die zufällig einen Blick in das Buch werfen soll, das er bei ihrem ersten Rendezvous rein zufällig herumliegen lassen wird.

Ich rief mir in Erinnerung, dass ich Martin im Sommer 1977

noch nicht auf dem Gartenfest in der Stockholmer Altstadt begegnet war. Der Sommer 1977 war jener Sommer gewesen, in dem Rolf oberhalb von Flüeli in der Schweiz an einer Felswand abstürzte und starb.

An einer anderen Stelle, man schreibt den fünfzehnten Juli, hat er sich etwas mehr als eine Woche auf Samos aufgehalten und notiert: »Heute stießen zwei neue Mitglieder zu unserer Kommune hinzu. Seltsamerweise ein Deutscher und ein Russe. Der Deutsche ist Lyriker und heißt Klinzenegger (die Schreibweise ist unsicher, wir werden sehen müssen, ob er später noch einmal auftaucht), der Russe heißt Gusov, legt aber großen Wert darauf, dass dies nur sein Pseudonym sei. Wir haben in der Taverne gemeinsam zu Mittag gegessen – Elly und Barbara waren auch dabei –, nur den üblichen griechischen Salat und ein paar Gläser Retsina, natürlich, und es stellte sich heraus, dass Gusov über einen Zeitraum von mehreren Jahre verteilt phasenweise in Griechenland gelebt und unter anderem eine ausgesprochen aktive Rolle im Kampf gegen die Militärjunta gespielt hat. Er behauptet, deshalb einige Monate im Gefängnis gesessen zu haben, man habe ihn dann jedoch freigelassen, als es 1974 vorbei gewesen sei. Ich glaube, er betrachtet sich kraft seiner Verdienste als eine Art griechischer Ehrenbürger und unterhält sich auch ziemlich fließend mit Manolis, während dieser uns bedient. Leider jedoch ein wenig selbstherrlich. Generell ziemlich schroff. Außerdem mit verdammt viel Bart, wie es sich für einen Revolutionär und Mann des Widerstands gehört. Habe versucht, mich mit ihm über Majakovskij und Mandelstam zu unterhalten, woran er jedoch kein Interesse zu haben schien. Wahrscheinlich hatte er zu dem Thema nicht allzu viel zu sagen.«

Ich gähnte und warf einen Blick auf die Uhr. Es war Viertel vor eins. Auch wenn es sich nur um fünfhundert Seiten handelte, hatte ich bisher gerade einmal drei Prozent des Materials bewältigt. Mich überkam eine gewaltige Müdigkeit, und ich legte das Buch fort und schaltete die Nachttischlampe aus.

Castor lag aus irgendeinem Grund auf dem Fußboden neben dem Bett statt darin, und bevor ich einschlief, hörte ich, dass die ersten Regentropfen auf das Dach trommelten und der Wind erneut auffrischte.

17

Es war der vierundzwanzigste Januar 1986.

Am Vormittag, ich hatte die Kinder abgeliefert und bereitete mich darauf vor, in den Affenstall zu fahren. Ich sollte die frühe Ausgabe der Abendnachrichten übernehmen und musste erst um eins im Sender sein.

Das Telefon klingelte. Es war Martin.

»Wir haben ein Problem«, sagte er.

»Ach ja?«, erwiderte ich.

»Es geht um meine Schwester. Sie hat es mal wieder geschafft. Sie kommt heute Abend vorbei.«

»Ich dachte, sie wäre in Spanien?«

»Das habe ich auch gedacht. Aber anscheinend ist sie schon seit Weihnachten wieder in Schweden.«

»So, so. Und was ist diesmal das Problem?«

Vivianne war Martins einzige Schwester, und es war bei weitem nicht das erste Mal, dass sie Probleme hatte. Sie hatte drei Scheidungen hinter sich, war zum Glück jedoch kinderlos und hatte ihr Leben bisher im Dunstkreis der Filmwelt geführt. Es hatte früh begonnen, in den sechziger Jahren, als sie noch vor ihrem zwanzigsten Geburtstag in Schweden in zwei Spielfilmen mitwirkte; zumindest der eine wurde als Paradebeispiel für die neue schwedische Sexwelle betrachtet und in eine Reihe von Ländern verkauft. Dadurch lernte Vivianne einen reichen amerikanischen Produzenten kennen, heiratete ihn und zog nach

Hollywood. Dort drehte sie zwei Filme, lernte einen italienischen Regisseur kennen, ließ sich scheiden, heiratete und zog nach Rom. Drehte zwei weitere Filme … und so weiter.

Sie hatte ungefähr fünf Nervenzusammenbrüche und fünf Beinahskandale hinter sich, als sie irgendwann um das Jahr 1980 herum dem spanischen Filmemacher Eduard Castel begegnete und sich eine Art Stabilität in ihrem Leben einstellte. Jedenfalls behauptete sie das, und wir redeten es uns ein. Sie drehte sogar einen Film, der für den Wettbewerb in Cannes vorgesehen war und in dem sie eine Frau spielte, die zwischen Liebe und Freiheit hin und her gerissen wurde. Martin und ich sahen ihn in Stockholm und mussten hinterher zugeben, dass sie ihre Rolle wirklich großartig gemeistert hatte.

Wir hatten die meiste Zeit sehr wenig Kontakt zu Vivianne; dass sie einen Bruder hatte, fiel ihr im Grunde immer nur dann ein, wenn sie von der einen oder anderen Krise geschüttelt wurde. Martin charakterisierte sie häufig mit Hilfe von drei *Ms*: eine manipulative, manisch-depressive Mythomanin.

Und nun war es anscheinend wieder so weit. Ich dachte nach und kam zu dem Schluss, dass ich sie seit über zwei Jahren nicht mehr gesehen hatte. Sie hatte uns nach der Scheidung von Castel, als sie zu einem kurzen Aufenthalt in Schweden war, für ein paar Tage besucht. Synn war damals noch kein Jahr alt gewesen, und ich kämpfte mich gerade aus meiner Depression heraus, die im Vergleich zu Viviannes Zustand jedoch lediglich ein laues Lüftchen war. Natürlich; drei Nächte hintereinander hatten wir mit ihr zusammengesessen und sie mit Rotwein und Gesprächen getröstet.

»Ich weiß nicht genau, was los ist«, meinte Martin nun, an diesem klirrend kalten Tag im Januar 1986. »Sie war ziemlich wortkarg. Aber sie hat behauptet, die Sache sei delikat, und sie kommt heute Abend zu uns. Wenn ich sie richtig verstanden habe, wird sie nicht allein sein.«

»Nicht allein?«

»Ja, aber ich weiß es nicht genau. Sie hat mich gebeten, bei uns übernachten zu dürfen.«

»Meinst du das ernst, dass Vivianne dich darum gebeten hat?«

»Ja, das hat sie. Was ist daran so merkwürdig?«

»Nichts. Aber sie bittet doch sonst nie um etwas.«

Das war albern von mir, und Martin hasste es, die Rolle eines Beschützers seiner Schwester zu spielen. Er mochte sie genauso wenig wie ich, und es fiel uns beiden gleich schwer, ihr etwas abzuschlagen. Er schwieg eine Weile am anderen Ende der Leitung, und ich entschuldigte mich.

»Okay, das kriegen wir schon hin. Wann kommt sie?«

»Ich weiß es nicht genau«, antwortete Martin. »Sie ruft noch einmal an.«

Kurz nach halb neun hatte ich meine Arbeit im Affenstall beendet, und da ich den ganzen Tag nichts von Martin gehört hatte, rief ich zu Hause an, um mich über den Stand der Dinge zu informieren.

»Ich glaube, jetzt ist sie endgültig durchgedreht«, sagte er. »So habe ich sie wirklich noch nie gesehen. Immerhin habe ich die Kinder ins Bett bekommen.«

Er klang müde und abgekämpft, und ich war insgeheim ausgesprochen dankbar, dass es nicht mein Abend daheim gewesen war. Er war mit Sicherheit einkaufen gewesen, hatte die Kinder abgeholt, gekocht, vorgelesen, gespült ... und das alles mit seiner verrückten Schwester an den Rockschößen. Dass die Tante bei der Betreuung der Kinder ihres Bruders irgendwie behilflich sein konnte, war völlig undenkbar. Ich erkundigte mich, worum es genau ging.

Martin seufzte. »Sie wartet darauf, dass ihr Liebhaber kommt. Ja, man wird wohl sagen können, dass es darum geht.«

»Und wer ist ihr Liebhaber diesmal? Warum muss sie ihn uns eigentlich präsentieren?«

»Ich bezweifle, dass sie ihn präsentieren will«, entgegnete Martin. »Es ist anscheinend eher umgekehrt.«

»Umgekehrt?«

»Ja. Gerade weil er nicht gesehen werden soll, kommt er zu uns nach Hause.«

»Das verstehe ich nicht.«

»Ja, weiß der Teufel«, meinte Martin. »Sie behauptet jedenfalls, er sei ein landesweit bekannter Prominenter. Ein hoher Politiker, sogar Minister, und dass sie seit Weihnachten eine Affäre haben. Das Ganze ist total geheim und darf auf keinen Fall herauskommen. Sie können … nun ja, sie können sich zum Beispiel nicht in einem Hotel treffen, das wäre zu riskant.«

Ich dachte kurz nach. »Kaufst du ihr die Geschichte ab?«

»Keine Ahnung«, antwortete Martin. »Jedenfalls sieht man ihr an, dass sie etwas auf dem Herzen hat. Er sollte so gegen acht kommen, nach einer Kabinettssitzung, ist aber noch nicht da.«

»Sie hat nicht vergessen, dass ich Nachrichtenredakteurin beim Fernsehen bin?«, fragte ich.

»Sie verlässt sich auf unsere Diskretion«, sagte Martin. »Ich habe ihr versprochen, dass wir dichthalten.«

»Aber wir werden ihm begegnen?«

»Keine Ahnung«, wiederholte Martin. »Aber ich nehme es an.«

Zu einer Begegnung kam es dann allerdings nicht. Weit gefehlt, denn als der vermeintliche Liebhaber und Prominente in unserem Haus in Nynäshamn eintraf – es war fast zehn, ich war seit einer guten halben Stunde zu Hause –, war die Sicherheitsstufe auf Rot angehoben worden. Martin und ich standen an unserem Wohnzimmerfenster und betrachteten seine Ankunft; Vivianne war hinausgegangen und hatte ihn in Empfang genommen, seinen Wagen hatte er, wie sie kurz zuvor telefonisch vereinbart hatten, zwei Häuserblocks entfernt geparkt. Es handelte sich um einen recht schmächtigen Mann, der etwas kleiner war als Vivianne; er trug dunkle Kleider und Halbschuhe, obwohl es draußen mehr als zehn Grad unter null waren, aber viel mehr konnten wir nicht erkennen, da er dicht neben Vivianne ging und den Blick gesenkt hielt und sich eine Art Schal oder Pullover über den Kopf gezogen hatte. Das Kleidungsstück verdeckte sein Gesicht komplett, und ich fühlte mich an diese Bilder erinnert, wie man sie vorfindet, wenn die Polizei einen Angeklagten in den Gerichtssaal führt und die Fotografen nicht zum Schuss kommen sollen.

Zwei Meter vor unserer Haustür entdeckte Vivianne, dass wir am Fenster standen und hinausschauten. Sie blieb stehen und wedelte mit der Hand gereizt in unsere Richtung, offenbar sollten wir uns fernhalten. Wir sahen uns an, zuckten mit den Schultern und setzten uns in die Küche. Ich weiß noch, dass die Situation in meinen Augen so ziemlich zum Absurdesten gehörte, was ich je erlebt hatte, und als ich hörte, wie sie im Flur die Mäntel aufhängten, war ich kurz davor, hinauszugehen und mich zu erkennen zu geben. Ich glaube, Martin sah mir das an, denn er schüttelte den Kopf und legte mir eine Hand auf den Arm.

»Wir lassen sie in Ruhe. Wenn wir uns einmischen, wird es nur noch schlimmer.«

»Das ist doch alles nicht normal, Martin.«

»Ich weiß. Aber jetzt ist es nun einmal, wie es ist.«

Wir hörten, wie sie die Treppe zum Gästezimmer in der oberen Etage hochstiegen, die Tür zuzogen und abschlossen.

Oh ja, sie schlossen tatsächlich die Tür ab. Als Martin und ich kurz darauf auf dem Weg zu unserem eigenen Schlafzimmer vorbeischlichen, konnten wir hinter der Tür ihre Stimmen hören. Ganz leise. Es klang wie ein ernstes, verschwörerisches Gespräch.

Irgendwann im Laufe der Nacht war er dann anscheinend gegangen, denn am nächsten Tag kam Vivianne alleine zum Frühstück herunter. Es war ein Samstag, Martin und ich hatten frei, Vivianne sah müde und aufgewühlt aus und hatte zunächst nichts über den Vorabend zu berichten. Ich hoffte zumindest, dass es uns erspart bliebe, überhaupt etwas darüber zu hören, und dass sie uns ohne weitere Erklärungen verlassen würde, aber nach einer Tasse Kaffee hatte sie offenbar beschlossen, den Schleier des Geheimnisses ein wenig zu lüften.

»Es ist eine unglaublich heikle Situation«, erklärte sie. »Es steht viel auf dem Spiel, und es kann einiges schiefgehen.«

Aus Vivianne Holineks Mund war dies keine ungewöhnliche Aussage. Ihr Leben sollte eine Verkettung von Dramen und lebensentscheidenden Situationen sein, sonst war es kein Leben.

»Du hast eine Affäre mit einem Spitzenpolitiker und fürchtest, dass seine Frau dahinterkommt?«, schlug ich vor und handelte mir einen Blick meines Mannes ein.

»Ich kann auf die Details nicht näher eingehen«, entgegnete Vivianne, »aber die Sache ist wesentlich komplizierter. Und diese Verantwortung muss ich alleine tragen. Es war vielleicht nicht richtig, euch in die Sache hineinzuziehen, aber die Dinge lagen so, dass mir keine andere Wahl blieb.«

»Wer ist es denn nun eigentlich?«, fragte Martin. »Ich fand, dass er aussah wie …«

»Still!«, schnitt seine Schwester ihm das Wort ab. »Keine Namen. Mach die Sache nicht noch schlimmer, als sie ohnehin schon ist.«

»Okay«, sagte ich. »Jedenfalls hoffe ich, dass ihr ein geglücktes Stelldichein hattet.«

»Es ist nicht so, wie du denkst«, erwiderte Vivianne.

Sie verließ uns eine Stunde später mit der Androhung zurückzukommen. Enthüllte lediglich, dass sie sich in einer äußerst prekären Situation befände, in der momentanen Lage jedoch in erster Linie nicht ihre eigene Sicherheit im Auge haben könnte. Es stehe Wichtigeres auf dem Spiel. Es gehe um Dinge auf höchster, streng geheimer, politischer Ebene. Menschenleben könnten in Gefahr sein.

Wir hörten erst einen Monat später wieder von ihr. Besser gesagt, Martin hörte von ihr. Sie rief aus einem Hotel in Kopenhagen an und war Martin zufolge völlig hysterisch. Er telefonierte zehn Minuten mit ihr, und ich verstand nicht, worüber sie redeten, da ich mich in einem anderen Zimmer aufhielt, konnte aber hören, dass er sich alle Mühe gab, sie zu beruhigen. Als das Gespräch vorbei war, fragte ich ihn, was nun wieder los sei.

»Sie spinnt«, antwortete Martin. »Ich glaube, jetzt ist sie endgültig reif für die Klapsmühle. Sie hat behauptet, dass jemand umgebracht wird.«

»Umgebracht?«

»Ja, und dass sie nichts dagegen tun kann. Tja, ich glaube, diesmal ist sie wirklich jenseits von Gut und Böse.«

Vier Tage später wurde auf dem Sveavägen in Stockholm Olof Palme ermordet. Noch am selben Tag fragte ich Martin, ob wir uns nicht bei der Polizei melden sollten.

»Bloß nicht«, erwiderte er. »Meinst du nicht, dass da auch so schon genug Verrückte anrufen, die irgendwelche Hinweise loswerden wollen? Du glaubst ja wohl nicht im Ernst, dass meine Schwester etwas mit dem Mord am schwedischen Premierminister zu tun hat?«

Das glaubte ich natürlich nicht, und da wir am Anfang nichts sagten, taten wir es auch später nicht. Außerdem dauerte es mehr als ein Jahr, bis wir wieder von Vivianne hörten. Sie lebte inzwischen mit einem hauptamtlichen Skilehrer in Österreich zusammen, und wenn ich richtig zähle, bin ich ihr bis zu ihrem Tod nur noch zwei Mal begegnet.

Dass ihr Todestag dann tatsächlich mit Palmes Todestag übereinstimmte, erörterten Martin und ich in aller Kürze. Wir einigten uns darauf, dass es ein Zufall sein musste. Wenn es der zehnte Todestag gewesen wäre, hätten wir dem Umstand vielleicht eine gewisse Bedeutung zugemessen, aber es waren bereits zwölf Jahre vergangen.

Von Zeit zu Zeit habe ich jedoch an diesen schmächtigen Mann mit dem Pullover über dem Kopf gedacht, der unseren Gartenweg hinaufging, das gebe ich ohne Umschweife zu.

18

Achter November. Klarer Himmel, aber windig und kalt. Um acht Uhr morgens gerade einmal drei Grad.

Den gestrigen Tag verbrachten wir im Haus, weil das Wetter hundsmiserabel war. Von morgens bis abends Regen und stürmischer Wind; vielleicht war es auch gar kein Regen, vielleicht war es in Wirklichkeit die oberste Schicht des Meeres, die übers Land geweht wurde. Man hatte fast den Eindruck, und die Nässe kam tatsächlich aus dieser Richtung. Castor durfte nur drei kurze Runden auf dem Hof drehen. Es war überhaupt ein schwerer Tag, der schlimmste seit meiner Ankunft hier. Mir wird klar, dass ich jeden Tag eine Weile aus dem Haus kommen muss, bei jedem Wind und Wetter; sechsunddreißig Stunden am Stück in einem Haus wie Darne Lodge zu verbringen, ist nicht erstrebenswert, beim besten Willen nicht.

Vielleicht hatte ich mir eingebildet, dass Martins Aufzeichnungen mich beschäftigen würden, aber schon nach wenigen Seiten regte sich in mir ein Widerstand, den ich weder erklären will noch kann. Ich räumte das komplette Material fort und verbrachte den Tag stattdessen mit Dickens und dem Legen von Patiencen. Letzteres habe ich seit meiner Pubertät nicht mehr getan, aber in einer Schublade fand ich zwei nahezu unbenutzte Kartenspiele, und kurz darauf hatte ich mich an vier verschiedene Varianten erinnert. Aces up, natürlich, und die Große Harfe, die Namen der anderen beiden fielen mir nicht mehr ein. Ich bin mir sicher, dass ich alle vier Varianten von meinem Vater gelernt habe, vermutlich noch ehe ich in die Schule kam, und als mir das bewusst wurde, musste ich an ihn denken, und daraufhin war es unmöglich, ihn wieder aus dem Kopf zu kriegen. Er war ein Mensch, der für alle immer nur das Beste wollte – und tat, aber in den letzten Jahren seines Lebens, nachdem Gun gestorben war und meine Mutter immer mehr in sich selbst versank, ja, was war ihm da eigentlich durch den Kopf gegangen, als er seine Wanderung auf Erden zusammenfasste? Als er im Krankenhaus lag und an seiner Trauer starb. Was blieb?

Ich dachte auch an Gudrun Ewerts, die immer davon gesprochen hatte, wie wichtig es war zu weinen. Sollte sie mich gestern von ihrem Himmel aus gesehen haben, hätte sie allen Grund gehabt, zufrieden zu nicken. Denn ich weinte.

Aber das war gestern. Heute ist heute, und aus Schaden klug geworden brachen wir gleich nach dem Frühstück und Dickens zu Fuß auf. Wir strebten zunächst südwärts, in Richtung Dulverton, und erreichten nach einer Weile den schlichten Wegweiser, der zum Dorf hinunter zeigte. Nachdem wir einander einige Augenblicke betrachtet und nachgedacht hatten, schlugen wir diesen Weg ein. Anfangs war er schlammig und nicht ganz leicht zu gehen, aber nach einigen hundert Metern erreichten wir einen schmalen Weg, auf dem man einigermaßen unbehindert wandern konnte. Für ein Fahrzeug mit vier Rädern war er nicht breit genug, und ich begriff nicht ganz, wie er entstanden war oder welche Funktion er eigentlich erfüllen sollte, aber an dieser Heide gibt es vieles, was ich nicht verstehe. Es ging stetig abwärts, und die Vegetation um uns herum war üppig; grüne Laubbäume, obwohl bereits ein Drittel des Novembers verstrichen war; Moos und Efeu, Stechpalmen und Brombeersträucher. Der Weg folgte einem rieselnden Wasserlauf, Fasane und alle möglichen anderen Vögel tollten und lärmten in den

Büschen, und hier und da hörte man auf der anderen Seite des dichten Unterholzes blökende Schafe. Ich dachte, dass die Kraft des Wachstums enorm sein musste, und wenn man sich hinlegte und zwölf Stunden schliefe, würde man sicher von Ranken umschlungen sein, wenn man erwachte, es kam einem wie ein böses, altes Märchen vor. Ein Mädchen und sein Hund, die in den Wald hineingehen und nie mehr zum Dorf zurückkehren. Ich schüttelte es ab.

Dann kamen wir zu einem Haus. Wir waren ungefähr eine halbe Stunde unterwegs gewesen, und es tauchte so unerwartet auf wie ein Anwalt im Himmel. Übrigens noch so eine Redewendung meines Vaters, ich nehme an, die Patiencen vom Vortag steckten mir noch in den Knochen. Jedenfalls war es ein dunkles Steinhaus, das so in das Grün eingebettet stand, dass es kaum zu sehen war – es lag am anderen Ufer des Wasserlaufs, dem wir die ganze Zeit über gefolgt waren und der sich just an dieser Stelle aus einem schnell strömenden Gewässer in einen stillen Tümpel verwandelte. Zu dem Haus führte eine moosbewachsene Steinbrücke hinüber. Wir machten Halt und betrachteten es; es bestand aus zwei Etagen, die Wände waren mit Efeu und anderen Kletterpflanzen überwuchert, zwei der Fenster waren kaum zu erkennen.

Und als ich den Blick zur obersten Etage hob, denn nun erkannte ich, dass es sich in Wahrheit um drei Stockwerke handelte, da es ganz oben unter der Dachschräge noch ein schmales Fenster gab … als ich also zu diesem Fenster hinaufblickte, entdeckte ich das Gesicht.

Es war bleich, fast weiß, und gehörte einem jungen Mann, der uns von dort oben offenbar beobachtete. Anscheinend stand er ganz dicht am Fenster, denn es brannte kein Licht, und seine Gesichtszüge zeichneten sich hinter der Glasscheibe trotzdem ganz deutlich ab. Ein farbloses und hageres Antlitz, schwarze Haare mit einem Seitenscheitel, deutlich markierte Augenbrauen und eine lange, spitze Nase. Der Mund ernst, zu einem Strich zusammengekniffen.

Und vollkommen regungslos, so dass ich mir für einen kurzen Moment einbildete, es handelte sich um eine Puppe.

Aber es war keine Puppe. Als wir ungefähr zehn Sekunden so gestanden und einander angeschaut hatten, hob er sachte seine rechte Hand und machte mit ihr eine sehr deutliche Geste vor seinem Hals. Er zog sie quer über die Kehle, die Bedeutung war unmissverständlich.

Anschließend wich er ins Dunkel des Zimmers zurück.

Es fiel mir schwer, mich von der Stelle zu rühren. Castor war schon auf dem Weg über die Brücke zum Haus, und ich rief ihn zurück. Ein Fasanweibchen stolperte aus einem Dickicht, ein Männchen folgte ihm zeternd. In der Ferne hörte ich das Geräusch eines beschleunigenden Fahrzeugs, woraus ich schloss, dass wir uns in der Nähe des Dorfs befinden mussten. Außerdem sah ich, dass der Weg unterhalb des Hauses ein wenig breiter wurde, wahrscheinlich war es also möglich, mit dem Auto hin zu fahren.

Während wir dort standen, eine halbe oder ganze Minute lang, schien das Geräusch des überall rieselnden Wassers lauter, gellender zu werden, und dann durchschnitt der unwirkliche Schrei eines Vogels, diesmal kein Fasan, die Luft. Ich warf einen letzten Blick zu dem dunklen Dachbodenfenster hinauf und entfernte mich endlich. Ich hatte das Gefühl, dass etwas passiert war, etwas Unwiderrufliches, ich wusste nicht, was.

Es dauerte weniger als zehn Minuten, um zum Dorf zu gelangen – die letzte Wegstrecke bestand aus einem zwar matschigen, aber befahrbaren Feldweg. Man sah die Abdrücke von Pferdehufen, aber auch breite Reifenspuren wie von einem Traktor, und in regelmäßigen Abständen flossen quer kleine Rinnsale hinüber. Wo kam nur all dieses Wasser her, fragte ich mich automatisch, rief mir dann jedoch das Wetter vom Vortag in Erinnerung. Castor ging mittlerweile die ganze Zeit voraus, als hätte er bereits die Zivilisation und die Chance auf ein Leckerchen gewittert.

The Royal Oak hatte gerade für den Mittagstisch geöffnet, und weil unser Plan vorsah, dass wir den ganzen Rückweg nach Darne Lodge zu Fuß bewältigen würden, traten wir ein. Es hatte ziemlich genau eine Stunde gedauert, ins Dorf hinunterzukommen, und würde vermutlich doppelt so lange dauern, wieder hochzulaufen.

An diesem Tag stand nicht Rosie hinter der Theke, sondern ein Mann fortgeschrittenen Alters. Möglicherweise war er ihr Ehemann. Er grüßte freundlich und fragte, ob wir essen wollten. Ich erklärte, das sei unsere Absicht, und ließ mich am selben Tisch nieder wie beim letzten Mal. Er brachte eine Speisekarte, erklärte jedoch, das Tagesangebot – Hähnchenbrust mit Broccoli und Bratkartoffeln – stehe nicht darauf. Er hatte ein Tattoo auf dem Unterarm: *Leeds United 4ever*. Ich sagte ihm, dass ich mir gut vorstellen könne, die Hähnchenbrust zu nehmen. Er nickte und wollte wissen, ob er dem Hund ein paar Leckerbissen geben dürfe. Ich hatte den Eindruck, dass Castor ebenfalls nickte, und eine Minute später schlang er einen Teller gemischte Fleischstücke hinunter und trank einen halben Liter Wasser, ehe er vor dem offenen Kamin einschlief.

Es kam keine weitere Unterhaltung zustande, und in den fünfundvierzig Minuten, die wir im *The Royal Oak* blieben, trafen auch keine weiteren Gäste ein. Ich versuchte, möglichst nicht an das Gesicht am Fenster zu denken – und die Geste mit der Hand an der Kehle –, ohne mit meinen Bemühungen sonderlich erfolgreich zu sein.

Ehe wir den Rückweg nach Winsford Hill antraten – nun auf der anderen Seite der Halse Lane und über etwas offeneres Terrain, wenn ich die Karte richtig gelesen hatte –, machten wir einen kurzen Spaziergang durchs Dorf. Es bestand aus kaum mehr als fünfzig Häusern, aber hinter der Kirche entdeckte ich ein Hinweisschild auf etwas, das sich »Community Computer Centre« nannte. Hinter der Bezeichnung verbarg sich ein flaches Gebäude neueren Datums mit weißem Putz und schmucklosen Bürofenstern, und als wir daran vorbeigingen, erkannte ich, dass es geöffnet war. Ich schob die Tür auf, und wir gelangten in einen Raum, der wie ein Klassenzimmer mit etwa zwanzig recht veralteten Computern aussah. Hinter einem etwas größeren Tisch saß eine dunkelhaarige Frau von ungefähr dreißig Jahren, die auf einem Bleistift kaute und auf einen Bildschirm starrte. Sie blickte auf und lächelte, als sie mich sah.

Lächelte noch mehr, als sie Castor sah.

Gut, dachte ich. Ein Mitmensch.

»Herzlich willkommen. Womit kann ich Ihnen behilflich sein? Was für ein schöner Hund. Ein Ridgeback, habe ich recht?«

»Er ist ein guter Kamerad«, antwortete ich, ohne zu ergänzen, dass er mein einziger war. »Hier kann man ins Internet gehen?«

»Richtig. Es wäre ja wohl auch ein Armutszeugnis, wenn wir uns Computerzentrum schimpfen würden und keinen Internetzugang hätten, nicht wahr? Sie sind auf der Durchreise?«

Ich zögerte eine Sekunde, erläuterte dann jedoch, dass ich eigentlich ein kleines Stück oberhalb des Dorfes wohne. Darne Lodge, falls ihr das etwas sage? Plötzlich war es eine ganz einfache Entscheidung, und ich begriff nicht, warum ich in der letzten Woche im *Royal Oak* so zurückhaltend gewesen war. Wenn Mr Tawking sein Haus für den ganzen Winter an eine ausländische Schriftstellerin vermietet hatte, war es durchaus denkbar, dass er anderen Leuten davon erzählt hatte – obwohl er ein alter Griesgram war. Es gab allen Grund zu der

Annahme, dass mein Aufenthalt dort oben im Dorf allgemein bekannt war.

»Ach, das sind Sie?«, erwiderte die Frau dann auch erwartungsgemäß und lächelte erneut. »Ja, ich habe schon gehört, dass da jemand ziemlich lange wohnen wird. Ich heiße übrigens Margaret… Margaret Allen. Herzlich willkommen in Winsford, dem Ende der Welt.«

»Maria. Maria Anderson.«

Wir gaben uns die Hand. Castor ließ sich mit einem Seufzer auf den Boden sinken. Ich nutzte die Gelegenheit, um auch ihn vorzustellen. Margaret ging auf die Knie und streichelte ihm über Hals und Rücken. Ein heftiger Weinkrampf wallte in mir auf, aber es gelang mir, ihn zu ersticken. Manchmal müssen Weinkrämpfe auch erstickt werden, der Meinung wäre sogar Gudrun Ewerts gewesen.

»Tja, ich nehme an, dass Sie da oben kein Internet haben?«, fragte Margaret Allen, als sie sich wieder aufgerichtet hatte. »Aber wenn Sie möchten, können Sie jederzeit bei uns vorbeischauen. Normalerweise haben wir zwischen elf und achtzehn Uhr geöffnet, aber in dringenden Fällen können Sie immer an der Tür des flachen Steinhauses neben der Kirche klopfen… es steht Biggs an der Tür. Alfred Biggs und ich wechseln uns hier ab, er sagt niemals nein, zu niemandem, das verspreche ich Ihnen.«

Ich bedankte mich und sagte, dass ich im Moment keinen Bedarf hätte, in zwei Tagen jedoch gerne auf ihr Angebot zurückkommen würde.

»Ist es da oben nicht ganz schön einsam? Verzeihen Sie, dass ich frage, aber…?«

Sie lachte auf, offenkundig war ihr die eigene Aufdringlichkeit ein wenig peinlich. »Ich rede zu viel. Sie müssen entschuldigen, aber heute ist kein einziger Besucher da gewesen, die meisten gehen mittlerweile ja bei sich zu Hause ins Internet…

als wir das Zentrum vor fünfzehn Jahren aufgemacht haben, sah das noch ein bisschen anders aus. Es ist schon häufiger die Rede davon gewesen, es zu schließen, aber es kommen eben doch einige Jugendliche nach der Schule her. Es gibt hier tatsächlich noch Familien, die kein Internet haben. Keine Ahnung, ob sie es sich nicht leisten können oder woran es sonst liegen mag…«

Es war unverkennbar, dass sie das Bedürfnis hatte zu reden, und ich fragte sie, in erster Linie, um höflich zu sein, ob sie etwas über Darne Lodge wisse. Zum Beispiel, wann und warum das Haus gebaut worden sei.

»Oh ja«, antwortete Margaret Allen enthusiastisch. »Über Darne Lodge gibt es viel zu erzählen. Hat der alte Tawking nichts gesagt?«

Ich schüttelte den Kopf.

»Der alte Langweiler, tja, das hätte ich mir fast denken können. Sagen Sie, möchten Sie vielleicht eine Tasse Tee?«

Und während wir Tee tranken und Kekse mit einem schwarzen, aber ziemlich gut schmeckenden Brotaufstrich aßen, der Branston Pickle hieß, erfuhr ich so manches über das Haus, in dem ich wohnte – und noch fast ein halbes Jahr wohnen würde. Ich gewann den Eindruck, dass Margaret Allen trotz ihrer relativ jungen Jahre mehr über die Verhältnisse im Dorf wusste als die meisten. Sie erzählte dann auch, dass sie und ihr Mann sich im Heimatverein engagierten und sie neben ihrem ehrenamtlichen Dienst im Computerzentrum als Bibliothekarin in Dulverton arbeitete.

Doch nun zu Darne Lodge. Also, erbaut wurde das Haus Anfang des neunzehnten Jahrhunderts als Wohnsitz für einen gewissen Selwyn Byrnescotte, erinnerte sich Margaret Allen. Er war ein Soldat, der als eine Art Held aus dem Krieg gegen Napoleon heimkehrte – die Schlacht von Trafalgar und zwei weitere Seeschlachten, die Margaret erwähnte, mir aber nichts sagten. Das Problem mit diesem Selwyn bestand darin, dass seine Familie ihn, schon bevor er in den Krieg gezogen war, verstoßen hatte, oder zumindest sein Vater, Lord Neville auf Gut Byrnescotte, das ungefähr in der Mitte zwischen Winsford und Exford lag. Die Gründe lagen im Verborgenen, aber wahrscheinlich ging es um Homosexualität. Jedenfalls ließ der Lord Darne Lodge erbauen, damit der missratene, aber hochdekorierte zweitälteste Sohn trotz allem irgendwo wohnen konnte (wäre es um den ältesten Sohn gegangen, hätten sich die Dinge natürlich weitaus komplizierter gestaltet), und zwar in einem einigermaßen beruhigenden Abstand vom Gut der Familie. Selwyn hielt jedoch wenig davon, isoliert mitten in der Heide zu leben, und ging stattdessen schon bald nach London, wo er einige Jahre ein ausschweifendes und selbstzerstörerisches Leben führte. Wegen irgendeiner Verletzung konnte er nicht in den Krieg zurückkehren, der weiter tobte. Er kehrte schließlich zum Sterben nach Darne Lodge zurück, im Jahr der Schlacht von Waterloo, und erhängte sich an einem der Deckenbalken. Aus London hatte er eine neuerliche schwere Verletzung mitgebracht, bei einem Duell war ihm das halbe Gesicht weggeschossen worden. Er soll keinen schönen Anblick geboten haben, als er zwei Monate später gefunden und heruntergeholt wurde. Kein Mensch hatte gewusst, dass er zurückgekommen war.

Mir schwante, dass Castor und ich einige Stunden mit Margaret Allen verbringen würden, denn sie ließ kaum ein Detail aus, aber zum Glück sprang die Geschichte nun hundert Jahre weiter. Nach Selwyn Byrnescottes traurigem Ende stand das Haus nämlich bis ungefähr 1920 leer, dann wurde es von einem Londoner gekauft, der für sich und seine Begleitung eine Übernachtungsmöglichkeit für die Zeit benötigte, in der man in Exmoor auf Rotwildjagd ging. Später übernahm sein Sohn das Haus zum gleichen Zweck, und nachdem sich auch dieser unglückliche junge Mann, sein Name war Ralph deBries, die Familie stammte, soweit man wusste, aus Belgien, dort das Leben genommen hatte – diesmal mit Tabletten –, wurde das Haus 1958 auf einer Auktion verkauft und vom Vater des jetzigen Besitzers Jeremy Tawking ersteigert.

Seit 1958 war in dem Haus jedoch niemand mehr umgekommen, betonte Margaret Allen. Und dabei hatten gut und gerne zweihundert Menschen darin gewohnt, da Mr Tawking es seit mindestens zwanzig Jahren vermietete. Normalerweise natürlich nur wochenweise während des Sommerhalbjahres, aber Margaret erinnerte sich, dass auch im letzten Winter tatsächlich jemand dort gehaust hatte. Anscheinend war es immerhin so gut gebaut und isoliert, dass es den Winterstürmen standhielt?

Ich bestätigte, dass dies der Fall zu sein scheine. Obwohl die richtigen Winterstürme vielleicht noch nicht aufgezogen seien, was sie bestätigte. Die heftigsten rasten im Januar und Februar.

Ich bedankte mich für den Tee und die Informationen und wiederholte, dass Castor und ich an einem der nächsten Tage sicher wieder vorbeischauen würden. Margaret Allen erklärte, dass sie vermutlich das eine oder andere zum Thema Darne Lodge nicht ganz richtig verstanden habe, und entschuldigte sich ein weiteres Mal dafür, dass sie so viel geredet hatte.

Wir verabschiedeten uns und brachen auf. Der Rückweg nach Winsford Hill gestaltete sich recht mühsam, es gab diverse Gattertore, weidende Schafe und glotzende Kühe, zwischen denen man hindurchmusste, und als wir endlich in die eigentliche Heide hinaufgelangten, schlug uns der Wind direkt von vorn entgegen, zumindest bis zum Rand von The Punch Bowl, die tatsächlich, als ich sie nun von dieser Seite sah, an einen Krater erinnerte. Oder an die Spuren eines gigantischen Meteors, der vor einigen tausend Jahren eingeschlagen war und eine hundert Meter tiefe und ungefähr doppelt so breite Grube hinterlassen hatte.

Jedenfalls erreichten wir schließlich unser Heim – sowohl

Castor als auch ich matschbespritzt und erschöpft –, und schon als ich das Gartentor aufschob, sah ich, dass vor unserer Tür ein toter Fasan lag.

Ein prächtiges Männchen, das mit bestens geordneten Flügeln und Schwanzfedern friedlich auf der Seite lag und völlig unverletzt zu sein schien.

Abgesehen davon, dass er tot war.

Daraufhin tat Castor etwas Unerwartetes. Bedächtig trottete er zu dem Vogel, schnupperte von verschiedenen Seiten an ihm und packte ihn anschließend mit den Zähnen vorsichtig am Kopf. Behutsam zog er das Tier zur Seite, nur ein paar Meter weit, und ließ es an der Hauswand liegen.

Daraufhin sah er mich an, als wollte er sagen, dass es nun erlaubt sei, das Haus zu betreten.

19

In der vorletzten Talkrunde, die ich moderierte, kam es zu einem Zwischenfall, der in der schwedischen Fernsehgeschichte meines Wissens seinesgleichen sucht.

Die Sendung behandelte ein ernstes Thema: Menschen, die spurlos verschwunden waren.

Und wie die nächsten Angehörigen damit umgehen, dass jemand nicht mehr da ist und man nicht weiß, was geschehen ist. Nicht einmal, ob der Vermisste noch lebt oder tot ist.

Wir hatten eine Reihe von Studiogästen eingeladen. Einen Psychologen, eine Frau vom Einwohnermeldeamt, einen Kriminalkommissar sowie drei Betroffene. Das letztgenannte Trio bestand aus einem Paar aus Västerås, deren jugendliche Tochter seit zwei Jahren spurlos verschwunden war, sowie einer älteren Frau aus Nordschweden, die ihren Mann fünfundzwanzig Jahre zuvor als vermisst gemeldet hatte.

Darüber hinaus stand mir ein Co-Moderator zur Seite, um das Ganze über die Bühne zu bringen. Mit anderen Worten, eine gängige und durchdachte Mischung für achtundzwanzig Minuten Konversation zu mittelprächtiger Sendezeit.

Die nordschwedische Frau stieß wie geplant relativ spät zu unserer Runde. Alle anderen Gäste hatten sich bereits äußern dürfen, die Frau von dem Paar aus Västerås hatte ein wenig geweint. Ich wandte mich nun also Alice zu, so ihr Name, und bat sie, uns ihre Geschichte zu erzählen.

Wer ist aus Ihrem Leben verschwunden?

Ragnar, mein Ehemann, antwortete sie kurz angebunden.

Und das ist ziemlich lange her, hakte ich nach.

Ein Vierteljahrhundert, präzisierte Alice.

Und wie waren die näheren Umstände, als er verschwand?

Es war, wie es war. Im Herbst, kurz vor der Elchjagd.

Er verschwand also aus Ihrem Haus?

Ja.

Hier schaltete sich mein Kollege ein. Er hatte Alice am Vortag telefonisch interviewt und ihr einige Informationen entlockt.

Als wir uns unterhielten, meinten Sie, er habe das Fahrrad genommen, um zum Briefkasten zu fahren und die Zeitung zu holen?

Nein, antwortete Alice. Die hatten wir schon geholt. Er wollte nachsehen, ob Post gekommen war. Es war schon gegen Mittag.

Und das ereignete sich vor fünfundzwanzig Jahren?, fragte mein Kollege.

Vor fünfundzwanzig Jahren und einem Monat, antwortete Alice.

Und seither haben Sie ihn nicht mehr gesehen?

Seit diesem Tag nicht mehr, nein.

Er kam also nicht mehr zurück, nachdem er losgefahren war, um die Post zu holen?, versuchte ich nachzuhelfen. War es so?

Doch, doch, er kam zurück, erklärte Alice.

Ich weiß noch, dass sie ein sehr elegantes Kleid trug. Und hochhackige Schuhe. Ihre Haare waren frisch geschnitten und in einem etwas eigentümlichen Ton gefärbt, der ins Goldene spielte. Ich glaube, ich ahnte, dass etwas schieflief, sah aber keine Alternative, als wie geplant weiterzumachen. Ich registrierte, dass hinter der Kamera jemand zwei Finger hochhielt. Die Sendung würde noch zwei Minuten laufen.

Sie sagen, dass er zurückkam?, fragte ich und überlegte, ob

ich möglicherweise falsch verstanden hatte, was mein Kollege mir vor der Sendung in aller Kürze erzählt hatte.

Alice richtete sich auf der Couch auf und blickte plötzlich direkt in die nächste Kamera – statt die Person anzuschauen, mit der sie sich unterhielt, wie wir sie angewiesen hatten, wie wir alle Gäste anwiesen.

Ja, er kam zurück, wiederholte sie. Und seit dem Tag hat er im Holzschuppen gelegen.

Aus irgendeinem Grund kam niemand auf die Idee, die Sendung abzubrechen.

Warum liegt er im Holzschuppen?, fragte mein Kollege.

Ich habe ihn mit dem Schmiedehammer erschlagen, antwortete Alice mit fast triumphierender Stimme. Anschließend habe ich ihn in den Holzschuppen geschleift und mit Brennholz bedeckt. Seitdem habe ich nicht mehr nachgesehen, und bevor er herausschaut, fülle ich immer neue Holzscheite nach.

Jetzt erkannte ich den Ernst der Lage. Es wurde höchste Zeit, die Sendung abzubrechen. Ich gab ein Zeichen, dass wir auf Kamera drei gehen sollten, und begann meine Abmoderation.

Er war ein böser Mensch, ergänzte unser nordschwedischer Gast. Die Sache ist verjährt!

Nachdem es uns gelungen war, die Sendung abzubrechen, kam es zu tumultartigen Szenen. Doch zuvor, in den allerersten Sekunden, herrschte Totenstille. Alle starrten Alice an, und es war nicht weiter schwer, sich vorzustellen, was im Kopf jedes Einzelnen vorging.

Was hatte sie gesagt?

Sie hatte ihren Mann erschlagen.

Sie hatte ihn in den Holzschuppen gelegt und dort fünfundzwanzig Jahre liegen lassen. Ihn als vermisst gemeldet.

Sie hatte in einer Livesendung im Fernsehen einen Mord gestanden.

Vielleicht war sie aber auch nur eine Irre, der es gelungen war, sich wichtigzumachen. Wie stand es eigentlich um unsere Recherchen?

Dann redeten alle durcheinander. Diverse Studiomitarbeiter liefen herbei, und der Kriminalkommissar sprach in sein Handy. Die Einzige, die seelenruhig auf ihrem Platz auf der Couch sitzen blieb, war Alice. Kerzengerade und die Hände im Schoß gefaltet betrachtete sie mit einem milden Lächeln den Aufstand um sie herum. Das Ganze löste sich auf, als der Produzent der Sendung hereinkam und erklärte, wir sollten uns alle zu einer kurzen Besprechung in seinem Büro treffen.

Der betreffende Holzschuppen – am Rande der Ortschaft Sorsele im südlichen Lappland gelegen – wurde am nächsten Tag von der Polizei durchsucht. Als man das Skelett des früheren Bauern Ragnar Myrman herauszog, versuchte man Journalisten, Fotografen und Neugierige fernzuhalten, scheiterte jedoch. Es waren einfach zu viele, an die hundert, und in den kommenden Wochen wurde Alice Myrman in den Medien genau die Aufmerksamkeit zuteil, die sie angestrebt hatte. Nachdem die Polizei sie vernommen hatte, ließ man sie ohne Auflagen frei, da die Tat verjährt war, wie sie während ihres großen Durchbruchs im Fernsehen so zutreffend behauptet hatte.

Ich begegnete ihr ein weiteres Mal, es war ein Zufall. Sie stand auf dem Sergels torg in Stockholm und verteilte Flugblätter für eine christliche Gemeinde – Das Reine Leben. Ich konnte es mir einfach nicht verkneifen, sie zu fragen, wie es ihr heute ging, seit jenem denkwürdigen Abend im Affenstall waren damals drei oder vier Jahre vergangen.

Ich habe das alles hinter mir gelassen, erläuterte Alice. Das sollten Sie auch tun. Bitte sehr, wir haben heute Abend eine Versammlung in der City-Kirche.

Sie reichte mir ein Flugblatt und erzählte, sie wohne seit einem Jahr in Stockholm. Ihr Ruhm sei zu groß geworden, um in Sorsele Platz zu finden, meinte sie, und seit sie zu Jesus gefunden habe – und zum Pastor der Gemeinde, mit dem sie inzwischen verheiratet war –, sei ihr Leben von einem tieferen Sinn erfüllt.

Sie dankte mir von ganzem Herzen, dass sie in dieser Fernsehsendung hatte mitwirken dürfen. Wenn sie nicht die Chance bekommen hätte, aller Welt die Wahrheit über Ragnar zu erzählen, hätte dieses Wunder niemals geschehen können.

Geben Sie niemals auf, lauteten ihre letzten Worte an mich. Wenn die Finsternis am tiefsten ist, wenn du im Tal des Todesschattens wandelst, dann ist Er dir am nächsten.

Ihre Augen glühten. Ich habe oft an sie gedacht. Vor allem in letzter Zeit, in diesem letzten Monat, seit ich im Gegenwind über diesen polnischen Ostseestrand ging und mein Leben eine neue Richtung einschlug.

Wie es sich auf der Innenseite solch glühender Augen anfühlen musste.

Wie es sich angefühlt haben muss, auf der Studiocouch zu sitzen und darauf zu warten, an die Reihe zu kommen.

20

Neunter November. Zehn Grad um halb neun. Während unseres Morgenspaziergangs ist es grau und diesig, aber eine Stunde später reißt der Himmel auf. Ich beschließe dennoch, sitzen zu bleiben und bis zwölf zu arbeiten, danach werden wir einen Ausflug ans Meer machen, falls sich das Wetter bis dahin halten sollte.

Wenn ich »arbeiten« schreibe, meine ich das Material von Samos und aus Marokko. Ich spüre, dass ich damit weiterkommen muss; ich weiß nicht, woher dieses Gefühl rührt, aber vielleicht ist es nur ein Holzsplitter unter einem Fingernagel, den man irgendwie loswerden muss. Außerdem habe ich in den letzten zwei Tagen so viel Dickens gelesen, dass er warten kann. Die Kartenspiele habe ich in die Schublade zurückgelegt, in der ich sie gefunden habe.

Also kochte ich mir eine zweite Tasse Kaffee und setzte mich mit dem Tagebuch über den ersten Sommer auf Samos ans Fenster. Schob alle Zweifel und Zögerlichkeiten von mir und legte los. Entschlüsse fassen und sie in die Tat umsetzen. Falls Eugen Bergman sich melden sollte, konnte es nur von Vorteil sein, wenn Martin sich in diesen Dingen ein wenig auskannte.

Drei Stunden später hatte ich mich bis zum ersten August 1977 vorgearbeitet. Bis zu seiner Heimreise nach Schweden steht noch eine Woche aus, und möglicherweise ist das eine oder andere passiert. Martin schreibt nach wie vor in seinem zurückhaltenden, distanzierten Stil, als hätte er im Hinterkopf, dass ein anderer den Text lesen wird, und wenn es so ist, dann wahrscheinlich eine junge Frau mit intellektuellen Vorlieben. Ich kann mir nicht helfen, es kommt mir einfach so vor, und ich kann ebenso wenig ändern, dass sich das eine oder andere nicht entziffern lässt. Das betrifft jedoch nur einzelne Worte, die für den Zusammenhang ohne Bedeutung sind.

Das wichtigste Ereignis Ende Juli, und in diesem Punkt braucht man nicht zwischen den Zeilen zu lesen, besteht darin, dass er Gast im Haus des Ehepaars Herold/Hyatt gewesen ist. Allerdings nicht nur Martin, sondern die gesamte so genannte Schriftstellerkommune, und es ist offensichtlich keine üble Veranstaltung gewesen. Man ist eine Runde von etwa zwanzig Gästen, man speist reihenweise kleine griechische Gerichte, zubereitet von den Wirtsleuten der Taverne, die, zumindest am Anfang, ebenfalls anwesend sind und die Gäste bedienen. Man sitzt an einer langen Tafel auf der Terrasse und hat Aussicht auf einen Pinienhang und das Meer. Es werden Gitarre und Bouzouki gespielt, es wird gesungen, es werden Gedichte in allen möglichen Sprachen deklamiert, es wird diskutiert, es wird ein Manifest verfasst und in rauen Mengen Wein getrunken. »Retsina«, betont Martin, »das einzig Trinkbare, was sich hier unten auftreiben lässt.« Er schreibt, dass das alles verdammt noch mal magisch sei, und meint damit nicht den Wein. Es wird auch Marihuana geraucht, allerdings nicht von ihm.

Der Grund dafür – falls ein solcher wirklich nötig gewesen sein sollte –, dass Herold und Hyatt die ganze Gesellschaft in ihr Haus eingeladen haben, sind die ersten Reaktionen auf Bessies Debütroman, die nach und nach eintreffen. Bis zum Erscheinungstermin in den USA sind es noch ein, zwei Wochen, aber der Verlag verfügt über gute Kontakte und kann deshalb bereits mitteilen, dass die Besprechungen hervorragend ausfallen werden. Um nicht zu sagen sensationell gut. Tom Herold hält eine Rede, in der er seine junge Frau preist und scherzhaft erklärt, in einem Jahr werde er selbst vergessen sein, Bessie Hyatt dagegen wie eine moderne Pheme von der obersten Zinne des Parnasses herabstrahlen.

So schreibt Martin es wortwörtlich und kommentiert anschließend die eigentümliche Wahl der Göttin. Pheme ist in der griechischen Mythologie vor allem die Göttin des Gerüchts; er stellt heraus, dass er offenbar der Einzige unter den versammelten Gästen ist, der sich darüber Gedanken macht, und dass er beabsichtigt, Herold bei Gelegenheit darauf anzusprechen. Jedenfalls scheint Bessie keinen Anstoß daran zu nehmen, ergänzt er, aber vielleicht ist sie bei den alten griechischen Göttern und Göttinnen auch nicht ganz sattelfest. Im Gegensatz zu Martin.

Das Fest geht bis zum Morgengrauen weiter. Martin schreibt, dass er schließlich mit einer kleinen Gruppe zusammensitzt und sich über Kavafis und Durrells Alexandria-Quartett unterhält. Immer diese Gespräche, der Russe Gusov ist ebenfalls beteiligt und reizt mit seinem Unwissen, außerdem die beiden lesbischen Künstlerinnen und das französische Lyrikerpaar Legel und Fabrianny. Sowie der fröhliche Nietzscheaner Bons. Martin widmet mehr als zwei Seiten der Aufgabe, die Beiträge und Standpunkte in dieser Diskussion zu beschreiben, und beendet seinen Bericht über diesen langen Tag und eine lange Nacht, indem er erzählt, dass eine Gruppe von acht bis zehn Leuten zum Meer flaniert und im Morgengrauen nackt schwimmen geht. An dieser Stelle hat er ein weiteres Mal notiert, dass dies alles verdammt noch mal magisch sei, die Worte dann jedoch durchgestrichen, als er die Wiederholung bemerkt.

Des Weiteren erzählt er – im gleichen trockenen Stil – von einem Ausflug einige Tage später zu einem Ort namens Ormos Marathokambos, wenn ich die Buchstaben richtig gedeutet habe, einem Ausflug, der auf vier Vespas unternommen wird. Man fährt jeweils zu zweit, und auf dem Heimweg sitzt Bessie Hyatt persönlich hinter ihm. Inzwischen ist ihr Buch erschienen und genauso begeistert aufgenommen worden, wie ihre Verlagskontakte es geweissagt haben. In einer Woche wird sie in die USA fliegen, um auf PR-Tour zu gehen. Martin schreibt, »er fährt mit den Armen des jungen amerikanischen Genies um seine Taille auf staubiger Landstraße in die untergehende Sonne«, und dass ihn dies »eigentümlich erregt«. Großer Gott, denke ich, aber so steht es dort wirklich.

Aus den Aufzeichnungen geht nicht hervor, ob Herold bei diesem Ausflug mit von der Partie ist oder nicht. Ich beschließe, mir die letzten zehn Seiten, den Rest von 1977, für den Abend aufzuheben, verfrachte Castor ins Auto und fahre zu einem anderen Meer.

Wir nahmen wieder die schöne Straße über Simonsbath und hielten, bevor wir Lynmouth erreichten, an einem Ort namens Watersmeet. Über eine steile Treppe stiegen wir in ein tiefes, enges Tal hinab, das der Fluss Lyn ausgewaschen hat – und zu dessen beiden Armen, die sich genau an dieser Stelle treffen und dem Ort seinen Namen gegeben haben. Ich merkte, dass ich gereizt war und der Grund dafür die Lektüre von Martins verdammtem Tagebuch war. Ich versuchte mir einzureden, dass dies alles fünfunddreißig Jahre zurücklag und es außerdem um das Jahr ging, bevor wir uns kennenlernten, aber es gelang mir nicht wirklich. Er war in diesem ersten Sommer auf Samos vierundzwanzig Jahre alt und hätte nicht wie ein aufgeplusterter Gymnasiast schreiben sollen. Hatte er sich so angehört, als wir auf diesem Fest in der Stockholmer Altstadt zusammensaßen? Ich konnte es mir nicht vorstellen. Aber vielleicht waren wir, er und ich, damals auch andere Menschen gewesen. Wenn ich damals diese Aufzeichnungen gelesen hätte, wie hätten sie auf mich gewirkt? Hätten sie mich beeindruckt? Hätte ich ihn überhaupt geheiratet? Wie viel bedeuteten Rolfs Tod und meine allgemeine Labilität für meine Wahl? Für mein Leben?

Gute Fragen, dachte ich, während ich mit Castor auf den Fersen an dem munter fließenden Gewässer entlang unter einem Gewölbe aus grünen Bäumen spazierte. Und da war es wieder, das *munter fließende* Gewässer, aber diesmal erfüllte es mich nicht mit der gleichen Befriedigung. Beim besten Willen nicht, wahrscheinlich gibt es Momente, in denen man sich Jane Austen und den Schwestern Brontë verbunden fühlt, aber dies war kein solcher Moment. Gleichzeitig gab es etwas in mir, was sich über meine Verärgerung freute. Wann war ich das letzte Mal so verärgert gewesen? Im letzten Monat jedenfalls nicht, vielleicht auch schon seit einem halben Jahr nicht mehr. Wollte man es unbedingt so gestelzt formulieren wie dieser Vierundzwanzigjährige, an den ich lieber nicht denken wollte, könnte man eventuell behaupten, dass eine Kiste stinkenden, alten Gerümpels in einer vergessenen Ecke meiner komatösen Seele angezündet worden war – und dass es gute Gründe gab, dafür dankbar zu sein. Für diesen Vorgang, denn es war etwas erwacht.

Jedenfalls gingen wir eine ziemlich lange Strecke an einem der Flussarme entlang, und als wir nach ungefähr vierzig Minuten eine Brücke erreichten, überquerten wir sie und kehrten auf der andere Seite des Wasserlaufs nach Watersmeet zurück. Stiegen die steile Treppe zur Straße und zu unserem Auto hoch und setzten unseren Weg zu dem kleinen Touristenörtchen Lynmouth an der Küste fort.

Dort kehrten wir zu einem verspäteten Mittagessen in einem der Pubs an der Hafenpromenade ein, ohne mit einem einzigen Menschen zu sprechen. Gingen in der Nachbarstadt Lynton einkaufen, unter anderem ein Paar Gummistiefel, und kehrten über die Heide nach Darne Lodge zurück.

A day in the life, dachte ich erneut. Ich lese die Tagebücher meines wahrscheinlich verstorbenen Mannes. Ich gehe mit meinem Hund spazieren. Ich kaufe ein.

Bald werde ich es schon als Begebenheit betrachten, mir meine Fingernägel zu schneiden oder die Zähne zu putzen.

Ich versuchte, zu meiner Verärgerung zurückzufinden, sie war wie weggeblasen.

Doch da sie mir trotz allem gefallen hatte, also die Verärgerung, und da das, was sie hervorgerufen hatte, zweifellos das Samos-Tagebuch von 1977 gewesen war, beschloss ich, meine Lektüre fortzusetzen.

Der Rest des ersten Sommers. Danach zwei Kapitel Dickens, vier Patiencen und das Bett.

So machte ich es, und als ich Castor zu seiner letzten Abendrunde hinauslassen wollte, spürte ich beim Öffnen der Tür einen Widerstand. Es war der tote Fasan, der wieder davorlag.

Oder ein neuer, aber ebenso toter. Ich ließ das Glas fallen, das ich in der Hand hielt, es zersplitterte auf dem Steinboden, und ich erkannte, dass ich wieder vergessen hatte, mir eine Taschenlampe zu besorgen.

21

Zehnter November. Ein Mix aus Sonne und Wolken und starker Wind aus Südwest. Elf Grad am Morgen. Nahm den toten Fasan auf unserem Morgenspaziergang in einer Plastiktüte mit und warf ihn auf dem Weg zu den kleinen römischen Relikten auf der Kuppe von Winsford Hill in ein Dornengestrüpp. Versuchte, tunlichst nicht daran zu denken, also an den Fasan, nicht an die Relikte, was mir jedoch nicht leichtfiel. Wie war er gleich zwei Mal vor meiner Tür gelandet? Ich hatte beschlossen, dass es sich wohl doch um denselben handelte. Ein anderes Tier muss ihn dorthin geschleift haben, dachte ich, zumindest beim zweiten Mal gestern Abend. Aber was für ein Tier? Hier gibt es wahrscheinlich Füchse, auch wenn ich keinen gesehen habe, aber warum sollte ein Fuchs einen Fasan dorthin schleifen und ihn anschließend völlig unbeschadet liegen lassen?

Ein anderer Vogel? Es schweben diverse Raubvögel über der Heide, aber obwohl ich mich mit ihren Lebensgewohnheiten nicht sonderlich gut auskannte, klang das in meinen Ohren nicht sehr wahrscheinlich. Vögel greifen doch keine anderen Vögel an? Jedenfalls nicht so.

Ein Mensch? Ich verdrängte den Gedanken.

Stattdessen dachte ich – während ich mit Castor dicht hinter mir ungeschützt im Gegenwind weiterstrebte – über das Gesicht an dem Fenster nach. Der blasse, junge Mann und die Geste, die er mit der Hand an seiner Kehle gemacht hatte. Was hatte er eigentlich gemeint? Welche Bedeutung sie generell hatte, stand natürlich zweifelsfrei fest, aber was bedeutete sie in diesem besonderen Fall? Handelte es sich um einen bizarren Scherz? Gab es eine Absicht? Etwas Ernstgemeintes? Wer war er? Irgendein Verrückter vielleicht, der in diesem isoliert liegenden Haus wohnte und bei jedem, dem er begegnete, die gleiche Geste machte? Oder zumindest bei allen, die an seinem Haus vorbeikamen, was vermutlich nicht besonders viele waren.

Auch über die beiden Todesfälle in Darne Lodge dachte ich nach. Zwei Selbstmörder in einem Abstand von etwas mehr als hundert Jahren. Unabhängig davon, wie viele normale Menschen seit der letzten Selbsttötung in dem Haus gewohnt haben mochten, fand ich es makaber. Andererseits, war nicht mein gesamter Aufenthalt hier makaber? Vielleicht war das auch nicht das richtige Wort, aber mein Empfinden ging jedenfalls in diese Richtung. Etwas, was auf dem besten Weg war, aus der Wirklichkeit zu fallen. Aber was ist das für eine willkürliche Grenze, die wir zwischen dem ziehen, was wir wirklich nennen, und dem, was uns unwirklich erscheint? Ich hatte inzwischen gerade einmal acht Nächte in dem Haus geschlafen und empfand doch schon… ja, was?

Eine Art Bedrohung? Etwas, was Gefahr ankündigte, und dass es für mich übel ausgehen würde, wenn ich nicht auf der Hut war?

Unsinn, dachte ich. Hirngespinste.

Und nochmals andererseits: Was hatte ich denn eigentlich erwartet? Ich hatte auf diesem polnischen Strand mein altes Leben abgestreift; so beiläufig, wie man den Knochen eines Hähnchens bricht, hatte ich einen Schlussstrich darunter gezogen. Hatte jede Lebensbedingung bis in ihre kleinsten Bestandteile hinein verändert. Oder etwa nicht? Wenn man so wollte, konnte man natürlich genauso gut behaupten, dass es Martin war, der diesen Schlussstrich herbeiführte, als er in einem Hotel in Göteborg diese Kellnerin vergewaltigte – oder zumindest sein Sperma auf ihrem Bauch hinterließ. Meine Handlungsweise beim Bunker war lediglich eine natürliche Reaktion gewesen, zugegeben, ein wenig verspätet, zugegeben, ein wenig drastisch und im höchsten Maße ungeplant, einer spontanen Eingebung geschuldet, wie es so schön heißt, bei der aber dennoch das eine zum anderen geführt hatte und es eine sorgsam verknüpfte Kette aus Ursache und Wirkung gab, an der sich die linke Gehirnhälfte ergötzen konnte – ja, es gab viel, was man in dieser offenen und freiheitlichen Heidelandschaft mit Farnen, fröhlichem Stechginster und knorrigem Heidekraut, Morast, Gras und wilden Ponys insgeheim behaupten und vorbringen konnte, aber das größte Problem, der wunde Punkt, war letzten Endes und wie immer mein eigenes Gehirn, das einfach keine Ruhe geben wollte. Das nicht aufhören wollte, diese Worte und diese vermeintlichen Analysen zu produzieren; eitel und neunmalklug, unaufhörlich, Tag für Tag, in jeder Stunde und Minute, bis mein Herz in jenem im Voraus festgelegten Augenblick aufhören würde, sauerstoffgesättigtes Blut in diese weit überschätzten Irrgänge zu pumpen.

Die äußere Welt, dachte ich. Ich brauche einen Lebenszusammenhang, sonst gehe ich völlig unnötig unter. Ein Hund reicht da nicht aus.

Und daraufhin beschloss ich, am Nachmittag das Winsford Community Computer Centre aufzusuchen. Was hatte Margaret Allen noch gesagt? Elf bis achtzehn Uhr?

Diesmal hatte Alfred Biggs Dienst. Er war ein kleiner Mann mit grau melierten Haaren und zu großen Kleidungsstücken. Als wäre er aus ihnen herausgeschrumpft oder hätte sie von einem großen Bruder übernommen, der vor langer Zeit in irgendeinem Krieg gefallen war. Auch seine Brille mit den schwarzen Plastikbügeln war zu groß; ich gewann den Eindruck, dass er sich hinter ihr verstecken wollte, und sein Lächeln war schüchtern und ein wenig in sich gekehrt.

»Sie müssen die Schriftstellerin sein«, sagte er, als wir uns einander vorgestellt hatten. »Margaret hat mir von Ihnen erzählt.«

»Sie ist heute nicht da?«

»Nein, die Samstage gehören mir. Margaret hat nur an zwei Tagen in der Woche Dienst. Sie arbeitet auch noch in der Bücherei in Dulverton.«

Ich nickte. »Stimmt, das hat sie mir erzählt.«

»Aber ich wohne gleich nebenan. Ich bin Rentner und habe deshalb alle Zeit der Welt.«

»Ich bin froh, ab und zu hierherkommen zu dürfen. Ich habe keinen Internetanschluss.«

»Sie sind uns jederzeit willkommen. So ist das Zentrum gedacht. Wenn wir nicht geöffnet haben, brauchen Sie bloß an meine Tür zu klopfen. Die rote gleich um die Ecke.«

Er deutete in Richtung Kirche.

»Und das hier ist Castor?«

Castor hörte seinen Namen und streckte seine Schnauze zu Alfred Biggs hin, der ihm behutsam über den Kopf streichelte. Er lächelte wieder, und ich bewertete sein Lächeln neu. Da war etwas mit seinen Zähnen, was die Lippen möglichst zu verbergen suchten. Er zeigte mir, wo ich sitzen konnte, und fragte, ob ich eine Tasse Tee wolle. Wie beim letzten Mal war der Raum ansonsten leer, ich dankte ihm und nahm mir fest vor, bei meinem nächsten Besuch irgendwelche Kekse mitzubringen.

Als ich meine Tasse bekommen hatte, setzte ich mich hin, um unsere Mails zu öffnen, erst meine eigenen, danach Martins. Alfed Biggs kehrte zu seinem Buch zurück. Castor machte es sich unter meinem Tisch bequem.

In meiner Mailbox gab es eine einzige neue Nachricht.

Katarina Wunsch. Der Betreff lautete *London?* Ich schluckte und klickte sie an.

Hallo, Maria. Als ich mit meinem Mann vor zwei Wochen in London war, ist etwas so Seltsames passiert, dass ich dich einfach darauf ansprechen muss. Wir sind im Hyde Park einer Frau begegnet, und ich war mir vollkommen sicher, dass du es bist. Wir haben sie gegrüßt, aber sie sprach Englisch und meinte, es handele sich um einen Irrtum. Das Ganze war ein bisschen peinlich. Mein Mann und ich haben hinterher darüber gesprochen, und die Sache will mir einfach nicht mehr aus dem Kopf. Warst du das wirklich nicht? Das kommt mir so seltsam vor, entschuldige bitte, dass ich dich damit behellige. Liebe Grüße, Katarina

Ich weiß nicht, wie sie an meine neue Mailadresse gekommen ist, nehme aber an, dass sie sich im Affenstall erkundigt hat. Ich habe keine Ahnung, wie leicht oder schwer es ist, sich solche Informationen zu beschaffen. Jedenfalls dachte ich eine ganze Weile nach, ehe ich folgende Antwort formulierte:

Hallo, Katarina. Wie schön, von dir zu hören, wir haben uns ja ewig nicht mehr gesehen, aber ich habe leider nicht die geringste Ahnung, wer diese Frau gewesen sein könnte. Eins steht jedenfalls fest: Ich war es nicht. Martin und ich sind seit geraumer Zeit in Marokko. Er arbeitet wie üblich an einem Manuskript, und ich habe ihn begleitet, um einen schwedischen Winter zu überspringen. Wir bleiben bis Mai nächsten Jahres. Ich hoffe, euch geht es gut, melde dich ruhig, wenn du mir mal wieder über den Weg läufst. Liebe Grüße, Maria

Beim letzten Satz zögerte ich einige Zeit, fand dann aber, dass es eine gute Idee war zu zeigen, dass ich die Sache auf die leichte Schulter nahm. Ich schickte sie ab und nahm mir Martins Mails vor.

Sieben neue Nachrichten. Vier von Leuten, die wahrscheinlich irgendwelche Kollegen waren, ihre Mitteilungen waren kurz und machten keine Antworten erforderlich, jedenfalls nicht gleich. Eine kam von einem Studenten, der sich über die Benotung einer Seminararbeit beschwerte, die Mail war mehrere Seiten lang, nach der Hälfte war ich es leid und löschte sie.

Die beiden verbliebenen stammten von Eugen Bergman und G. Ich stellte G zurück und las mir durch, was Bergman auf dem Herzen hatte. Rief mir in Erinnerung, dass ich ihm heute etwas schreiben sollte, da ich seine vorige Mail nicht beantwortet hatte.

Lieber Freund. Ich will mich nur kurz vergewissern, dass ihr gut angekommen seid und alles zu eurer Zufriedenheit ist. Stockholm ist grau und trist, ich muss schon sagen, dass ich dich ein wenig beneide. Jeder Stümper müsste doch in einem wohltemperierten Winter auf den Breitengraden, auf denen ihr euch gerade aufhaltet, etwas halbwegs Lesenswertes zusammenschustern können. Die einzige Neuigkeit aus der Verlagswelt lautet, dass wir uns zwei sogenannte Starmemoiren unter den Nagel gerissen haben – ein legendärer Eishockeyspieler und ein früherer Mörder –, aber darüber willst du selbstverständlich nichts hören.
Halt mich doch bitte auf dem Laufenden oder sag mir wenigstens, dass alles so läuft wie geplant.
Sehr herzliche Grüße, Eugen B
PS: Ach, übrigens, einer Frau, die anscheinend Gertrud

Soundso heißt, ist sehr daran gelegen, Kontakt zu dir aufzunehmen. Kann ich ihr deine Mailadresse geben?

Bevor ich eine Antwort verfasste, versuchte ich, frühere Nachrichten zu finden, die Martin seinem Verleger geschickt hatte, aber da ich mich über das Internet eingeloggt hatte, kam ich nicht weit. Der gespeicherte Zeitraum war zu kurz, und ich hatte auch diesmal unsere Notebooks nicht mitgenommen. Schließlich schrieb ich Bergman einen Zweizeiler, dass wir gut angekommen seien, alles in bester Ordnung sei und er sich keine Sorgen machen müsse. Zwischen sechs und acht Stunden tägliche Arbeit am Manuskript, alles laufe wie geplant. Die nächstgelegene größere Stadt sei Rabat. Darüber hinaus schrieb ich, dass er meine Mailadresse ruhig an Gertrud weitergeben könne und ich zu wissen glaubte, wer sie sei.

Als ich mit diesen schlichten Formulierungen zufrieden war und sie abgeschickt hatte, öffnete ich die Mail von G.

Where are you? What are you up to? No reply to my last message, it's a week and I'm getting frustrated. Please contact me ASAP.
G

ASAP? Wenn mich nicht alles täuschte, bedeutete dies wohl »as soon as possible«. So schnell wie möglich.

Er wollte wissen, wo Martin sich aufhielt, und sprach darüber, dass er frustriert war. Oder es zumindest langsam, aber sicher wurde.

Was hast du vor?

Eine Welle des Unbehagens zog durch mich hindurch, und im selben Moment traten zwei jüngere Mädchen durch die Tür. Sie grüßten Alfred Biggs höflich, warfen einen Blick auf Castor und mich und ließen sich, uns den Rücken zukehrend, an zwei

Computern nieder. Alfred Biggs stand auf und ging zu den beiden, um ihnen bei etwas zu helfen.

Ich trank einen Schluck von meinem Tee und versuchte, mich zu konzentrieren. Starrte die Nachricht von G an und tat mein Bestes, um mir einzureden, dass es keinen Grund zur Beunruhigung gab. Es funktionierte nicht besonders gut. Ich verfluchte das Zeitalter, in dem wir lebten und in dem es den Menschen möglich war, jede Sekunde Kontakt zueinander aufzunehmen, ganz gleich, wo in der Welt und in welchen Verhältnissen sie sich gerade befanden. Und dass man der Ansicht war, auf jeden Fall ein Anrecht auf eine Antwort zu haben. Dass man alle und jeden anrufen oder anschreiben und im Großen und Ganzen eine unverzügliche Rückmeldung verlangen konnte.

Und dass man dies sogar anonym tun konnte. Das war früher wirklich anders, dachte ich. Da konnte man jemanden in Säffle oder Surahammar umbringen, oder auch an beiden Orten, und anschließend nach Eslöv ziehen, wo einen keiner fand.

Nun war dieser G für Martin sicher nicht besonders anonym, was die Sache allerdings nicht unbedingt leichter machte. Der drohende Ton war unverkennbar, und wenn ich nicht antwortete, würde das die Lage vermutlich nur noch verschlimmern.

Oder schätzte ich die Situation falsch ein? Ich ging zurück und sah mir Gs frühere Mail an.

I fully understand your doubts. This is no ordinary cup of tea. Contact me so we can discuss the matter in closer detail. Have always felt an inkling that this would surface one day. Best, G

Das erschien mir beim besten Willen nicht weniger beunruhigend. Ich blieb bestimmt zwanzig Minuten sitzen und grübelte und formulierte, bis es mir gelang, folgende Antwort zustande zu bringen:

No worries. Everything is fine, trust me. I am off to a secret place to work for six months. Will not read my email on a regular basis. M

Ich verschickte die Mail, und als mein Zeigefinger die »Senden«-Taste gedrückt hatte – oder als ich sie gerade herabdrückte –, nahm ich für Sekundenbruchteile etwas anderes wahr. Als hätte es sich nicht um ein zentimetergroßes Quadrat auf einer Tastatur gehandelt, sondern um den Abzug einer Waffe. Es war ein so vollkommen überraschendes und verwirrendes Bild, dass ich mich sekundenlang unsicher fühlte, ob ich tatsächlich wach war.

Dann lachte jedoch eines der Mädchen an seinem Computer, und alles normalisierte sich blitzschnell wieder. Castor hob den Kopf, sah mich an und gähnte. Ich fuhr den Computer herunter und beschloss, mich mindestens eine Woche von allen Mailboxen fernzuhalten.

Als ich gerade im Begriff stand, den Raum zu verlassen, fiel mir etwas ein. Ich wandte mich an Alfred Biggs und fragte ihn, ob er sich in Winsford und Umgebung auskenne.

»Ich denke schon«, antwortete er mit seinem zurückhaltenden Lächeln. »Ich bin zwar nicht im Dorf geboren, wohne aber schon seit fast vierzig Jahren hier. Warum fragen Sie?«

Ich zögerte eine Sekunde, hatte aber nicht das Gefühl, dass meine Einlassung aufdringlich erscheinen könnte.

»Nun, vor ein paar Tagen bin ich an einem Haus vorbeigekommen. An dem Pfad, der von Winsford Hill zum Dorf hinunterführt … also auf der anderen Seite der Halse Lane … und da habe ich einen Jungen gesehen, oder besser gesagt einen jungen Mann, der an einem Fenster stand. Ein paar hundert Meter bevor man zum Pub gelangt, verstehen Sie, welches Haus ich meine?«

»Direkt unterhalb der Stromschnelle?«

»Ja.«

»Ein altes, düsteres Steinhaus, das ganz alleine steht?«

»Ja.«

Er seufzte. »Ach ja. Dann müssen Sie Heathercombe Cottage meinen. Es gehört Mark Britton, dem armen Kerl.«

»Mark …?«

»Mark Britton. Er wohnt dort mit seinem Sohn. Das ist eine wirklich traurige Geschichte, aber es ist nicht meine Art, mir über andere Leute das Maul zu zerreißen.«

Er verstummte, offenbar wurde ihm klar, dass er möglicherweise schon zu viel gesagt hatte. Wenn er sich wirklich nicht das Maul zerreißen wollte. Ich zögerte erneut, beschloss jedoch, ihm keine weiteren Fragen zu stellen. Pheme nicht auch hier zu Wort kommen zu lassen. Stattdessen bedankte ich mich für den Tee und das Internet und erklärte, dass ich in einer Woche sicher wieder vorbeischauen würde.

»Vergessen Sie nicht, an meine Tür zu klopfen, falls keiner hier sein sollte«, wiederholte er. »Die rote, auf dem Türschild steht Biggs.«

Ich versprach ihm, es nicht zu vergessen. Anschließend verließen Castor und ich das Winsford Community Computer Centre mit einem weiteren Fragezeichen im Gepäck.

Mark Britton, der arme Kerl?

22

»Ich denke, wir sollten uns ein wenig über Rolf unterhalten. Was denken Sie, wie wäre es mit Ihnen beiden weitergegangen, wenn er nicht gestorben wäre?«

Es war nach etwa einem Jahr. Bis wir für Gunvald und Synn Plätze in der Kita bekommen würden, hatten wir ein Kindermädchen eingestellt. Ich arbeitete wieder und hatte jeden Donnerstagabend einen Termin bei Gudrun Ewerts in ihrer Praxis in der Nähe des Norra Bantorget.

»Rolf? Na ja … warum sollen wir über ihn sprechen?«

»Wenn er in dem Sommer damals nicht verunglückt wäre, dann hätte sich Ihr Leben immerhin ganz anders entwickelt. Denken Sie darüber niemals nach?«

Ich dachte nach. Erkannte, dass mir der Gedanke selbstverständlich schon gekommen war, aber so wie jetzt sah mein Leben nun einmal aus. »Natürlich«, antwortete ich. »Aber ist es nicht immer so? Wenn dieses oder jenes nicht passiert wäre, dann wäre alles anders gekommen.«

»Darauf will ich nicht hinaus. Hatten Sie Visionen?«

»Visionen?«

»Ja. Haben Sie sich vorgestellt, dass Rolf und Sie eine Familie gründen würden? Dass Sie Kinder bekommen und Ihr ganzes Leben zusammenbleiben würden?«

»Ja … nein. Ich weiß es nicht, ich verstehe nicht, warum das so wichtig sein soll?«

Gudrun Ewerts lehnte sich in ihrem federnden Ledersessel zurück und setzte eine ganz bestimmte Miene auf, die stets besagte, dass sie etwas Wichtiges zu verkünden hatte. Dass ich mich jetzt zusammenreißen und konzentrieren musste. Ich hatte einen langen Arbeitstag hinter mir, vielleicht versuchte sie, meine Aufnahmefähigkeit einzuschätzen. Außerdem faltete sie die Hände unter dem Kinn, was immer ein sicheres Zeichen war.

»Weil es dieser Charakterzug bei Ihnen ist, der mir Sorgen macht. Sie haben kein Bild von Ihrer Zukunft vor Augen.«

»Kein Bild von meiner Zukunft?«

»Nein. Manchmal kommt es mir so vor, als würden Sie sich überhaupt nicht für sie interessieren, und ich glaube, das ist schon sehr lange so.«

Ich dachte erneut nach und erwiderte, dass ich nicht richtig verstünde, wovon sie spreche.

»Ich denke eigentlich schon, dass Sie das tun«, widersprach Gudrun Ewerts. »Es hat damit zu tun, wie Sie gewisse Dinge verdrängen. So sind Sie über den Tod Ihrer Schwester hinweggekommen, und so sind Sie mit Rolfs Tod umgegangen. Und mit dem Ihrer Eltern. Was Sie wirklich fühlten, bei jedem einzelnen dieser Todesfälle, war so überwältigend, dass Sie dem keinen Raum zubilligen konnten. Aber wenn man den Gefühlshahn zudreht, dreht man leider auch die Gefühle ab, die man behalten sollte. Würden Sie beispielsweise sagen, dass Sie Ihren Mann lieben?«

»Was?«

»Ich habe Sie gefragt, ob Sie Martin lieben?«

»Natürlich liebe ich ihn. Was hat das denn jetzt damit zu tun?«

»Sagen Sie ihm das oft?«

»Ja, natürlich … nein.«

»Weinen Sie gelegentlich?«

»Sie wissen, dass ich das nicht tue.«

»Ja. Und ich weiß auch, dass Sie es tun sollten.«

»Wäre es nicht besser, lachen zu können?«

Gudrun Ewerts lächelte, wurde aber sofort wieder streng. »Wenn man das eine nicht kann, dann kann man auch das andere nicht. Nicht wirklich. Aber die Kunst, im Fernsehen zu lächeln, beherrschen Sie wirklich unglaublich gut.«

Ich schwieg eine Weile, und sie ließ mir Zeit. Der Sinn des Ganzen war natürlich, mich wütend zu machen, das gehörte zu ihrer Methode, was ich durchaus begriff, aber ich war zu müde, um ihr an diesem Abend Widerstand zu leisten.

»Warum wollen Sie, dass wir über Rolf sprechen?«, fragte ich schließlich.

»Weil es mich interessiert, wann das anfing.«

»Aha?«

»Ob es schon vor ihm da war. Ob es vielleicht schon mit Ihrer kleinen Schwester begonnen hat?«

Wir schwiegen erneut, und ich weiß noch, dass ich auf einmal das dringende Bedürfnis hatte, in Tränen auszubrechen. Aber auch, dass es genauso war, wie sie gesagt hatte; dies lag so tief in mir begraben, dass ich nicht einmal in die Nähe eines solchen Gefühlsausbruchs kommen würde. Ein Eisberg aus Tränen.

»Ich habe vor einem Jahr geweint«, sagte ich. »Als ich meine Depression hatte. Als Sie anfingen, mich zu behandeln.«

Gudrun Ewerts nickte. »Ich weiß. Aber das war nach zwei Wochen vorbei. Denken Sie nach, haben Sie seither auch nur ein einziges Mal geweint?«

Plötzlich fühlte ich mich ziemlich unwohl. Eine Art unterdrückter Panik versuchte sich in meinem Inneren freizusetzen, wie das Jucken an einem eingegipsten Bein, und sie lag so gut verkeilt unter diesem Eisberg, dass ich nur eins tun konnte, die Zähne zusammenbeißen und feststellen, dass sie vollkommen recht hatte.

»Wenn ich mich recht erinnere, nicht«, antwortete ich.

Wir sprachen in diesen Jahren über vieles, Gudrun Ewerts und ich. Zum Beispiel über meinen Bruder Göran und mein Verhältnis zu ihm. Woran lag es, dass wir uns nicht gegenseitig gestützt hatten, als unsere kleine Schwester starb, wollte sie von mir wissen. Warum war die Familie nicht enger zusammengerückt und hatte gemeinsam getrauert? Warum waren meine Mutter und mein Vater jeder für sich langsam untergegangen?

Das waren schreckliche Fragen. Gudrun Ewerts wollte wissen, ob ich Angst vor den Antworten hätte, ob ich sie deshalb nicht ins Licht heben wolle. Ich sagte, das wisse ich nicht, und sie schlug vor, dass ich womöglich die *eingebildeten* Antworten fürchte. Zum jetzigen Zeitpunkt hätte ich bereits einen ganzen Haufen Tote im Gepäck, aber begonnen habe es schließlich mit einer ganz bestimmten. Nicht wahr, fragte sie. *Nicht wahr?*

Ich antwortete, ja, natürlich; begonnen habe es damit, dass Bengt-Olov Fußballstar mit seinem Bus auf diesem Parkplatz im Rückwärtsgang die kleine Gun überfahren habe und weil … na ja, weil so etwas von einer Sekunde auf die andere passieren könne, könne … konnte auf die gleiche Weise eben auch alles Mögliche andere passieren. Genauso schnell und genauso unangekündigt. So könne man beispielsweise den Halt verlieren und an einem Bergmassiv abstürzen. Die Finsternis und der Tod lauerten überall, das wisse sie doch genauso gut wie ich, und unangenehme Fragen zu stellen, heiße, ihnen ein Tor zu öffnen, durch das sie hindurchschlüpfen könnten.

Stellte ich mir so die Zusammenhänge im Leben vor?, erkundigte sich meine Therapeutin. Konnte ich deshalb nicht den Deckel abheben und nachsehen, wie es denn nun um mich und meinen Bruder bestellt war, um bei dieser Problematik zu bleiben?

»Manchmal ertrage ich es wirklich kaum noch, mir Ihre Übertreibungen anzuhören«, protestierte ich meiner Erinnerung nach einmal, als wir über diese Dinge sprachen. »Sie fischen in trübem Psychowasser. Göran und ich sind einfach völlig verschiedene Fische, uns werden Sie niemals mit demselben Köder angeln. So etwas soll bei Geschwistern gelegentlich vorkommen.«

Die Sprachbilder ließen zu wünschen übrig, aber manchmal versuchte ich, ihr auf ihrem eigenen Feld zu begegnen, und Gudrun Ewerts quittierte meine täppischen Versuche stets mit einem Lächeln.

»Um etwas Zeit zu sparen, werde ich Ihnen sagen, was ich glaube«, erklärte sie ein anderes Mal. »Es ist in einer Therapie zwar eigentlich nicht vorgesehen, solche Abkürzungen zu nehmen, da der Patient ja eigentlich von alleine auf die Antworten kommen, sie tief in sich selbst finden soll und so weiter. Aber ich frage mich, ob es nicht einfach so ist, dass Sie Ihre kleine Schwester über alles geliebt haben, und nachdem sie Ihnen fortgenommen wurde, haben Sie es nie wieder gewagt zu lieben. Ihr ganzes Leben nicht, dieses Risiko haben Sie nicht eingehen wollen.«

»Das klingt in meinen Ohren ein wenig banal«, entgegnete ich.

»Wer um Himmels willen hat behauptet, das Leben sei nicht banal?«, sagte Gudrun Ewerts.

Wir kamen bei diesen Fragen zu meinen Familienbeziehungen nie sonderlich weit. Sie wurden angesprochen, wir unterhielten uns über sie, ich gab zu, dass ihre Vorschläge eventuell ein Körnchen Wahrheit enthielten, aber selbst, wenn es so war, hatte ich wirklich keine Ahnung, was ich nach so langer Zeit noch daran ändern könnte. Sie wies in bester Therapeutenmanier natürlich darauf hin, dass wir uns mit dem Vergangenen auseinandersetzen müssten, um das Neue in Angriff nehmen zu können, dass dies notwendig sei, um zukünftige Krisen etwas erfolgreicher bewältigen zu können. Meine Wochenbettdepression sei ein deutliches Zeichen gewesen, aber nur ich allein könne entscheiden, ob ich es ernst nehmen wolle oder nicht. Ich sei ja wohl hoffentlich nicht so einfältig zu glauben, dass es keine weiteren Krisen mehr geben werde?

Und so weiter. Gegen Ende unserer Gespräche, in den letzten drei oder vier Monaten, sahen wir uns nur noch alle zwei Wochen, und Gudrun Ewerts gab zu, dass unsere Sitzungen allmählich eher an Gespräche zwischen guten, alten Freundinnen erinnerten als an eine Therapie. Freundinnen, die in manchen Fragen unterschiedliche Standpunkte vertraten und Gefallen daran fanden, sie von Zeit zu Zeit unter angenehmen Umgangsformen auszutauschen.

»Ich kann kein Geld mehr von Ihnen annehmen«, erklärte sie bei unserem letzten Termin. »Es wäre unmoralisch.«

Danach sahen wir uns nicht mehr. Die Freundinnen mit den unterschiedlichen Ansichten gingen getrennte Wege, und ich nehme an, dass so der Alltag von Therapeuten aussieht. Sie begegnen Menschen, die den Boden unter den Füßen verloren haben, sie stellen sie wieder auf die Beine, stützen sie, entfernen die Stützen – was einige Zeit, Monate und Jahre, dauern kann, aber wenn es schließlich geschafft ist, stolpert der Patient davon, und sie gehen ins Wartezimmer, wo neue havarierte Seelen hocken.

Nach der Geschichte mit Magdalena Svensson in dem Hotel in Göteborg hätte ich Gudrun Ewerts gebraucht, das weiß ich, aber sie war Anfang 2006 gestorben, ich war sogar auf ihrer Beerdigung. Es waren gut und gerne dreihundert Menschen in der Kirche, und ich fragte mich, wie viele von ihnen wohl frühere Patienten waren.

Jedenfalls habe ich mir einige Gedanken über mein Verhältnis zu meinem großen Bruder Göran gemacht, es war ein Knopf, auf den Gudrun Ewerts häufiger drückte. Wenn Geschwister sich als Kinder nicht besonders gut verstehen, werden sie das auch nicht als Erwachsene tun, das dürfte keine sonderlich gewagte Schlussfolgerung sein. Und wenn es mir einmal gelang, mich in meine frühen Lebensjahre zurückzuversetzen, zu den Gefühlen und Stimmungen, von denen ich damals eventuell erfüllt gewesen war, flüchtig und unberechenbar wie Fieberträume sind sie, aber wenn ich trotz allem so viele Jahre später versuche, sie aufzufangen, komme ich unweigerlich zu dem Schluss, dass ich ihn einfach nicht mochte. Nein, ich liebte meinen großen Bruder nicht, beim besten Willen nicht.

Aber damit hatte sich die Sache auch schon erledigt. Es gibt keine Leichen im Keller, er vergriff sich nie an mir, er tyrannisierte mich nicht. Er sagte mir bloß nichts. Wahrscheinlich, weil ich ihn nichts anging. Ich habe keine besonderen Erinnerungen an ihn, an nichts, was wir zusammen machten, an nichts, was er bei einer bestimmten Gelegenheit gesagt hatte, nichts. Er ist dabei wie diese entfernten Verwandten, die häufig am Bildrand alter Fotografien zu sehen sind. Er war immer da, er hielt sich immer in meiner Nähe auf, aber nichts, was er jemals sagte oder tat oder sich einfallen ließ, ist in meiner Erinnerung bewahrt geblieben. Mir ist durchaus bewusst, dass dies ein wenig seltsam ist. Vielleicht ist es sogar *sehr* seltsam, jedenfalls behauptete Gudrun Ewerts das mit schöner Regelmäßigkeit.

Heute ist er wie gesagt ein Lehrer mit zwei Kindern und einer Frau, die er niemals verlassen wird. Möglicherweise sie ihn, aber auch das glaube ich eher nicht. Als im Mai die ersten Schlagzeilen auftauchten, rief er mich an und erklärte, dass ich ja wisse, wo er bei Bedarf zu finden sei.

Als Magdalena Svensson ihre Vergewaltigungsanzeige zurückgezogen hatte, rief er ein weiteres Mal an und brachte zum Ausdruck, wie erleichtert er selbst und seine Familie seien.

Wie schön.

Dass Martin und Göran sich nie viel zu sagen hatten, versteht sich von selbst. Als die Kinder klein waren, feierten wir zwei Mal Weihnachten zusammen, einmal bei uns, einmal bei ihnen.

Das Experiment wurde nicht wiederholt.

Und wenn Rolf nicht gestorben wäre? Wenn ich nicht mit Gunvald schwanger geworden wäre? Ich weiß es nicht, woher soll ich das wissen?

Wenn ich nachfrage, was eigentlich schiefgelaufen ist, finde ich keine Antwort. Vielleicht, weil es so vorherbestimmt war. Vielleicht ist es ja so einfach. Martin meinte einmal, die Menschen seien vor allem deshalb mit so großen Gehirnen ausgestattet, um unglücklich sein zu können.

Ich betrachte Castor, der ausgestreckt vor dem Kamin liegt, und denke, in diesem einen Punkt – wenigstens darin – bin ich geneigt, meinem Gatten recht zu geben.

23

Siebter November. Acht Grad. Am Morgen Regen und Wind.

Es sind ein paar Tage vergangen. Es sind insbesondere Nächte vergangen, da es immer dunkler wird. Das Licht schafft in dieser Gegend und um diese Jahreszeit gerade noch acht Stunden pro Tag, die Herrschaft der Dunkelheit dauert sechzehn.

Es ist Guns Todestag. Ich setzte mich, zündete eine Kerze an und dachte am Vormittag einige Zeit an sie. Das Ganze war mir fern, fast so fern, als wäre es eine alte Fantasievorstellung. Ich weiß nicht, ob ich mich wirklich an sie erinnere oder ob es sich nur um alte Bilder davon handelt, woran ich mich früher einmal erinnert habe. Um Kopien von Kopien.

Jedenfalls habe ich zu einer Art Rhythmus gefunden. Das Gute an Gewohnheiten ist ja, dass sie einem ersparen, Entschlüsse zu fassen. Jeden Morgen drehen Castor und ich eine Runde, entweder nach Süden, in Richtung Dulverton, oder nach Norden, zu The Punch Bowl und dem stillgelegten Steinbruch hinauf. Wenn es nicht zu windig ist, gehen wir manchmal bis nach Wambarrows, dem höchsten Punkt in diesem Teil der Heide, laut Karte 426 Meter über dem Meeresspiegel, an dem sich die kleine, überwucherte Ruine aus römischer Zeit befindet.

Aber es ist eher die Ausnahme, dass wir vor dem Frühstück eine so lange Strecke zurücklegen, die richtige Wanderung sparen wir uns stattdessen für die frühen Nachmittagsstunden auf.

Nicht selten werden es zwei Stunden oder mehr, kürzlich gingen wir zum Beispiel zu der seltsamen Kirche in Culbone und zurück; St. Beuno's, benannt nach einem walisischen Heiligen aus dem siebten Jahrhundert. Es soll die kleinste Pfarrkirche in ganz England sein, und sie liegt im tiefen Grün in der Nähe eines Wasserfalls an einem Ort versteckt, an dem man nicht erwartet, überhaupt irgendeine Bebauung vorzufinden. Es dauerte eine Stunde, dorthin zu kommen; wir starteten von Porlock Weir draußen am Meer und marschierten auf dem hügeligen Wanderweg des National Trusts, der fast die gesamte Küstenlinie um Somerset, Devon und Cornwall herum führt. Übrigens schrieb Samuel Taylor Coleridge irgendwo im Pastorat Culbone sein Poem Kubla Khan – der Legende zufolge nach einem kräftigen und kreativen abendlichen Opiumrausch –, und wenn Martin hier gewesen wäre, hätten wir mit Sicherheit einige Stunden damit verbracht, den Bauernhof zu suchen, auf dem der große Dichter diese außerordentliche Nacht verbrachte.

Ein Stück ins Land hinein liegt Doone Valley, auch in dieser Gegend sind wir des Öfteren unterwegs gewesen und haben die Pubs in allen drei alten Dörfern Oare, Brendon und Malmsmead besucht. Eine Frau und ihr Hund, wir sind überall willkommen. Außerdem habe ich klein beigegeben und R. D. Blackmores *Lorna Doone – a romance of Exmoor* gekauft und gegen Dickens ausgetauscht, obwohl ich *Bleak House* erst halb gelesen habe. Lorna Doone müsse ich einfach lesen, hatte mir die hundertjährige Dame aus dem Antiquariat in Dulverton erklärt, man könne sich nicht mehr als eine Woche in Exmoor aufhalten, ohne John Ridds *A simple tale told simply* zu lesen.

Wenn wir nach der täglichen Exkursion zurück sind, auf welchen matschigen Pfaden sie auch stattgefunden haben mag, stehen folglich zwei Stunden spätes 17. Jahrhundert an; im Gegensatz zu meiner verstorbenen Schwester kommt mir diese Zeit eigentümlich nahe. John Ridd und Lorna Doone, es fällt mir nicht weiter schwer, mir ihr Leben und ihre Beweggründe vorzustellen, überhaupt nicht. Da ich jedoch keinen Fernsehapparat habe und kaum etwas davon mitbekomme, was draußen in der Welt geschieht, erlangt die Zeit eine andere Bedeutung. Morgengrauen-Tageslicht-Abenddämmerung-Nacht; Minuten und Stunden werden wichtiger als Tage und Jahre. Hier steht ein altes Radio, aber ich habe nur einmal den Versuch gemacht, es einzuschalten; ich fand einen Sender, der einen auffallend kratzigen Elgar spielte, das war alles.

Das Kochen habe ich ein wenig vernachlässigt, das gebe ich zu. In der letzten Woche habe ich an drei von sieben Abenden im *The Royal Oak* gegessen. Dort betrachtet man mich bereits als Stammgast; Rosie oder Tom begrüßen mich jedes Mal herzlich, Castor bekommt jedes Mal etwas Leckeres zu futtern, und die wenigen Gäste, die in der Regel dort sind, wenn wir eintreffen – meistens Henry, immer Robert sowie an zwei von vier Abenden ein älterer Herr, dessen Namen ich nicht kenne und der gehbehindert ist und sein Permobil vor dem Eingang parkt –, nicken mir alle zu, wünschen mir einen Guten Abend und erzählen, dass das Wetter früher besser gewesen sei.

Ich habe mir angewöhnt, Martins Aufzeichnungen von Samos zu meinen Besuchen im *The Royal Oak* mitzunehmen. Dadurch stärke ich zweifellos meine Rolle als Schriftstellerin. Ich sitze an meinem angestammten Tisch, esse und lese konzentriert, Castor schnorkelt zu meinen Füßen. Es ist keine schwierige Rolle, weder für ihn noch für mich, und man lässt uns in Ruhe. Ich spüre, dass man mich respektiert, und trinke stets zwei Gläser Rotwein, was mich jedoch nicht daran hindert, im Schutze der Herbstdunkelheit anschließend die Halse Lane hinaufzufahren. Ich glaube, es ist mir gelungen, mir eine ausreichend dicke Schutzschicht aus Egozentrizität zuzulegen. Zwischen Viertel vor zehn und zehn sind wir zu Hause, und die Nachttischlampe lösche ich ausnahmslos vor elf.

Auch vormittags lese ich ein wenig Samosgeschichte und habe mittlerweile bis auf ein paar Tage das zweite Buch abgeschlossen, den Sommer 1978. Die Sache gefällt mir nicht.

Es handelt sich um den Monat, nachdem ich Martin bei dem Gartenfest begegnet war, und möglicherweise ist das wachsende Unbehagen, das mich bei der Lektüre beschleicht, dieser Parallele geschuldet. Es ist die Zeit vor dem Beginn unserer Beziehung, aber ich weiß, dass ich in diesem Sommer manches Mal an dieses Fest und diesen Martin Holinek zurückdachte. Dass sich die Dinge so entwickeln würden, wir heiraten und Kinder bekommen würden, bildete ich mir ganz bestimmt nicht ein, aber dass es zu irgendeiner Art von Fortsetzung kommen würde, hatte ich mit Sicherheit im Gefühl. In *Samos, Juni-Juli 1978* werde ich dagegen kein einziges Mal erwähnt, dafür tauchen reichlich andere Frauen auf.

Zum ersten Mal gesteht er in schriftlicher Form, dass er mit einer von ihnen geschlafen hat. Mit zwei übrigens, im Abstand von einer Woche. Die eine heißt Heather und ist eine »rothaarige, keltische Nymphe«, die zweite ist Amerikanerin und wird nur »Bell« genannt. Die Liebesakte werden ungefähr in einer Tonlage beschrieben, als ginge es darum, mit der Vespa nach Ormos zum Einkaufen zu fahren oder Rezeptionsästhetik mit einem dänischen Philosophen namens Bjerre-Hansen zu diskutieren.

Aber es sind weder die Liebesakte noch die Rezeptionsästhetik, die mein Unbehagen auslösen. Es ist etwas anderes, etwas, was nicht ausgesprochen wird.

Vielleicht bilde ich es mir auch nur ein, noch ist es zu früh, dies zu entscheiden. Ich habe zwei weitere Tagebücher vor mir, und hinzu kommen die maschinengeschriebenen und im Computer gespeicherten Seiten, und ich habe keine Ahnung, welche Absichten Martin verfolgte, als er Bergman gegenüber erklärte, er sitze auf einem Stoff, vor dem wirklich jeder auf die Knie fallen würde, um ihn veröffentlichen zu dürfen.

Doch, eine Ahnung habe ich vielleicht schon, wage es aber noch nicht, sie offen auszusprechen.

Jedenfalls ist sein norwegischer Freund Finn Halvorsen, der Martin ursprünglich von der Kommune auf Samos erzählt hatte, in diesem zweiten Sommer aufgetaucht, und die beiden verbringen ziemlich viel Zeit zusammen. Mitte Juli trifft zudem ein gewisser Tadeusz Soblewski aus Danzig ein; er ist Dichter, Doktor der Philosophie und Redakteur einer Literaturzeitschrift und wird schnell zu einem hochgeschätzten Gesprächspartner. Diese drei – Martin, Finn und Soblewski – werden auch privat zu Tom Herold und Bessie Hyatt eingeladen, und zwar mehr als einmal, so dass ich den Eindruck gewinne, dass sich nach und nach ein engerer Kreis herauskristallisiert. Er würde demnach aus den bereits erwähnten – inklusive Hyatt und Herold natürlich – sowie den beiden deutschen Schriftstellerinnen Doris Guttmann und Gisela Fromm bestehen.

Holinek, Soblewski und Halvorsen. Guttmann und Fromm, Herold und Hyatt, ja das kommt hin. Sowie Gusov; der nervtötende Russe ergattert ebenfalls einen Platz, ihn wird man offenkundig nicht so leicht los. Martin schreibt, er begreife nicht, warum Herold ihn immer noch toleriere.

Er schläft jedoch weder mit Doris noch mit Gisela, jedenfalls hält er nichts dergleichen schriftlich fest. Die beiden lägen gerne nackt in der Sonne, aber das täten ja alle Deutschen, kommentiert er lediglich.

Einmal – und soweit ich sehe, nur bei dieser einen Gelegenheit – ist er mit Bessie Hyatt allein. Es geht um wenig mehr als eine Stunde, aber dieser einzigen Stunde widmet er fast vier Seiten. Man muss kein Schriftgelehrter sein, um den Grund zu erkennen.

Sie machen einen Spaziergang. Bessie Hyatt ist unterwegs,

um ein bestimmtes Kraut zu pflücken, das ein Stück den Berghang hinauf wächst, und Martin leistet ihr Gesellschaft. Er bestimmt an keiner Stelle genauer, um welches Kraut es sich handelt, aber Bessies Bewegungen charakterisiert er als »ihren mädchenhaften Eifer«, und ihre vollen, frei fallenden Haare, die in der Abendsonne flattern, werden zu »einem Segel, das endlich sein Ithaka wiedersieht«. Auf dem Rückweg vertritt sie sich mit einem Kräuterzweig in jeder Hand auf einem Stein den Fuß, und er muss sie auf der restlichen Wegstrecke stützen. Als sie auf die Terrasse zurückkommen, hat man angesichts der hereinbrechenden Dunkelheit bereits Laternen angezündet, und Herold und Gusov sind mitten in einer Schachpartie auf Leben und Tod. Wer verliert, muss ohne zu blinzeln drei Gläser Ouzo leeren.

Außerdem singen Doris und Gisela zu Finn Halvorsens Gitarrenbegleitung Leonard Cohen.

Sisters of Mercy.

Heute Abend tauchte erstmals wieder Mark Britton im *The Royal Oak* auf. Ich komme gerade aus dem Pub, und der Schlaf will sich nicht einstellen, deshalb sitze ich hier und halte es schriftlich fest. Man hatte mir gerade meine Vorspeise vorgesetzt, gebeizter Lachs mit Kapern – inzwischen eines meiner Lieblingsgerichte –, als er zur Tür hereinkam, und wie beim letzten Mal wanderten meine Gedanken zu meinem alten Religionslehrer Wallinder, obwohl ich mich zu erinnern meine, dass diese Verbindung sich bei unserer letzten Begegnung erst hinterher einstellte. Der Eindruck drängte sich an diesem Abend jedenfalls stärker auf, weil Mark Britton beim Friseur gewesen war. Er sah überhaupt gepflegter aus als in meiner Erinnerung, Wallinder war immer wie aus dem Ei gepellt gewesen. Mittlerweile erinnere ich mich auch wieder an seinen Namen.

Er sah mich sofort, nickte freundlich und zögerte einen Moment. Dann kam er zu meinem Tisch und fragte, ob ich arbeiten würde oder ob er sich zu mir setzen dürfe. Ich empfand unvermittelt aufwallende Dankbarkeit dafür, dass er sich nicht woanders hinsetzen wollte. Mehr als eine Woche war vergangen, seit ich etwas geführt hatte, was man als eine Unterhaltung mit einem anderen Menschen bezeichnen konnte: mit Alfred Briggs im Winsford Community Computer Centre, und um die Wahrheit zu sagen, ließ sich auch das nur bedingt als ein richtiges Gespräch bezeichnen.

»Selbstverständlich. Nehmen Sie Platz.«

»Und ich störe Sie auch nicht beim Essen?«

»Natürlich nicht. Sie wollen nichts essen?«

Er erklärte, das wolle er sehr wohl, und meinte anschließend, er freue sich, mich zu sehen. Ich erwiderte, dass es für mich schon zu einer schönen Angewohnheit geworden sei, meine Abende an diesem Ort zu verbringen, ich ihn seit unserer letzten Begegnung jedoch nicht mehr gesehen habe.

Er zuckte mit den Schultern und machte eine Geste zu dem Schreibblock, den ich zugeschlagen hatte, als meine Vorspeise serviert wurde. »Sie arbeiten auch während der Mahlzeiten?«

»Korrektur lesen und Fehler berichtigen«, antwortete ich entschuldigend, und er nickte ernst, als wüsste er, wovon ich sprach. Als hätte er wieder einen Blick in meinen Schädel geworfen. Er streichelte Castor, ging zu Rosie am Tresen und bestellte. Ich aß die letzten Reste meines Lachses und merkte, dass ich ein wenig nervös war. Ich nahm an, dass es an dem Gesicht am Fenster lag, war mir aber nicht sicher. Als er sich wieder gesetzt hatte, sprach ich es jedenfalls an.

»Ich glaube, ich bin vor ein paar Tagen an Ihrem Haus vorbeigekommen.«

Er betrachtete mich erstaunt. Mir fiel auf, dass er denselben blauen Pullover trug wie beim letzten Mal, diesmal jedoch mit einem helleren Hemd darunter. Seine Augen hatten den gleichen Farbton wie der Pullover, und ich meinte einen Hauch von Sorge in ihnen wahrzunehmen.

»Ach wirklich? Und woher wissen Sie, dass es mein Haus war?«

Seine Frage verunsicherte mich plötzlich. Sollte ich ihm erzählen, dass Alfred Biggs es mir erzählt hatte? Zugeben, dass ich mit ihm über das Gesicht am Fenster gesprochen hatte?

»Es liegt ein Stück die Halse Lane hinauf, nicht wahr?«, fragte ich ihn ablenkend. »Ein Wanderweg führt oben von der Heide, wo ich wohne, dort hinunter, Castor und ich sind ihn an einem Morgen gegangen. Ich muss sagen, dass es …«

»Ja?«

»Ich muss sagen, dass es schön liegt … und abgelegen.«

Er wiederholte seine Frage nicht, woher ich wisse, dass es sein Haus sei, wofür ich ihm aufrichtig dankbar war. »Stimmt«, sagte er nur. »Da wohnen wir, Jeremy und ich.«

»Jeremy?«

»Mein Sohn.«

Ich überlegte, ob ich erwähnen sollte, dass ich ihn gesehen hatte, aber Mark Britton war auf einmal verschlossener geworden, so als hätte er keine Lust, über seine persönlichen Lebensumstände zu sprechen. Oder zumindest, als würde er sich das gut überlegen. Immerhin hatte ich Alfred Biggs' Worte, »das ist eine traurige Geschichte«, noch im Ohr und bereute es schon, überhaupt etwas über das Haus gesagt zu haben. Ich dachte, dass ich mich plump verhalten hatte, was sicher daran lag, dass ich immer weniger gewöhnt war, mich mit anderen Menschen zu unterhalten.

Dann räusperte er sich jedoch, lehnte sich über den Tisch und sprach leiser.

»Wenn ich Ihnen ein wenig über mein Leben erzähle, darf ich dann darauf hoffen, dass Sie das Gleiche tun werden?«

»Wenn Sie anfangen«, antwortete ich spontan. »Also schön, Sie wohnen dort alleine mit Ihrem Sohn? Wie alt ist er?«

»Ja, Jeremy und ich sind die Einzigen, die in dem Haus wohnen«, bestätigte Mark Britton und trank einen Schluck Bier. »Seit ein paar Jahren. Ich habe mich schließlich für diese Alternative entschieden, und es vergeht kein Tag, an dem ich es nicht bereue.«

Er lächelte kurz, um klarzustellen, dass dies nicht die ganze Wahrheit war. »Aber ich hätte es noch mehr bereut, wenn ich mich nicht um ihn gekümmert hätte.«

»Gekümmert?«

Er nickte. »Jeremy ist vierundzwanzig. Und nicht ganz richtig im Kopf, um es kurz zu sagen.«

»Wenn sie es so kurz machen, werde ich Ihnen nichts über mich erzählen.«

Er lächelte wieder. »In Ordnung, wie Sie wollen. Es passierte an einem Winterabend vor fast zwölf Jahren. Auf der Straße zwischen Derby und Stoke, wir wohnten damals in der Nähe von Stoke.«

Ich nickte und wartete.

»Meine Frau Sylvia, Jeremy und ich waren spätabends auf dem Heimweg. Wir stießen mit einem Lastwagen zusammen. Ich saß am Steuer. Sylvia starb wenige Stunden später im Krankenhaus. Jeremy wurde verletzt und lag zwei Monate im Koma. Ich kam mit einem gebrochenen Handgelenk davon.«

»Das tut mir leid. Entschuldigen Sie, ich hatte ja keine Ahnung …«

Er brachte eine Miene zustande, die ich nicht zu deuten vermochte. Irgendetwas zwischen Resignation und Gottvertrauen vielleicht, ich weiß es nicht. Jedenfalls kam in diesem Moment die junge Barbara mit unserem Essen; Mark hatte die Vorspeise ausgelassen, so dass wir zumindest in dieser Hinsicht gleichauf lagen.

Und dann, während wir langsam den pochierten Kabeljau mit Kartoffeln, Spargel und Meerrettichsahne aßen, erzählte er mir die Fortsetzung. Dass Jeremy acht Wochen später im Krankenhaus erwacht war – während er dort lag, war er im Übrigen dreizehn Jahre alt geworden. Seine körperlichen Verletzungen heilten zwar mit der Zeit, aber es war etwas mit seinem Gehirn geschehen. Er konnte kaum sprechen, seine Motorik funktionierte nicht, er bekam Krämpfe und schien nur die allereinfachsten Anweisungen zu verstehen. Er konnte nicht lesen, nicht schreiben, sich nicht im Dasein orientieren. Mark nahm ihn dennoch mit nach Hause und überstand die ersten zwei Jahre mit Hilfe einer Pflegekraft, die jeden Tag zwei Stunden zu ihnen kam. Jeremy habe Fortschritte gemacht, erzählte er, aber sie seien sehr klein. Er bekam immer noch Krämpfe, bei denen es sich offenbar um eine Form von Epilepsie handelte, und Mark musste ihn mehrfach ins Krankenhaus nach Stoke fahren. Die Ärzte empfahlen, Jeremy in einer Anstalt unterzubringen. Mark weigerte sich hartnäckig, aber als Jeremy fünfzehn geworden war und anfing, Symptome gesteigerter Aggressivität aufzuweisen, gab er nach. Der Junge wurde in einem Heim in der Nähe von Plymouth untergebracht und nach einem Jahr in eine andere Institution in der Nähe von Lyme Regis in Dorset verlegt, wo er blieb, bis er neunzehn war. In der Zwischenzeit hatte Mark das Haus in Exmoor gekauft und bezogen; er erklärte nicht näher, warum, nur so viel, dass er die Midlands hinter sich lassen wollte. Es sei nie darum gegangen, dass die Betreuung in dem Heim schlecht gewesen sei, erklärte er mit Nachdruck, aber »am Ende ertrug ich es nicht mehr, ihn dort sitzen zu sehen. Also nahm ich ihn endgültig zu mir«.

Ich merkte, dass ich erleichtert aufseufzte.

»Tja, so sieht es aus«, sagte er abschließend. »Er geht fast nie aus dem Haus. Er schläft vierzehn Stunden am Tag und sitzt zehn am Computer. Aber es funktioniert. Wer sagt denn, dass wir Menschen ins Kino gehen, einkaufen und in Urlaub fahren müssen? Wer sagt das? Bücher lesen? Andere Menschen treffen? Wer?«

Es lag trotz allem mehr Zuversicht als Resignation in seiner Stimme.

»Außerdem kann ich ihn alleine lassen. Mittlerweile macht er keine Dummheiten mehr.«

»Sie meinen, die hat er früher öfter gemacht?«

Er zuckte mit den Schultern. »Es ist wohl vorgekommen. Er konnte für sich selbst gefährlich werden, aber das ist mittlerweile vorbei. Immerhin sitze ich hier, wie Ihnen vielleicht aufgefallen ist. Außerdem gehe ich ziemlich oft in der Heide spazieren, das habe ich Ihnen ja letztes Mal schon erzählt. Nein, er braucht vor allem Hilfe bei den praktischen Dingen des Lebens, beim Kochen und der Wäsche und so weiter, aber er leidet nicht darunter, allein zu sein.«

»Reden Sie mit ihm? Ich meine …?«

»Er versteht, was ich sage. Nicht alles, aber das Nötigste. Er antwortet natürlich nicht, aber er begreift, dass es für ihn von Vorteil sein kann, gehorsam zu sein. Wenn ich heute Abend nach Hause komme und er brav gewesen ist, bekommt er eine Belohnung. Ein Crunchie.«

»Ein Crunchie?«

»Einen Schokoriegel. Die Dinger sind sein Ein und Alles. Ich verwahre einen geheimen Vorrat in meinem Auto. Wenn er ihn fände, würde er sich wahrscheinlich damit vollstopfen, bis er platzt.«

Ich dachte einen Moment nach, während Barbara an unseren Tisch kam und die Teller abräumte.

»Aber Sie können niemals verreisen? Nie längere Zeit fort sein?«

Er schüttelte den Kopf.

»Nicht ohne Hilfe, aber ich habe zum Glück eine Schwester.

Außerdem kann ich ihn für eine Woche in dem Heim in Lyme Regis unterbringen, wenn es unbedingt sein muss. Ich versuche es aber dennoch zu vermeiden… letztes Jahr war ich allerdings eine Woche in Italien, das muss ich gestehen. Ich war in Florenz und in Venedig. Tja, das war mein Leben in dreißig Minuten. Darf ich Sie als Begleitung zu Ihrem zu einem Glas Wein einladen?«

Die vorgegebene halbe Stunde benötigte ich zwar nicht, aber es gelang mir immerhin, zwanzig Minuten zu füllen. Während Mark Britton erzählte, hatte ich genügend Zeit gehabt, mir eine Geschichte auszudenken, die einigermaßen glaubwürdig klang und an die ich mich auch in Zukunft würde erinnern können.

Ich war verheiratet gewesen und hatte zwei erwachsene Kinder. Ich war seit sieben Jahren geschieden, hatte mehr als zwanzig Jahre hinter den Kulissen fürs Fernsehen gearbeitet und anlässlich meiner Scheidung begonnen, Bücher zu schreiben. Drei Romane bisher, die sich in den nordischen Ländern so gut verkauft hatten, dass ich mir ein Jahr hatte freinehmen können, um mich ganz dem Schreiben zu widmen. Was ich selbstverständlich als ein Privileg betrachtete. Worum es in meinen Büchern ging? Um das Leben, den Tod und die Liebe, was sonst?

Darüber lachte er gutmütig und fragte anschließend, ob es Übersetzungen ins Englische gebe, was ich nachdrücklich verneinte. Ins Dänische, Norwegische, Isländische, das sei bisher alles.

Aber vor allem erzählte ich ihm von meiner Kindheit, und auf eigentümliche Art konnte ich mir dabei schon nach kurzer Zeit fast einbilden, dass ich mich in Gudrun Ewerts' altem Zimmer über dem Norra Bantorget befand. Mark Britton saß auf die Ellbogen gestützt über den Tisch gebeugt, saß dort mit seinem blauen Pullover und seinen eng sitzenden Augen in fast der gleichen Farbe, und betrachtete mich die ganze Zeit aufmerksam. Und ich redete. Über die kleine Gun. Über die Stadt meiner Kindheit. Über meine armen Eltern. Über Rolf und über Martin, wenn auch mit anderen Namen, und ich weiß, dass mir für einen Moment – nicht länger, aber immerhin – durch den Kopf ging, dass ich diesem Mann die Wahrheit erzählen könnte. Dass ich ihm tatsächlich haargenau erzählen könnte, wie die Dinge lagen.

Das tat ich dann natürlich doch nicht, aber da war etwas, was mich an diesem Mann und seiner gefassten Trauer ansprach, das war mir eindeutig bewusst, und als wir uns um kurz nach zehn vor *The Royal Oak* trennten, hätte ich ihn fast umarmt.

Doch auch das blieb aus, und jetzt, zwei Stunden später, während ich mit Castor auf meinen Beinen im Bett liege und gleich zum Schluss komme, denke ich daran, dass ich trotz allem so viel über mich gesprochen habe. Ich scheine es wirklich gebraucht zu haben. Die Geschichte von seinem Sohn und dem traurigen Unfall hatte ich natürlich noch im Hinterkopf, aber ich erkannte, dass wir nichts von dem berührt hatten, worüber wir uns bei unserer letzten Begegnung unterhalten hatten. Seine Fähigkeit, das Verborgene zu sehen. Den abwesenden Mann, den Schatten, das sonnenbeschienene Haus im Süden und was noch alles.

Im Laufe des Abends ist es wieder stürmisch geworden. Der Wind heult ums Haus, und vielleicht kündigt sich Schnee an. Ich fühle mich ein wenig mutlos, mutloser, als ich es in den letzten Tagen gewesen bin, ich weiß auch nicht, warum.

III.

24

Mehr als eine Woche rührte ich das Samos-Material nicht an. Ich dachte sogar darüber nach, das Ganze loszuwerden, mit einem Benzinkanister in die Heide hinauszugehen und es irgendwo zu verbrennen, entschied dann jedoch, dass dies überhastet wäre. Vielleicht würde es irgendwann Verwendung finden, obwohl mir nicht ganz klar war, was mit »Verwendung« oder »irgendwann« gemeint sein könnte. Zwei weitere Begriffe hatten folglich ihre gängige Bedeutung verloren, aber so war das inzwischen wohl. Ich lebte ohnehin innerhalb des Rahmens, der von den Stunden des Tages und Exmoors Grenzen abgesteckt wurde. Ich las weiter über John Ridd und Lorna Doone, ich wanderte mit Castor täglich zwischen drei und vier Stunden kreuz und quer durch die Heide, vor allem in der Gegend von Simonsbath und Brendon, wo der Himmel und die Erde einander küssen. So stand es jedenfalls auf einem kleinen Gedenkstein, an dem ich eines Tages den Wagen parkte: *Open yer eyes, oh, ye lucky wanderer, for near to here is a playce where heaven and earth kiss and caress.*

Das Wetter blieb im Großen und Ganzen wohlwollend, einige Grad über null, ein relativ milder Wind und kaum Niederschlag. Jeden zweiten Abend kochte ich mir etwas, jeden zweiten begab ich mich zum *The Royal Oak Inn* hinab. Mark Britton ließ sich nicht blicken, und obwohl ich darüber jedes Mal ein wenig enttäuscht war, brachte es mich doch nicht aus der Fassung. Ich wechselte ein paar Worte mit Rosie, Tom und Robert über das Wetter und Castor, und dabei blieb es dann meistens. Zurückgekehrt nach Darne Lodge zündete ich das nächtliche Kaminfeuer an und legte vier Patiencen. Schaltete die Nachttischlampe vor elf aus und schlief anschließend, bis ich vom Morgengrauen geweckt wurde. Castor zu meinen Füßen unter der Decke.

Es lagen keine neuen Fasane vor der Tür, und ich hatte mich langsam, aber sicher an den Gedanken gewöhnt, auf diese Weise bis zu dem Augenblick zu leben, in dem einer von uns im Schlaf an einem Blutgerinnsel sterben würde. Ich oder Castor, am besten beide in derselben Nacht. Warum eigentlich nicht? Warum musste einer den anderen überleben? Würde es möglich sein, Mr Tawking zu überreden, mir diese schlichte Wohnstatt auf unbestimmte Zeit zu vermieten?

Am fünfundzwanzigsten November erschien es mir erneut erforderlich, das Winsford Community Computer Centre aufzusuchen, irgendetwas hatte mir gesagt, dass es Zeit wurde. Über ein Monat war seit jener merkwürdigen Wanderung vergangen, aber es hätte genauso gut ein Jahr sein können. Oder mehrere, so fern schien sie zu sein.

So fern erschien mir alles, was nicht hier und jetzt war, und ich nehme an, dass es für jemanden, der bloß in Stunden und Schritten rechnet, wohl so sein muss. Mir war nicht einmal aufgefallen, dass es Sonntag war, als ich an der verschlossenen Tür des Zentrums rüttelte, worüber mich jedoch Alfred Biggs aufklärte, als ich ihn beim Wort nahm und ein paar Minuten später an seiner rotlackierten Tür gleich um die Ecke klopfte.

Was aber kein Problem darstellte, überhaupt keins. Alfred Biggs schloss mir auf und half mir, ins Internet zu gehen. Anschließend entschuldigte er sich damit, dass er etwas in der Kirche zu erledigen habe, versprach aber, in einer Stunde zurück zu sein. Wollte ich vorher gehen, brauchte ich bloß den Computer herunterzufahren und die Tür ins Schloss fallen zu lassen. Sollten andere Internetnutzer auftauchen, könne ich sie ruhig hereinlassen, solange sie nur ihre Namen in das Besucherbuch eintrügen.

Bevor er mich verließ, sorgte er natürlich dafür, dass eine Tasse Tee und ein Teller mit Keksen auf meinem Tisch standen. Und Castor einen Napf Wasser und eine Handvoll Leckerchen bekommen hatte, die sein Frauchen beliebig an ihn verteilen konnte. Ich bedankte mich für seine Freundlichkeit, und als er gegangen war, blieb ich mit geschlossenen Augen vollkommen regungslos eine halbe Minute lang sitzen, ehe ich unsere Mailboxen öffnete.

Erst meine eigene, was mir bereits wie reine Routine vorkam.

Ein einzige Nachricht, schwer zu sagen, welcher Art die Reaktion war, die mich durchfuhr. Erleichterung oder Enttäuschung? Wie auch immer, sie stammte wieder von Katarina Wunsch; in drei Zeilen bedauerte sie, mich mit ihrer Doppelgängergeschichte gestört zu haben, und wünschte mir einen herrlichen Winter in Marokko. Ich verfasste eine ebenso kurze Antwort, schloss die Mailbox und ging mit einem Gefühl leichter Besorgnis zu Martins Mails über.

Zehn neue Nachrichten, sieben konnte ich ohne Weiteres ignorieren. Die übrigen drei waren von dem Studenten, dem es noch einmal um die falsch benotete Hausarbeit ging, von Bergman sowie von der Signatur G. Nach kurzer Überlegung beschloss ich, auch den Studenten zu ignorieren und stattdessen nachzuschauen, was Eugen Bergman auf dem Herzen hatte.

Er bedankte sich für meine (Martins) letzte Mail, wünschte weiterhin viel Erfolg bei der Arbeit und dem gesamten Aufenthalt und hatte eine Frage. Ein Journalist der Zeitschrift *Schwe-*

discher Buchhandel war in Nordafrika auf Reisen und wollte gerne vorbeischauen und ein Interview machen. Bergman glaubte zwar nicht, dass Martin sonderlich interessiert war, hatte aber versprochen, ihn immerhin zu fragen. Ich schrieb eine Antwort, in der ich (Martin) bestätigte, dass wir nicht das geringste Interesse an jeder Art von Pressebesuch hätten und die Arbeit wie geplant fortschreite. Anschließend atmete ich einmal tief durch und öffnete die Mail von G.

> *Your last email made me more than confused. Did you have a stroke or are you just trying to avoid the issue? I'm coming down. What is your address? G*

Minutenlang versuchte ich, den Sinn dieser Worte zu entschlüsseln. Meine vorherige Mail hatte diesen G offensichtlich nicht beruhigt. Eher noch mehr verwirrt. *Trying to avoid the issue?* Er meinte, Martin versuche dem auszuweichen, worum es gehe. Aber worum ging es? Was war so wichtig, dass er Martin treffen musste?

Und wer war er?

Ich begriff natürlich, dass Martin G über unsere Pläne informiert hatte, ein halbes Jahr in Marokko zu verbringen, und wahrscheinlich auch vom Zweck unserer Reise, etwas zu schreiben, was sich um Hyatt und Herold drehte. Worin es um diese Jahre vor ihrem Selbstmord ging. Und das hatte G offenbar dermaßen gestört, dass er es verhindern musste. Nicht wahr, fragte ich mich. Müssten die Dinge nicht so liegen?

Leider Gottes konnte ich ja nicht die Mail öffnen, die Martin ihm wahrscheinlich geschickt hatte, und während ich an meinen Keksen knabberte und meinen Tee trank, dachte ich darüber nach, wie schwierig es eigentlich wäre, so etwas zu bewerkstelligen. Mein Wissen über Computer und IT ist immer ebenso mangelhaft wie widerwillig gewesen, aber ich erkannte, dass es für jemanden, der sich mit diesen Dingen auskannte, vermutlich kein größeres Problem sein würde.

Ich erkannte allerdings auch, dass ich mich niemals zu diesem Schritt durchringen würde. Zum einen war überhaupt nicht gesagt, dass Martins alte Mail einem wirklich auf die Sprünge helfen könnte, zum anderen war es möglich, dass ich auch so auf den Stein des Anstoßes stieß. Er muss sich logischerweise, redete ich mir ein, in dem verbliebenen Teil des Materials aus Samos und Marokko befinden, den etwa zweihundertfünfzig Seiten, zu deren Lektüre ich mich noch nicht hatte aufraffen können. Wenn es etwas gab, was so wichtig war, wie G andeutete, konnte es mir eigentlich nicht entgehen, wenn ich nur die nötige Kraft aufbrachte, mich wieder mit dem Ganzen auseinanderzusetzen. Es erschien immerhin wahrscheinlich, dass G persönlich in dem Material vorkam, aber wenn er nicht mit dem Russen Gusov identisch war, glaubte ich nicht, dass ich bislang auf ihn gestoßen war. Woher dieses Gefühl rührte, konnte ich nicht sagen.

Würde es andererseits vielleicht gefahrlos möglich sein, G zu ignorieren? Ich hatte einmal versucht, ihm eine beruhigende Antwort zu geben, was offensichtlich nicht funktioniert hatte, und wenn ich ihn nun links liegen ließ, welche Konsequenzen konnte das dann haben? Warum war ihm das so wichtig? Was durfte nicht herauskommen? Solange er unsere Adresse in Marokko nicht hatte, konnte er sich jedenfalls nicht dorthin begeben, um uns aufzusuchen. Welche anderen Möglichkeiten, etwas zu unternehmen, mochte er haben? Sich mit Bergman in Verbindung setzen? Ausgeschlossen war das natürlich nicht, aber eine solche Entwicklung konnte ich in aller Ruhe abwarten, da Bergman sich in diesem Fall bei mir melden würde.

Oder nicht? Ich versuchte eine ganze Weile, unterschiedliche Strategien gegeneinander abzuwägen, und entschied mich schließlich für eine Art Mittelweg. Ich verfasste eine kurze Antwort an G und dachte, dass sie ihn zumindest vorübergehend beruhigen sollte; nichts geht hitzköpfigen Menschen so auf die Nerven, wie keine Antworten auf ihre Fragen zu bekommen, das hatten mich meine langen Jahre im Affenstall gelehrt. Jede Antwort war besser als keine Antwort, und mein Eindruck von diesem unbekannten G war zweifellos, dass er ein ungeduldiger Bursche war.

My dear friend. When I tell you not to worry I mean it. There is absolutely no reason for us to meet. Best, M

Das musste reichen. Ich schickte die Nachricht ab, schloss Martins Mailbox und verbrachte ein paar Minuten damit, schwedische Schlagzeilen zu überfliegen. Fand nichts von Interesse und nirgendwo Informationen über einen verschwundenen Professor oder eine Leiche, die an der polnischen Ostseeküste gefunden worden war. Mit einem Seufzer der Erleichterung fuhr ich den Computer herunter und verließ das Zentrum.

Ich machte einen kurzen Spaziergang durchs Dorf, und während wir durch den nieseligen, zögerlichen Regen gingen und alle zehn Meter stehen bleiben mussten, weil Castor sich schütteln wollte, kam mir der Gedanke, dass ich keine einzige Mail aus Marokko gelesen hatte. War das nicht ein bisschen seltsam, fragte ich mich. Martin hatte doch gesagt, er habe Kontakte da unten und mit Hilfe dieser Kontakte werde er unsere Unterkunft für den Winter organisieren. Hatte er gar nichts vorbereitet gehabt, bevor wir Schweden verließen? Sich mit keinem Menschen in Verbindung gesetzt, jemandem, der sich mittlerweile fragen musste, warum wir nicht auftauchten, und sich deshalb eigentlich mit der einen oder anderen Frage melden sollte? Das war wirklich seltsam und vielleicht auch etwas, was mir schon viel früher in den Sinn hätte kommen müssen? Wenn nicht so viel anderes gewesen wäre.

Aber egal, dachte ich, nachdem wir beim Kriegerdenkmal ins Auto gestiegen waren. Umso besser, wenn es nicht auch noch eine marokkanische Komplikation gab, die man im Auge behalten und auf die man reagieren musste.

Das heißt, außer dieser alten, dieser Taza-Geschichte, die offenbar in einer Reisetasche in einem Kleiderschrank in Darne Lodge lauerte und inzwischen seit über einer Woche auf Eis gelegen hatte. Ich ließ den Wagen an und fuhr die längst vertraut gewordene Straße nach Winsford Hill hinauf. Es würde immerhin noch so lange hell bleiben, dass wir eine einigermaßen lange Wanderung schaffen könnten, aber mir wurde klar, dass es danach, in den langen Abendstunden, nachdem sich die Dunkelheit auf die Heide herabgesenkt hatte, unvermeidlich sein würde, mich wieder an diese verdammten Aufzeichnungen zu setzen.

Die vor langer Zeit entschwundenen Sommer aus einem Leben, das mir nicht gehörte und es nie getan hatte.

25

Ich benötigte fast sieben Stunden, um das restliche handgeschriebene Material von Samos durchzugehen. Die Woche, die von 1978 noch übrig gewesen war, und den kompletten Sommer 1979.

Als ich die letzten Zeilen gelesen hatte, war es schon nach eins, und als ich mit brennenden Augen zu Castor ins Bett kroch, sandte ich ein Stoßgebet gen Himmel, dass ich mich immerhin an so viel erinnern würde, um am folgenden Vormittag als Gedächtnisstütze eine Zusammenfassung niederschreiben zu können.

In diesem Punkt wurden meine Gebete erhört. Nach dem Morgenspaziergang am Montag (sechs Grad über null, relativ starker Nordwind, dünne Nebelschwaden) saß ich im Schaukelstuhl, rief mir alles ins Gedächtnis und hielt schriftlich fest, was mir am wichtigsten erschien. Währenddessen hatte ich ziemlich deutlich das Gefühl, überwacht zu werden, dass ich eine Art Auftrag erfüllte, der mir übertragen worden war, und dass der Auftraggeber selbst – ob nun Martin oder ein anderer, Eugen Bergman oder vielleicht auch der schwer zu greifende G, oder warum nicht die beiden toten Hauptpersonen, Herold und Hyatt? – wie ein oder mehrere mürrische Raben auf meinen Schultern hockte und darauf achtete, dass ja nichts vernachlässigt wurde.

Denn irgendetwas war da. Irgendetwas ging auf dieser griechischen Märcheninsel vor, und um das zu begreifen, musste man kein Rabe sein.

Der verbleibende Teil des Aufenthalts 1978 enthielt nichts Sensationelles. Martin schildert die letzte Woche in dem ihm eigenen, distanzierten Stil; Hyatt und Herold werden nur beiläufig erwähnt, Halvorsen und Soblewski dafür umso öfter. Am Tag vor Martins Rückreise nach Schweden sind diese drei auf einer längeren Wanderung durch die Berge an einer Schlucht entlang unterwegs, und Martin gibt sich wirklich große Mühe, seine Eindrücke zu vermitteln. Sie laufen vor allem darauf hinaus, dass es anstrengend und furchtbar heiß ist. Und dass Halvorsen sich Blasen gelaufen hat und auf den letzten Kilometern mehr oder weniger getragen werden muss.

Mit dieser Schilderung, knapp drei Seiten lang, endet der Sommer 1978.

Im folgenden Sommer, Juli-August 1979, hat sich einiges verändert. Martin wohnt nicht mehr in der sogenannten Kommune. Stattdessen ist er in einem kleineren Haus untergebracht, das nur einen Katzensprung von Herolds und Hyatts Villa entfernt liegt. Er lebt dort fünf Wochen mit einer Reihe unterschiedlicher Menschen zusammen, die kommen und gehen, aber nach einer Woche trifft Soblewski ein und bleibt, bis Martin heimfährt, und etwas später taucht zudem eine Gestalt namens Grass auf. Ich vermute, dass er sich hinter der Initiale G verbergen könnte, genau genommen entscheide ich mich für diese Lösung und fühle mich dadurch aus irgendeinem Grund erleichtert. Er ist Schriftsteller und Medienforscher, stammt ursprünglich aus Monterey in Kalifornien, lebt momentan aber in Europa.

Das Haus, in dem sie kampieren, scheint bis zu acht Personen aufnehmen zu können, in zwei der Zimmer wohnen Paare oder Frauen, nach Soblewskis Ankunft teilen er und Martin sich für den Rest des Aufenthalts ein Zimmer. Es gibt eine Küche, eine Toilette und eine Dusche im Freien, im Großen und Ganzen bedeutet diese Wohnstatt verglichen mit den vorherigen Sommern eine Verbesserung.

Die größere Nähe zu Hyatt und Herold ist ebenfalls spürbar, was nicht nur daran liegt, dass Martin es so darstellen will. Die beiden sind mittlerweile gefeierte Persönlichkeiten und weltberühmte Prominente, wofür vor allem Bessie Hyatts Debütroman verantwortlich ist. Ihr zweites (und letztes) Buch, *Der Blutkreislauf des Mannes*, ist von Lektoren und Korrekturlesern geprüft worden und wird im Oktober in der gesamten englischsprachigen Welt erscheinen. Martin schreibt, dass jede Menge Journalisten und Fotografen »wie die Kakerlaken über die Pinienhänge krabbeln«, aber insbesondere Tom Herold sorgt dafür, dass »nicht einmal ein verdammter Autogrammjäger über die Brücke kommt«.

Es stellt sich heraus, dass Grass ein alter Bekannter Bessie Hyatts ist. Offenbar stammen die beiden aus derselben Gegend in Kalifornien und sind zusammen auf die Highschool gegangen. Möglicherweise gibt es da noch mehr gemeinsame Vergangenheit, aber selbst wenn es so sein sollte, gelingt es Martin nicht, es herauszufinden. Jedenfalls steht er in einem regen Kontakt zu seinen Gastgebern; ich stelle fest, dass es sich, außer Herold und Hyatt, um ein Sextett handelt, das regelmäßig die langen Abende auf der famosen Terrasse verbringt, und zwar »mit einer Aussicht auf die Pinien und Zypressen, den Strand, das Meer, die untergehende Sonne; wenn der Mensch das Wesen ist, das die Schöpfung hervorgebracht hat, um betrachten und sich selbst bewundern zu können, dann ist dies der richtige Ort dafür und wir sind die dazu auserwählten Menschen« (sic!). Das halbe Dutzend besteht aus: Martin, Soblewski, Grass, den deutschen Autorinnen aus dem Vorjahr (Doris Guttmann und Gisela Fromm) sowie dem unvermeidlichen Russen Gusov. Ab und zu auch Bruno, der nach wie vor die Rolle als Hausmeister innehat und deshalb zu einer Art Bürger zweiter Klasse degradiert worden zu sein scheint. Das ist keine Behauptung Martins, sondern eine Schlussfolgerung, zu der ich selbst komme. Natürlich geben auch andere Menschen Gastspiele auf der Terrasse, an zwei Abenden besucht die Ikone Allen Ginsberg das Haus, eine Woche später sitzt Seamus Heaney dort, der Ire, der sechzehn Jahre später den Literaturnobelpreis bekommen wird.

Und diese ausgedehnten Runden mit kleinen griechischen Gerichten, die von der Haushälterin Paula in einem nie versiegenden Strom serviert werden, mit Boutari-Wein und Retsina, mit Ouzo und Tsipouro und Bier, mit scharfsinnigen Diskussionen über den Existentialismus und Hermeneutik, über Kuhn und Levinas, Baader-Meinhof und Solschenizyn und den Teufel und seine Großmutter, mit Gitarren und Bouzoukis, diese Orgien in hyperintellektuellem Lebensgenuss und Gauloise-Zigaretten mit oder ohne Zusätze; ja, soweit ich die Ordnung der Dinge beurteilen kann, finden sie Woche für Woche allabendlich statt, und nicht selten endet das gesellige Beisammensein damit, dass eine Gruppe von Teilnehmern irgendwann nach Mitternacht zum Meer flaniert und den Abend mit einem stilgerechten Nacktbad beschließt. Weiß der Teufel, dass dies für einen Identitätssucher wie Martin Holinek, sechsundzwanzigjähriger wissenschaftlicher Assistent aus Stockholm in Ultima Thule, der Himmel auf Erden gewesen sein muss. Weiß der Teufel.

Und auf dem Himmelsthron das Ehepaar höchstpersönlich: der umschwärmte britische Poet und seine fünfzehn Jahre jüngere, amerikanische Ehefrau. »Wenn man sich bei einer von ihnen vorstellen könnte, dass sie aus dem Olymp stammte, wenn jemand von uns eine herabgestiegene Göttin wäre«, schreibt Martin in einem Anfall poetischer Inspiration, »dann wäre es zweifellos sie.«

Woher Tom Herold herabgestiegen ist, erscheint dagegen unklarer. Überhaupt fällt es Martin schwer, sich ihm in Worten anzunähern. Dass dies an einem übersteigert theatralischen Respekt liegt, wird ziemlich deutlich, und erst nach drei Wochen taucht ein Eintrag auf, der andeutet, dass nicht alles so ist, wie es sein sollte.

»Herold hat etwas an sich, was mich ein wenig nachdenklich stimmt«, schreibt er am dreißigsten Juli. »Sein Temperament ist zweifellos eine Belastung, sowohl für Bessie als auch für ihn selbst. Gestern Abend verließ er wutentbrannt den Tisch, nachdem Grass eine Bemerkung gemacht hatte, die ich nicht hören konnte und auf die Grass hinterher auch nicht eingehen wollte. Bessie blieb auf ihrem Platz sitzen und versuchte, gute Miene zu machen, aber ich sah ihr an, dass sie sich nicht wohlfühlte. Nach einer Weile entschuldigte sie sich und verließ die Runde, und Soblewski und ich hielten es für das Beste, ihrem Beispiel zu folgen. Es war das erste Mal seit meiner Ankunft auf der Insel, dass ich vor Mitternacht ins Bett kam. Jedes Übel bringt eben auch etwas Gutes hervor.«

Ein paar Tage später erzählt er von einer erneuten Kontroverse auf der Terrasse. Ein junger amerikanischer Lyriker ist zu Besuch, Martin schreibt, dass er und Bessie Hyatt sich offenkundig viel zu sagen haben und Tom Herold nach dem Konsum einer ausreichenden Menge Retsina nicht mehr mit seiner Verärgerung hinter dem Berg halten kann. Offenbar versucht Bessie, ihren Tischnachbarn in Schutz zu nehmen, der übrigens Montgomery Mitchell heißt, und Herold macht sich über seinen Namen lustig, und das Ganze endet damit, dass er seine Frau am Arm packt und vom Tisch fortzerrt. Kurz darauf kehren die beiden zurück. »Bessie wirkt niedergeschlagen und hilflos«, schreibt Martin. Es herrscht eine bedrückte und besorgniserregende Stimmung, nur Gusov scheint von all dem nichts mitzubekommen. Stattdessen fordert er die ganze Gesellschaft auf, Lieder von Theodorakis auf Griechisch zu singen, und bringt nach und nach tatsächlich die meisten dazu mitzumachen.

Viele der späteren Tagebuchaufzeichnungen aus diesem letzten Sommer auf Samos kreisen darum, dass Martin das Spiel zwischen Herold und Hyatt beobachtet. Er stellt zudem einige Spekulationen an. Gibt es im Verborgenen eine Affäre? Läuft da etwas zwischen Bessie und Mitchell, der mehr als zwei Wochen bleibt? Oder zwischen Bessie und Grass? Martin unterhält sich mit Grass (allerdings ohne die Abkürzung G zu benutzen), der wie gesagt behauptet, Bessie seit der Kindheit in- und auswendig zu kennen, und der Amerikaner unterstreicht in der Tat, dass es so aussieht, wie Martin bereits geahnt hat. Sie ist nicht glücklich mit ihrem wesentlich älteren Ehemann, der sie immer stärker kontrollieren will. Grass meint, es handele sich um eine Mischung aus Eifersucht und Neid; literarisch gesehen werde Herold gerade von seiner schönen Frau abgehängt, und sosehr er ihre Erfolge auch angeblich genieße, mache sich doch etwas ganz anderes bemerkbar. Bessie vertraut sich jedoch niemandem an, weder Grass noch einem der anderen. »Die Sache wird übel ausgehen, dieser pompöse Poet ist eine einzige große, tickende Zeitbombe«, zitiert Martin Grass Anfang August. »Wir sollten sie retten, aber wie rettet man jemanden, der nicht gerettet werden will?«, fragt er an anderer Stelle.

Die Tagebuchaufzeichnungen enthalten natürlich auch anderes, aber ich merke, dass ich liebend gern über alle mehr oder weniger bemühten hellenistischen Beobachtungen und alle verwickelten Diskussionen über das Leben, die Politik und die Literatur hinweghusche. Obwohl Martin notiert, dass Tom Herolds Temperament sich bemerkbar macht, ist er voller Bewunderung für den großen Dichter. »Was wäre er ohne diese aufgewühlte, kreative See in seinem Inneren?«, schreibt er. Und »Nachdem ich seine *Ode to Ourselves* noch einmal gelesen habe, erkenne ich, dass er wahrscheinlich der größte lebende Poet in ganz

Europa ist. Herolds Dichtung ist eine Prägnanz und ein Reichtum eigen, die ihresgleichen suchen, auf unserem Kontinent genauso wie in unserem Jahrhundert.«

Er ist mit dem großen Dichter jedoch nie allein; jedenfalls erwähnt er es nicht, und ich bin mir ziemlich sicher, dass Martin es nicht versäumen würde, dies schriftlich festzuhalten. Bei Bessie Hyatt bietet sich ihm ein einziges Mal die Chance zu einer etwas privateren Unterredung; eines Morgens landen sie zufällig gemeinsam am Strand, als eine Gruppe hinuntergegangen ist, um schwimmen zu gehen, »bevor die Hitze des Tages es erfordert, dass jedes denkende Wesen den Schatten aufsucht«. »Bist du glücklich?«, fragt sie ihn unvermittelt, und Martin antwortet inspiriert, welcher Mann würde sich nicht glücklich schätzen, auf einem griechischen Strand mit einer griechischen Göttin sitzen zu dürfen? Darüber lacht sie anscheinend und fragt ihn anschließend, ob er glaube, dass sie glücklich sei. Martin erwidert, da sie dies frage, glaube er es nicht, und daraufhin nickt sie nur nachdenklich und »sieht für einen Moment so traurig aus, dass man liebend gern sein Herz verkaufen würde, um sie zu retten«. Ja, ich lese diese etwas schwer zu entziffernde Zeile ein weiteres Mal, und so steht es dort tatsächlich. Er will Bessie zuliebe sein Herz verkaufen. Mir wird bewusst, dass wir uns hier im August 1979 befinden und Martin und ich seit mindestens einem halben Jahr ein Paar sind.

Wenige Tage später verkündet Tom Herold auf der Terrasse die Neuigkeit, dass sie umziehen werden. Alles habe seine Zeit, erklärt er, und so habe man sein griechisches Paradies verkauft und werde sich in Taza in Marokko niederlassen. Die neuen Besitzer werden im September einziehen, »so I am afraid the bell tolls for all of you!«. Es kommt am Tisch spontan zu einer Reihe unkontrollierter Reaktionen, man weiß nicht, ob man gratulieren oder trauern oder beides tun soll, aber Martin schreibt, dass er zufällig einen Blick auf Bessie Hyatt wirft und sie alles andere als beglückt aussieht. An diesem Abend wird besonders viel getrunken und geraucht, und ausnahmsweise ist Herold in bestechend geistreicher Laune. Martin schreibt, dass er »ein vollendetes Sonett aus dem Ärmel schüttelt wie einst Cyrano de Bergerac, aber statt einem Widersacher nach dem Endreim der vierzehnten Zeile eine Degenspitze auf die Brust zu setzen, gießt er Montgomery Mitchell ein Glas Retsina über den Kopf und küsst seine Frau«. Stürmischer Applaus erhebt sich, nicht einmal der bedauernswerte Mitchell scheint etwas dagegen zu haben.

Am folgenden Tag werden natürlich die Hintergründe für Herold/Hyatts Aufbruch diskutiert, Martin spricht unter anderem mit Grass darüber. Dieser meint, das Ganze sei ein Einfall des abgrundtief egoistischen Herold, der Bessie vor vollendete Tatsachen gestellt habe. Es wird nicht klar, woher Grass das weiß, aber Martin bezieht sich auf ihn, als wäre es »the whole truth and nothing but the truth«. Erneut äußert sich Grass besorgt um seine Freundin aus Kindheitstagen und behauptet, zwischen dem ungleichen Paar werde es nie zu einem guten Ende kommen. Offensichtlich ist es Grass darüber hinaus gelungen, die Fahne von *Der Blutkreislauf des Mannes* zu lesen, und er verkündet, wenn dieses Buch erscheine, »wird jeder, der mehr als eine Gehirnzelle in der Birne hat, begreifen, was mit diesem englischen Pupspoeten los ist«. Man fragt sich schon, welches englische Wort sich hinter »Pupspoet« verbergen mag, und Martin macht sich einige Gedanken über Grass' Aggressivität. Er geht davon aus, dass es da einige Leichen im Keller gibt, und vielleicht vertritt Grass Mitchells Interessen, wie auch immer diese aussehen mögen.

Martin verlässt Samos in Begleitung Soblewskis, die beiden nehmen die Fähre nach Piräus, verbringen gemeinsam zwei Tage in Athen, flanieren auf der Akropolis, sitzen in den Tavernen in Plaka und trennen sich am fünfzehnten August auf dem

Flughafen. Martin widmet diesen letzten Tagen fast zehn Seiten, beendet sein Tagebuch für 1979 aber dennoch mit folgenden Worten: »Es kommt mir vor, als sei etwas unwiderruflich zu Ende gegangen. Ich werde nie mehr nach Samos zurückkehren, vielleicht werde ich weder Tom Herold noch seine Göttin jemals wiedersehen, ein Gedanke, der sich plötzlich wie ein Mühlstein auf mich legt.«

Ja, ja, denke ich mehr als drei Jahrzehnte später. Und ein Jahr später wirst du dich um eine Göttin wesentlich niedereren Ranges kümmern müssen. Die außerdem schwanger ist. Trotzdem machst du noch eine Reise.

Bleiben vierzig handgeschriebene Seiten aus Taza.

Bleibt das maschinengeschriebene Material. Bleibt die Datei auf dem Computer. Ich beschließe, ein paar Tage zu warten; mir ist ein wenig übel, als ich mich aus dem Schaukelstuhl stemme, denn es ist nicht ganz unproblematisch, in dieser Weise Hand in Hand mit einem jungen Martin Holinek zu gehen.

26

Wissen Sie eigentlich, warum die Kirche weiß gestrichen ist?«

Es ist früher Nachmittag am zweiten Dezember. Castor und ich befinden uns in der Gegend von Selworthy, einem hoch gelegenen Dorf zwischen Porlock und Minehead, fast schon am Meer. Wir haben uns einer alten Dame und ihrem bedeutend jüngeren Hund, einem energischen Labrador, angeschlossen. Das Auto haben wir an der Kirche geparkt, und nun sind wir auf dem Weg zu Selworthy Beacon hinauf, und es ist ein etwas kühler, aber klarer Tag, dort oben wird man viele Meilen weit sehen können.

»Nein«, antworte ich. »Das weiß ich nicht.«

Die alte Dame gluckst zufrieden. »Nun ja, ich nehme an, dass Sie Ausländerin sind, wenn Sie entschuldigen, dass ich das sage. Aber in unserem Vereinigten Königreich sind weißgestrichene Kirchen eher ungewöhnlich. Sie sollen grau sein, natürliche Steinfarbe, sowohl in den Städten als auch auf dem Land … nicht wie an anderen Orten der Welt, zum Beispiel in Griechenland.«

»Das ist mir auch schon aufgefallen«, erwidere ich. »Dass die Kirchen in der Regel grau sind, meine ich.«

»Stimmt genau«, sagt die Dame und bleibt kurz stehen, um ihr Wolltuch zurechtzurücken, das sie sich um den Kopf geschlungen hat. »Aber, wissen Sie, hier hatten wir einmal einen Pfarrer, der die Kirche weiß streichen ließ, wofür er gute Gründe hatte, zumindest fand er das selbst.«

Wir drehen uns um und stellen fest, dass wir das Kirchengebäude unter uns noch immer zwischen dem Laub der immergrünen Bäume ausmachen können. Dass es weißgetüncht ist, steht außer Zweifel.

»Wissen Sie, er war nämlich ganz verrückt danach, auf die Jagd zu gehen, das war vor zweihundert Jahren, und während er jagte, Rotwild oder Fasane oder was auch immer … da unten in Porlock Valley …«, sie zeigt mit ihrem Stock, »… man nennt es das glückliche Tal, das soll der Name übrigens auch bedeuten, und es ist das schönste Tal in ganz England … nun ja, während er also umherstrich und nach Wildbret suchte, stärkte er sich von Zeit zu Zeit aus einem Flachmann, um sich warm zu halten und nicht den Mut zu verlieren … und dann, wissen Sie, wenn es dämmerte und er wieder heimwollte, hatte er nicht den blassesten Schimmer, wo er sich eigentlich befand und in welche Richtung er sich wenden musste. Und deshalb ließ er die Kirche weiß streichen. Damit sie zu sehen war … und er auch noch voll wie eine Haubitze nach Hause finden würde. Und es funktioniert tatsächlich, man sieht sie, ganz egal, wo man sich in diesem Tal gerade befindet. Sie ist nicht zu übersehen.«

»Ist das wahr?«, frage ich dümmlich.

»Natürlich ist das wahr«, antwortet die Dame. »Oder glauben Sie etwa, ich denke mir solche Geschichten für eine Besucherin aus der Ferne aus?«

Kurz darauf trennen sich unsere Wege. Sie und ihr Mufti biegen auf den Weg nach Bossington ab, für eine Achtzigjährige ist die Strecke bis zur Kuppe zu steil, und außerdem gibt es dort oben nur einen Grabhügel und jede Menge Wind, erfahre ich.

Castor und ich streben dennoch weiter. Ich denke eine Weile an die letzten Worte der alten Dame – *eine Besucherin aus der Ferne* – und daran, wie gut sie zu mir passen. Genau ein Monat ist vergangen, seit ich in Darne Lodge eingezogen bin, ich habe eine *Times* im Auto, die es bestätigt, und obwohl ich die Zeit nicht mehr so wahrnehme wie früher, obwohl mein Dasein in die Wüste gegangen ist und ich selbst aus jeglichem normalen Leben emigriert bin, so ist doch nicht zu übersehen gewesen, dass man in Dunster begonnen hat, die Weihnachtsdekorationen anzubringen. Wir fuhren auf dem Hinweg durch das Örtchen, und während ich in der Schlange stand, um meine Zeitung zu bezahlen, las ich auf einem Plakat etwas von »Dunster by Candlelight« am kommenden Samstag, allem Anschein nach ein großes Ereignis.

Für normale Menschen.

Wir kämpfen uns die letzte lange Steigung zu dem Grabmal auf der Kuppe hinauf, und ich spiele mit dem Gedanken, nie mehr nach Schweden zurückzukehren. Nein, das stimmt nicht, ich spiele nicht mit dem Gedanken, denn das habe ich früher schon mehr als genug getan; ich gebe mich dem Gefühl hin, es breitet sich wie weichgekochtes Unbehagen im Unterleib aus, und es ist das vielleicht erste Mal, seit ich hierhergekommen bin und mich in der Heide niedergelassen habe, dass ich einen so deutlichen Anfall von Heimweh verspüre.

Aber wonach sehne ich mich?, frage ich mich. Wenn ich mich nicht nach etwas Bestimmtem sehne, wenn ich im Grunde nicht leben will, warum sollte ich mich dann heimsehnen? Verbundenheit vielleicht, die vielbesungene, ist sie der Grundpfeiler, nach dem ich taste? Zusammenhang und Geborgenheit und die Gegenwart eines anderen Menschen? Aber warum setzt mir das ausgerechnet jetzt, auf diesem windigen Anstieg, zu? Für Castor und mich gibt es keine Fortsetzung, ich werde ihn überleben, dann sterben, das ist die Vereinbarung, auf die wir uns geeinigt haben. Die wir jeden Tag unterschreiben, mein Hund und ich, ist es nicht so?

Ich versuche abzuschütteln, was immer es auch ist, aber es

fällt mir nicht leicht, und ich weiß, dass die Worte der alten Dame der Auslöser waren.

Eine Besucherin aus der Ferne.

Ebenso gut könnte das natürlich beschreiben, was es heißt, ein Mensch auf dieser Erde zu sein.

Auf dem Rückweg nach Selworthy hinunter – wir nehmen einen anderen Weg, es gibt reichlich davon – stoßen wir auf ein kleines steinernes Denkmal. Laut einer Inschrift ist es für einen Mann errichtet worden, der mit seinen Kindern und Enkelkindern gerne zu diesem Ort hinaufwanderte, wobei er ihnen von der Schönheit und dem Reichtum Gottes Natur erzählte. Dem selben Text zufolge ist der Bau auch als ein Windschutz und Rastplatz für den müden Wanderer gedacht, und da Castor und ich sowohl Kaffee als auch Leberleckerchen im Rucksack haben, lassen wir uns mit der bleichen, aber ansatzweise wärmenden Sonne im Gesicht in diesem Windschutz nieder. Ich lese ein Gedicht an der Wand:

Needs no show of mountain hoary,
Winding shore or deepening glen,
Where the landscape in its glory
Teaches truth to wandering men:
Give true hearts but earth and sky,
And some flowers to bloom and die.
Homely scenes and simple views
Lowly thoughts may best infuse.

Auch das berührt mich sehr, und ich verstehe wirklich nicht, warum ich so dünnhäutig bin und in meiner Seele an diesem schönen Dezembertag so viele Türen offen stehen, aber so ist es einfach. Plötzlich fällt mir das Buch *Der glückliche Tod* von Albert Camus ein, das Rolf und ich in der kurzen Zeit lasen, die wir zusammen waren, und dass wir damals über das Thema des Buchs sprachen: den Zeitpunkt und Ort für seinen Tod zu wählen. Dass es um den wichtigsten Augenblick im Leben geht und man ihn deshalb nicht so leichtfertig in die Hände anderer legen sollte, wie die meisten Menschen es tun.

Würde ich hier und jetzt sterben wollen? Ist das die Frage, die mir so zusetzt? Ich glaube es nicht, aber vielleicht würde ich gerne an einem solchen Tag an einem solchen Ort sterben wollen. Vielleicht an diesem Ort?

Ich betrachte Castor, der auf der Erde ausgestreckt in der Sonne liegt. Ich betrachte Englands schönstes Tal, das sich unter uns ausbreitet. Ich lausche dem Wind in den Baumkronen und denke, solange wir leben, entgehen wir doch niemals der Zeitrechnung, nicht den Weihnachtsdekorationen in Dunster und nicht den Dingen, derer wir uns schuldig gemacht haben.

Deshalb brauchen wir die Tür des Todes, um durch sie hinauszutreten.

Die Sonne verschwindet hinter Wolken. Castor stellt sich auf und sieht mich an. Es wird Zeit, zum Auto zurückzukehren.

Unterhalb der weißen Kirche Selworthys stehen zwei Wagen auf dem Parkplatz. Der eine ist mein ziemlich schmutziger, dunkelblauer Audi, der andere ein silberfarbener Renault mit einem Aufkleber des Autovermieters Sixt. Obwohl es mindestens zehn leere Stellplätze gibt, hat der Fahrer so dicht neben mir geparkt, dass ich die Fahrertür nur einen Spaltbreit öffnen und mich hineinzwängen kann.

Und als ich mit diesem Manöver beschäftigt bin, fallen mir die Zeitungen auf, die oberhalb des Lenkrads auf der Ablage über dem Armaturenbrett liegen; der Mietwagen hat das Lenkrad rechts, ich links. Es sind zwei Stück, und ich kenne sie beide, die eine ist eine schwedische *Dagens Nyheter*, die andere eine polnische *Gazeta Wyborcza*.

Ich nehme meinen Platz am Steuer ein und ziehe die Tür zu. Schaue mich um. Kein Mensch in der Nähe. Ich lasse das Auto an und fahre los. Das Herz rast in meiner Brust; ich weiß, dass dies einer meiner verletzlichen Tage ist, und hoffe, dass die Angst, die binnen einer Sekunde Besitz von mir ergriffen hat, nachlassen wird, wenn ich ihr nur keine Nahrung gebe und unnötige Aufmerksamkeit schenke. Wenn ich mich nur auf anderes konzentriere.

Auf dem Heimweg fahren wir erneut durch die engen, mittelalterlichen Straßen Dunsters. Ich halte an und kaufe vier Flaschen Rotwein, zwei Flaschen Portwein. Es ist Advent.

27

Ehe ich mich in die Lektüre vertiefe, blättere ich im Marokko-Material.

Martin scheint im Sommer 1980 dreizehn Tage in Taza verbracht zu haben. Jedenfalls sind so viele Tage in seinem Tagebuch beschrieben, aber es endet nicht damit, dass er aufbricht und heimfährt oder auch nur Herold und Hyatt verlässt. Ich meine mich zu erinnern, dass er mindestens drei Wochen nicht in Stockholm war, aber es ist natürlich denkbar, dass er die Gelegenheit genutzt hat, um auch Casablanca und Marrakesch zu besuchen und nicht nur das berühmt berüchtigte Ehepaar in Taza. Wenn er schon einmal bis ins ferne Marokko gereist ist. Vielleicht hat er mir nach seiner Heimkehr davon erzählt, aber wenn man mit seinem ersten Kind im achten Monat schwanger ist, dann ist man das und nichts anderes.

Möglicherweise erkannte er, dass es Zeit wurde, Taza zu verlassen. Möglicherweise geschah etwas, was ihn veranlasste, nichts mehr zu schreiben – etwas, was er aus bestimmten Gründen nicht zu Papier bringen wollte. Vielleicht werde ich die Antworten in dem maschinengeschriebenen Material oder im Computer finden.

Wenn wirklich Raben auf meinen Schultern sitzen und ich diesen freiwilligen Auftrag unbedingt durchführen muss? Ich weiß es nicht mehr. Der Gedanke an ein großes nächtliches Lagerfeuer auf der Heide mit allen Besitztümern Martins hat in der letzten Woche immer größere Anziehungskraft auf mich ausgeübt, aber es könnte sich als übereilt erweisen. Warum es übereilt sein soll, begreife ich allerdings immer noch nicht; es ist ein Unterschied, ob man Kleider oder Brücken verbrennt, aber vielleicht ist er ja nicht so groß, wie ich mir einbilde. Ich stehe dieser Frage wirklich zwiespältig gegenüber, denke aber, dass ich diese irritierenden Aufzeichnungen natürlich genauso gut vollständig lesen kann – jedenfalls ebenso gut, wie Patiencen zu legen oder mich in die Gesellschaft von Lorna Doone und John Ridd im Exmoor des 17. Jahrhunderts zu begeben. Was wichtig ist und was getan werden soll, sind Fragen, die mit jedem Tag an Schärfe verlieren. Ich nehme an, das ist der berechtigte Preis der Isolation.

Jedenfalls unterscheidet sich die Lage in Taza 1980 von der auf Samos in den drei vorhergegangenen Jahren, und ich kann mir die Frage nicht verkneifen, warum Martin überhaupt eingeladen wurde.

Oder warum irgendwer eingeladen wurde. *Sind* sie wirklich eingeladen worden? Von wem? Sieben Menschen sind in jenem Sommer in das große Haus vor den Toren der Stadt Taza gekommen: Grass, Gusov und Soblewski, eine der Deutschen sowie ein wesentlich älterer französischer Romancier namens Maurice Megal und seine Ehefrau Bernadette. Und natürlich Martin. Ein paar andere Personen werden, abgesehen von Hyatt und Herold, namentlich nicht genannt. Als ich nachzähle, komme ich folglich zu dem Schluss, dass diese Kerntruppe aus sechs Männern und drei Frauen bestand; eine Köchin, eine Putzfrau, ein Gärtner, zugleich Poolpfleger, nicht mitgerechnet. Ja, wollte man ein Theaterstück über das Ganze schreiben, bräuchte man ein Dutzend Schauspieler.

Warum im Gottes Namen sollte man ein Stück darüber schreiben wollen?

Warum sollte man *kein* Stück darüber schreiben? Verdammt,

ich merke, dass mich der Gedanke nicht mehr loslässt. Ich habe mich im Affenstall nicht sehr oft mit Fernsehspielen beschäftigt, aber an vier, fünf Produktionen bin ich beteiligt gewesen und möchte behaupten, dass ich die Voraussetzungen und Spielregeln kenne. *Die Abende in Taza*? Das klingt schon fast wie ein Klassiker.

Martin trifft am Abend des zwanzigsten Juli ein, und die letzten handgeschriebenen Einträge stammen vom ersten August.

Bessie Hyatt ist schwanger, das ist die Achse, um die sich alles dreht. Die Neuigkeit kommt Martin allerdings erst am dritten Tag zu Ohren, und man sieht ihr auch noch nichts an. Nichtsdestotrotz ist es eine Tatsache. Sie ist Anfang des dritten Monats, und am selben Abend, an dem er davon erfährt, wird Martin in einem Vieraugengespräch mit Grass auch über die mögliche Komplikation informiert. Das Wort »mögliche« hat er doppelt unterstrichen: Gemeint ist, dass ein anderer als Tom Herold der Vater des ungeborenen Kindes sein könnte.

Hier unterbreche ich meine Lektüre, da mir plötzlich wieder jener Kommentar in den Sinn kommt, den Martin über Gunvald fallen ließ, als wir auf unserer nächtlichen Fahrt in Richtung Kristianstad und Polen im Auto saßen. Darüber, dass er womöglich nicht der Vater seines Sohnes sei. War das der Grund dafür? Er hatte über Strindbergs Drama *Der Vater* gesprochen und gesagt, es sei eine Frage, die sich alle Männer mehr oder weniger ernsthaft stellten – aber wenn das Problem tatsächlich ein springender Punkt im Drama zwischen Hyatt und Herold gewesen war, hatte es dann vielleicht auch für Martin eine andere Art von Aktualität erlangt? Ein anderes Gewicht bekommen? Welche Rolle das auch immer spielen sollte. Ich wische den Gedankengang beiseite und kehre zu meiner Lektüre zurück.

Bevor der Umstand von Bessies Schwangerschaft in den Aufzeichnungen aufgegriffen wird, gibt es einige Beschreibungen der näheren Umgebung und des Hauses, aber ab dem vierundzwanzigsten Juli dreht sich alles um die Ereignisse und Beziehungen zwischen den Menschen in Al-Hafez, wie das palastartige Gebilde offenbar heißt. Es ist im maurischen Stil erbaut und gehört einem Schweizer Milliardär, schreibt Martin. Tom Herold mietet es für einen Zeitraum von zwei Jahren, und weil es um diese Zeit des Jahres, mitten im Sommer, ungeheuer heiß ist, begibt man sich selten außerhalb der weißen Mauer, die das Grundstück umschließt. Innerhalb dieser »glasscherbenkrenelierten« Wand gibt es allerdings auch alles, was man braucht: Schatten spendende Bäume (Martin zufolge Oleander, Tamarisken und eine großzügige Platane), einen großen, nierenförmigen Pool, inspirierende Gespräche, Essen, Getränke, ein gewisses Maß an sanften Drogen sowie die drei bereits erwähnten dienstbaren Geister.

So sieht der äußere Rahmen aus. Der Raum und das Bühnenbild des Schauspiels, der Gedanke taucht immer wieder mit ungebetener Hartnäckigkeit auf.

»Hatte ein längeres Gespräch mit Grass«, schreibt Martin am vierundzwanzigsten August. »Es fällt mir schwer einzuschätzen, ob an seinen Worten etwas dran sein könnte oder ob er paranoid geworden ist. Er trinkt zu viel und schluckt vermutlich auch irgendwelche Pillen, ich weiß nicht welche, aber die Kombination macht ihn ungeheuer aufdringlich und intensiv. Er redet in einem fort und schenkt Einwänden nicht eine Sekunde Gehör, jedenfalls nicht, wenn man mit ihm allein ist. In Herolds Anwesenheit schweigt er dagegen die meiste Zeit und behält seine Gedanken für sich.«

Worauf Grass immer wieder zurückkommt und beharrt, ist die These, dass seine Jugendfreundin (Jugendliebe, fragt sich Martin) Bessie in Gefahr schwebt. Sie steht am Rande eines Nervenzusammenbruchs, und ihre Schwangerschaft, und wie ihr Mann zu dieser steht, bilden die wirksamsten Zutaten für die rasch aufziehende Krise. Martin kann zudem mit eigenen Augen feststellen, dass die Lage der jungen und erfolgreichen Autorin ins Gesicht geschrieben steht. Grass' Worte sind nicht einfach aus der Luft gegriffen, jeder, der will, kann sehen, dass es Bessie Hyatt nicht gut geht, sie schwankt zwischen Zuständen manischer Ausgelassenheit und fast katatonischer Verschlossenheit. Bei den obligatorischen ausgedehnten Mahlzeiten – sie beginnen, sobald die Dunkelheit und die abendliche Abkühlung sich auf Al-Hafez herabgesenkt haben, und gehen danach nicht selten bis nach Mitternacht weiter – ist sie stets anwesend, aber von einem Abend zum nächsten kommt es einem manchmal vor, als handelte es sich bei Bessie um zwei verschiedene Menschen.

Alle neun sitzen dort, und Tom Herold hält Hof. So drückt Martin es mehrmals aus. Herold ist die unbestrittene Hauptperson, und um diese Rolle zu unterstreichen, gefällt es ihm, sich wie eine Art arabischer Prinz zu kleiden und zu geben. Er hat sich inzwischen einen langen Bart stehen lassen und trägt eine weiße, fußlange Djellaba und einen roten Fez. Er doziert gerne über die arabische Kultur und ihre Überlegenheit im Vergleich zur abendländischen, er zitiert sufische Poeten und gibt bei jeder Abendgesellschaft Kostproben aus dem eigenen Repertoire zum besten, häufig nur zwei prägnante Zeilen, am Vormittag komponiert, an dem er immer zwei Stunden isoliert in seiner kühlen Schreibklause sitzt. Diese Zeilen wiederholt er im Laufe des Abends dann gerne mehrfach. Er nennt es »die Seelen der Kretins tätowieren«.

Martin beschreibt die übrigen Teilnehmer nicht sonderlich genau, ausgenommen das französische Paar, dem er vorher noch nie begegnet ist. Den Romancier Maurice Megal vergleicht er mit einem kurzsichtigen Ziegenbock, nennt ihn aber auch »einen überkultivierten Snob, der sehr viel Wert darauf legt, nie etwas zu sagen, was verständlich ist, so dass es auch nicht möglich ist, zu seinen Worten Stellung zu beziehen oder ihm zu widersprechen«. Seine Gattin Bernadette, die gut und gerne ein Vierteljahrhundert jünger ist als er, ist eine »dunkelhaarige, hagere und mystische Frau, die aus Tarotkarten weissagt und in dem Ruf steht, eine Hypnotiseurin zu sein«. Eine Kostprobe letztgenannter Kunst liefert sie an einem der ersten Abende ab, als sie Doris Guttmann dazu bringt, sich vollständig zu entkleiden und in dem Glauben, sie sei eine Haremsdame aus dem 14. Jahrhundert, vor den versammelten Gästen eine Art Schlangentanz aufzuführen.

Ich nehme an, dass Martin sich in dieser Umgebung sowohl stimuliert als auch ein wenig verloren vorgekommen sein muss, obwohl er weder das eine noch das andere jemals zugibt. Er versucht, zumindest anfangs, das Ganze als völlig unspektakulär darzustellen, doch im Laufe der Zeit (er widmet jedem Tag mindestens vier Seiten Text) bekommt seine Darstellung einen deutlicheren Fokus: Bessie Hyatt. Am Morgen des achtundzwanzigsten Juli hat er sein erstes (und einziges, glaube ich) privates Gespräch mit ihr, und was sie ihm sagt, ist einerseits Wasser auf Grass' Mühlen und vermittelt andererseits ein Bild davon, wie unglaublich abhängig die junge Amerikanerin von ihrem Mann ist. Sie beteuert, dass sie ihn vergöttere, wirklich *vergöttere*. Sie lacht und weint abwechselnd, agiert »mit einer kontrollierten Hysterie, die so dicht unter der Oberfläche liegt, dass man sie auch dann noch wahrnimmt, wenn sie vollkommen still sitzt und nichts sagt. Wie eine Brücke über aufgewühltes Wasser ist ihr Gesicht.« (sic!) Martin kann sie natürlich nicht offen darauf ansprechen, wie es um ihre Schwangerschaft steht und wer der Vater des Kindes ist, aber auf diese Frage gibt es schon am nächsten Abend eine herausposaunte Antwort. Im Theaterstück *Die Abende in Taza* haben wir nunmehr den ersten Umschwung des Glücks erreicht, auch wenn der Begriff Glück einem in keiner Hinsicht besonders treffend erscheint.

Um es kurz zu machen: Durch eine Kombination aus wirkungskräftig inhalierten Pilzen und der Hypnotiseurin Bernadette Megal hat Tom Herold vor den Augen aller eine Vision, in der er den Vergewaltiger Ahib entdeckt, der im Verborgenen einen olivfarbigen, unerwünschten Fötus in Bessie Hyatts anschwellendem Bauch hinterlassen hat. Ahib ist eindeutig von einem oder mehreren Dämonen besessen und muss sterben. Es ist eine Pflicht, ihn zu töten, bevor das Kind in Bessies Innerem zu groß und lebenstüchtig geworden ist. Diese Vorstellung wird zwanzig Minuten lang mit einer Reihe seltsamer Wendungen und poetischer Mätzchen aufgeführt, Madame Megal begleitet auf Bongotrommeln und irgendeinem einheimischen Saiteninstrument, und das Drama endet damit, dass Tom Herold vor Schmerz und Wut aufbrüllt wie ein angeschossener Löwe und Bessie Hyatt sich in den Pool wirft.

Nach diesem Bericht breche ich die Lektüre ab. Martin bleibt weitere drei Tage in Taza, aber in meinem Kopf ist unvermittelt ein Gedanke aufgetaucht: Was sagt mir eigentlich, dass er nicht in irgendeinem Hotelzimmer in Kopenhagen oder Amsterdam gesessen und sich dort die ganze Geschichte aus den Fingern gesaugt hat? Was spricht eigentlich dafür, dass es sich nicht nur um ein Ammenmärchen handelt?

Soweit ich sehe, nichts. Warum habe ich hiervon nicht schon viel früher gehört? Warum hat er mehr als dreißig Jahre über diese bizarren Ereignisse geschwiegen? Ich beschließe zu überprüfen, ob es in Marokko überhaupt einen Ort namens Taza gibt. Am besten, wenn ich dem Winsford Community Computer Centre meinen nächsten Besuch abstatte, wobei mir bewusst wird, dass es wahrscheinlich ohnehin höchste Zeit wird, dort wieder einmal vorbeizuschauen.

Dann fällt mir jedoch die Mail der Initiale G wieder ein.

Habe immer das Gefühl gehabt, dass diese Sache eines Tages hochkommen wird.

Und das Versprechen an Bergman und das Gespräch mit Soblewski in dessen großem Haus in jener Nacht … diese Aufzeichnungen sind in der Wirklichkeit verankert, das muss ich widerstrebend akzeptieren. Diese Dinge sind tatsächlich passiert.

Was natürlich nicht heißen muss, dass jedes einzelne Wort wahr ist. Ich beschließe, die Sache ein paar Tage ruhen zu lassen, deponiere die Notizbücher wieder in der Reisetasche und dem Schrank und denke, wenn ich schon dabei bin, sollte ich unbedingt versuchen, die beiden Romane Bessie Hyatts in die Finger zu bekommen. Aus Gründen, die ich nicht ganz verstehe, habe ich keinen von ihnen gelesen; sie stehen mit Sicherheit in unserem Bücherregal in Nynäshamn, aber bis zu diesem Regal ist es weit. Könnte die freundliche Dame im Antiquariat in Dulverton mir vielleicht weiterhelfen?

Ich betrachte Castor, der vor dem fast heruntergebrannten Feuer liegt, und frage ihn, ob er einen Spaziergang machen will. Er antwortet nicht. Durch das Fenster sehe ich jenseits der Mauer die ganze Herde wilder Ponys stehen und in der einsetzenden Dämmerung grasen. Mindestens zwanzig Stück. In einer Stunde hat uns die Dunkelheit eingeholt, uns und sie.

28

Siebter Dezember, ein Freitag. Regen in der Nacht, aber acht Grad und trocken am Morgen. Der Himmel wolkenverhangen, kein Nebel. Südwestwind, sicher nicht mehr als fünf, sechs Meter pro Sekunde.

Ich habe einige Nächte schlecht geschlafen, bin tagsüber rastlos gewesen und habe meinen festen Tagesablauf vernachlässigt. Der fehlende Schlaf führt dazu, dass ich in den Stunden, die trotz allem ein Fünkchen Licht enthalten, träge werde; ich liege im Bett, versuche zu lesen, verfalle stattdessen jedoch in einen unangenehmen Dämmerzustand. Wenn ich nicht an die obligatorische Wanderung mit Castor denken müsste, würde ich wahrscheinlich das Morgengrauen in die Abenddämmerung übergehen lassen und so in absoluter Lethargie versinken. Unsere Spaziergänge fallen jedoch täglich kürzer aus, und als ich mich heute Morgen im Spiegel betrachtete, hatte ich das Gefühl, eine Frau zu sehen, die allmählich verfällt. Außerdem habe ich zwei der Weinflaschen, die ich in Dunster gekauft habe, sowie eine halbe Pulle Portwein geleert. In dem Laden in Exford habe ich nur das Allernötigste eingekauft. Keine Ausflüge, weder nach Dulverton oder Porlock noch sonst wohin.

Am Nachmittag, nach einem kurzen Gang zu Tarr Steps hinunter, riss ich mich schließlich doch zusammen; duschte, wusch mir die Haare und zog innerlich und äußerlich saubere Kleider an. Hielt in meinem Notizblock fest, dass ich am Montag nach Minehead fahren muss, um zu waschen. Ließ Castor auf den Beifahrersitz springen und fuhr zum Computerzentrum in Winsford.

Es war schon fünf, als ich ankam, aber die Fenster waren hell erleuchtet, und Alfred Biggs hieß mich herzlich willkommen. An einem der hinteren Tische saßen die beiden jungen Mädchen, denen ich schon bei meinem letzten Besuch begegnet war, zumindest glaube ich, dass es dieselben waren. Castor ging zu ihnen und begrüßte sie, und sie fragten ihn, wie er heiße, und schmusten eine Weile mit ihm, ehe sie sich wieder ihren Bildschirmen zuwandten. In mir wallte hastig Dankbarkeit auf.

»Es ist eine dunkle Jahreszeit«, bemerkte Alfred Biggs.

»Ja, da haben Sie recht«, erwiderte ich.

»Wie geht es Ihnen da oben?«

»Danke, nicht schlecht.«

»Es muss schwer sein, eine Schriftstellerin zu sein. Alles im Kopf zu behalten.«

»Ja, es ist nicht immer leicht.«

»Ich meine, wenn man an die ganzen Worte und Menschen und was sonst noch passiert, denkt.«

»Stimmt«, sagte ich. »Nicht leicht.«

»Aber ich nehme an, Sie machen sich Notizen?«

»Das ist richtig. Man muss sich ständig Notizen machen.«

»Ich muss sagen, dass ich Sie bewundere. Das alles im Auge zu behalten. Entschuldigen Sie, ich werde Sie nicht länger mit meinem Geplapper aufhalten.«

Daraufhin zeigte er mir, wo ich sitzen konnte, und ging Tee kochen.

Mail von Gunvald an Martin:

Hallo. Hoffe, dass in Marokko alles okay ist. Habe einen ziemlich stressigen und arbeitsamen Herbst hinter mir, aber meine Tugendhaftigkeit wird belohnt. Mein Buch ist in den Druck gegangen, und über Neujahr fahre ich zu einer fünftägigen Konferenz in Sydney. Meinen Aufenthalt dort verlängere ich natürlich um eine Woche Urlaub. Grüß Mama und schöne Weihnachten, wenn wir vorher nichts mehr voneinander hören.

Mail von Soblewski an Martin:

Just a quick note to say that I've talked to BC and there is no problem. Let's stay in contact. My best to your lovely wife and dog.

Mail von Gertrud an Martin:

Was treibst du heutzutage so? Ich habe mir endlich deine Mailadresse besorgt. Lennart und ich haben uns getrennt, ich bin also so frei wie der Wind. Wäre nett, wenn wir uns sehen und den Faden wieder aufgreifen könnten, was meinst du?

Nichts von Bergman, nichts von G. Dafür war ich dankbar, zumindest für Letzteres. Die Nachricht von Gunvald hätte natürlich genauso gut von einem Cousin oder einem flüchtigen Bekannten kommen können. Und Soblewski: Grüße an die Frau und den Hund?

Gertrud erregte natürlich Verdacht. Wer ist sie, und was zum Teufel meint sie damit, den Faden wieder aufzugreifen? Und warum hatte ich ihr so leichtfertig Martins Mailadresse gegeben, als Bergman danach fragte? Ich merkte allerdings, dass es mir schwerfiel, echte Empörung zu empfinden; was immer zwischen ihr und Martin gewesen sein mochte, es gehörte zu einem anderen Leben. Für einige Sekunden dachte ich darüber nach, eine Antwort zu formulieren, nur um mich zu amüsieren, ließ es dann jedoch bleiben. Schrieb auch nichts an Gunvald oder Soblewski.

Mail von Synn an mich:

Hallo, Mama. Ich hoffe, es geht euch gut in Marokko. Ich werde über Weihnachten und Neujahr wohl in New York bleiben, ich nehme an, dass ihr auch nicht nach Hause fahrt. Die Geschäfte gehen gut, ich habe eine Green Card beantragt und rechne damit, sie zu bekommen. Bin der gleichen Meinung wie Woody Allen, es gibt selten einen richtig guten Grund, Manhattan zu verlassen. Grüße an den Dreckskerl.

Mail von Christa an mich:

Liebe Maria. Habe wieder von dir geträumt. Ich finde das seltsam, normalerweise erinnere ich mich nicht einmal an meine Träume. Diesmal warst du wirklich in Gefahr, du riefst um Hilfe, und ich war es, die dir helfen sollte. Ich begriff allerdings nicht, was ich tun sollte, ein Mann in einem Auto war hinter dir her. Du liefst und liefst, um ihm zu entkommen, und ich wollte dich wirklich retten, aber ich war die ganze Zeit zu weit weg. In einem anderen Land oder so. Egal, das Ganze war jedenfalls glasklar und unheimlich. Schreib mir bitte und sag mir, dass es dir gut geht. Ich umarme dich, C

Ich dachte eine Weile nach, dann antwortete ich beiden. Wünschte meiner Tochter ein schönes Weihnachtsfest und erklärte, dass es mir und dem Dreckskerl den Umständen entsprechend gut gehe. Christa versicherte ich, dass in Marokko alles unter Kontrolle sei und ich versuchen würde, mich im nächsten Traum besser zu benehmen. Ich nutzte die Gelegenheit zudem, um ihr schon einmal schöne Feiertage zu wünschen, und bat sie, Paolo Grüße von mir auszurichten.

Ich verzichtete darauf, nach schwedischen Schlagzeilen zu sehen – oder generell nach Nachrichten. Dankte stattdessen

Alfred Biggs und begab mich mit Castor zum *The Royal Oak Inn* hinunter, um etwas zu essen.

Seit meinem letzten Besuch sind sechs Tage vergangen.

Außerdem kommt es mir so vor, als wäre es schon einen Monat her, seit ich mich das letzte Mal mit Mark Britton unterhalten habe, was zeigt, dass mir mein Zeitgefühl allmählich entgleitet. Als er jetzt hereinkommt, weniger als eine Minute, nachdem ich mein Essen bestellt habe und ein Glas Wein auf meinem Tisch abgestellt worden ist, empfinde ich plötzlich Dankbarkeit – und ebenso plötzlich die Sorge, er könnte sich nur an die Theke setzen, ein Bier trinken und anschließend sofort wieder gehen wollen.

Meine Befürchtungen sind völlig unbegründet. Als Mark Britton mich sieht, lächelt er breit und setzt sich an meinen Tisch, ohne vorher auch nur zu fragen.

»Wie geht es Ihnen? Wie läuft es mit dem Schreiben?«

»Danke, gut. Mal besser, mal schlechter, aber das gehört dazu.«

»Schön, Sie wiederzusehen. Sie vergolden meine Mahlzeiten, wenn Sie erlauben, dass ich das sage.«

»In Ordnung, ich erlaube es. Aber Sie müssen schleunigst bestellen, damit wir im gleichen Rhythmus bleiben.«

Und danach sitzen wir dort wieder. Ich denke, entweder hungere ich so sehr nach allem, was mit menschlichen Beziehungen zu tun hat, oder dieser Mann hat tatsächlich etwas. Eine Kombination aus beidem dürfte wohl am wahrscheinlichsten sein. Ich spüre eine kribbelnde Nervosität und bin froh, dass ich mich doch noch frisch gemacht habe, bevor ich hergekommen bin. Mark Britton sieht seinerseits auch recht frisch aus, etwas dunklere Schatten unter den Augen als in meiner Erinnerung, aber frisch rasiert, gut frisiert und in einem weinroten Pullover statt des blauen. Eine Cordhose und eine Öljacke, die er über die Stuhllehne gehängt hat. Ja, ich denke, dass er eine Art halbadliger Landjunker nach der erfolgreichen Nachmittagsjagd sein könnte, und muss innerlich grinsen, als ich begreife, dass es einer dieser Titel und eines dieser Worte ist, die ich von meinem Vater übernommen habe. *Landjunker?*

»Sie kommen nicht so oft hierher?«, frage ich. »Oder haben wir uns nur verpasst?«

»Ich weiß nicht«, antwortet er. »Ich sitze hier eigentlich schon mindestens zwei Mal in der Woche. Aber ich koche gern, deshalb bin ich also nicht hier. Ab und zu hat man nur einfach das Bedürfnis, ein anderes Gesicht zu sehen als sein eigenes. Finden Sie nicht?«

»Meins zum Beispiel?«

Er lehnt sich über den Tisch. »Ich muss zugeben, dass mir Ihres lieber ist als Rosies, Henrys und Roberts. Und ich bin Ihnen wirklich dankbar, wenn Sie es ab und zu und in seltenen Fällen mit mir aushalten.«

Es gelingt mir, mit den Schultern zu zucken und ein neutrales Lächeln aufzusetzen. Schließlich ist man nicht umsonst ein Vierteljahrhundert Fernsehmoderatorin gewesen. »Ich bitte Sie«, sage ich. »Ich leide nicht darunter.«

»Aber das haben Sie getan«, meint er und ist auf einmal ganz ernst. »Gelitten, meine ich. Sie haben es da oben in Ihrem Haus bestimmt nicht leicht, wenn einen die Dunkelheit allmählich verschluckt, habe ich recht?«

»Wie meinen Sie das? Sie schauen ja wohl hoffentlich nicht wieder in meinen Schädel?«

»Nur ein bisschen«, stellt er fest. »Ich sehe ein bisschen und errate den Rest. Und wer übersteht schon einen ganzen Winter da oben, ohne den Verstand zu verlieren? Die Heide ist letztlich nur etwas für Menschen, die in ihr geboren wurden. Zumindest im Winter. Prost übrigens.«

Wir trinken jeder einen Schluck Wein und sehen uns dabei

eine Sekunde zu lange in die Augen. Vielleicht bilde ich mir diese Sekunde aber auch nur ein, diese Art von Einschätzungen gehört eigentlich nicht mehr zu meinem Repertoire. Mein Gott, denke ich, wenn er jetzt die Hand über den Tisch ausstrecken und mich berühren würde, dann würde ich mir glatt in die Hose machen. Ich bin labil wie eine Vierzehnjährige.

Der junge Kellner, der Lindsey heißt und so sicher wie das Amen in der Kirche homosexuell ist, bringt unsere Teller, und wir beginnen zu essen. Ein Paar tritt in Begleitung eines alten Terriers ein, und es folgt ein Moment mit Hundebegrüßung und Hundegespräch, bis die Vierbeiner unter ihren jeweiligen Tischen zur Ruhe gekommen sind. Ich bin dankbar, weil mir das etwas Zeit gibt, mich zusammenzureißen. Mark Britton wischt sich den Mund ab.

»Gut, aber kein Fünf-Sterne-Menü. Wie war Ihr Essen?«

Wir haben uns beide für Fisch entschieden, ich für Kabeljau, er für Barsch.

»Völlig okay. Vier Sterne plus minus einen halben.«

»Ich hätte ihn auf niedrigerer Temperatur und langsamer pochiert«, erklärt er und nickt zu seinem Teller hin, »aber dann muss der Essensgast natürlich ein bisschen Geduld mitbringen. Hätten Sie Lust, sie einmal zu testen?«

Ich verstehe nicht, was er meint. »Was zu testen?«

»Meine Kochkünste. Sie könnten an einem der kommenden Abende zum Essen kommen, dann werden Sie ja sehen, wie gut ich bin.«

Ich bin völlig überrumpelt und muss mich gleichzeitig natürlich fragen, wieso. Was ist so seltsam daran, dass ein alleinstehender Mann eine alleinstehende Frau zum Essen einladen möchte?

»Sie zögern?«, stellt er fest, ehe ich eine Antwort herausbringe.

»Nicht doch. Natürlich nicht … ich meine, natürlich komme

ich gerne zum Essen zu Ihnen. Entschuldigen Sie bitte, ich bin im Umgang mit anderen Menschen manchmal ein wenig gestört.« Darüber lacht er. »Na, da sitzen wir im selben Boot. Ich…«

Er hält inne und wirkt für einen Moment verlegen.

»Ja?«

»Ich wusste ehrlich gesagt nicht, ob ich mich trauen würde, Sie zu fragen. Aber jetzt habe ich es getan.«

»Wollen Sie damit sagen, das war geplant?«

Er lächelt. »Ja, natürlich. Seit unserer ersten Begegnung habe ich darüber nachgedacht. Wenn Sie glauben, ich wäre so eine Art Dorfcasanova, muss ich Sie leider enttäuschen. Aber wenn es darum geht, Fisch zuzubereiten, bin ich wie gesagt ziemlich gut.«

»Danke«, sage ich. »Danke, dass Sie sich getraut haben. Aber wie wird Jeremy das aufnehmen? Akzeptiert er es, wenn Fremde zu Besuch kommen?«

Mark Britton breitet die Hände aus und macht ein entschuldigendes Gesicht.

»Er wird Sie sicher nicht begeistert umarmen. Sie werden ihn vermutlich feindselig finden, aber er lässt uns mit Sicherheit in Ruhe. Er hat genug mit sich selbst zu tun.«

Ich denke an diese Geste zurück, die er machte, als ich ihn am Fenster stehen sah. Überlege, ob ich sie erwähnen soll, denke dann jedoch, dass es noch warten kann. »Und was ist mit Hunden? Mag er Tiere? Ich komme nicht ohne Castor, ich hoffe, das ist Ihnen klar?«

Er lacht auf. »Die Einladung gilt für Sie beide. Was Jeremy angeht, so mag er Tiere sicher lieber als Menschen. Ehrlich gesagt habe ich auch schon darüber nachgedacht, mir einen Hund anzuschaffen, bin aber noch nicht dazu gekommen.«

Daraufhin gehen wir dazu über, uns über Hunderassen, Einsamkeit und die besondere Dunkelheit zu unterhalten, die in dieser Jahreszeit über der Heide liegt. Er behauptet, in manchen

Nächten, die nicht sternenklar sind, könnten Himmel und Erde die exakt gleiche schwarze Färbung annehmen, und dann sei es einfach nicht mehr möglich, sie zu unterscheiden, so als lebte man in einem blinden Universum. Oder als hätte die Vereinigung tatsächlich stattgefunden. Für den Verstand können diese Nächte gefährlich werden, sagt Mark Britton, selbst wenn man nicht hinausgeht, sich in die Heide stellt und es erlebt. Das Phänomen kriecht ins Haus und unter die Haut. Er kenne das schon aus seiner Kindheit in Simonsbath, manche Leute würden über Nacht verrückt, einfach so.

»Und wenn es so ist, muss man zu einem guten Freund gehen und etwas essen?«, frage ich.

»Richtig«, antwortet Mark Britton. »Man muss ein anderes Gesicht sehen als sein eigenes, genau wie ich gesagt habe. Sollen wir nächsten Freitag sagen? In einer Woche?«

Darauf einigen wir uns. Warum eine ganze Woche warten, denke ich, spreche die Frage jedoch nicht aus. Er erklärt mir, dass ich mit dem Auto bis zu seinem Haus fahren kann, obwohl es nicht so wirkt, und als wir *The Royal Oak* verlassen, begleiten Castor und ich ihn ein Stück die Straße hinauf, damit er uns zeigen kann, wo wir abbiegen müssen.

»Nur dreihundert verwinkelte Yards«, sagt er.

»Ich weiß«, erwidere ich. »Castor und ich sind sie gegangen, wenn auch aus der anderen Richtung kommend.«

Danach trennen wir uns mit einem schlichten Handschlag.

Ich wünschte, dass ich dies als Schlusspunkt des Tages betrachten könnte, aber das ist mir leider nicht möglich. Als wir zum Kriegerdenkmal hinunterkommen, an dem wir wie immer geparkt haben, steht er wieder da: der silberfarbene Mietwagen. Ich kann natürlich nicht sehen, dass er silberfarben ist, da dieser kleine Dorfmittelpunkt nur von einer einzigen Straßenbeleuchtung erhellt wird, die herabhängt und mit ihrem schmutzig gelben Licht im Wind schlenkert – kann aber ohne jeden Zweifel feststellen, dass es sich um dasselbe Auto handelt. Dieselben Zeitungen liegen auf dem Armaturenbrett, die polnische und die schwedische, und diesmal hat er so dicht neben mir geparkt, dass ich von der Beifahrerseite aus einsteigen muss.

Er? Warum schreibe ich *er*?

29

Ich muss mich dem stellen.

Meine Furcht ins Licht halten. Die unausgesprochenen Befürchtungen sind die schlimmsten, aber wenn du es wagst, dem Monster ein Gesicht zu geben, hast du schon halb gewonnen. Ich erinnere mich, dass Gudrun Ewerts häufig Bilder dieser Art benutzte, und als ich am Samstagmorgen nach einer chaotischen Nacht aufstehe, begreife ich, dass es soweit ist.

Was macht mir Angst?

Was bilde ich mir ein? Mein Ziel lautet doch nur, meinen Hund zu überleben. Oder?

Aber vorher das alltägliche Programm, sonst bricht alles zusammen. Ein Feuer anzünden und duschen. Castor aus dem Bett scheuchen. Das Bett machen. Meteorologische Beobachtungen.

Fünf Grad um neun Uhr. Mäßiger Wind, Nebel, die Sicht beträgt etwa fünfzig Meter.

Wir gehen in Richtung Dulverton; dort kennen wir die halbwegs trockenen Wege am besten, und dort begegnen wir an drei von vier Morgen den Ponys. Und während wir spazieren gehen, denke ich gründlich über alles nach. Versuche ich zumindest, Fragen zu formulieren, der Angst ein Gesicht zu geben. Nach Międzyzdroje zurückzukehren.

Also: Mehr als sechs Wochen sind inzwischen vergangen. Eineinhalb Monate. Falls es ihm tatsächlich gelungen sein sollte, sich zu befreien, muss er es innerhalb der ersten vierundzwanzig Stunden getan haben.

Sonst wäre er erfroren.

Von den Ratten aufgefressen worden.

Oder etwa nicht?

Okay, dann eben achtundvierzig Stunden. Maximal achtundvierzig Stunden. Dafür entscheide ich mich.

Nehmen wir also an, dass Martin seit dem fünfundzwanzigsten Oktober auf freiem Fuß ist. Am Leben ist. Heute haben wir den achten Dezember. Was soll er in dieser ganzen Zeit getan haben? Soll er mehr als vierzig Tage damit verbracht haben, nach mir zu suchen? Nach Berlin habe ich meine Spuren verwischt. Habe ich dabei etwas übersehen?

Hat er nach mir gesucht, ohne sich zu erkennen zu geben? Ist das denkbar? Höre ich nicht selbst, wie absurd das klingt? Aber ist es wirklich so absurd?

Hat er eine Spur gefunden, die nach England führt?

Einen silbernen Renault gemietet und eine neue Spur bis nach Exmoor verfolgt?

Hat er unser Auto gefunden? Es ist immerhin denkbar, dass das Kennzeichen auf einer Computerliste am Tunnelterminal in Calais registriert wurde, aber wie hätte er eine solche Liste in die Finger bekommen sollen?

Und Winsford?

Unsinn. Das passt alles nicht zusammen.

Aber wenn er sich nun doch, denke ich – rein hypothetisch –, aus dem Bunker befreit hat, dann muss er alles geheim gehalten haben. Irgendwie. Das lässt sich nicht bestreiten, er muss beschlossen haben, sich nicht zu erkennen zu geben. Alle glauben, dass wir in Marokko sind. Zumindest alle, über die ich einen Überblick habe. Gunvald. Synn. Christa. Bergman. Soblewski. G, wer immer das ist.

Und andere Menschen: die Kollegen im Affenstall, die Kollegen im Sandkasten, Violetta di Parma und unsere Nachbarn, zu denen wir keinen Kontakt haben ... ist es nicht so, dass jeder Dummkopf, der weiß, wer wir sind, auch weiß, dass wir uns auf Grund gewisser Unregelmäßigkeiten in einem Göteborger Hotel entschlossen haben, Schweden zu verlassen? *Zusammen*. Natürlich wäre ... wäre in den Mails irgendetwas aufgetaucht, wenn Martin sich plötzlich irgendwo gezeigt hätte und die Illusion und die Bedingungen, die ich so sorgsam zusammengeschustert habe, wie eine Seifenblase hätte platzen lassen? In Stockholm oder wo auch immer. Oder etwa nicht?

Oder etwa nicht?

Ich unterbreche mich ganz kurz, weil sich ein kleiner Vogel auf dem Rücken eines Ponys niederlässt. Nur zehn Meter von uns entfernt. Dort sitzt er und lässt einige Sekunden den Schwanz auf und ab wippen, ehe er weiterfliegt, und ich weiß nicht, ob das etwas Besonderes ist, aber ich glaube nicht, dass ich es je zuvor beobachtet habe. Das Pony hat sich jedenfalls nicht darum geschert, sondern seelenruhig weitergekaut.

Ich schüttele den Kopf und greife den Faden wieder auf: Wie ... *wie* hätte er es anstellen sollen, mich am Rande eines gottvergessenen Dorfs in Somerset zu finden? Wir wollten doch nach Marokko.

Das ist schon fast eine rhetorische Frage; seit ich Berlin verließ, habe ich weder meine Kreditkarte noch das Handy benutzt, ich habe einen anderen Namen angenommen, es gibt keine Verbindungen zwischen der fiktiven Schriftstellerin Maria Anderson und der früheren Fernsehpersönlichkeit Maria Holinek. Nicht die geringste.

Bei relativ hellem Tageslicht auf einem vertrauten Morgenspaziergang ist es nicht weiter schwierig, zu diesem Schluss zu kommen: dass ich mit Hirngespinsten ringe. Wenn Martin am Leben wäre, wüsste ich das. Alles andere ist abwegig. Alles andere sind Fantasien.

Es sei denn, er …

Ich halte erneut inne und denke nach. *Es sei denn, er verfolgt genau diese Strategie.*

Diese Art von Rache, genauer gesagt: mich langsam, unendlich systematisch und ausgeklügelt erkennen zu lassen, dass er mir auf der Spur ist … *revenge is a dish best served cold* … mich ahnen zu lassen, dass er weiß, wo ich mich aufhalte, um mich anschließend mit kleinen, winzig kleinen Mitteln derart zu verängstigen, dass ich die Schwelle zu einem Nervenzusammenbruch überschreite, ehe er schließlich … tja, ehe er was?

Könnte er sich so verhalten?

Diese Frage muss ich mir ernsthaft stellen. Wäre Martin Holinek, der Mann, mit dem ich Jahrzehnte meines Lebens Küche und Bett geteilt habe, in der Lage, so etwas durchzuführen? Stünde es … im Einklang mit seinem Charakter?

Entsetzt stelle ich fest, dass ich diese Frage nicht vorbehaltlos mit Nein beantworten kann.

Erst recht nicht, wenn ich den Umstand in Betracht ziehe, dass der Mensch, den er im Visier hat, ausgerechnet seine gesetzlich angetraute Gattin ist und dass diese versucht hat, ihm das Leben zu nehmen, indem sie ihn in einem Bunker voller hungriger Ratten einschloss – und muss ich nicht vielleicht und trotz allem gerade diesen nur schwer abschüttelbaren Umstand in meine Überlegungen einbeziehen?

Ich gehe weiter. Mir ist ein bisschen schlecht. Ich spüre den ersten Schleier dünnen, herantreibenden Regens und beschleunige meine Schritte, um möglichst rasch ins Haus zu kommen.

Aber wäre es auch durchführbar, frage ich mich. Theoretisch überhaupt möglich? Als ich ihn verließ, hatte er nur die Kleider, die er am Leibe trug. Wie soll er es angestellt haben?

Ein Helfer.

Der Gedanke schießt mir durch den Kopf, als wir die Mauer überqueren, die Darne Lodge von der Heide trennt, und mir wird schlagartig klar, dass diese Schlussfolgerung korrekt ist. Ergo: Wenn es Martin irgendwie gelungen sein sollte, bei lebendigem Leib aus diesem unglückseligen Bunker herauszukommen, muss er sich mehr oder weniger sofort einen Helfer besorgt haben. So ist es.

Jemanden, der sich auf seinen Plan eingelassen und ihm bei allen erforderlichen Maßnahmen geholfen hat. Schweigen, Geld, Unterstützung.

Aber wie, überlege ich. Wie soll er es angestellt haben, eine solche Person zu finden?

Wen?

Als wir im Haus sind, versuche ich die Sache von der anderen Seite zu betrachten, aus meinem Blickwinkel. Welche Indizien liegen mir vor? Welche Zeichen deuten darauf hin, dass es sich wirklich so verhält und der Literaturprofessor Martin Emmanuel Holinek am Leben ist und einen Plan verfolgt?

Ein silberfarbener Mietwagen, in dem zwei Tageszeitungen liegen?

Tote Vögel vor meiner Haustür? Aber im Fall der Fasane sind mittlerweile mehrere Wochen vergangen. Kann Martin sich wirklich schon so lange in Exmoor aufgehalten haben?

Nein, denke ich. Das kommt nicht hin. Es ist ausgeschlossen, weil es völlig abwegig wäre. Wenn er hier wäre, hätte er mich längst getötet.

Ich weiß nicht, wie sehr ich von der Richtigkeit dieser Schlussfolgerung überzeugt bin, verfluche mich aber dennoch selbst. Verfluche mich dafür, dass ich mir bei keiner der beiden Gelegenheiten, die sich mir boten, das Kennzeichen des Wagens notiert habe. Mit der richtigen Taktik sollte es nicht unmöglich sein herauszufinden, wer ihn bei Sixt gemietet hat.

Sollte ich eine dritte bekommen, werde ich sie nutzen.

Als wir schon eine ganze Weile zu Hause sind, fällt mir noch etwas ein: dass es für einen lebenden Martin Holinek natürlich genauso leicht ist wie für mich selbst, in ein Internetcafé zu gehen und seine Mails zu lesen. Zum Beispiel… zum Beispiel die Nachrichten zu lesen, die er selbst dem einen oder anderen Empfänger geschickt hat.

Und daraufhin muss er sich ja wohl fragen, wer sich in seiner Abwesenheit so umsichtig um seine Mails kümmert? Kommt dafür überhaupt mehr als ein Kandidat in Frage?

Von Computern mit eigenen, einmaligen IP-Adressen aus. Denn ich habe nicht unsere eigenen benutzt, weder in Minehead noch in Winsford. Wie ist das eigentlich?, frage ich mich, wenn man diese Nummer, diese Adresse kennt, kann man dann auch herausfinden, wo auf der Welt der betreffende Computer steht?

Könnte es so gelaufen sein? Ist er so vorgegangen?

Ich verwerfe diese Möglichkeit. Martin versteht genauso wenig von Computern wie ich selbst und interessiert sich ebenso wenig für sie.

Bliebe noch sein Helfer.

Ich verwerfe auch ihn (sie?). Lege zwei Holzscheite ins Feuer und schenke mir ein Glas Portwein ein. Trinke zwei große Schlucke, woraufhin meine Übelkeit abebbt.

Hole die Kartenspiele heraus, bin viel zu unkonzentriert, um lesen zu können. Nicht einmal über John Ridd und Lorna Doone, »a simple tale told simply«.

Verwerfe die bleichen Hypothesen der Angst.

Denn Martin Holinek ist tot. Wir begegneten uns an einem Junitag vor vierunddreißig Jahren bei einem Gartenfest in der Stockholmer Altstadt. Wir führten ein gemeinsames Leben, und nun ist er fort. Natürlich. Aufgefressen von Ratten und nicht mehr zu identifizieren, falls irgendein neugieriger Strandspaziergänger an der polnischen Ostseeküste eines Tages auf die Idee kommen sollte, einen Blick in einen alten, verdreckten Bunker zu werfen.

So ist es. Ich habe es bisher nur nicht mit solch brutaler Deutlichkeit formulieren wollen. Stattdessen habe ich es genau wie der Schriftsteller E gemacht: es zwischen den Zeilen stehen lassen. Sie werden mir dieses Detail nachsehen müssen, Gudrun Ewerts, wenn Sie diese Zeilen in Ihrem Himmel lesen.

Ich vergewissere mich, dass ich die Tür abgeschlossen habe, leere mein Portweinglas, schenke mir ein neues ein und mache mich an »die Harfe«.

30

Als Martin fünfzig wurde, schenkte ich ihm ein verlängertes Wochenende in New York. Das war im September 2003, wir kamen an einem Donnerstagnachmittag an und reisten vier Tage später wieder ab. Wir wohnten in einem Hotel in der Lexington Avenue, ziemlich nahe der Grand Central Station, und ich verließ in dieser Zeit nicht ein einziges Mal unser Zimmer.

Der Grund war eine heftige Magendarminfektion, die sich schon beim Landeanflug auf Newark bemerkbar gemacht hatte und den Taxifahrer auf dem Weg nach Manhattan zwei Mal zum Anhalten zwang.

Ich musste schlichtweg in der Reichweite einer Toilette bleiben und dachte wahrscheinlich, dass ich nach ein paar Stunden das Schlimmste überstanden hätte – oder zumindest nach einem Tag –, was aber nicht der Fall war. Bis zum Sonntagabend konnte ich keinen Bissen bei mir behalten, und als wir tags darauf in unser Flugzeug stiegen, war ich sehr froh, dass ich uns auf Grund des besonderen Anlasses dieser Reise Plätze in der Business Class gegönnt hatte. Hätte ich in der Economy Class gesessen, hätte ich mich wieder übergeben, da war ich mir vollkommen sicher.

Am ersten Abend verhielt Martin sich solidarisch, ging nur für eine Stunde in die Hotelbar und verbrachte die restliche Zeit mit mir in Zimmer Nummer 1828. Es lag im achtzehnten Stock, so dass man zumindest eine ziemlich gute Aussicht hatte. Nach

Süden und Osten, über Downtown und den East River nach Brooklyn am anderen Ufer hinüber. Von Anfang an, schon an diesem ersten Abend, sagte ich zu Martin, es sei seine Reise, und sie sei ganz sicher nicht so gedacht gewesen, dass er mir zuliebe in einem Hotelzimmer hocken und Trübsal blasen müsse. Keiner von uns kannte die Stadt sonderlich gut (Synn war noch nicht dorthin gezogen, dazu kam es erst ungefähr drei Jahre später, was unsere Besuchsfrequenz jedoch nicht im Geringsten erhöhte), und es gab keinen Grund, im Hotel zu bleiben.

Es war nicht weiter schwer, ihn zu überreden. Am Freitag ging er nach dem Frühstück aus, kehrte um sechs zurück, duschte, trank einen Whisky und machte sich wieder auf den Weg. Wenn ich mich recht erinnere, stolperte er irgendwann gegen halb drei ins Bett.

Am Samstag wachte Martin gegen elf auf und erkundigte sich, ob mir noch immer schlecht sei. Ich musste zugeben, dass dies leider der Fall war, er schlief wieder ein, stand eine Stunde später auf und fragte nach einer weiteren Dusche, ob dies heiße, dass ich keine Lust habe, mit ihm essen zu gehen.

Ich gestand, dass auch dies eine korrekte Einschätzung der Lage war, und er verließ mich um kurz nach zwei.

Dreizehn Stunden später kehrte er in einem neuen, jedoch leicht schmutzigen Anzug zurück. Ich fragte ihn, woher er ihn habe, und er erklärte, er habe ihn in der Fifth Avenue gekauft, er habe ihn sich selbst zum Geburtstag geschenkt. Ich wollte wissen, wo seine alten Kleider hingekommen seien, die er angehabt hatte, als er ausging, und er erzählte mir, er habe sie auf dem Union Square einem Obdachlosen geschenkt.

Er schlief halb angezogen ein, ohne sich zu erkundigen, wie es um meine Magenbeschwerden stand.

Am Sonntagmorgen erwachte ich früh, stand auf und übergab mich. Ich begriff, dass es die Banane war, die ich in der Nacht gegessen hatte, und fragte mich, ob es mir überhaupt möglich sein würde, mich am nächsten Tag in ein Flugzeug zu setzen. Außerdem ärgerte ich mich ziemlich über Martin und wünschte mir, wir hätten getrennte Zimmer genommen. Gleichzeitig fühlte ich mich schuldig, denn wenn er sich schon ausnahmsweise in der Stadt der Städte befand, war es natürlich nur recht und billig, dass er ausging und sich amüsierte.

Aber gegen die eigene Verärgerung lässt sich so nicht argumentieren, und als er mich zwei Stunden später, am frühen Nachmittag, verließ, war ich vor allem dankbar. Ich bat ihn nicht, mir zu erzählen, was er an den beiden vergangenen Abenden unternommen hatte, und auch nicht, wie seine Pläne für den dritten und letzten aussahen. Er selbst schien auch kein gesteigertes Interesse zu haben, mich darüber zu informieren, man kann also sagen, dass wir uns in diesem Punkt einig waren. Außerdem war ich von meinen zahlreichen Toilettenbesuchen so erschöpft, dass ich dachte, von mir aus kann er sich gerne im Hudson ertränken.

Oder warum nicht gleich im East River, dann konnte ich ihm von meinem Fenster aus dabei zusehen.

In dieser Nacht klingelte das Telefon um Viertel nach eins. Es war die Polizeiwache in der zehnten Straße im Greenwich Village. Jemand, der sich Sergeant Krapotsky nannte.

Er fragte, ob er mit einer Mrs Holinek spreche, was ich bestätigte. Worum ging es?

War ich eventuell mit einem gewissen Martin Holinek verheiratet, wollte Sergeant Krapotsky wissen.

Ich bekräftigte auch das.

Very good, stellte Krapotsky fest. Wir haben Ihren Mann auf unserer Wache eingesperrt. Würden Sie bitte so freundlich sein, zu uns zu kommen und ihn abzuholen.

Was hat er getan?, fragte ich.

Das wollen Sie nicht wissen, antwortete Krapotsky. Aber wenn Sie einfach vorbeischauen und ihn abholen, werden wir einen Schlussstrich unter die ganze Angelegenheit ziehen.

Ist er betrunken, fragte ich.

Ist die Erde eine Kugel, entgegnete Krapotsky. Gibt es Wasser im Meer?

Ich verstehe, sagte ich. Nun ist es aber leider so, dass ich krank bin und es für mich leider ein wenig schwierig ist, quer durch die Stadt zu fahren. Morgen reisen wir übrigens nach Schweden zurück, dann sind Sie ihn auf jeden Fall los.

Ich weiß, erwiderte Krapotsky. Er sagt, er habe für morgen früh einen Flug gebucht. Deshalb will ich ja, dass er hier wegkommt.

Sagt er noch mehr?

Er sagt, dass er versucht habe, in den Fußstapfen von Dylan Thomas zu wandeln, und dass dies ganz hervorragend funktioniert habe. Ich weiß nicht, ob das in Ihren Ohren irgendeinen Sinn ergibt, aber das hat er wortwörtlich gesagt, bevor er wegdämmerte. Die Fußstapfen von Dylan Thomas, ich weiß nicht, was das bedeutet.

Ich glaube, ich verstehe, erklärte ich. Aber unser Flug geht erst morgen Nachmittag. Können Sie ihn nicht einfach seinen Rausch ausschlafen lassen, und ich hole ihn dann auf dem Weg nach Newark mit dem Taxi ab?

Einen Augenblick, sagte Sergeant Krapotsky. Das muss ich erst kurz mit meinem Chef besprechen.

Für etwa eine Minute blieb es still im Hörer. Ich blickte auf die Skyline des südlichen Teils von Manhattan hinaus. Sie ist wirklich beeindruckend. Dann meldete sich der Sergeant wieder.

Okay, sagte er. Mein Boss sagt, das geht in Ordnung. Um wie viel Uhr kommen Sie vorbei?

Passt es so gegen zwei, fragte ich.

Das passt ausgezeichnet, antwortete Krapotsky. Wenn Sie ihn haben, bringen Sie bitte seinen Pass mit, und grüßen Sie ihn von mir. Die Adresse ist 112 West 10th Street. Ich werde dann nicht mehr im Dienst sein. Danke für Ihr Entgegenkommen.

Ich habe zu danken, erwiderte ich und legte auf.

»Ich will nicht darüber reden. Niemals und mit niemandem.«

Das war das Erste – und im Großen und Ganzen Einzige –, was Martin auf der Taxifahrt nach New Jersey am folgenden Nachmittag sagte. Ich sah ihm an, dass er den Tränen nahe war, und mir kam der Gedanke, wenn ich nicht an meinen empfindlichen Magen hätte denken müssen, hätte ich seine Hand genommen und ihm gesagt, dass ich ihm verzieh, ganz gleich, was es eigentlich zu verzeihen gab. Aber das tat ich nicht. Er trug noch immer seinen Anzug aus der Fifth Avenue, aber es war kaum zu glauben, dass er nur zwei Tage alt war. Eher zwanzig Jahre, und so endete seine kurze Karriere denn auch in einem Papierkorb auf dem Flughafen. Später sah ich auf einer Quittung, dass er 1 800 Dollar gekostet hatte, was ungefähr dem Preis für das Hotel entsprach, aber ich nahm an, dass auch dies ein Teil der Übereinkunft war: Wir würden diese Angelegenheit nicht durchkauen.

Doch das Seltsame und der Grund dafür, dass ich in Gedanken gelegentlich zu unseren vier Tagen in New York zurückgekehrt bin, ist die plötzliche Zärtlichkeit, die ich für Martin empfand. Als ich ihn von dieser Polizeiwache in Greenwich Village abholte, als wir schweigend auf der Rückbank des Taxis saßen und jeder von uns durch sein Seitenfenster hinausschaute, als er auf dem Flughafen auf der Toilette war und sich umzog. Ich hätte vor Wut in die Luft gehen müssen, auch wenn es mir nicht liegt, solche Höhen zu erreichen, doch stattdessen war ich von den entgegengesetzten Gefühlen erfüllt. Dieser verkaterte arme Tropf war zwar ein fünfzigjähriger Literaturprofessor, aber er war auch ein kleiner Junge, der sich verirrt hatte, und wenn ich nicht immer noch unter den Nachwirkungen meines Magendarmvirus gelitten hätte, dann hätte ich ihm das vielleicht auch gesagt. Dass er mir wirklich leidtat. Dass es da etwas gab, was an diese Sache erinnerte, die man Liebe nennt; in diesen ganz speziellen Stunden unserer langen Ehe.

Vielleicht hätte es ihn gefreut, wenn ich etwas gesagt hätte.

Vielleicht hätte es etwas geändert.

Ein paar Tage später erzählte ich trotzdem Christa davon, das tat ich natürlich. Nicht von meinem zärtlichen Gefühl, nur den Rest. Ich weiß noch, dass sie lachte, aber ich merkte, dass sie es tat, weil die Situation es erforderte, und ich dachte, dass sie in ihrem eigenen Leben sicher Erfahrungen gemacht hatte, die dieser ähnelten.

Du kennst doch sicher den Unterschied zwischen einem fünfzehnjährigen und einem fünfzigjährigen Mann?, fragte sie rhetorisch und um unseren distanzierten Ton beizubehalten. Nun, vierzig Kilo und genug Geld, um seine idiotischen Träume zu verwirklichen.

Ich habe manches Mal das Gefühl gehabt, dass das Leben genauso armselig ist, wie diese Zusammenfassung bezeugt.

Und dass wir im Grunde über nichts nachgrübeln sollten.

Ich selbst wurde ein paar Jahre später fünfzig und reiste ohne Martin nach Venedig, es war ein Geschenk, das ich mir gewünscht hatte und für das die Familie zusammengelegt hatte. Als meine Tochter mich fragte, warum ich beschlossen hatte, alleine zu reisen, antwortete ich, dass ich all die Jahre einen heimlichen Geliebten in der Stadt gehabt habe, und das brachte sie zum Schweigen.

Ich sah ihr jedoch an, dass sie sich nicht hundertprozentig sicher war, ob das ein Witz sein sollte oder nicht.

Ich sah auch, dass sie *hoffte*, ich hätte keinen Witz gemacht, und das machte mich traurig, unsäglich traurig.

Nun fuhr ich ja gar nicht allein. An vier von fünf Tagen war

Christa mit mir in der magischen Stadt, und das mit der Asche im Kanal habe ich ja schon erzählt.

Aber diese Zärtlichkeit in New York. Wo kam sie her? Wohin verschwand sie?

31

Der Regen peitscht gegen das Schlafzimmerfenster, und die Morgendämmerung hat eine Farbe wie altes Fleisch. Castor schläft zu meinen Füßen tief und fest; ich wünschte, man könnte einem Hund wenigstens beibringen, Feuer im Kamin zu machen, damit man selbst ein einziges Mal aufstehen dürfte, ohne gleich zu frieren. An vierzig Tagen sind wir inzwischen in Darne Lodge eingeschlafen und wieder aufgewacht, und ich frage mich nicht mehr, wo ich bin, wenn ich am Morgen die Augen aufschlage.

Ich wohne hier mit meinem Hund. In einem abseits gelegenen Steinhaus, das einst erbaut wurde, um einem missratenen Sohn wenigstens ein Dach über den Kopf zu geben. Er fühlte sich hier so wohl, dass er sich später erhängte. Ich bleibe noch eine Weile liegen und überlege, wo genau. Stabile Deckenbalken gibt es sowohl hier als auch im Wohnzimmer, vielleicht baumelte er ja sogar von dem Balken direkt über meinem Bett herab? Obwohl das Bett dann woanders gestanden haben müsste, was allerdings durchaus möglich ist. Das Zimmer ist eigentlich groß, hat sicher dreißig Quadratmeter, aber die geizig bemessene Deckenhöhe sorgt dafür, dass es einem kleiner vorkommt; ich denke, dass er ein ziemlich kurzes Seilende benutzt haben muss, sonst hätten die Füße den Fußboden erreicht.

Andererseits, überlege ich anschließend, andererseits habe ich schon von Leuten gehört, die sich an Türklinken und Heizkörpern erhängt haben. Für einen geschickten Burschen ist alles möglich. Und dass sich in mehr als zweihundert Jahren nicht mehr als zwei Menschen in dem Haus das Leben genommen haben, sollte man wohl eher positiv sehen. Wenn man die Heide bedenkt. Wenn man den Regen, den Nebel und die Dunkelheit bedenkt.

Ich stehe auf. Mache Feuer, setze mich an den Tisch und halte die Wetterbeobachtungen von heute im Kalender fest. Dienstag, elfter Dezember. Sechs Grad um Viertel vor neun Uhr morgens. Starker Wind aus Südwest und Regen, der wohl so schnell nicht aufhören wird.

Draußen auf der Heide taucht im Zwielicht schemenhaft eine Herde Ponys auf. Sie scheinen im Matsch stecken geblieben zu sein. Ich betrachte sie eine Weile, aber sie rühren sich nicht vom Fleck. Ich gehe duschen und ziehe mich an. Der vorletzte Slip, heute muss ich es endgültig zum Waschen nach Minehead schaffen. Ich ziehe die Decke von Castor weg und erkläre ihm die Lage.

Er gähnt ausgiebig und leckt an meinem Ohr. Ich erinnere ihn daran, dass ich ihn liebe. Meine Angst halte ich unter Verschluss.

Ungefähr zehn Stunden später habe ich alle Arbeiten des Tages erledigt, hole die braune Reisetasche heraus und denke, dass es eventuell zum letzten Mal geschieht. Jedenfalls muss ich an diesem Abend die letzten Seiten des Tagebuchs schaffen. Es sind nicht mehr als zehn. Mit den maschinengeschriebenen Seiten und der Datei im Computer habe ich mich noch nicht näher beschäftigt.

Das Letzte, was ich über Taza las, war die Schlussszene des neunundzwanzigsten Juli gewesen. Tom Herold hatte gebrüllt wie ein angeschossener Löwe, und Bessie Hyatt hatte sich in den Pool geworfen.

Ich blättere zum dreißigsten.

»Die ganze Sache kommt einem immer bedrohlicher vor«, schreibt Martin. »Es ist mir einfach nicht möglich, es zu ignorieren. Heute Morgen habe ich die Vorstellung vom gestrigen Abend mit Grass und Soblewski diskutiert, und die beiden sind genauso besorgt wie ich. Außerdem kam ein Umstand zur Sprache, der die Situation noch zusätzlich verschärft. Soblewski hat ein privates Gespräch mit Herold geführt und dabei erfahren, dass der große Dichter unfruchtbar ist. Er kann keine Kinder zeugen, was der Grund für das Scheitern seiner ersten Ehe gewesen ist. Was wiederum bedeutet …«

Er geht nicht näher darauf ein, was es bedeutet, da es auch so auf der Hand liegt. Herold ist nicht der Vater des Kindes, das im Bauch seiner Frau wächst, Bessie hat tatsächlich einen Liebhaber, zumindest ist sie mit einem anderen Mann zusammen gewesen. Martin glaubt jedoch nicht, dass etwas an der Geschichte dran ist, sie sei von einem Araber namens Ahib vergewaltigt worden, was Grass und Soblewski offensichtlich auch nicht glauben. Das ähnele zu sehr einem umgekehrten Othello, und alle drei meinen sich denn auch zu erinnern, dass es in der Vorstellung am Vortag einige Leihgaben aus Shakespeares Drama gegeben hat.

Martin gibt das Gespräch mit Grass und Soblewski auf eineinhalb Seiten wieder, gefolgt von einer Leerzeile, und in der restlichen Zusammenfassung des dreißigsten Juli geht es dann darum, was am Abend geschieht.

Was nicht besonders viel ist. Keine Spur von der Dramatik des Vortags. Herold und Hyatt benehmen sich fast wie ein frisch verliebtes Paar, sie sitzt die meiste Zeit der Abendmahlzeit auf seinem Schoß, oder wenigstens dicht neben ihm, und die beiden streicheln und küssen sich einigermaßen ungeniert. Martin schreibt, dass sie sich »aufführen wie zwei Turteltauben, es sieht so aus, als könnten sie es gar nicht erwarten, sich auszuziehen und miteinander ins Bett zu gehen, ich weiß nicht, was ich davon halten soll? Außerdem ist ihr Verhalten offenbar ansteckend, denn Martin stellt fest, dass Doris Guttmann ein Auge auf den wie immer anwesenden Russen Gusov geworfen hat. Überhaupt ist der Abend von einer liebevollen, um nicht zu sagen erotischen Atmosphäre geprägt, und so hebt man die Tafel auch ungewöhnlich früh auf. Sogar das französische Paar scheint zu turteln, und dasselbe Trio wie am Vormittag, Martin, Grass und Soblewski, bleibt an einer Ecke des Tisches alleine zurück. Dort sitzen die drei noch einige Zeit zusammen, trinken Single Malt Whisky, naschen Oliven und sind offenbar ein wenig enttäuscht vom Verlauf des Abends. Martin schreibt natürlich nicht, dass er enttäuscht ist, aber ich kann es aus seinem Tonfall herauslesen. In einer einsamen Schlusszeile stellt er fest:

»Unsere Sinne betrügen uns nie, in unseren Köpfen gehen wir in die Irre. Immer in unseren Köpfen.«

Ich lese die Zeilen noch einmal und versuche zu verstehen, was er mit diesen Worten meint, komme jedoch zu keinem Schluss, höchstens, dass es sich um ein Zitat handeln könnte, und möglicherweise auch, dass es nach schottischen Destillerien riecht.

Der folgende Tag, der einunddreißigste Juli, wird von einem Besucher in Al-Hafez geprägt. Es ist der belgische Künstler Pieter Baertens, der ein großes Ölgemälde, eine Auftragsarbeit, abliefert, und Martin beschreibt umständlich, wie das Bild ausgerollt, aufgespannt, begafft, bewundert und kommentiert wird. Es stellt Salome und den Kopf Johannes des Täufers auf einer Platte dar und ist mindestens sechs Quadratmeter groß. Baertens hat außerdem seine Frau »oder Geliebte oder was auch immer« dabei, die Japanerin ist und unübersehbar als Salome Modell gestanden hat. Allem Anschein nach ist Baertens ein ziemlich renommierter und erfolgreicher Künstler, und Grass erläutert Martin hinter vorgehaltener Hand, dass eine solche

Auftragsarbeit mit Sicherheit um die 100 000 Dollar kosten dürfte.

Andererseits ist Herold noch nie dafür bekannt gewesen, am Hungertuch zu nagen. Am Abend verspeist man natürlich ein besonders üppiges Mahl, die namenlosen Diener müssen für ihren Lohn, »wie hoch er auch sein mag«, wirklich schuften, und es kommt zu keinen ernsteren Zwischenfällen. Gegen Mitternacht badet man nackt im Pool, alle außer Megal, der vorgibt, für so etwas sei er zu alt, und Bessie, die ihren ominösen Bauch nicht vorzeigen will.

Hier wäre durchaus eine Reflexion über anschwellende Bäuche angebracht gewesen, denn daheim in Stockholm gibt es einen solchen in der Folkungagatan – wenn mich nicht alles täuscht außerdem bedeutend dicker als Bessie Hyatts –, aber es fällt Martin nicht ein, solche Vergleiche anzustellen.

Stattdessen hält er nüchtern fest, dass er mit einer rätselhaften Hypnotiseurin und einer ungeheuer zierlichen Japanerin auf der Netzhaut ins Bett geht. Man beachte: auf der Netzhaut.

Bleibt ein Tag. Nur vier Seiten, das freut mich.

Der erste August beginnt mit dem Satz: »Ich sollte hierüber nicht schreiben.« Wenn ich recht sehe, sitzt er am Arbeitstisch in seinem Zimmer und tut es trotzdem. Jedenfalls ist es ungefähr fünf Uhr morgens, also eigentlich schon der zweite August, und er sitzt dort, weil er auf das Morgengrauen wartet.

Im Morgengrauen soll er sich nämlich auf eine kurze Wanderung in die wüstenartige Landschaft hinausbegeben, die gleich außerhalb der Mauern von Al-Hafez beginnt. Er soll dies in Begleitung der fünf anderen Schauspieler männlichen Geschlechts tun. Ich bin es, die das Wort »Schauspieler« benutzt, nicht Martin, denn der Gedanke, dass es sich um ein Theaterstück handelt, stellt sich in dieser Phase immer wieder mit geradezu überdeutlicher Selbstverständlichkeit ein. Ich lese zudem alles, was Martin über den Tag und Abend schreibt, zwei Mal sogar, um sicherzugehen, dass ich nichts falsch verstanden habe.

Also dann, in groben Zügen. Der belgische Künstler Baertens nimmt seine japanische Salome und geht irgendwann am Nachmittag von der Bühne ab. Martin gönnt sich eine einstündige Siesta in seinem Zimmer, und etwas später sitzt die übliche Truppe um den Tisch auf der Terrasse versammelt zusammen. Martin stellt fest, Bessie Hyatt habe »einen ihrer trüberen Tage«. Er beschreibt ihre Erscheinung als »ein verletztes Reh« und als »ein Vogel, der zu nahe an die Sonne geflogen ist und sich verbrannt hat«. (Ich beschließe, keine weiteren *sic!* zu verteilen, und mache einfach weiter.) Sie verlässt die Abendgesellschaft zudem nach weniger als einer Stunde, kehrt zwar kurz darauf noch einmal zurück, aber nur, um Gute Nacht zu sagen und den Herren viel Glück zu wünschen.

Zu diesem Zeitpunkt weiß Martin noch nicht, was dieser Segenswunsch bedeuten soll, aber später wird er sich erinnern, dass sie offenbar eingeweiht war und gewusst haben muss, was kommen würde. Als die Mahlzeit halbwegs beendet ist, erklärt Tom Herold, er verlange von den anwesenden Männern, dass sie – als Beweis ihrer Wertschätzung und Dank für die ihnen erwiesene Gastfreundschaft – sich einverstanden erklärten, an einem wissenschaftlichen Experiment teilzunehmen. Er geht weder auf den Inhalt noch den Zweck des Experiments ein, das wird sich hinterher zeigen; er setzt voraus, dass sie ihm vertrauen und sich wie gute und zivilisierte Gentlemen verhalten. Als alle sich bereiterklärt haben, diese Bedingungen zu akzeptieren – nur Gusov versucht aus irgendeinem Grund, sich der Sache zu entziehen, wird aber schnell überredet –, holt Herold drei Wasserpfeifen, die paarweise verteilt werden. Martin sitzt mit Soblewski zusammen. Womit die Damen während dieser Vorbereitungen beschäftigt sind, lässt sich Martins Text nicht entnehmen.

Dann zündet man eine Mischung aus Tabak und etwas anderem an. Martin versucht zu beschreiben, was in seinem Kopf passiert, aber es will ihm nicht recht gelingen. Jedenfalls muss er nach einer Weile eingeschlafen sein, da er schreibt, er sei gegen zwei Uhr aufgewacht, immer noch auf der Terrasse, doch nun, genau wie die anderen, auf dem Boden liegend. Hier und da brennen noch Laternen, aber die drei Damen sind verschwunden. Tom Herold und Grass sind wach, die anderen erwachen gerade zum Leben. Als alle wieder bei Bewusstsein sind, wird ihnen Wasser angeboten. Martin schreibt, dass er größeren Durst hat als je zuvor in seinem Leben. Als alle ihren Durst gestillt und ihre Plätze an der Tafel wieder eingenommen haben, zieht Herold aus einer großen schwarzen Lade, die vor ihm steht, sechs Revolver. Er fragt, wie viele der Herren mit Schusswaffen vertraut sind. Wie sich herausstellt, sind das außer Grass alle, und Martin vermutet, dass die anderen wie er selbst eine Art Militärdienst absolviert haben. Herold demonstriert, ohne einen Schuss abzufeuern, wie ein Revolver funktioniert. Martin stellt fest, dass alle sechs identisch aussehen, anscheinend handelt es sich um das gleiche Fabrikat. Als alle angeben, verstanden zu haben, lädt Herold die Waffen, sechs Patronen in jede Trommel. »Manche Patronen sind scharfe Munition, andere sind bloß Platzpatronen«, erläutert er. »Da sie gleich laut knallen, ist es nicht leicht, die eine Sorte von der anderen zu unterscheiden. Natürlich nur, wenn wir die Wirkung außer Acht lassen.«

Martin wiederholt den letzten Satz und unterstreicht ihn in seinem Text. Natürlich nur, wenn wir die Wirkung außer Acht lassen.

Als diese Demonstration und die Informationen überstanden sind, erkundigt sich Tom Herold, ob jemand eine Frage habe.

Das ist nicht der Fall.

So steht es dort tatsächlich. Keiner hat eine Frage, was Martin nicht einmal kommentiert. Ich nehme an, dass er und die anderen noch benebelt sind von dem Zeug, das sie geraucht haben und das sie einschlafen ließ.

»Also schön«, sagt Tom Herold. »Im Morgengrauen gehen wir in die Wüste hinaus. Um Punkt sechs Uhr werdet ihr in euren Zimmern abgeholt.«

Mit diesen Worten endet das Tagebuch aus Taza.

32

Es mag Schriftsteller geben, die Freude daran fänden, für ein Theaterstück ein solches Ende auszuklügeln, aber ich kann mir beim besten Willen nicht vorstellen, dass die Zuschauer ihm applaudieren würden.

Ich überprüfe, dass keine Seiten herausgerissen wurden. Das ist schnell getan, außerdem endet Martins Text mitten auf einer Seite. Anschließend hole ich die maschinengeschriebenen Bögen. Gehe sie eine halbe Stunde lang durch; lese, blättere und stelle fest, dass es sich zu drei Vierteln um Abschriften von Material aus den Tagebüchern handelt. Nichts aus Marokko, ausschließlich Griechenland. Außerdem ein paar kürzere, unabhängige Texte: Naturschilderungen von Samos, ein kurzer Essay über Kavafis und Odysseas Elitis, ein paar Seiten, die den Anfang einer Erzählung zu bilden scheinen. Fünf Seiten mit kurzen Gedichten, manche von ihnen in Haiku-Form.

Das ist alles. Nirgendwo eine Fortsetzung aus Al-Hafez in Taza. Nicht eine Seite, nicht eine Zeile, in der es darum geht. Es gibt gute Gründe anzunehmen, dass alles in die Maschine Getippte vor dem Sommer 1980 zusammengestellt wurde.

Ich lege die Blätter zur Seite und werfe einen Blick auf die Uhr. Es ist ein paar Minuten nach elf. Ich lasse Castor zu seiner Pinkelrunde hinaus und denke nach. Soll ich sofort anfangen, in den Dateien auf der Festplatte des Notebooks zu suchen, oder bis morgen warten?

Bessie Hyatt nahm sich im März 1981 das Leben, das habe ich recherchiert. Acht Monate nach den Ereignissen in Taza. Und sie bekam kein Kind, das weiß ich auch. Martin deutete Bergman gegenüber an, dass er einen Stoff besitze, den er dreißig Jahre unter Verschluss gehalten habe. Er muss das hier gemeint haben, denke ich. Es muss darum gehen, was am 2. August 1980 im Morgengrauen geschah, als sechs Männer mit Revolvern bewaffnet in die Wüste hinausgingen.

Was Martin dazu veranlasste, sein Tagebuch abzubrechen und Al-Hafez zu verlassen.

Ich kann dir ohne Weiteres acht Übersetzungen versprechen, hatte Bergman gesagt. Wie konnte er das wissen? Hatte Martin ihm etwas erzählt? Oder hatten seine vagen Andeutungen bereits ausgereicht?

Castor kehrte zurück. Ich legte drei neue Holzscheite aufs Feuer und holte Martins Notebook.

Ich hatte den »Taza« benannten Ordner bisher nicht geöffnet, aber als ich es nun tat, sah ich, dass er zwei Dokumente enthielt. Ich klickte die erste Datei an und erkannte rasch, dass es sich um eine Abschrift des Tagebuchs handelte. Von allen vier Sommern, wenn ich recht sah. Was war ich nur für eine Idiotin gewesen; ich hätte die Texte am Bildschirm lesen können, statt mich mit Martins kryptischer Handschrift herumschlagen zu müssen. Es mochte Unterschiede zwischen den beiden Texten geben, er hatte natürlich einiges bearbeitet und umgeschrieben, aber als ich die ersten beiden Tage durchging, fielen mir keine entscheidenden Unterschiede ins Auge.

Ich sprang zum Ende der Datei.

Und biss mich in die Wange, als ich entdeckte, dass der Text im Computer an der exakt gleichen Stelle endete wie das handgeschriebene Tagebuch.

Nein, nicht ganz. Er hatte zwei Zeilen hinzugefügt. Fünf kurze Sätze.

»Sitze hier und warte. Fühle mich seltsam, das Zeug, das wir geraucht haben, wirkt eindeutig noch. Schon lässt sich das Morgengrauen erahnen. Ich weiß nicht, was passieren wird. Das Ganze kommt mir vor wie ein Traum.«

Damit enden die Aufzeichnungen. *Das Ganze kommt mir vor wie ein Traum*. Ich schloss die Datei und kehrte zu dem Ordner zurück, um die zweite zu öffnen, die er kurz und bündig »Im Morgengrauen« benannt hatte.

Ich klickte sie an.

Sie ließ sich nicht öffnen. Stattdessen wurde mir mitgeteilt, dass ein Passwort erforderlich sei.

Ein Passwort, dachte ich. Martin Holinek? Da brat mir doch einer einen Storch (mal wieder mein Vater).

Ich widerholte die Prozedur mit dem gleichen Ergebnis. Die Datei »Im Morgengrauen« konnte nur geöffnet werden, wenn man das richtige Passwort eingab.

Es war nicht zu erkennen, wie viele Zahlen oder Buchstaben erforderlich waren. Ich spürte, wie pulsierender Ärger in mir aufstieg. Martin hatte häufig Probleme, sich die Geheimzahl seiner Bankkarte zu merken. Er erinnerte sich an seine eigene Personennummer, aber nicht an meine oder die unserer Kinder. Er hasste PIN-Codes. Aber diese Datei hatte er mit einem Passwort geschützt.

Immerhin konnte man sehen, wann sie angelegt worden war und wann er sie zuletzt geöffnet hatte. Am zwanzigsten September 2009 beziehungsweise am fünfzehnten Oktober 2012. Sie war also nicht besonders alt, nur drei Jahre, weshalb ich annahm, dass es eine Vorlage gegeben hatte. Und geöffnet – und möglicherweise bearbeitet und ergänzt – hatte er das Dokument noch in der Woche, bevor wir Nynäshamn verließen.

Die Dateigröße wurde ebenfalls angegeben. Gerade einmal

25 kb, was meines Wissens alles zwischen drei und fünfzehn Seiten Text bedeuten konnte. Und ich war mir ziemlich sicher, dass es sich um Text handelte.

Aber was war mit dem Passwort?

Ich begann mit *Castor*.

Erfuhr, dass es falsch war, und versuchte es mit *Holinek*.

Auch das war falsch. Ich testete *Martin*.

Auch damit hatte ich kein Glück. Außerdem tauchte die Benachrichtigung auf, dass mir keine weiteren Versuche gestattet seien. Ich schloss das Fenster und den Ordner und begann von vorn. Das kann doch nicht wie bei Kreditkarten und Handys sein, dachte ich. Dass einem nicht mehr als drei Versuche zur Verfügung standen?

Aber so war es.

Allerdings nicht ganz. Es tauchte eine weitere kurze Mitteilung auf. *Versuchen Sie es morgen wieder*.

Versuchen Sie es morgen wieder? Was bedeutete das? Dass man die Chance hatte, am nächsten Tag neue Passwörter vorzuschlagen? Konnte das wirklich so … so infam ausgeklügelt sein? Und vor allem, konnte Martin etwas so infam Ausgeklügeltes zustande gebracht haben? Drei Versuche am Tag?

Denkbar wäre es, dachte ich. Wenn es um etwas besonders Ernstes ging. Etwas, das verborgen werden musste?

Es gab schon einiges, was dafürsprach, dass ausgerechnet dies im gegenwärtigen Fall gegeben war.

Ich fluchte und sah auf die Uhr. Bis Mitternacht waren es noch zehn Minuten.

Mitternacht. Wenn ich mich nur weitere zehn Minuten geduldete, hieß dies, dass ich drei neue Chancen bekam. Nicht wahr?

Fair deal, dachte ich und fühlte mich plötzlich wie die hochbegabte Hackerin in einem traditionellen amerikanischen Thriller. Oder warum nicht in einem englischen Kriegsfilm? Wie hatte dieser eine noch geheißen? *Enigma*?

Ich schüttelte alle Filmüberlegungen von mir ab und versuchte, klar zu denken. Mich in Martins Kopf zu versetzen. Wenn man dreißig Jahre mit einem Typen verheiratet gewesen war, sollte man dann nicht herausfinden können, welches Passwort er benutzen würde, um andere von seinen Geheimnissen fernzuhalten?

Als ich die Frage formulierte, versuchte ich mir einzubilden, dass sie rhetorisch war. Dass sie selbstverständlich mit ja, ja natürlich beantwortet werden sollte, das müsste eine talentierte Hackerehefrau in der Tat schaffen, und es konnte bloß eine Frage der Zeit sein, bis es mir gelingen würde, die Datei zu öffnen. Außerdem begann ich, Vorschläge in mein Notizbuch zu schreiben, und als die Uhrzeit in den elften Dezember überging, hatte ich mich für drei entschieden.

Emmanuel. Sein zweiter Vorname.

Maria. Seine Frau.

Bessie. Aus nachvollziehbaren Gründen.

Ich öffnete den Ordner, klickte die Datei ein drittes Mal an und erwartete, dass das kleine, hellblaue Passwortkästchen auftauchen würde, aber stattdessen erschien die gleiche Mitteilung wie zuvor: *Sie haben ein falsches Passwort eingegeben. Versuchen Sie es morgen wieder.*

Na toll, es ist morgen, du verdammtes Mistding, fauchte ich den Computer an, schloss die Datei und öffnete sie noch einmal. Es ist doch nach Mitternacht, verdammt noch mal.

Es erstaunte mich, dass ich tatsächlich so mit Martins Notebook sprach, und Castor hob den Kopf von seinem Schaffell und betrachtete mich fragend. Normalerweise rede ich ja nur mit ihm, zumindest seit wir uns in Darne Lodge niedergelassen haben.

Ich erklärte ihm die Situation und ergänzte, es sei nichts, worüber er sich den Kopf zerbrechen müsse.

Dann fiel mein Blick auf die kleine Uhrzeitangabe in der oberen rechten Ecke des Bildschirms. *Ti. 01:06.* Sowie diverse tickende Sekunden.

Will sagen, schwedischer Zeit. England liegt eine Stunde zurück. Was bedeutete das? Es war leider nicht schwer, darauf eine Antwort zu finden: Ich hatte meine drei Versuche in der ersten Stunde eines neuen Tages vergeudet – nicht während der letzten eines alten, wie ich mir für kurze Zeit eingebildet hatte. Nun würde ich … dreiundzwanzig Stunden warten müssen. Bis elf Uhr morgen Abend.

Emmanuel. Maria. Bessie.

Wenn mir in der Zwischenzeit nichts Besseres einfiel.

Ich fluchte über den Computer und fuhr ihn herunter.

Nahm Castor mit und ging ins Bett.

Ärger, war das nicht ein gutes Zeichen?, rief ich mir ins Gedächtnis, als ich das Licht gelöscht hatte. Trotz allem, das war doch der Gedanke, der mir vor ein paar Tagen gekommen war – und im Moment konnte ich mich nicht erinnern, wann ich mich das letzte Mal so aufgeregt hatte.

Jedenfalls nicht, seit wir hergekommen waren.

Nicht, seitdem ich diese schwere Eisentür auf einem polnischen Strand zugeschoben hatte und glaubte, dass ich eine andere wurde.

Heißt das, ich lebe?

Ich entschied mich für diese Interpretation.

33

Ich glaube, als ich auf die Straße nach Hawkridge abbiege, erkenne ich sofort, dass es ein Fehler ist.

Wir sind zum Einkaufen in Dulverton gewesen. Haben in *The Bridge Inn* zu Mittag gegessen und das Antiquariat besucht. Bücher von Bessie Hyatt haben nicht in den Regalen gestanden, aber die hilfsbereite Inhaberin, die mich jedes Mal, wenn ich sie sehe, an eine eingehende Löwenzahnpflanze erinnert, hat versprochen, beide Bände auf Lager zu haben, wenn ich Montag oder Dienstag nächster Woche vorbeischaue.

»Sie sind wirklich nicht schlecht. Ich habe sie vor dreißig Jahren gelesen, dem armen Mädchen ist es ja nicht so gut ergangen. Mit diesem Herold habe ich dagegen nie etwas anfangen können. Gibt es nichts anderes, was Sie interessieren könnte?«

Ich antworte, dass ich Lorna Doone erst halb durchhabe, und bedanke mich für die Hilfe.

Lorna Doone ist es dann auch, wegen der ich mir Hawkridge anschauen möchte, denn der Ort wird im Buch erwähnt, und jedes Mal, wenn wir die Strecke zwischen Winsford und Dulverton zurückgelegt haben, sind wir an dem verbeulten Hinweisschild vorbeigekommen. Außerdem könnten Castor und ich einen Spaziergang gut gebrauchen, das ist der Hauptgrund, und uns bleiben noch zwei Stunden von diesem Tag.

Mit dem Tageslicht ist es nicht weit her, aber wenigstens regnet es nicht mehr wie am Vormittag, und irgendeinen *public footpath* oder *bridleway* werden wir schon finden. Schon nach wenigen hundert Metern merke ich jedoch, dass ich gegen mein Gefühl angehen muss.

Denn die Straße nach Hawkridge ist düster und verschlungen und darüber hinaus mehrere Meter tief in die umgebende Landschaft eingesunken, und ich habe keine Ahnung, wo wir uns befinden, weil die Karte zu Hause in Darne Lodge liegt. Wir sind wie zwei blinde Kaninchen in einem tiefen Graben und bewegen uns mit äußerster Vorsicht voran – aber das ist ein schlechter Vergleich, denn Castor würde sich niemals darauf einlassen, dass er ein Kaninchen ist. Wir sind ein halbblinder Käfer, oder jeder von uns ist natürlich einer, das ist besser, unterwegs unter der Erde, unterwegs zu … nein, weg mit allen miserablen Bildern, die ungebeten durch meinen Schädel flimmern, denke ich, zum Teufel mit euch, denn das hier ist eine ernste Sache.

Und die Angst sitzt neben mir auf dem Beifahrersitz, ich begreife nicht, wie so etwas möglich ist, und gestehe es mir auch nicht ein.

Neue schmutzige Straßenschilder, die in noch schmalere Straßen zu noch düstereren Orten zeigen. *Ashwick. Venford Moor. West Anstey.* Ich kann mich nicht erinnern, einen dieser Namen auf meiner Karte gelesen zu haben, und wir begegnen keinem einzigen Fahrzeug. Zum Glück, wenn man bedenkt, dass die Straße an keiner Stelle mehr als drei Meter breit ist. Blackmore schreibt, dass das Rad erst Ende des 17. Jahrhunderts nach Exmoor gekommen ist; man bewegte sich zu Pferd, ohne Wagen, und es sind offensichtlich diese Pfade und sich windenden Wege zwischen uralten Weilern und Wohnsitzen, die zweihundert Jahre später zu den sogenannten Straßen der heutigen Zeit asphaltiert wurden. Ich denke, dass es sich wirklich so abgespielt haben muss: Müde Pferde haben diese Verkehrswege im Laufe tausender Jahre in Moos und Lehm getrampelt.

Schließlich erreichen wir Hawkridge. In dem Dorf, das aus

etwa zehn Häusern und einer dunkelgrauen Kirche auf einer Anhöhe zu bestehen scheint, ist kein Mensch zu sehen. An der einzigen Kreuzung befinden sich ein roter Briefkasten und eine ebenso rote Telefonzelle. Sowie ein winziger Parkplatz, auf dem wir uns neben einen verlassenen Traktor stellen. Aus dem Wagen steigen und uns umschauen. Nicht nur der Traktor sieht verlassen aus.

Mir fällt ein Schild ins Auge, das in Richtung Tarr Steps zeigt. Mir wird klar, dass die Straße aus der von uns aus gesehen entgegengesetzten Richtung nach Barle führen muss und man mit dem Auto folglich nicht hinüberkommt. Erinnere mich, dass John Ridd sagt, wie alle wüssten, seien die großen Steinblöcke in dem *munter fließenden* Fluss vom Teufel persönlich dort abgelegt worden, und dass es eine Gegend sei, von der man sich fernhalten solle, wenn man nicht gezwungen sei, in ihr dringenden Geschäften nachzugehen.

Obwohl wir wahrlich keinen dringenden Geschäften nachgehen, gehen wir die steil abfallende Straße hinab. Autofahrer werden auf einer Tafel gewarnt, dass das Gefälle 1:3 sei und es auf den nächsten eineinhalb Meilen keine Wendemöglichkeit gebe. Ich denke jedoch, dass ein Hund und eine Frau zu Fuß bestimmt jederzeit umkehren können, und so bewegen wir uns beharrlich abwärts. Man kann lediglich die Straße hinunterschauen, da die umliegenden Felder mindestens zwei Meter höher liegen. Jedenfalls nehme ich an, dass sich links und rechts von uns lehmige Äcker befinden. Es ist schlichtweg unmöglich, die Straße zu verlassen.

Auf einmal will Castor nicht mehr weitergehen. Er setzt sich mitten auf die Straße und sieht mich mit einer Miene an, die deutlich sagt, dass es ihm reicht. Ich erkläre ihm, dass wir erst zehn Minuten gegangen sind und uns auf zwanzig geeinigt hatten, bevor wir umkehren würden.

Es nützt alles nichts. Ich diskutiere eine Weile mit ihm, bringe ihn aber nicht dazu, seinen Hintern zu heben. Hole ein paar Leberleckerchen aus der Tasche, er will keins. Dreht nur den Kopf und schaut zurück, nach Hawkridge hinauf. Dort oben hängt der Himmel tief, bleiern und schwer. Ich überlege eine Weile und denke, dass es tatsächlich Orte gibt, die Gott aufgegeben zu haben scheint. Diese Straße und keine andere muss der Teufel genommen haben, als er die Steine zu Tarr Steps hinunterschleppte, um auf die hellere Seite hinübergelangen zu können, daran kann es gleichsam keinen Zweifel geben.

Dann sehe ich den Raben. Er sitzt zehn Meter entfernt auf der Kuppe der linken Straßenböschung, und daraufhin begreife ich plötzlich, dass Castor wegen ihm Halt gemacht hat. Man geht nicht unter einem Raben hindurch, der so auf einen herabstarrt. Nie im Leben, das lernt jeder Hund in der ersten Klasse.

Und im selben Moment, als ich dort stehe und den Raben anstarre und der große schwarze Vogel uns regungslos mit einem Auge mustert und Castor in eine andere Richtung schaut, kommt der Regen. Nicht der übliche, freundlich gesinnte und sanft streichelnde Heideregen, sondern ein heftiger, senkrecht fallender Wolkenbruch. Sogar einige Handvoll Hagelkörner prallen auf den Asphalt. Nirgendwo bietet sich Schutz, und ich rufe Castor zu, dass er vollkommen recht hat, und im nächsten Moment eilen wir die Straße des Teufels hinauf. Hinter uns höre ich den Raben eine heisere Botschaft krächzen und davonflattern. Wenn es ginge, würden wir zum Auto zurücklaufen, aber dafür ist es zu steil. Wegen der Anstrengung und vielleicht auch wegen etwas anderem hämmert mein Herz ohnehin in der Brust, und ich nehme an, dass Castors genauso pocht. Ich merke es ihm an, weil er dicht, ganz dicht neben mir bleibt, was er sonst nicht tut.

Wir brauchen viel länger, um zu der Kreuzung an der Kirche zurückzukommen, als wir benötigten, um zu dem Raben hinunterzugehen, und es regnet die ganze Zeit. Beharrlich und böswillig, als hätte der Niederschlag den Auftrag, etwas zu zerstören, ja, genau so ein Regen ist das, und wir entkommen ihm nicht. Keinen Meter und keine Sekunde entkommen wir ihm.

Es ist ihm allerdings nicht gelungen, unseren schmutzigen Audi reinzuwaschen. Zumindest nicht die vordere Tür auf der Fahrerseite, die ein wenig im Schutz des verlassenen Traktors gelegen hat, denn dort hat jemand mit sehr deutlichen Buchstaben etwas in den Schmutz geschrieben:

DEATH

Mit einem behandschuhten Zeigefinger, vermute ich.

Ich bleibe stehen und starre das Wort an.

Schaue mich um. Kein Mensch in der Nähe. Es wird rasch dunkel. In keinem der umliegenden Häuser brennt Licht, keinem einzigen. Die Kirche scheint sich über uns zu beugen.

Hat diese Botschaft dort vielleicht schon gestanden, als wir Dulverton verließen? Kann sie geschrieben worden sein, als wir im *The Bridge Inn* waren? Death?

Oder ist jemand in der halben Stunde am Auto gewesen, die es an diesem gottverlassenen Ort gestanden hat?

Was wäre der Unterschied? Was ist das für eine idiotische Frage? Ich verwische die Buchstaben mit dem Ärmel meiner Jacke. Castor steht wimmernd neben mir, ich lasse ihn hinten hinein und schiebe mich schleunigst auf den Fahrersitz. Klatschnasser Hund, klatschnasses Frauchen. Aber jetzt sitzen wir jedenfalls unter einem Dach. Der Regen trommelt. Ich verriegele die Türen und seufze schwer.

Drehe den Zündschlüssel.

Der Wagen springt nicht an.

Ich schließe die Augen und wiederhole die Prozedur.

Nichts. Der Motor macht keinen Mucks.

Ich sende ein finsteres Stoßgebet gen Himmel.

Beim dritten Mal wird alles gut. Plötzlich funktioniert die

Zündung; der Wagen springt an. Ich setze hastig aus der Parklücke zurück und fahre davon.

Ich weiß nicht, in welche Himmelsrichtung, aber das spielt auch keine Rolle.

Nur fort, denke ich. Weg von hier.

Ja, es war ein Fehler, nach Hawkridge zu fahren.

34

Dreizehnter Dezember. Santa Lucia, ein Donnerstag. Nachts weitere Regenfälle, am Vormittag nachlassend, aber nicht ganz aufhörend. Der übliche Westwind, Morgenspaziergang nach Wambarrows hinauf und auf demselben Weg zurück. Sechs Grad. Die Wege werden täglich matschiger, und man muss achtgeben, dass man nicht stecken bleibt. Am Nachmittag fahren wir nach Watersmeet, spazieren in Richtung Brendon und sind kurz nach vier in der früh einsetzenden Dämmerung zurück in Darne Lodge. Keine unerprobten Straßen, keine Wanderungen auf steil abfallenden Teufelswegen.

Spüre generell eine gesteigerte Wachsamkeit. Und eine Angst, der ich nicht näher auf den Grund gehen möchte. Ich bin dankbar, dass wir morgen Abend bei Mark Britton zum Essen eingeladen sind. Ungeheuer dankbar. Wünschte, es wäre schon heute Abend so weit.

Ich lege sechzehn Patiencen, nur drei gehen auf, und lese ein wenig, aber es fällt mir schwer, mich zu konzentrieren. Sobald in Schweden Mitternacht überschritten ist, elf Uhr in diesem Land, versuche ich es mit drei neuen Passwörtern: *Grass*, *Soblewski* und *Gusov*. Sie bleiben ebenso wirkungslos wie die gestrigen *Herold*, *Hyatt* und *Megal*. Vielleicht muss ich in anderen Bahnen denken.

Welchen Bahnen, frage ich mich. Ich habe keine Ahnung. Jedenfalls habe ich die neun Namen aufgeschrieben, die ich bereits getestet habe, damit ich nicht riskiere, alte Fehler zu wiederholen. Apropos Namen. Wo steht geschrieben, dass es sich um einen Namen handeln muss. Es reicht doch auch ein Wort, irgendeins. *Zweifel. Bunker. Rabe.*

Es muss nicht einmal ein schwedisches sein oder überhaupt irgendeiner Sprache entnommen sein. Eine Buchstabenkombination tut es auch. Wie kann ich mir nur einbilden, dass ich jemals das richtige Passwort finden werde? Wie kann ich nur glauben, dass ich meinen Mann so gut gekannt habe, dass ich abschätzen kann, welches Passwort er unter hunderttausend möglichen auswählen würde.

Vermessen.

Vermessen und bescheuert.

Aber ich muss diese Datei öffnen, je mehr Zeit verstreicht, desto deutlicher kommt mir das absolut notwendig vor. Ich weiß nicht warum, oder weiß ich es doch? *Im Morgengrauen.*

Lässt sich das Passwort umgehen? Was würde eine Lisbeth Salander tun?

Dumme Frage. Eine Lisbeth Salander hätte schon längst irgendetwas getan. Für einen stinknormalen Menschen läuft es dagegen darauf hinaus, eine Salander zu finden.

Jemanden ihres Kalibers zumindest. Oder ihres halben. Eines Bruchteils von ihrem.

Alfred Biggs?

Margaret Allen?

Mark Britton. Der Gedanke fühlt sich an wie ein Eiswürfel in der Kehle. Nein, Mark Britton kommt nicht in Frage, denn … denn Mark Britton gehört nicht in diese Geschichte. Ich bin mir nicht sicher, ob er irgendwo hineingehört, was immer ich mit einer solchen Behauptung meine, aber ich will ihn auf gar keinen Fall nach Griechenland oder Marokko lassen.

Dagegen habe ich – auf meiner Wanderung am Ufer des East Lyn River, eine ansprechende und recht trockene Strecke, die ich an fünf Tagen in der Woche gehen könnte – angefangen, mit einem anderen Gedanken zu spielen, der Mr Britton einschließt. Vorerst ist er nicht mehr als ein unentwickelter Embryo, und ich werde vielleicht nie Gebrauch von ihm machen, aber zu Grunde liegt ihm mein Erlebnis in Hawkridge.

Hawkridge zusammen mit allem anderen. Dem Mietwagen und den Fasanen. Aber wie gesagt: Ich will es noch nicht wirklich in Worte fassen und auch nicht daran denken. Stattdessen gehen wir ins Bett, mein Hund und ich, löschen das Licht, liegen unter der Decke und lauschen dem Wind und einem anderen Geräusch, das auch über die Heide heult. Ich weiß nicht, was es ist, es ist das erste Mal, dass es mir auffällt, ein metallischer, fast klagender Laut, schwer zu sagen, ob er von einem Tier oder etwas anderem kommt.

Etwas anderem? Was sollte das sein? Es sind zwei Meilen bis zum Dorf. Eine bis Halse Farm.

Die Vorhänge schließen wie üblich nicht ganz dicht. Ich drehe mich mit dem Rücken zur Heide auf die Seite. Klappe das Kissen über den Kopf, damit alle Geräusche verschwinden. Ich denke an Synn. An Gunvald. An Christa und an Gudrun Ewerts.

An Martin.

Rolf.

Die kleine Gun.

Menschen, denen ich in meinem Leben begegnet bin. In einer Woche ist der kürzeste Tag des Jahres.

Am Freitag wachen wir spät auf. Meine Glieder sind schwer, und ich fühle mich schlecht. Wenn ich nicht an einen Hund denken müsste, würde ich wahrscheinlich den ganzen Tag im Bett bleiben.

Nein, das stimmt nicht. Wenn ich keinen Hund hätte, würde ich mich umbringen. Ich würde zum dritten Selbstmörder in

Darne Lodge werden, vielleicht könnte Mr Tawking dann aus dem Haus eine Touristenattraktion machen. Unsere Namen auf einer Tafel an der Wand, aber ich habe vergessen, wie meine Vorgänger hießen. Selwyn irgendwas und dann der mit dem belgischen Namen? Vielleicht könnte man auch Elizabeth Williford Barrett auf der anderen Straßenseite berücksichtigen, an ihren Namen erinnere ich mich, weil wir fast täglich an ihrem Grab vorbeigehen. Mir fällt ein, dass ich immer noch nicht ermittelt habe, wer sie war und warum sie dort liegt. Vielleicht kann ich unten im Computerzentrum danach fragen, ich rufe mir in Erinnerung, dass ich ihm heute einen Besuch abstatten wollte. Vielleicht frage ich dort auch gleich nach dem Passwort, ob es einen Weg gibt, es zu umgehen? Natürlich nur im Prinzip; ich könnte es so darstellen, als ginge es um eine meiner Dateien und als hätte ich einfach vergessen, welches Codewort ich vor langer Zeit einmal eingetippt habe …

Während ich noch im Bett liege, fällt mir außerdem ein, dass ich keinen Ton von Mr Tawking gehört habe, seitdem wir den Mietvertrag unter Dach und Fach brachten und ich die Hausschlüssel bekam. Das ist jetzt eineinhalb Monate her. Hätte er sich nicht bei mir melden und sich erkundigen müssen, wie es mir geht? Oder zumindest kontrollieren müssen, dass ich sein Haus nicht abgefackelt habe?

Die gedankliche Arbeit und die Fragen haben nach und nach das Unwohlsein aus meinem Körper geschabt, und ich stehe auf. Es ist Viertel nach zehn. Acht Grad, hier und da blaue Flecken am Himmel. Ich stupse Castor aus dem Bett und fordere ihn auf, sich gefälligst zusammenzureißen. Ein Frauchen sollte ihren Hund nicht wecken müssen.

Er versteht nicht, wovon ich rede, aber eine Viertelstunde später sind wir im Sonnenschein in der Heide unterwegs. So weicht die krankhafte Blässe der Nachdenklichkeit dem frischen Teint der Entschlossenheit.

Zwei Mails von Belang. Zumindest verlangen sie Antworten. Die erste von Bergman an Martin:

Hallo. Habe gestern Abend mit Ronald Scoltock von Faber & Faber gegessen, er war in der Stadt. Wir sprachen auch über dich, und er war sehr interessiert. Möchte gerne Kontakt zu dir aufnehmen, dir vielleicht sogar einen Besuch abstatten. Wenn ich es richtig verstanden habe, gehört ihm ein Haus in Marrakesch. Darf ich ihm deine Mailadresse geben? Arbeite weiter, ich hoffe, alles läuft nach Wunsch. Grüße bitte deine wunderbare Frau von mir. Eugen

Ich denke kurz nach, ehe ich antworte, dass wir lieber keinen Besuch empfangen wollen, dass ich (Martin) momentan in einer intensiven Arbeitsphase sei und es hoffentlich reiche, sich nach Neujahr mit Scoltock in Verbindung zu setzen?

Die zweite Mail kommt von Violetta di Parma:

Liebe Maria. Ich fühle mich so wohl in eurem Haus. Ich empfinde es wirklich als eine Gnade, hier wohnen zu dürfen. Entschuldige, dass ich mich nicht schon früher bei dir gemeldet habe, aber alles funktioniert einwandfrei, so dass es einfach keinen Grund dazu gab. Außerdem habe ich viel zu tun, aber das ist nur inspirierend, ich kann mich wirklich nicht beklagen. Ich frage mich nur, ob ich euch eure Post nachschicken soll? Es ist doch einiges hier angekommen, und ihr müsstet sie euch vielleicht sicherheitshalber näher anschauen. Ich kenne nur leider eure Adresse nicht. Wenn du sie mir gibst, schicke ich dir alles sofort zu.

Ansonsten wünsche ich euch ein schönes Weihnachtsfest. In Stockholm hat es noch nicht geschneit, aber es liegt schon Schnee in der Luft. Jedenfalls ist es furchtbar kalt

und windig. Ich hoffe, es geht euch gut, bei euch ist es sicher wärmer.
Herzliche Grüße sendet Violetta

Mir fällt ein, dass ich versprochen hatte, ihr unsere Adresse mitzuteilen, sobald wir uns in Marokko häuslich eingerichtet haben würden, und dass ich die Sache jetzt unbedingt in Angriff nehmen muss. In der Post, die in Nynäshamn angekommen ist, dürften eigentlich keine Rechnungen liegen, da wir vor unserem Aufbruch alles auf Lastschrift umgestellt haben, aber man weiß natürlich nie. So oder so muss ich eine Antwort formulieren, und das Beste, was mir einfällt, ist, sie zu bitten, das Ganze an *Holinek, poste restante, Rabat* zu schicken. Ich behaupte, dies sei der sicherste Weg, und füge hinzu, es gehe uns hervorragend und dass es mich freue, wie wohl sie sich in unserem Haus fühlt, und dass wir ihr ganz herzlich ein frohes Weihnachtsfest und einen guten Rutsch ins neue Jahr wünschen.

Ich lese auch diesmal keine Schlagzeilen, und da Margaret Allen an ihrem eigenen Computer beschäftigt zu sein scheint, beschließe ich, sie nicht auf den Code anzusprechen, den es zu knacken gilt.

Ich bedanke mich lediglich für den Tee und sage, dass ich vor Weihnachten sicher noch einmal vorbeischauen werde.

»Sie wollen Weihnachten da oben ja wohl hoffentlich nicht allein verbringen?«, fragt sie und macht ein leicht besorgtes Gesicht.

Ich antworte, dass ich wahrscheinlich eine Bekannte in Ilfracombe besuchen werde und auf jeden Fall ja meinen Hund habe. Dass lässt sie schmunzeln und Castors Kopf tätscheln.

»Ich würde gerne eines Ihrer Bücher lesen, das würde ich wirklich gern.«

»Da brauchen Sie nur fünfzig Jahre zu warten, dann kommt sicher auch etwas auf Englisch heraus.«

Wir verlassen das Winsford Community Computer Centre. Flanieren zum Kriegerdenkmal hinab, um nach Darne Lodge hochzufahren und uns für das Abendessen in Heathercombe Cottage frisch zu machen.

Als wir gerade ins Auto steigen wollen, fährt ein silberfarbener Renault an uns vorbei. Er biegt an der Kreuzung links nach Exford und Wheddon Cross ab. Ich sehe kurz den Aufkleber von Sixt, aber nicht das Kennzeichen.

Und den Fahrer nur ganz flüchtig von hinten. Zweifellos ein Mann, mehr lässt sich unmöglich sagen.

Für einen kurzen Moment spiele ich mit dem Gedanken, die Verfolgung aufzunehmen, lasse ihn aber praktisch sofort wieder fallen. Stattdessen bekommt mein vager Plan, Mark Britton eine Geschichte zu erzählen, auf einmal klarere Konturen.

35

Jeremy öffnete uns die Tür.

Offenbar hatte er direkt hinter ihr gestanden und auf uns gewartet, denn ich kam erst gar nicht zum Anklopfen. Ein recht schlaksiger junger Mann, ein paar Zentimeter kleiner als ich, und ich dachte, dass er an dem Dachbodenfenster größer gewirkt hatte.

Er betrachtete mich mit dunklen, fast schwarzen Augen – möglicherweise besorgten, aber nicht drohenden, wie ich halbwegs erwartet hatte. Die Inspektion dauerte fünf Sekunden, dann senkte er den Blick und wich einen Schritt zurück, so dass ich eintreten konnte. Er trug eine schwarze, verwaschene Jeans, große plüschige Pantoffeln und ein rotes Shirt mit dem Namen Harlequins in einem gelben Bogen auf der Brust.

»Sie waren seine Lieblingsrugbymannschaft«, erläuterte Mark, der im Türrahmen zur Küche auftauchte.

»Ich verstehe. Rugby.«

Früher, dachte ich. Als er zwölf war?

»Herzlich willkommen. Ich glaube, er möchte, dass du ihm die Hand gibst und ihn begrüßt.«

Das tat ich. Jeremys Hand war trocken und kalt, und er ließ praktisch sofort wieder los, aber ich nahm in seiner Haltung dennoch einen Hauch von etwas Positivem wahr. Dass er mit der Situation einverstanden war. Dass ich okay war. Mark legte eine Hand auf seine Schulter.

»Wenn du möchtest, kannst du in dein Zimmer gehen. Ich rufe dich, sobald das Essen fertig ist.«

Jeremy stand da, schien kurz nachzudenken und machte anschließend auf dem Absatz kehrt und eilte die Treppe hinauf. Castor, der diskret an der Tür gesessen und darauf gewartet hatte, dass er an die Reihe kam, hatte er überhaupt nicht beachtet.

»Herzlich willkommen, ihr zwei«, wiederholte Mark und nahm mir die Jacke ab. »Komm in die Küche, dann gebe ich dir einen Drink, während ich die Delikatessen für uns zubereite.«

Er lächelte und klopfte, um den Ernst der Angelegenheit zu illustrieren, auf seine schwarze Küchenschürze. Ich dachte, dass ein Drink jetzt genau das Richtige wäre, und folgte ihm durch einen kurzen Flur, der zu einer großen, wohnlichen Küche führte. Ein nachgedunkelter Eichentisch vor einem Sprossenfenster schien mindestens einem Dutzend Menschen Platz zu bieten, in einem offenen Kamin brannte ein Feuer, und ich dachte, dass man hier ohne größere Arrangements eine Kochsendung würde drehen können.

Ich sagte ihm, wie schön ich den Raum fand, und Mark breitete die Hände aus. »Das Herz des Hauses«, erwiderte er. »Als ich hier einzog, habe ich mein ganzes Geld für die Küche ausgegeben. Der Rest dieses Kastens ist leider bei weitem nicht so gut in Schuss, aber es freut mich, dass sie dir gefällt. Ich habe Lust auf einen Gin Tonic. Was möchtest du?«

»Gin Tonic klingt gut«, sagte ich und setzte mich an eine Ecke des Tischs. »Aber mach meinen bitte nicht zu stark, irgendwann muss ich ja auch wieder nach Hause fahren.«

»Mach dir deshalb keine Sorgen«, sagte Mark. »Dieses kleine Detail habe ich bereits bedacht.«

Ich fragte ihn nicht, was er damit meinte, wahrscheinlich, weil ich wirklich Lust hatte, einen Drink und ein paar Gläser Wein zu trinken.

»Mit so einer Küche solltest du jeden Abend Gäste haben«, sagte ich stattdessen. »Vor allem, wenn du wirklich ein so guter Koch bist, wie du behauptest.«

»Du bist der erste Gast seit einem Jahr«, meinte Mark Britton. »Letztes Jahr zu Weihnachten war meine Schwester mit Mann und Kindern hier. Seitdem sind Jeremy und ich allein gewesen.«

Er reichte mir ein Glas, und wir nippten vorsichtig an unseren Drinks.

»Lecker.«

»Selbst ein Esel könnte bei einem Gin Tonic nichts falsch machen. Hat Castor schon etwas zu fressen bekommen?«

Ich nickte und handelte mir damit einen erstaunten Blick meines Hundes ein. Er vergisst ganz gerne, dass er gefressen hat, sobald seine Mahlzeit beendet ist.

»Er hat sein Abendessen bekommen. Aber könntest du ihm vielleicht einen Napf mit Wasser hinstellen?«

Mark streichelte Castor und stellte ihm eine Schale Wasser hin, die er natürlich verschmähte. Stattdessen rollte er sich in einem passiven Protest vor dem Feuer zusammen.

Als Vorspeise gab es Jakobsmuscheln. Mit einer Prise Cayennepfeffer in Butter gebraten und mit einem Löffel einer schwarzen Sauce, die ich pikant genannt hätte, wenn ich das Wort nicht so verabscheuen würde. Jedenfalls schmeckte alles sehr gut, genauso gut, wie ich gehofft hatte.

Das galt für Mark und mich. Jeremy saß neben seinem Vater und aß Fischstäbchen mit Pommes frites und Mayonnaise. »Es hat keinen Sinn, ihm etwas Besonderes aufzutischen«, hatte Mark erklärt. »Es gibt vier oder fünf Gerichte, die er bereitwillig isst. Sie liegen alle auf dem Niveau von Fischstäbchen. Zum Essen trinkt er, wie du siehst, am liebsten eine Fanta, aber die bekommt er nur am Wochenende.«

Jeremy schien es nichts auszumachen, dass Mark in dieser

Weise über ihn sprach. Er war ganz auf sein Essen konzentriert. Äußerst akribisch, fast wissenschaftlich, zerkleinerte er die Fischstäbchen mit dem Messer, spießte einen Happen auf die Gabel, ergänzte ein passend großes Stück Kartoffel, tunkte beides vorsichtig in die Mayonnaise, kontrollierte das Ergebnis und stopfte sich den Bissen in den Mund. Während er umständlich kaute, saß er regungslos da und hielt die Augen geschlossen.

Anschließend spülte er mit einem Schluck Fanta nach. Ich versuchte, ihn möglichst nicht anzusehen, was Mark nicht entging. »Ich weiß«, sagte er. »Er isst wie ein Roboter. Diesen Stil hatte er allerdings auch schon vor dem Unfall, also hängt es vielleicht auch mit seiner Persönlichkeit zusammen… dem wenigen, was von ihr noch geblieben ist.«

Ich dachte an diese Geste, die er am Fenster gemacht hatte, und fand überhaupt nicht, dass sie zu dem Eindruck passte, den er nun auf mich machte. Aber da ich sie bei unserer letzten Begegnung nicht angesprochen hatte, unterließ ich es auch jetzt. Dachte nur, dass ich eine unerwartete Wärme für diesen armen Jungen empfand, der nie die Chance bekommen würde, in zwischenmenschlichen Beziehungen zu bestehen. Er sah so gepflegt und harmlos aus, und ich fragte mich, ob er immer so gewesen war oder ob es viel Training erfordert hatte, ihn so weit zu bringen, dass er sich derart zivilisiert benahm. Viele Medikamente vielleicht? Gute und schlechte Tage?

»Wenn er gegessen hat, wird er uns alleine lassen«, erläuterte Mark. »Er isst weder Vorspeise noch Nachspeise.«

»Nicht einmal ein Crunchie?«

»Er bekommt ein Crunchie in seinem Zimmer.«

Marks Prophezeiung erfüllte sich. Als Jeremy sich seine sechs Fischstäbchen einverleibt hatte, stand er auf und sah seinen Vater an. Mark nickte, Jeremy gab mir wieder die Hand und kehrte die Treppe hinauf in sein Zimmer in der obersten Etage zurück.

»Es ist nicht etwa so, dass du …?«

Ich hielt inne, aber es war schon zu spät. Mark hob eine Augenbraue. Er hatte erraten, was ich ihn fragen wollte, das sah ich.

Ich stellte die Frage trotzdem: »Es ist nicht etwa so, dass du ihn angewiesen hast, uns in Ruhe zu lassen?«

Wir hatten beide noch einen kleinen Schluck Wein in unseren Gläsern. Sancerre, trocken und würzig und eine wesentlich bessere Ergänzung zu den Jakobsmuscheln, als eine Fanta es gewesen wäre. Mark hob sein Glas am Fuß an und sah mich mit einem sanft vorwurfsvollen Blick an.

»Nie und nimmer«, antwortete er. »Es ist mir wichtig, dass du das verstehst: So etwas würde ich niemals tun. So viel Respekt hat er verdient. Überall in der Welt ist er fehl am Platz, aber nicht in seinem Zuhause. Das hier ist der einzige Ort, an dem man ihn immer voll und ganz akzeptieren wird.«

»Hast du ihn deshalb nach Hause geholt?«

»Ja.«

»Entschuldige.«

»Schon gut«, sagte Mark Britton und lächelte. »Das ist nur so ein kleiner Fimmel von mir. Ich poche zu sehr und völlig unnötig darauf, das weiß ich. Aber jetzt kommen wir zum richtigen Fisch. Könntest du dir vorstellen, beim gleichen Wein zu bleiben?«

»Und ob ich mir vorstellen kann, bei dem Wein zu bleiben. Soll ich dir irgendwie helfen?«

»Du könntest die Teller in die Spülmaschine einräumen, während ich nach dem Heilbutt schaue. Nochmals Prost, danke, dass du gekommen bist. Das klappt doch richtig gut, findest du nicht?«

»Also bis jetzt ist fast alles zu meiner vollsten Zufriedenheit«, antwortete ich, und Mark Britton lachte laut.

Ich dachte, dass es Jahre her sein musste, seit ich zum letzten Mal einen anderen Menschen so zum Lachen gebracht hatte.

Ich weiß nicht, welche Erwartungen ich an den Heilbutt gehabt hatte, aber Marks Zubereitung übertraf sie eindeutig, und er wiederholte, was er bereits im *The Royal Oak* gesagt hatte: »Die niedrige Temperatur ist das Entscheidende. Man brät ihn für ein paar Sekunden richtig heiß an, dann verliert er keine Flüssigkeit. Anschließend reicht eine Stunde bei sechzig bis siebzig Grad.«

Es war ihm anzuhören, dass er sich wirklich für diese Dinge interessierte, und ich dachte daran, wie angenehm das Leben doch hätte sein können, wenn man statt mit einem Literaturprofessor beispielsweise mit einem Koch verheiratet gewesen wäre. Wahrscheinlich beschloss ich, angeregt von diesen Gedanken – und angesichts der Tatsache, dass wir mittlerweile fast zwei Flaschen Wein getrunken hatten –, ihm mein kleines Problem zu schildern.

»Ich habe da übrigens ein kleines Problem«, setzte ich an. »Ich glaube, ich habe einen Stalker am Hals.«

»Was?«, sagte Mark. »Wie meinst du das?«

»Ich meine einen Typen, der mich verfolgt. Glaube ich jedenfalls …«

»Tja, das ist wohl die Definition eines Stalkers«, stellte Mark fest. »Dass jemand einen anderen verfolgt, meine ich. Das wundert mich übrigens nicht.«

»Jetzt komme ich nicht ganz mit.«

»Ist doch klar, dass eine Frau wie du früher oder später einen Stalker hat … nein, entschuldige. Ist das wirklich dein Ernst? Du meinst doch nicht etwa hier und jetzt?«

»Doch«, sagte ich. »Ich meine leider hier und jetzt.«

Er lachte auf und wirkte für einen Moment verwirrt. Als könnte er sich nicht entscheiden, ob ich einen Witz machte oder nicht. »Ein Stalker in Winsford? Das klingt wie ein… nein, das kann doch nicht wahr sein?«

Mir fiel ein, was er darüber gesagt hatte, dass er anderen Menschen in den Schädel schauen könne, und ich fragte mich, ob er wohl feststellen konnte, dass ich ihn anlog. Gestärkt durch den Wein fuhr ich dennoch fort:

»Wenn es der Mann ist, den ich im Verdacht habe, ist es eine alte Geschichte. Die Sache ist ehrlich gesagt ein bisschen unangenehm, es lässt sich nicht leugnen, dass man sich ausgeliefert fühlt. Außerdem bin ich meiner Sache nicht ganz sicher, was es… nun ja, was es fast noch schlimmer macht.«

Jetzt sah ich, dass er mich ernst nahm. Er hob die Ellbogen auf den Tisch und lehnte sich vor. »Okay, jetzt erzähl schon. Deinen Nachtisch bekommst du erst, wenn wir das geklärt haben. Ein Stalker? Ein Irrer, der hinter dir her ist…?«

Ich trank einen Schluck Wein, räusperte mich und begann.

»Wie gesagt, es ist eine alte Geschichte. Ich glaube, ich habe dir schon erzählt, dass ich früher Fernsehmoderatorin war?«

Er nickte.

»Jeder weiß, dass man ein gewisses Risiko eingeht, wenn man ständig in der Glotze zu sehen ist. Vor der Mattscheibe sitzen einsame Irre und bilden sich alles Mögliche ein… tja, Berufsrisiko. Jedenfalls gab es da vor ein paar Jahren einen Typen, der auf komische Gedanken kam. Er schaffte es, sich meine Adresse und meine Telefonnummer zu besorgen, und… nun ja, er belästigte mich eine ganze Weile, ehe wir ihn stoppten.«

»Ihr habt ihn gestoppt? Was hat er denn getan? Dich angerufen und gehechelt?«

»Das kam schon mal vor.«

»Warst du damals schon allein?«

»Ja. Das Ganze fing ungefähr ein halbes Jahr nach meiner Scheidung an. Anfangs dachte ich ehrlich gesagt, mein Exmann wäre irgendwie in die Sache verwickelt.«

»Aber das war er nicht?«

»Überhaupt nicht.«

Plötzlich erinnerte ich mich nicht mehr, von wie vielen Kindern ich ihm erzählt hatte. Hoffentlich fragte er nicht nach ihnen, aber warum sollte ich ihn belogen haben? Ich beschloss, dass es zwei waren.

Er schoss sich jedoch glücklicherweise auf den Verfolger ein. »Was ist passiert? Ich habe natürlich über solche Gestalten gelesen, aber es ist das erste Mal, dass ich jemandem begegne, dem so etwas tatsächlich passiert ist.«

Ich schluckte und machte weiter wie geplant: »Er rief an und folgte mir. Saß in seinem Auto und schlich mir hinterher. Überwachte mein Haus und tauchte bei allen möglichen Gelegenheiten auf. Er griff mich allerdings niemals an, stellte mich nie direkt und sagte irgendetwas, blieb die ganze Zeit auf Distanz. Anfangs jedenfalls.«

»Hast du dich bedroht gefühlt?«

»Allerdings. Wenn man nicht weiß, was einem solchen Menschen durch den Kopf geht, fühlt man sich bedroht.«

»Du sagtest anfangs?«

Ich nickte und trank einen Schluck Wein. »In diesem unspektakulären Stil ging es ungefähr ein halbes Jahr weiter. Ich schaltete die Polizei ein, aber sie war keine große Hilfe, man gab mir nur eine Nummer, die ich anrufen könnte, falls er zu weit gehen sollte. Sie schoben es auf das, was du eben erwähnt hast… er würde mich ja nicht direkt bedrohen.«

»Aber seine Identität war bekannt?«

»Ja. Sie nahmen ihn einmal mit und vernahmen ihn. Danach ließen sie ihn wieder laufen, da er nichts getan hatte, was wirklich gegen das Gesetz verstieß. Jedenfalls behaupteten sie das.«

»Drecksäcke«, sagte Mark Britton.

»Mag sein, aber sie haben nun einmal viel zu tun, betonten die ganze Zeit, dass Personalmangel herrsche.«

»Aber die Sache … ist eskaliert?«

»Ja. Als ich eines Abends nach Hause kam, lag er in meinem Bett.«

»Er lag in deinem Bett?«

»Ja. Er war nackt. Ich weiß bis heute nicht, wie er hereingekommen ist. Der Polizei erzählte er, wir seien verabredet gewesen, und ich hätte ihm den Schlüssel gegeben. Zum Glück haben sie ihm nicht geglaubt.«

»Großer Gott«, sagte Mark Britton und schlug mit den flachen Händen auf den Tisch. »Und was ist passiert, als du ihn im Bett gefunden hast?«

»Ich bin aus dem Haus gerannt und habe die Polizei gerufen. Eine Viertelstunde später waren sie da und nahmen ihn mit. Als sie ihn auf die Straße führten, war er immer noch nackt, ich weiß nicht, warum sie ihm keine Zeit gelassen haben, sich anzuziehen. Er trug seine Kleider im Arm und versuchte, seine Blöße zu bedecken.«

Ich merkte, dass ich mich in meiner Geschichte allmählich heimisch fühlte, und begriff, dass ich mich lieber etwas zügeln sollte. Es wäre nicht besonders schlau, eine Menge Fakten zu allem Möglichen aufzutischen, an die ich mich dann später unter Umständen nicht mehr würde erinnern können.

»Ich muss jetzt vielleicht nicht auf alle Details eingehen. Am Ende wurde er jedenfalls zu einem Jahr Haft verurteilt. Das Problem ist nur …«

»Dass er nicht aufgehört hat?«, ergänzte Mark. »Dass er weitergemacht hat, nachdem er wieder herauskam?«

»Genau«, sagte ich. »Er wartete ein paar Monate, aber bevor ich hierhergekommen bin, sind ein paar Dinge passiert, bei denen ich mir ziemlich sicher bin, dass er seine Finger im Spiel hatte. Es war nichts Besonderes oder Bedrohliches, so dass ich nie die Polizei eingeschaltet habe. Außerdem wollte ich Schweden ja ohnehin verlassen und dachte deshalb, es wäre halb so wild. Aber jetzt … tja, jetzt sieht es fast so aus, als hätte er mich wieder gefunden.«

»In Exmoor?«

»Ja, ich glaube schon.«

Mark schüttelte den Kopf. »Aber wie soll er das angestellt haben? Na ja, du lässt dir natürlich die Post nachschicken und so weiter … vielleicht ist es ja wirklich nicht so schwer, wenn man es darauf anlegt?«

Ich zuckte mit den Schultern und versuchte mir klar zu werden, ob ich mich in diesem Punkt auf Spekulationen einlassen sollte. Beschloss jedoch, es lieber zu lassen. Wie gesagt, mich in Details zu verstricken, erschien mir unnötig.

»Ich glaube, ich habe ihn in einem Mietwagen gesehen«, sagte ich stattdessen. »Hier im Dorf und an zwei anderen Orten.«

»Verdammt, das gibt es doch gar nicht«, kommentierte Mark. Ich glaube, es war das erste Mal, dass ich ihn fluchen hörte.

»Es könnte sein, dass er auch noch zwei andere Dinge getan hat«, ergänzte ich.

»Was denn?«

»Jemand hat tote Fasane vor meine Tür gelegt.«

»Tote …?«

Er verstummte und richtete sich im Sitzen auf. Betrachtete mich mit einem neuen Ausdruck in den Augen, den ich nicht zu deuten vermochte. Für einen kurzen Moment hatte ich das Gefühl, dass er mich durchschaute. Aber wie sollte er mich durchschaut haben können? Die Fasane hatte ich doch gar nicht erfunden, genauso wenig wie den Mietwagen. Oder ging es um diese Fähigkeit, die er zu haben behauptete? Ich beschloss, auf keinen Fall Hawkridge zu erwähnen.

»Tote Fasane?«, wiederholte er nachdenklich und kratzte sich im Nacken. »Das klingt wirklich seltsam. Weißt du … nun ja, ich gehe mal davon aus, dass du nicht weißt, was das bedeutet?«

»Bedeutet?«, entgegnete ich. »Wie meinst du das?«

»Bedeuten *könnte*«, korrigierte er sich. »Obwohl es mir eigentlich doch etwas weit hergeholt vorkommt. Jedenfalls geht es nur um einen alten Aberglauben.«

»Aberglauben?«, wiederholte ich dümmlich.

Er lachte auf und drehte die Hände zur Decke, um zu zeigen, dass es um etwas ging, wovon er selbst nicht überzeugt war.

»In früheren Zeiten«, setzte er zu einer Erklärung an, »war das, zumindest hier draußen in Exmoor, eine Methode, um den Tod fernzuhalten. Wenn zum Beispiel jemand in seinem Haus in der Heide im Krankenbett lag, legte man manchmal nachts ein totes Tier vor seine Tür.«

»Aha?«

»Man stellte sich vor, wenn der Tod käme, um an die Tür zu klopfen und eine Seele zu fordern, würde er sich mit dem Tier zufriedengeben und kehrtmachen. Eine Art primitive Opfergabe, könnte man sagen, und es kursieren natürlich jede Menge Geschichten, die beweisen sollten, dass es tatsächlich funktionierte. Das Tier war am Morgen verschwunden, was bedeutete, dass es gelungen war, den Tod fernzuhalten, woraufhin der Kranke in aller Ruhe genesen konnte. Es mussten natürlich nicht unbedingt Fasane sein, aber sie liegen natürlich nahe. Es gibt sie in unserer Gegend in Hülle und Fülle, und zumindest die Männchen müssten ziemlich hübsche Opfergaben abgeben … es sei denn, man überfährt sie mit dem Auto.«

»Es waren Männchen«, bestätigte ich. »Beide Male. Und sie sahen wirklich vollkommen unversehrt aus.«

»Abgesehen davon, dass sie tot waren?«

»Sie waren mausetot. Übrigens war es vielleicht jedes Mal derselbe …«

»Aber es ist keiner gekommen und hat sie geholt? Oder ihn?«

Ich schüttelte den Kopf. »Ich habe ihn weggeworfen.«

Danach schwiegen wir längere Zeit. Mark schenkte uns den

restlichen Wein ein, der noch in Flasche Nummer zwei war. Ich dachte, wenn ich noch rauchen würde, wäre jetzt der perfekte Moment, um auf die Terrasse zu treten und eine zu paffen.

Aber ich rauchte nicht mehr. Mark Britton auch nicht. Er schien sich tatsächlich den Kopf über meine Geschichte zu zerbrechen.

»Es tut mir leid«, sagte ich. »Ich hätte nicht davon anfangen sollen.«

»Unsinn«, sagte er. »Ist doch klar, dass du das erzählen musstest. Wofür haben wir sonst unsere Mitmenschen?«

Das klang ein wenig theatralisch, und das merkte er selbst.

»Egal, ich werde natürlich alles tun, was ich kann, um diesen Typen ins Visier zu nehmen, aber aus der Sache mit den Fasanen werde ich nicht recht schlau. Oder habt ihr bei euch einen ähnlichen Brauch?«

»Nicht, dass ich wüsste.«

»Du hast nicht zufällig das Kennzeichen von dem Mietwagen notiert, in dem er unterwegs ist?«

»Leider nicht. Ich habe nicht daran gedacht. Aber es ist ein silberner Renault. Der Vermieter ist Sixt, das Auto hat auf beiden Seiten Aufkleber.«

»Ein silberner Renault von Sixt?«

Ich nickte.

»In Ordnung«, meinte Mark Britton und stand auf. »Ich werde sehen, was ich tun kann. Aber jetzt gibt es Nachtisch. Nur eine einfache Panna cotta, aber dazu bekommst du einen dickflüssigen Sauternes. Was hältst du davon?«

Ich antwortete, dass ich mir durchaus vorstellen könne, das noch hinunterzubekommen, und während er am Kühlschrank beschäftigt war, fragte ich mich, wie er sich das eigentlich um Himmels willen vorstellte, dass ich noch nach Hause kam.

Ich hatte jedenfalls nicht vor, mich darauf einzulassen, mit Castor zu Fuß durch die Dunkelheit zu laufen.

36

Ein Junge darf nur dann mit seinem Mädchen schlafen, wenn der Stechginster blüht. Das ist eine uralte Regel in Exmoor, hast du sie schon einmal gehört?«

»Nein. Übrigens bin ich ja wohl auch kein Mädchen mehr, oder?«

»Ich möchte auch nicht behaupten, dass ich mich selbst als einen Jungen betrachte«, erwiderte Mark. »Die Pointe ist jedenfalls, dass der Stechginster bei uns ganzjährig blüht. Sogar jetzt, im Dezember, das hast du vielleicht schon gesehen?«

Wir lagen unter der Daunendecke in seinem breiten Bett. Wir hatten tatsächlich miteinander geschlafen. Ich konnte es kaum glauben, es aber auch schwerlich leugnen. Wir waren beide nackt, und es hatte richtig gut geklappt. Ehe wir unsere Kleider losgeworden waren, hatte ich ihm mitgeteilt, dass ich fünfundfünfzig sei und seit über zwei Jahren mit keinem Mann mehr geschlafen hätte. Er hatte damit gekontert, dass seine Werte ganz ähnlich seien: zweiundfünfzig beziehungsweise zweieinhalb Jahre.

Auf der Fensterbank brannte noch eine Reihe Duftkerzen. Es war halb zwei. Die Tür stand einen Spaltbreit offen, das hatte sie die ganze Zeit getan. Eine Etage tiefer lag Castor wahrscheinlich zusammengerollt vor dem Kamin in der Küche. Eine Etage höher, nahm ich an, lag Jeremy in seinem Bett und schlief. Ich dachte, dass mir das alles seltsam vorkam, und sagte es Mark auch.

»Weißt du, das hier gehört wirklich zum Unerwartetsten, was mir seit ziemlich langer Zeit passiert ist.«

»Das geht mir genauso«, erwiderte Mark und strich mir mit der Oberseite seiner Hand über die Wange. »Ich habe vor langer Zeit aufgehört, mir über so etwas Gedanken zu machen. Wenn man in einem Dorf wie Winsford lebt, ist das ehrlich gesagt die einzig vernünftige Haltung. Die Zahl der ledigen Frauen hat hier in den letzten sechzig Jahren konstant knapp unter null gelegen.«

»Ich dachte, im Sommer kämen jede Menge Touristen nach Exmoor?«

Er schnaubte. »Wenn du auf der Suche nach einem Mann bist, ziehst du nicht Regenjacke und Stiefel an und wanderst durch die Heide.«

»Also ich würde gerne mit dir wandern gehen.«

»Du bist anders. Wahrscheinlich bist du ein bisschen verrückt, aber das gefällt mir ganz gut. Wohin willst du gehen?«

Ich überlegte. »Simonsbath in Richtung Brendon, glaube ich. Hast du mir nicht den Weg empfohlen? Wo du aufgewachsen bist?«

»Wann immer du willst«, antwortete Mark Britton und gähnte. »Ja, dort ist es am schönsten… und am verlassensten. Verteufelt windig und regnerisch um diese Jahreszeit, aber das Risiko muss man eingehen. Wenn man die richtigen Kleider anhat, ist das kein Problem.«

Ich erklärte, ich hätte sogar eine Regenjacke für meinen Hund, und er versprach mir, dass wir uns auf den Weg machen würden, sobald sich die Gelegenheit dazu bot.

»Vor Weihnachten wird daraus allerdings nichts mehr«, fügte er hinzu.

»Und warum nicht?«, fragte ich halb scherzhaft. »Bis dahin ist es doch noch eine ganze Woche.«

»Anfang der Woche habe ich einiges zu tun«, erläuterte er.

»Da kommt ein Kollege vorbei, mit dem ich ziemlich oft zusammenarbeite. Und danach fahren Jeremy und ich über die Feiertage zu meiner Schwester … über die Weihnachtsfeiertage.«

»Verstehe. Wo wohnt sie?«

»Scarborough, wenn du weißt, wo das ist. Man braucht einen halben Tag, um hinzufahren, und ich weiß nicht, wie es laufen wird. Wie Jeremy damit zurechtkommt, meine ich. Du hast vielleicht schon bemerkt, dass er dieses Haus am liebsten nicht verlässt. Man könnte fast sagen, dass es ein Experiment ist, aber ich habe mir nun einmal in den Kopf gesetzt, es durchzuziehen. Jedenfalls sind wir vor Neujahr wieder zurück, und ich verspreche dir, dann werden wir in der Heide wandern gehen, bis du nicht mehr laufen kannst.«

Ich meinte, darauf würde ich mich freuen, und fügte hinzu, dass ich vorerst jedoch vor allem daran interessiert sei, ein paar Stunden zu schlafen.

»Ich dachte schon, du würdest nie aufhören zu quatschen«, erwiderte Mark Britton, und daraufhin drehten wir uns auf die Seite und nickten ein.

Als Castor und ich am nächsten Tag von Heathercombe Cottage aufbrachen, war es bereits halb elf. Beim Frühstück saß Jeremy mit uns am Tisch. Jedenfalls die ersten zwanzig Minuten, so lange benötigte er nämlich, um seine Mahlzeit zu sich zu nehmen: zwei beidseitig gebratene Eier, eine Tasse Tee, zwei Scheiben Toast mit Aprikosenmarmelade. Mark berichtete, in den letzten zwei Jahren habe er jeden Morgen exakt das Gleiche gegessen, und dass es die richtige Sorte Aprikosenmarmelade nur in einem kleinen Ökoladen in Tiverton zu kaufen gebe. Wenn der eines Tages zumache, werde es Probleme geben.

Drei Löffel Zucker in den Tee, ein tüchtiger Schuss Milch. Die Dosierung übernahm Jeremy selbst und mit einer Konzentration, als ginge es darum, die letzte Karte in einem Kartenhaus zu platzieren. Er hatte dasselbe Harlequins-Shirt an wie am Vortag, trug jedoch eine blaue Jeans statt der schwarzen und hatte mich auch an diesem Tag mit Handschlag begrüßt. Plötzlich, als ich ihn dort sitzen und die Zuckerkörner auf dem Löffel fast einzeln zählen sah, empfand ich eine Zärtlichkeit für ihn, die ich nicht wirklich erklären konnte.

»Was treibt er eigentlich an seinem Computer?«

Mark zögerte. Jeremy hatte uns gerade allein gelassen, es fiel mir schwer, über ihn zu sprechen, wenn er dabei war. Castor hatte eine Portion Rührei mit Speck bekommen, die er innerhalb von knapp fünf Sekunden verschlungen hatte.

»Das willst du nicht wissen.«

»Doch«, sagte ich. »Das will ich.«

Er seufzte. »Okay. Im Grunde nur zwei Dinge. Zumindest in letzter Zeit. Er guckt Splatterfilme und löst Sudokus.«

»Splatterfilme und Sudokus?«

»Ja, leider.«

»Und er … ich meine, warum Splatterfilme?«

»Ich weiß es nicht. Aber sie scheinen ihm nicht zu schaden. Außerdem ist er wesentlich schlechter gelaunt, wenn er sie nicht sehen darf. Du kannst mir glauben, ich habe es mit Reglementierungen versucht.«

Ich dachte an diese Geste am Fenster, beschloss aber ein weiteres Mal, sie nicht anzusprechen.

»Entschuldige, ich wollte nicht, dass …«

Mark zuckte mit den Schultern. »Ist schon okay. Er sitzt da und schaut sich diese Filme an … na ja, er guckt auch andere Filme, nicht nur über Leute, die sich gegenseitig umbringen, aber ich kann dir nicht sagen, was ihm das bringt. Weder bei der einen noch der anderen Sorte. Übrigens kann er sich denselben Film drei Mal hintereinander ansehen, vielleicht braucht er das, um ihn wirklich zu verstehen. Was die Sudokus angeht, so ist er auch dabei keine große Leuchte.«

Plötzlich gab es einen Kloß der Verbitterung in seiner Stimme, und ich bereute es, ihn gefragt zu haben. »Sudokus sind aber auch nicht unbedingt das Leichteste, womit man sich beschäftigen kann«, versuchte ich einzuwenden. »Allerdings habe ich selbst nie versucht, eins zu lösen, da kenne ich mich also nicht aus.«

Mark lachte auf. »Er versteht die Regeln, und ich habe mir eingebildet, dass er mit Zahlen besser umgehen kann als mit Buchstaben, also habe ich ihm das Prinzip zwei Wochen lang erklärt … und es stimmt, er begreift tatsächlich, worum es geht. Das Problem ist nur, dass er keine Ahnung hat, wie er die richtige Lösung finden soll. Ich habe ihn beobachtet, er rät ständig, und dann kommt das Falsche heraus. Wenn er merkt, dass die Lösung falsch ist, geht er zurück und rät noch einmal. Ich glaube, er braucht ungefähr einen halben Tag, um ein Sudoku der simpelsten Art zu lösen.«

»Hm«, meinte ich. »Aber er ist beschäftigt?«

»Das ist er«, antwortete Mark und seufzte. »Und wer sagt eigentlich, dass wir anderen so viel sinnvollere Dinge tun? Waffen produzieren? Aktien verkaufen? Reklame für irgendwelchen Mist produzieren, den keiner braucht?«

So langsam klang er wirklich düster, und ich dachte, dass ich es ebenso gut dabei belassen konnte. Wieder bin ich mir nicht ganz sicher, was genau ich mit »dabei belassen« meine.

»Ich habe diese Nacht wieder davon geträumt«, bemerkte er nach kurzem Schweigen.

»Wovon?«

»Von dem, was ich bei unserer ersten Begegnung gesehen habe. Von dem verschwundenen Mann und dem Haus im Süden. Vielleicht, weil du neben mir gelegen hast …«

Darauf war ich überhaupt nicht vorbereitet gewesen, und es traf mich wie ein kleiner Schock. Es war mir fast gelungen, seine hellseherischen Fähigkeiten zu verdrängen, oder was immer es sein mochte. Jedenfalls hatte ich mir kaum Gedanken darüber gemacht, und dass er einem in den Schädel schauen konnte, kam mir mittlerweile eher wie ein kleiner Scherz zwischen uns beiden vor.

Was offenbar eine voreilige Einschätzung gewesen war.

»Aha?«, sagte ich mit einer Zögerlichkeit, die ich sofort bereute.

»Es war im Grunde das Gleiche wie beim letzten Mal. Eine Gruppe weißgekleideter Männer an einem Tisch, die sich fragte, wohin ein anderer verschwunden war. Ansonsten ein weißes Haus … tja, irgendwo tief im Süden, wie ich schon sagte.«

»Und ich? Bin ich auch irgendwo aufgetaucht?«

»Das war möglicherweise neu«, erwiderte Mark und wirkte nachdenklich. »Du gingst über einen Strand, es muss irgendwie in der Nähe gewesen sein, denn ich sah gleichzeitig dich und das Haus. Ja, du gingst dort zusammen mit deinem Hund … das war alles.«

»Das reicht völlig«, sagte ich und versuchte zu lachen. »Ich möchte nicht, dass du zu übernatürlich wirst.«

Mark räusperte sich und bat um Entschuldigung.

»Ich bin jedenfalls sehr froh, dass Castor und ich zu dir kommen durften«, sagte ich nach einer kurzen Erholungspause. »Ich könnte dich natürlich nach Darne Lodge einladen, aber das kommt mir irgendwie wie ein Schritt in die falsche Richtung vor … außerdem nehme ich an, dass es schwierig werden könnte, Jeremy zu überreden? Es ist ehrlich gesagt eine ziemliche Bruchbude.«

Er lächelte. Streckte sich über den Tisch und nahm meine Hände in seine. »Ich bin mir sicher, dass du dir das Haus da oben richtig gemütlich eingerichtet hast«, erklärte er. »Aber ich finde trotzdem, dass wir es auf Jeremy schieben und uns weiter hier treffen sollten.«

»Weiter?«

»Ja.«

»Erst wollen wir oberhalb von Simonsbath wandern gehen.«

»Auf jeden Fall«, bestätigte Mark und schien es ernst zu meinen. »Erst Weihnachten, dann eine Wanderung durch die Heide, danach Heathercombe Cottage, Teil zwei.«

»Okay«, erwiderte ich. »Ich bin einverstanden. Mit dem gesamten Programm.«

»Ach, übrigens, dieser Stalker, wie heißt er eigentlich? Falls mir zufällig ein gewisser Renault begegnen sollte ...«

Castor und ich waren schon auf dem Weg zu unserem Auto, das ich auf der anderen Seite der Brücke abgestellt hatte.

»Er heißt Simmel«, sagte ich. »Ja, John Simmel heißt er.«

Das war ein Name, der mir spontan eingefallen war. Ich habe keine Ahnung, woher ich ihn hatte, vielleicht aus einem Buch oder Film.

»Gut«, stellte Mark fest. »John Simmel, das werde ich mir merken. Pass auf dich auf. Es könnte sein, dass ich am Mittwoch mit meinem Kollegen im *The Royal Oak* essen gehe ... falls du Lust hast, zwei sympathische Engländer statt einem zu treffen.«

»Einer reicht mir völlig«, versicherte ich ihm und ließ Castor ins Auto. »Danke für alles.«

»Ich habe zu danken.«

Ich warf einen Blick zu Jeremys Fenster hinauf, aber er saß offenbar an seinem Computer. Splatterfilm oder Sudoku?

Und während wir im Wagen saßen und den holperigen und matschigen Weg zum Dorf hinunterschaukelten, fiel mir ein, dass ich ihn gar nicht um Hilfe wegen des Passwortes gebeten hatte.

Irgendetwas sagte mir, dass es auch besser so war.

Etwas anderes sagte mir, dass ich unvorsichtig gewesen war

und dies noch bereuen würde. Diese albernen Vorahnungen und Gedanken. Es sind mit Sicherheit die Heide und meine Einsamkeit, die sie heraufbeschwören.

37

Neunzehnter Dezember. Ein Mittwoch. Direkt nach dem Aufwachen fällt mir ein, dass es der Geburtstag von Yolanda Mendez ist.

Yolanda Mendez war in der Unterstufe zwei Jahre lang meine beste Freundin. Während der vierten und fast der ganzen fünften Klasse. Sie stammte aus Peru, hatte große, braune Augen und ein eigenes Pferd. Wäre ihre Familie nicht weggezogen, wären wir vielleicht auch noch in der Mittelstufe eng befreundet gewesen, ich denke schon, denn es gab in unserer gutgeölten Freundschaft nie auch nur das kleinste Körnchen Schmutz.

Und ihr Geburtstag lag so wahnsinnig kurz vor Weihnachten, ich erinnere mich, dass sie mir deshalb ein wenig leidtat.

Ich stehe auf und frage mich, warum sie in meinem Kopf auftaucht? Dann fällt mir jedoch ein, dass sie das jedes Jahr an diesem Tag tut. Für eine halbe Minute oder auch nur wenige Sekunden. Ich überlege regelmäßig, was wohl aus ihr geworden ist, und das tue ich auch heute.

Läuft das so, wenn man alt wird, frage ich mich, während ich das Thermometer ablese und durch das Fenster den Himmel betrachte. Menschen werden auftauchen und verschwinden, auftauchen und verschwinden. In einem nie versiegenden Strom und ohne erkennbare Ordnung oder Veranlassung. Wahrscheinlich nicht nur an ihren Geburtstagen. Je älter wir werden, desto leichter werden wir zu Opfern unserer Erinnerungen.

Heute geht es mir wieder einmal nicht besonders gut. So ist es seit dem Abend und der Nacht mit Mark Britton übrigens jeden Morgen gewesen. Ich weiß nicht, ob es daran liegt, dass ich ihn vermisse, oder ob es um etwas anderes geht. Ob es vielleicht sogar am Gegenteil liegt, aber warum sollte das der Fall sein? Ich halte fest, dass es nur vier Grad warm ist und windig und feucht zu sein scheint. Es ist nicht wirklich neblig, sondern handelt sich eher um eine dicke, aber einigermaßen durchsichtige Wolke, die über die Heide treibt. Drei Ponys stehen grasend auf der anderen Seite der Mauer, zwei weitere ein wenig weiter entfernt. Der Himmel ist dunkel.

Ich denke, dass alles zum Teufel gehen wird.

Ich fange an zu weinen.

Höre ein paar Minuten später wieder auf und mache stattdessen ein Feuer im Kamin. Castor kommt aus dem Schlafzimmer getrottet. Ich glaube nicht, dass ich an diesem Tag aus dem Haus gehen würde, wenn ich ihn nicht hätte.

Auf einmal begreife ich, was das Schlimmste daran sein muss, im Gefängnis zu sitzen. Man hinterlässt keinen Abdruck in der Welt. Man steht außerhalb der Zeit. Wenn man zufällig für einen Tag nicht existierte, würde es keinen Unterschied machen. Niemand würde es bemerken. Werden deshalb manche Menschen zu Brandstiftern? Oder gehen mit ihren Waffen in Schulen und erschießen Kinder? Um diesen lebensnotwendigen Abdruck zu hinterlassen?

Ist das eine seltsame Frage? Ich weiß nicht, ist es nicht das Ziel meines Aufenthalts hier, keinen Abdruck zu hinterlassen? Und warum frage ich plötzlich nach einer Absicht?

Wir brechen stattdessen zu unserem Morgenspaziergang auf. Das gleiche struppige Heidekraut, das gleiche Gras und Moos, der gleiche Ginster. Farne, Fasane und Matsch. Nach zehn Minuten geht ein Hagelschauer nieder, und wir machen kehrt und eilen wieder nach Hause.

Mitten beim Frühstück erkenne ich, dass ich am Vorabend vor elf eingeschlafen bin und die Wörter für diesen Tag noch nicht verbraucht habe. Ich sehe meine Liste durch und beschließe, eine Weile mit literarischen Gestalten fortzufahren. In den letzten zwei Tagen habe ich einige Russen und Amerikaner getestet, und wenn ich mich heute in Europa umtue, kann ich morgen drei Schweden nehmen.

Fagin. Quichotte. Faust.

Kein Treffer, stelle ich routiniert fest, aber bei Quichotte meinte ich bei dem Notebook ein kurzes Zögern bemerkt zu haben. Es benötigte ein klein wenig länger als sonst, bis es erklärte, dass ich ein falsches Passwort eingegeben hatte. Kann das darauf hindeuten, dass manche Buchstaben richtig waren?

Oder deutet es darauf hin, dass ich auf dem besten Weg bin, die Kontrolle zu verlieren, wenn ich mir schon so etwas einbilden kann?

Ich wende mich meinen Patiencen zu, lege aber nur acht und hebe mir die restlichen acht für den Abend auf.

Nach einer langen, mühsamen Wanderung nach Dunkery Beacon hinauf, dem höchsten Punkt der gesamten Heide, betrete ich das Computerzentrum. Den Anweisungen im Reiseführer folgend starteten wir in Wheddon Cross und hatten fast die ganze Zeit das Ziel vor Augen, wenn auch gelegentlich von Wolken und Nebel verhüllt. Nachdem wir uns jedoch eine Zeit, die uns wie Stunden vorkam, über klatschnasse und schwer zu gehende Weiden hochgekämpft hatten, auf denen wir uns darüber hinaus durch feindlich gesinnte Horden fetter Kühe verhandeln mussten – sie erinnerten einen unnötig deutlich an griesgrämige Zollbeamte an totalitären Grenzübergängen –, und auf den schmalen Fahrweg gelangten, der in einem unregelmäßigen Halbkreis unterhalb der eigentlichen Kuppe verlief, beschlossen wir, die letzten fünfhundert Meter an einem anderen Tag in Angriff zu nehmen. Der Wind kam uns frontal entgegen, und wir hatten allen Grund zu glauben, dass die Aussicht an einem solchen Tag ohnehin eingeschränkt sein würde. Auf dem Anstieg waren wir keiner Menschenseele begegnet, das einzig Bemerkenswerte war eine Gruppe von Rehen in der Ferne gewesen.

Also kehrten wir zurück, durch ein geschütztes Tal ohne Grenzposten, matschig und nass, aber windgeschützt, und waren nach insgesamt zweieinhalb Stunden wieder auf dem Parkplatz des *The Rest and Be Thankful Inn*. Es war der Pub, den ich bei meiner Ankunft fünfzig Tage zuvor betreten hatte, und ich erinnerte mich an die Blondine mit der großen Oberweite, die Kreuzworträtsel lösende Dame und den fahrenden Klempner und dachte, dass es mir vorkam, als wäre seither ein ganzes Jahr vergangen.

Nicht einmal für Sekundenbruchteile zog ich in Betracht, ihn jetzt wieder zu betreten. Stattdessen stiegen wir ins Auto und fuhren auf der inzwischen so vertrauten A 396 nach Winsford zurück. Und während wir das taten, beschloss ich, dass es möglicherweise an der Zeit sein könnte, mal wieder ein paar Mails zu lesen.

Ausnahmsweise sind sowohl Alfred Biggs als auch Margaret Allen anwesend. Darüber hinaus zwei junge Mädchen und zwei Jungen, die in verschiedenen Ecken tief in Welten versunken sind, von denen ich keine Ahnung habe. Ich denke schnell an Jeremy Britton und verdränge ihn genauso schnell wieder.

»Herzlich Willkommen«, sagt Margaret Allen.

»Sieh an, unsere Schriftstellerin«, sagt Alfred Biggs.

Ich entschuldige mich dafür, dass Castor und ich so schmutzig sind, und erkläre, dass wir gerade von einer Kletterpartie nach Dunkery Beacon hinauf kommen.

»An einem Tag wie heute?«, platzt Alfred Biggs heraus.

»Ganz schön tapfer«, erklärt Margaret Allen. »Ich mache

Ihnen eine Tasse Tee. Sie können denselben Computer benutzen wie sonst.«

Diesmal lese ich zuerst meine eigenen Mails. Beantworte drei Weihnachtsgrüße von Kollegen im Affenstall, einen von meinem Bruder und schließlich einen von Christa. Sie erwähnt nicht, dass sie von mir geträumt hat oder sich Sorgen macht, wofür ich ihr dankbar bin. Violetta di Parma schreibt, dass sie unsere Post meinen Anweisungen folgend verschickt hat und sich beeilen muss, um Händels Messias nicht zu verpassen. Ich danke ihr und gebe meiner Hoffnung Ausdruck, dass ihr Konzert ein Ohrenschmaus war.

Anschließend Martins Mailbox. Wie immer öffne ich sie mit einem gewissen Schaudern und bete inständig, sie möge wenigstens nichts von G enthalten.

In diesem Punkt werden meine Gebete tatsächlich erhört. Ich lese mir die sechs Nachrichten durch, die möglicherweise Maßnahmen erfordern könnten, aber die ersten fünf kann ich ohne Weiteres ignorieren. Die sechste und letzte ist von Professor Soblewski:

Lipster Freunt,
Ein gutt Weinachten und ein gutt Neujar für sie beide.

Danach schreibt er auf Englisch weiter, und es geht um eine Anthologie mit Erzählungen, die Martin und er offenbar herausgeben möchten – zeitgleich in Schweden und Polen und mit jeweils zur Hälfte schwedischen und polnischen Literaten. Junge und vielversprechende Autoren, keine alten, etablierten, man ist auf der Suche nach der Avantgarde. Soblewski schlägt vor, dass man jemanden namens Majstowski gegen jemanden namens Słupka austauscht, und verspricht, die betreffende Erzählung zu schicken, sobald ihm die Übersetzung vorliegt. Anschließend fragt er, ob dieser junge Anderson, dessen Erzählung *Carnivores* er gerade gelesen hat, wirklich so empfehlenswert ist. In beiden Punkten möchte er gerne Martins Meinung hören. Abschließend schreibt er:

> *By the way, a curious und slightly macabre thing has occurred just a few miles from here. The police have found a dead body, they suspect foul play but are apparently not able to identify it. We live in a dangerous world, dear friends. Take good care of each other. Sob*

In meinem rechten Ohr erklingt ein Ton, und ich gerate plötzlich in Atemnot.

Ein toter Körper. Ein paar Meilen entfernt. Die Polizei kann ihn nicht identifizieren.

Ich merke, dass der Raum, in dem ich sitze und in dem Margaret Allen gerade zur Tür hinausgeht und mir zum Abschied zuwinkt, schwankt. Übelkeit wallt in mir auf, und für eine Sekunde glaube ich, dass ich mich auf den Computer übergeben werde.

Oder ohnmächtig werde. Oder beides.

Während das Gefühl sachte abklingt, halte ich mich mit den Händen an der Tischplatte fest. Ich schließe eine Weile die Augen und hoffe, dass Alfred Biggs meinen Zustand nicht bemerkt hat. Der Ton bleibt, ist aber leiser geworden und aus irgendeinem Grund zum linken Ohr gewandert. Ich öffne die Augen und lese erneut den Text.

Nicht die Sätze über die Anthologie. Nur die über die Leiche. Drei Mal lese ich sie.

Foul play? Passt gut auf euch auf?

Als wir aus dem Computerzentrum treten, ist es fast dunkel, obwohl es erst fünf Uhr ist. An diesem Abend wird Mark Britton mit seinem sympathischen Computerkollegen im *Royal Oak Inn* sitzen. Bis zu diesem Moment war ich unschlüssig, ob ich hingehen soll oder nicht. Soblewskis Mail hat die Sache jedoch entschieden.

Castor und ich werden den Abend alleine in Darne Lodge verbringen.

Vielleicht nicht einmal Patiencen legen. Vielleicht nur die Tür abschließen und in Gedanken versunken dasitzen und über den Rest unseres Lebens nachsinnen.

38

Julie Falsch.

Markurell. Falsch.

Berling. Falsch.

Wir gehen ins Bett. Liegen in der Dunkelheit und lauschen dem Regen und dem Wind, jedenfalls tue ich das. Ich weiß nicht, wie viel Castor unter der Decke davon mitbekommt. Oder wie sehr es ihn interessiert. Ich habe einige Male das Wort *Herrchen* zu ihm gesagt, und anfangs legte er den Kopf schief, um besser zu hören, aber dann verlor er das Interesse.

Ich fühle mich desorientiert. Weniger, was meine Umgebung angeht, denn die ist inzwischen ziemlich viele Wochen konstant geblieben, sondern in meinem Inneren. Es fällt mir schwer, einen Gedanken festzuhalten oder einen Gedanken mit einem anderen zu verknüpfen; möglicherweise ist das schon eine ganze Weile so gewesen, aber an diesem Abend spüre ich es ungewöhnlich deutlich. Ich denke, dass Soblewskis Mail der Auslöser dafür sein muss, dass sie der Verstärker oder Katalysator ist. *The police have found a dead body.* Vielleicht würde ich eine Untersuchung meines Geisteszustands unbeschadet überstehen, vielleicht auch nicht; ich habe persönliche Erfahrungen mit dem Begriff Angst gemacht, das habe ich weiß Gott – vor allem in der Zeit meiner Depression, und der hat nun wirklich nichts mit Kartoffeln zu tun. Hier geht es jedoch nicht um Angst, sondern eher um eine Art völliger Entwurzelung oder um *Zusammen-*

hangslosigkeit, falls es ein solches Wort geben sollte. Ich weiß es nicht. Die Verknüpfung von Ursache und Wirkung ist entweder verschwunden, oder ich begreife sie irgendwie nicht. Ich bekomme sie nicht ins Visier.

Ich hoffe, es liegt daran, dass sich das Jahr seinem Ende zuneigt. Übermorgen ist der kürzeste Tag des Jahres, und ich merke, dass ich mit der Beharrlichkeit eines Irren darauf zurückkomme, aber dann kommt die Wende, das ist es, schätze ich, worauf ich hinauswill. Danach kommt das Licht. Im neuen Jahr werde ich in die Zukunft gerichtet denken können, nicht nur meinen Hund überleben, sondern auch Entschlüsse fassen, die bedeuten … die bedeuten, dass irgendeine Art von Leben entstehen wird. Es werden sich Zusammenhänge ergeben, und es wird weitergehen. Ich habe das Gefühl, es vor mir sehen zu können; ich muss nur ein paar Tage verstreichen, die Weihnachtstage vorübergehen lassen und vielleicht darauf warten, dass Mark Britton aus Scarborough zurückkommt, ein unerprobtes Jahr antreten und irgendwie weiterkommen … wie ein Buch, das schon auf dem Nachttisch liegt, zu dessen Lektüre man sich aber noch nicht ganz aufraffen kann. Aber man kann sich sein eigenes, erwartbares Interesse vorstellen. Und was vorstellbar ist, das gibt es auch, das existiert, ja, in einem gewissen Sinn und bis zu einem bestimmten Grad tut es das wirklich.

Ich hebe die Decke an und frage Castor, ob er meinen Gedankengängen folgen kann, denn ich habe tatsächlich laut gesprochen. Er rührt sich nicht. Plötzlich höre ich wieder dieses metallische Geräusch, das von der Heide herüberschallt. Es kommt in diskreten Wellen, aufsteigend und fallend. Ich klappe das Kissen um meinen Kopf und gebe mir alle Mühe einzuschlafen. Denke, dass ich auf das meiste gefasst bin, aber auf keinen Fall von Martin träumen möchte. Murmele die einzigen Zeilen aus der Bibel, die ich auswendig kann, den dreiundzwanzigsten Psalm:

Der Herr ist mein Hirte, mir wird nichts mangeln.
Er weidet mich auf einer grünen Aue
und führet mich zum frischen Wasser.
Er erquicket meine Seele;
er führet mich auf rechter Straße
um seines Namens willen.
Und ob ich schon wanderte im finstern Tal…

Noch ehe ich den ganzen Text gesprochen habe, träume ich schon von Ratten. Nein, ich merke, dass ich noch wach bin, es ist also kein Traum. Ich weiß nicht, was es dann sein soll, nur eine Vorstellung oder Sinnestäuschung, aber an diesem Abend ist es etwas, was Gefahr läuft, alles einstürzen zu lassen.

… apparently not able to identify it.

Offenbar nicht in der Lage, ihn zu identifizieren.

Also gut, denke ich auf einmal. Was hatte ich denn eigentlich erwartet? Welche andere Botschaft wäre wünschenswerter gewesen? *Welche*?

Also gut.

Zwanzigster Dezember. Donnerstag, acht Grad und klarer Himmel. Fast windstill. Von dem zugewachsenen Grabhügel, auf dem einst die römischen Legionäre gestanden und auf die Landschaft herabgeblickt haben müssen, nachdem sie Caratacus erschlagen hatten, kann man an einem solchen Tag meilenweit in alle Richtungen schauen.

Dunkery Beacon zum Beispiel, in dessen Richtung wir gestern strebten, ohne das Ziel ganz zu erreichen; als Adler oder Falke wäre es in dieser klaren Luft ein Leichtes, in fünf Minuten hinzufliegen. Es ist ein unglaublich schöner Tag: angenehm und wogend, und die Blüten des Stechginsters drehen sich freimütig zur Sonne. Einem Jungen ist es gestattet, mit seinem Mädchen zu schlafen, es ist fast schon das Gebot der Stunde.

Nach einem späten Frühstück machen wir uns auf den Weg nach Porlock Common hinauf. Hoch über Exford stellen wir den Wagen in einer kleinen Parktasche am Straßenrand ab und wandern anschließend mehrere Stunden ohne Karte durch offenes Terrain. Sehen in der Ferne wieder Rehe und tragen weiterhin die Zuversicht des Morgens bis zum Eintreten der Dämmerung in uns. Als wir nach Darne Lodge zurückkommen, ist es halb fünf, und wir treffen zeitgleich mit Mark Britton bei unserer schlichten Behausung ein. Wir haben es nicht einmal bis ins Haus geschafft, sondern bleiben auf dem Hof stehen und unterhalten uns. Er überreicht mir einen Strauß Rosen und eine Flasche Sekt.

»Ein kleines Weihnachtsgeschenk«, sagt er und lächelt ein wenig unsicher. »Ich wollte sie dir gestern Abend im Pub geben, aber du bist nicht gekommen.«

»Ich war mit anderem beschäftigt«, erwidere ich, und er ist zivilisiert genug, mich nicht danach zu fragen, womit.

»Jeremy und ich brechen morgen früh auf«, erklärt er. »Nach Scarborough, meine ich. Deshalb wollte ich dir etwas verfrüht ein frohes Fest wünschen. Wenn du …«

»Ja?«

»Wenn du den Schampus stehen lässt, können wir die Flasche vielleicht Silvester köpfen?«

Ich verspreche ihm, darüber nachzudenken, und umarme ihn.

»Aber die Rosen darf ich mir in der Zwischenzeit anschauen? Wann seid ihr zurück?«

»Kommt ganz darauf an. Jedenfalls rechtzeitig vor Neujahr. Du hast kein Handy, auf dem ich dich erreichen kann?«

Ich schüttele den Kopf.

»Ich muss schon sagen, du lebst hier wirklich isoliert. Darf ich vorbeischauen, wenn ich zurück bin?«

Ich verspreche ihm auch das, und anschließend verabschieden wir uns und wünschen uns schöne Feiertage. Ich bleibe stehen und schaue ihm nach, bis er in den engen Kurven die Halse Lane hinunter verschwindet. Denke daran, wie seltsam es ist, dass wir uns vor einer Woche tatsächlich geliebt haben.

Aber die Welt ist insgesamt seltsam.

Danach sind wir allein.

Es gelingt mir, ein Kapitel in Lorna Doone zu lesen. Ich erkenne, dass die Menschen früher so viel mutiger waren. Sechzehn Patiencen, vier gehen auf.

Dylan. Falsch.

Cohen. Falsch.

Coltrane. Falsch.

Betrachte die Rosen. Sie sind nicht durch und durch rot. Trinke zwei Wassergläser Wein, bevor ich ins Bett gehe, und es funktioniert einigermaßen.

39

Der kürzeste Tag.

Im *The Stag's Head* in Dunster, wo wir ein einfaches Mittagessen zu uns nehmen, ploughman's und Mineralwasser, kommen wir mit einem örtlichen Fudge-Koch ins Gespräch. Ich freue mich über jede Form menschlichen Kontakts, und dem Fudge-Koch scheint es genauso zu ergehen. Er erzählt, dass seine Exfrau in der Stadt einen kleinen Delikatessenladen betreibt, und obwohl es fünfzehn Jahre her ist, dass sie sich scheiden ließen, ist er nach wie vor ihr Fudge-Lieferant. Die Süßigkeit sei zudem der wichtigste Bestandteil des ganzen Unternehmens, betont er, die Leute kämen sogar von Taunton und Barnstable, um Mrs Miller's Homemade Fudge zu kaufen. Sogar aus Bristol, das sei tatsächlich schon vorgekommen, und in diesen Wochen vor Weihnachten verkaufe er genauso viel wie im ganzen restlichen Jahr.

Ich verspreche ihm, dem Laden einen Besuch abzustatten und einige Konfektwürfel zu kaufen.

»Vanille«, sagt er. »Nehmen Sie klassische Sorten. Oder Kaffee, warum nicht, aber das andere neumodische Zeug können Sie vergessen. Fudge soll verdammt noch mal nach Fudge schmecken.«

Anschließend fragt er mich, woher ich komme. Ich antworte, dass ich eine schwedische Schriftstellerin sei, die den Winter in Exmoor verbringt, um einen Roman zu schreiben. Er will wissen, wo ich wohne, und ich erzähle ihm, dass ich oberhalb von Winsford ein Haus gemietet habe.

»Winsford«, platzt er heraus, und sein Blick bekommt etwas Verträumtes. »Da hatte ich mal ein Mädchen. Ich hätte besser sie geheiratet und nicht Britney. Sie ist übrigens die Besitzerin des Pubs, sind Sie ihr vielleicht schon einmal begegnet?«

»Rosie?«

»Ja, genau. Rosie! Geben Sie zu, dass sie eine schöne Frau ist. Na ja, nicht so schön wie Sie natürlich, aber mit meinem Maßstab gemessen.«

Ich antworte ausweichend, und wir unterhalten uns eine Weile über Exmoor und darüber, dass es im Leben eben so kommt, wie es kommt. Als wir uns verabschieden, denke ich, dass es wirklich ein dünn besiedelter Landstrich ist. Dass ein Fudge-Koch in Dunster einmal ein Auge auf eine Pub-Schönheit in Winsford geworfen hat, braucht einen sicher nicht zu wundern. Immerhin ist mir Mark Brittons Schätzung der Anzahl heiratsfähiger Frauen noch frisch im Gedächtnis. Knapp unter null.

Und das bringt mich auf einen Gedanken, der mich auf dem Rückweg nach Darne Lodge beschäftigt: Wie viele Menschen wissen eigentlich, dass in dem alten Selbstmörderhaus eine verrückte schwedische Schriftstellerin hockt und schreibt?

Der eine oder andere vermutlich.

Die Abende sind am schwersten. Wenn ich nicht vorhabe, mich zum *Royal Oak Inn* hinunterzubegeben, und ich habe beschlossen, das heute nicht zu tun. Es ist besser, mir das noch ein oder zwei Tage aufzusparen. Einmal vor Heiligabend, einmal danach, dann ist Mark Britton zurück, und nach Neujahr werde ich in der Lage sein, Pläne zu schmieden.

Mir Zukunftsaussichten zu schaffen.

Das rede ich mir ein, während ich im Haus umhergehe, während ich ein Feuer mache, während ich die Lebensmittel in den Kühlschrank räume und an einem Glas Portwein nippe. Um fünf ist es bereits stockfinster und unmöglich, sich im Freien zu bewegen. Ich erinnere mich, dass am Abend meiner Ankunft zumindest für kurze Zeit der Mond schien, aber ich glaube nicht, dass ich das seither noch einmal erlebt habe. In zehn Meter Entfernung verläuft auf dem Hof die moosbewachsene Mauer, das weiß ich, habe aber keine Chance, sie von meinem Fenster aus zu sehen. Außerdem ist es heute Abend neblig, normalerweise lässt sich eine Grenze zwischen Himmel und Erde ausmachen, wo sich im Süden der sanfte Hügel mit einer Handvoll Bäumen hochwölbt, unter den nun herrschenden Bedingungen jedoch nicht.

Nicht am Abend des dunkelsten Tages im Jahr.

Ich schlage mich mit Hilfe alltäglicher Verrichtungen durch die Stunden. Vermeide es, an Soblewski zu denken. Vermeide Samos und Taza und alles andere. Koche stattdessen eine Suppe, und zwar möglichst umständlich, um der Zeit eine Chance zu geben voranzuschreiten. Esse die Hälfte der Suppe, gebe den Rest in einen Plastikbehälter, und ab damit in das kleine Gefrierfach.

Spüle.

Füttere Castor.

Ein Kapitel Blackmore.

Sechzehn Patiencen. Schaffe es, die Uhr bis elf zu drehen.

Drei neue Versuche, auch das ist alltägliche Routine. Die letzte halbe Stunde habe ich damit verbracht, die Wörter für diesen Abend auszuwählen.

Garbo. Falsch.

Monroe. Falsch.

Novak. Falsch.

Ich halte sie im Notizblock fest. Lege neues Holz aufs Feuer, um uns in der Nacht warm zu halten. Lasse Castor zu seiner Pinkelrunde hinaus, während ich mir die Zähne putze.

Gehe zur Tür, um ihn wieder hereinzulassen. Man sieht wirklich nicht mehr als zwei Meter in die Dunkelheit hinaus, der kleine Lichtkegel, der durch die Türöffnung ins Freie fällt, scheint es sich anders überlegen zu wollen. Während ich dort stehe, merke ich, dass es kälter geworden ist, und ich erinnere mich, dass mein Fudge-Koch angemerkt hat, wir könnten uns auf Frostnächte gefasst machen.

Castor lässt auf sich warten. Ich pfeife zwei Mal und habe keine Lust, herumzustehen und mich zu verkühlen.

Er kommt immer noch nicht. Das ist seltsam. Ich hoffe, dass er nichts gefunden hat, woran er in diesem Moment nagt. Sein Magen ist manchmal ein wenig empfindlich, und halb verfaultes Fleisch ist mit Sicherheit nicht das, was er braucht. Jetzt komm schon, du Töle, denke ich.

Aber das tut er nicht. Ich pfeife erneut.

Schaue auf die Uhr. Mittlerweile ist er bestimmt schon fünf Minuten draußen. Mindestens, vielleicht sogar sieben oder acht. Sonst erledigt er sein Geschäft in ein oder zwei. Ich ziehe die Tür ein wenig zu. Überlege es mir anders und schiebe sie wieder auf.

Rufe nach ihm.

Einmal. Zwei Mal.

Angst übermannt mich plötzlich und schwer. Ich rufe noch einmal. Meine Stimme klingt spröde und verängstigt, die Dunkelheit verschlingt sie im Handumdrehen.

Ich rufe trotzdem wieder.

Wieder und wieder.

Es ist die längste Nacht, und mein Hund kommt nicht.

40

Ich ziehe unter meiner Jacke zwei Pullover an und gehe hinaus. Drehe rufend und pfeifend ein paar Runden ums Haus. In südliche Richtung, wohin die Lampen in den beiden Fenstern einen kläglichen Lichtschein werfen, kann ich drei Meter weit sehen. In die andere Richtung nicht. Ich denke, so dunkel kann keine Dunkelheit sein.

Der Wind lässt ein schwaches Heulen über der Heide ertönen, aber es hat nichts von jenem metallischen Klang, der mir in einigen Nächten aufgefallen ist. In weiter Ferne, Richtung Exford, vermute ich, ein beschleunigendes Auto, das Geräusch verschwindet binnen einer Sekunde.

Ich erreiche die Mauer. Rufe drei Mal, ehe ich über sie steige. Es dürfte wahrscheinlicher sein, dass er hier entlanggelaufen ist, denke ich. In der anderen Richtung haben wir den Zaun und das Tor. Natürlich wäre es für ihn auch kein Problem, dorthin zu streunen, aber ich muss mich nun einmal entscheiden.

Ich merke, dass ich hyperventiliere. Sobald ich über der Mauer bin, stehe ich vollkommen still, um mich zu beruhigen, aber auch, um meinen Augen die Chance zu geben, etwas zu sehen.

Kurz darauf kann ich meine Füße und einen Meter um sie herum erkennen. *Erkennen*, nicht sehen; das einzig Hellere im Dunkeln sind die Nebelschwaden, die umherwabern und aus der Erde aufzuwallen scheinen. Ich bleibe stehen und staune über diese stummen und flüchtigen Bewegungen, während ich eine Hand auf der Mauer liegen lasse und regelmäßig rufe.

Meine Stimme klingt nach wie vor brüchig; sie trägt nur wenige Meter in die Leere hinaus. Aber Castors Gehör ist besser als meins. Wenn er in der Nähe ist, müsste er mich hören. Mich hören und bellen.

Ich wage es nicht, die Mauer zu verlassen. Nach fünf-, vielleicht auch zehnminütigem Rufen und Lauschen kehre ich ins Haus zurück. Hole die Taschenlampe und kontrolliere, dass die Batterien funktionieren. Suche zwei Ersatzbatterien heraus und mache mich wieder auf den Weg.

Zwei weitere Runden ums Haus. Neue Rufe. Ich trage die Angst wie einen zu eng geschlungenen Schal.

Wieder zur Mauer. Drei neue Rufe über sie hinweg, anschließend stehe ich still und lausche dem schwachen Wispern des Windes. Betrachte von Neuem den Tanz der Nebelschwaden und beschließe, in die andere Richtung zu gehen.

Über die Straße, nach Winsford Hill hinauf. Wenn ich den Weg dorthin finde. Falls es überhaupt möglich sein sollte zu erkennen, wo man sich befindet.

Ich finde einen vertrauten Pfad und verliere ihn wieder. Entscheide mich für ein System. Gehe zwanzig Schritte. Bleibe stehen, rufe, lausche. Bleibe stehen. Rufe wieder.

Zwanzig Schritte. Stehen bleiben, rufen, lauschen. Noch ein wenig stehen bleiben. Erneut rufen.

Je höher ich hinaufkomme, desto dichter und fester hängt der Nebel. Der Wind hat abgeflaut, ist nicht mehr zu hören. Schon bald befinde ich mich in einem Gelände aus widerspenstigem Heidekraut, durch das man sich nur mit Mühe einen Weg bahnen kann, und denke, dass ich bereits die Orientierung verloren habe. Der Lichtkegel der Taschenlampe wird vom Nebel verschluckt, es ist im Grunde sinnlos, mit ihr zu leuchten. Es macht es sogar fast noch schwieriger voranzukommen.

Aber ich bleibe im Rhythmus. Zwanzig Schritte. Stehen bleiben, rufen, lauschen. Ich weiß nicht, wie lange ich so weitergemacht habe, als die Taschenlampe plötzlich flackert und erlischt. Im Grunde macht das nichts; ich versuche erst gar nicht, sie wieder in Gang zu bringen. Kontrolliere lediglich, ob die Ersatzbatterien noch in der Jackentasche stecken.

Zwanzig Schritte. Stehen bleiben, rufen, lauschen.

In diesen Momenten, wenn ich dastehe und lausche, übermannt mich die Panik, ich merke es. Es ist besser, in Bewegung zu bleiben, besser, aktiv zu sein; wenn ich stillstehe, komme ich nicht umhin, mein Herz zu hören und mein Blut, das viel zu schnell durch meine Adern schießt.

Außerdem habe ich schon bald jegliche Orientierung verloren und kann nicht erkennen, was aufwärts und abwärts, Süden oder Norden ist. Ich befinde mich in relativ flachem Gelände, zumindest ist die allernächste Umgebung flach, und mehr lässt sich nicht sagen. Wenn ich mit den Händen um mich taste, fühle ich zu beiden Seiten tote Farne. Ich folge etwas, was eventuell ein Trampelpfad ist, aber als ich meinen achtzehnten Schritt mache, laufe ich geradewegs in einen Dornbusch. Sie stechen mich ins Gesicht, ein Zweig berührt mein Auge.

Gütiger Gott im Himmel, denke ich. Hilf mir. Wo steckst du, Castor?

Du hast nie gejagt. Wenn irgendwo ein Kaninchen auftaucht, wirfst du nur einen zerstreuten Blick darauf. Wir können durch eine Schafherde gehen, ohne dass du mit der Wimper zuckst.

Ich stehe regungslos neben dem Dornengestrüpp und versuche zum ersten Mal zu verstehen, was passiert ist. Mich nicht nur von meiner Panik leiten zu lassen.

Warum in Gottes Namen sollte mein Hund schnurstracks in die Nacht verschwinden?

Ich versuche, mich an diese Frage zu halten. Warum?

Das Problem ist, dass ich keine Antwort finde. Vielleicht *will* ich keine Antwort finden. Stattdessen bleibe ich bei diesem anonymen Dornbusch stehen und rufe noch einige Male. Mache die Augen zu und lausche. Das Gehör wird schärfer, wenn die Augen geschlossen sind.

Aber nichts, die ganze Zeit nichts. Nicht einmal der Wind. Doch, vielleicht ist da trotz allem etwas, was sich so anfühlt wie eine sachte Bewegung, als würde … als würde die Heide *atmen*.

Bei dem Gedanken erstarrt etwas in mir. Ich begreife, dass ich zum Haus zurückmuss. Natürlich … natürlich ist Castor längst dort. Bestimmt stapft er auf dem Hof umher und kommt nicht herein, weil ich die Tür zugezogen habe. Und vielleicht läuft er daraufhin los, um sein Frauchen zu suchen.

Ziehen Sie niemals los, um nach Ihrem Hund zu suchen. Bleiben Sie, wo Sie sind, und lassen Sie den Hund suchen, er ist viel besser darin als Sie.

Weder Castor noch mir brachte der Kurs damals besonders viel, aber an diese Worte erinnere ich mich mit plötzlicher Deutlichkeit. *Ziehen Sie niemals los, um …*

Auf der Heide gibt es sumpfige Trichter. Es gibt wassergefüllte Senken, in denen der Boden nicht trägt. In denen sogar ein Pferd versinken kann, das habe ich gelesen, und wir sind in der Nähe solcher Gebiete gewesen.

Ich verlasse das Gestrüpp und trete aufs Geratewohl den Rückweg an, bin mir aber alles andere als sicher, dass es sich um ein *Zurück* handelt. Ich krache in ein neues Gebüsch, mein Herz pocht, und das Blut rauscht, aber kurz darauf folge ich einem Pfad, der zumindest zeitweise abwärtszuführen scheint. Ich kann ihn nicht sehen, muss mich bei jedem neuen Schritt mit Händen und Füßen vortasten, das Heidekraut wächst zu beiden Seiten struppig und scharf. Inzwischen weine ich, ich merke es, als ich das Salz auf meinen Lippen schmecke.

Und dann kehrt dieses Atmen zurück. Diesmal ist es deutlicher, und ich begreife auf einmal, woher es kommt: die Ponys.

Die Ponys. Ja, ohne Vorwarnung befinde ich mich mitten in einer Gruppe von ihnen. Vielleicht sechs, vielleicht auch zwölf. Sie sind mir so nahe, dass ich sie rieche und die Wärme spüre, die von ihren schweren, ruhigen Körpern ausgeht. Ich strecke die Hand aus und berühre das Tier, das mir am nächsten steht, die Berührung stört es nicht im Geringsten – und während ich meine Handfläche auf der warmen Lende ruhen lasse, spüre ich, wie ein anderes an meinem Nacken schnuppert. Mit den Augen kann ich nur ihre Konturen wahrnehmen, dunkle, verschwommene Silhouetten, aber ihre Gegenwart ist so greifbar, dass ich vom einen Moment zum nächsten erkenne, wie es sein muss, ein kleines Fohlen zu sein. Gerade erst zur Welt gekommen, aber schon umschlossen von der starken Gemeinschaft meiner Gruppe. Es ist ein eigentümlicher und großer Gedanke. Wir stehen dort und atmen in der Blindheit von Nacht und Nebel; ein paar Minuten nur, dann schnaubt eines von ihnen, ein Leittier, erkenne ich, und die ganze Gruppe setzt sich langsam in Bewegung.

Sie verlassen mich, und ihre Abwesenheit kommt ebenso plötzlich und selbstverständlich wie ihre Gegenwart zuvor. Ich stehe allein. Alles Atmen hat aufgehört, die Stille liegt wie eine kalte Decke über der Heide.

Ich bringe die Taschenlampe zum Leuchten, es ist eine vergebliche Maßnahme, aber ich kann zumindest meine Füße sehen. Ich gehe los, schere mich nicht um die Richtung. Gehe, bleibe stehen, rufe, lausche. Nach einer ganzen Weile, vielleicht einer halben Stunde, erreiche ich eine Straße. Ich beschließe, dass es sich um die Halse Lane handeln muss, und wende mich nach rechts. Es geht leicht aufwärts, und ich stelle schon bald fest, dass ich mit meiner Vermutung richtigliege. Ich rufe weiter in regelmäßigen Abständen, stehe still und lausche. Gebe nicht auf. Es ist so kalt, dass der Asphalt an manchen Stellen von einer dünnen Eiskruste bedeckt ist.

Stehen bleiben. Rufen. Lauschen.

Nichts.

Wieder und wieder nichts.

Als ich durch das Tor zu Darne Lodge trete, sehe ich, dass es zwanzig Minuten nach eins ist. Fast zwei Stunden bin ich draußen unterwegs gewesen.

Kein Castor.

Ich gehe noch einige Male um das Haus herum, ehe ich es glauben kann.

Die restliche Nacht rufe ich abwechselnd am Fenster oder in der Tür stehend. Als ich im ersten bleichen Morgengrauen auf der Couch einschlafe, habe ich fünf oder sechs Gläser Wein getrunken. Ich bin fast bewusstlos, aber vielleicht habe ich trotz allem meinen Hund überlebt.

IV.

41

Jedes Kind verschwindet.

In jeder Familie kursieren Geschichten, in denen Tomas oder Kalle oder die kleine Belinda verschwinden und eine ganze Stunde fortbleiben. Vielleicht auch zwei oder drei. Wir produzierten noch eine letzte Sendung – über die eine hinaus, in der Alice Myrman durch ihren Ehemann im Holzschuppen Berühmtheit erlangte –, in der es um diese Art des Verschwindens ging. Mit glücklichem Ausgang, jedenfalls nehme ich an, dass es so gedacht war. Sie wurde aus verschiedenen Gründen niemals ausgestrahlt, aber gemeinsam mit einem Kollegen traf ich mich mit mindestens zwanzig Eltern, die uns von solchen Erfahrungen erzählten.

Es geht um das Grauen. Um die unvergleichlichen Sorgen, die Eltern sich machen, wenn sie nicht wissen, wo ihr Kind ist. Man faltet die Hände und betet zu Gott, obwohl man kein Gebet mehr gesprochen hat und auch nie in der Kirche gewesen ist, seit man vor hundert Jahren bei einem Konfirmations- und Reitlager konfirmiert wurde.

Und es passiert allen, fast allen. Diese bleichen Minuten und Stunden, in denen der Tod als Gast im Hausflur steht. Wir erhalten alle diese Mahnung, dafür muss es einen Grund geben.

In meiner Familie war es die kleine Gun, die verschwand. Es passierte zwei Jahre, bevor der Tod dann wirklich kam, und man bekam natürlich einen Vorgeschmack, und ich kann mich mit fast fotografischer Deutlichkeit daran erinnern.

Allerdings ist mir nur meine Mutter so im Gedächtnis geblieben, die anderen Details dagegen weniger. Wir machten Urlaub in Dänemark, hatten für eine oder auch zwei Wochen ein Haus in der Nähe eines Ortes namens Tarm gemietet und schämten uns ein wenig wegen des Namens, weil er annähernd wie Darm klang. Die Ortschaft lag unweit des Skagerraks, jedoch nicht direkt am Meer. Mein Bruder Göran war nicht mit, wahrscheinlich war er in irgendeinem Ferienlager.

Gun und ich, meine Mutter und mein Vater. Vier Personen. Und eines Nachmittags konnten wir Gun nicht finden. Sie war damals erst fünf, und möglicherweise hätte ich sie eigentlich im Auge behalten und dafür sorgen sollen, dass sie auf dem Hof blieb und nicht weglief. In der Nachbarschaft des Hauses verlief eine stark befahrene Straße.

Nur mein Vater und ich zogen daraufhin los, um nach ihr zu suchen. Meine Mutter blieb mit der Erklärung am Küchentisch sitzen, dass sie nicht in der Lage sei aufzustehen. Ihre Beine trügen sie nicht, gab sie uns zu verstehen, aber wir müssten Gun unbedingt finden, sonst könne sie für nichts garantieren.

So lauteten ihre Worte: Wenn ihr ohne Gun zurückkommt, kann ich für nichts garantieren.

Ja, ich sehe sie an dem Tisch in der hellen Küche sitzen, ihre Hände hat sie aus irgendeinem Grund unter sich gelegt und sitzt auf ihnen, und sie starrt zum Fenster hinaus, und ich habe sie nie zuvor so gesehen. Mein Vater versucht ihr zu erklären, dass bestimmt nichts Schlimmes passiert sei, es die Sache aber ganz sicher nicht besser mache, wenn sie nicht mithelfe. Ist doch logisch, dass es besser ist, wenn wir uns zu dritt auf die Suche machen, jeder in eine Richtung, das versteht sich doch von selbst.

Daraufhin dreht meine Mutter den Kopf und starrt uns an, meinen Vater und mich, das ist die kurze Sequenz, an die ich mich mit Abstand am deutlichsten erinnere. Ihr Blick wandert zwischen uns hin und her, und dann sagt sie es noch einmal: Jetzt geht schon und findet Gun. Wenn ihr ohne sie zurückkommt, kann ich für nichts garantieren.

Ihre Stimme klingt wie das Geräusch, wenn man mit einem Messer den Boden eines Topfes abschabt, und mein Vater und ich begreifen, dass mit ihr etwas nicht stimmt. Wir haben jedoch keine Zeit, uns in dem Moment damit zu befassen. Stattdessen eilen wir hinaus und machen uns auf den Weg, um meine kleine Schwester zu suchen.

Als ich sie finde, geht sie auf einem Pfad, der zu einem Gelände mit Sanddünen führt, in dem wir ein paar Mal zum Spielen gewesen sind. Sie hat keine Ahnung, was sie angestellt hat, singt ein Lied und hat sogar einen Strauß Blumen in der Hand, so dass ich befürchte, dass sie ihn auf einem Friedhof gefunden hat, der ebenfalls ganz in der Nähe liegt. Alles in allem ist sie nicht länger als eine Stunde verschwunden gewesen, jedenfalls ist das die Schätzung, die ich hinterher anstelle.

Ich frage meine Mutter, warum sie sich so bescheuert verhalten hat. Ich bin erst dreizehn, aber seit einem Jahr gehe ich in die Mittelstufe und beginne, die Welt zu entdecken. Ich will auf alles eine Antwort haben.

Auf diese Frage bekomme ich allerdings keine Antwort, meine Mutter wirft mir lediglich einen Blick zu, der besagen soll, dass man einer Dreizehnjährigen nicht alles erklären kann. Ich erinnere mich, dass ich noch Tage später wütend auf sie war. Als ich meinen Vater darauf anspreche, wirkt er traurig und sagt nur: Es ist, wie es ist, Maria. Vielleicht muss ja immer einer zu Hause bleiben, und wer diese Rolle spielt, weiß das in einer Weise, die du und ich nicht verstehen können.

Und wenn wir Gun nicht gefunden hätten, wäre meine Mutter verrückt geworden, das ist die Wahrheit, an die wir beide lieber nicht rühren wollen.

Als es dann doch passiert, ist es, als habe sie Zeit gehabt, sich darauf vorzubereiten. Immerhin bleibt die kleine Gun ja noch zwei Jahre am Leben.

Zwei Tage vor Heiligabend zweiundvierzig Jahre später folge ich dem Beispiel meiner Mutter. Ich bleibe den ganzen Tag zwar nicht ununterbrochen im Haus, wohl aber in seiner Nähe. Auf dem Hof und in der nächsten Umgebung. Es ist ein kalter Tag, am frühen Nachmittag fällt sogar ein wenig Schnee. Ich untersuche den kleinen Stall, was ich bisher versäumt habe, wenn man davon absieht, dass ich Brennholz aus dem Lager an der Giebelwand ins Haus geholt habe. Es gibt allerdings auch herzlich wenig zu erkunden, und Hundespuren sind dort auch nirgendwo zu entdecken. Nur Gerümpel und noch mehr Gerümpel, und ich denke, dass viele Jahre vergangen sein müssen, seit hier einmal ein Pferd gestanden hat. Das Einzige, wofür ich eventuell Verwendung haben könnte, ist eine Stalllaterne, ich glaube, man betreibt sie mit einer Art Öl, und obwohl sie verrostet und schmutzig ist, nehme ich sie ins Haus mit, um sie mir näher anzuschauen.

Wie ich mich für so etwas interessieren kann, ist mir im Nachhinein, als sich die Dunkelheit wieder herabgesenkt hat, vollkommen unverständlich. Ich habe mit stärker werdenden Kopfschmerzen zu kämpfen, die daher rühren müssen, dass ich den ganzen Tag weder etwas gegessen noch getrunken habe. Vielleicht ist aber auch der Weinkonsum vom Vortag in meinem Schädel gegenwärtig. Ich hole den Rest Suppe heraus, stelle den Plastikbehälter aber wieder in den Kühlschrank, weil sie mich ekelt. Stattdessen trinke ich ein Glas Apfelsaft und esse ein paar trockene Kekse, mehr bekomme ich nicht hinunter. Doch, zwei Kopfschmerztabletten mit einem weiteren Schluck Saft. Als es schließlich sieben wird, ist Castor seit zwanzig Stunden fort, denn ich erinnere mich, dass ich ihn hinausließ, kurz nachdem ich am Vorabend meine Passwort-Versuche gemacht hatte.

Zwanzig Stunden in einer Heidelandschaft. Die Temperatur hat in dieser Zeit beständig um den Gefrierpunkt gelegen. Wie lange kann er …?

Trotzdem rufe und rufe ich. Rufe und rufe.

Warum sollte ich nicht rufen?

Später am Abend komme ich für ungefähr eine Stunde etwas zur Vernunft. Ich sitze mit Papier und Stift am Tisch und versuche, die Zusammenhänge zu verstehen. Ich notiere die folgenden Fakten, bemühe mich, den gemeinsamen Nenner zu finden, und stelle mir vor, dass es einen geben muss:

Die toten Fasane
Der silberfarbene Mietwagen
Die Signatur G
Samos
Taza
Das Passwort
Professor Soblewskis Mail
Mark Britton
Jeremy Britton
Death
Castors Verschwinden

Mit der Zeit streiche ich mehrere Punkte durch. Übrig bleiben die Fasane, der Mietwagen und Castor. Und Death, obwohl ich das Wort am liebsten auch streichen würde. Ich beschließe, dass der Rest, zumindest in der momentanen Situation, irrelevant ist. Kurze Zeit später füge ich zwei Fragen hinzu:

Ist Martin wirklich tot?

Woher weiß ich das?

Und nachdem ich minutenlang vollkommen regungslos dagesessen und mein Blatt angestarrt habe, gelingt es mir, auf einen Gedanken zurückzugreifen, der mir vor einigen Tagen gekommen war, bevor ich Soblewskis letzte Mail las:

Ein Helfer?

Könnte es eventuell sein, dass …?

Wäre es möglich, dass …?

Es dauert eine ganze Weile, diese Gedankengänge verständlich zu machen, und der zeitliche Aufwand hängt sicherlich mit meinem Zustand zusammen. Castor ist verschwunden, und ich stehe am Rande eines Nervenzusammenbruchs, es hat keinen Sinn, sich da etwas vorzumachen, und das tue ich auch nicht.

Aber wenn ich auf diese Frage nach einem Helfer zurückkomme, die ich mir vor einiger Zeit stellte – der einzig mögliche Weg für Martin, inkognito zu bleiben, falls es ihm gelungen sein sollte, aus dem Rattenbunker zu entkommen –, was verstehe ich dann eigentlich? Nun, ich verstehe endlich, dass es letztlich nur einen denkbaren Helfer geben kann.

Professor Soblewski.

Nicht wahr, frage ich mich. Welches andere Szenario sollte möglich sein? Wie sonst hätte Martin agieren können, ohne dass bekannt geworden wäre, dass … dass seine Gattin ihn zum Sterben in einem alten Bunker aus dem Zweiten Weltkrieg zurückgelassen hat? Wen würde er als Vertrauten auswählen, wenn er beschlossen hätte, die Sache selbst in die Hand zu nehmen und sich persönlich zu rächen?

Als er dort über den Strand geht und friert und hasst, denn schon an diesem Punkt muss er das Problem lösen.

Soblewski natürlich. Das Haus des Professors liegt ganz in der Nähe, bestimmt nicht mehr als zwei Stunden Fußweg entfernt. Er und Martin haben die halbe Nacht zusammengesessen und geredet und geplant, obwohl er da noch nicht auf der Suche nach einem Verbündeten war, muss es dennoch das Erste gewesen sein, was Martin durch den Kopf ging, seine Erste Maßnahme, nachdem er herausgekommen war: zu Soblewski zurückzukehren.

Was würde dies also bedeuten? Worauf will ich mit diesen Gedankengängen hinaus?

Trotz meines momentanen Zustands fällt es mir nicht sonderlich schwer, die Antwort zu finden. Es würde schlicht und ergreifend bedeuten, dass Martin und Soblewski mit der gesamten Mailkommunikation, die stattgefunden hat, seit ich nach Exmoor gekommen bin, vollkommen einverstanden sind.

Weiter: dass Soblewskis eigene Mails an Martin fiktiv sind, aus der Luft gegriffen, damit ich ahnungslos bleibe. Vor allem soll ich nichts ahnen, als Soblewski nach einiger Zeit, fast beiläufig, erwähnt, dass man in der Nähe seines Hauses eine Leiche gefunden hat.

Könnte das nicht eine denkbare Wahrheit sein?

Ja, ich sehe mich gezwungen, dies zu bestätigen, es ist eine denkbare Wahrheit.

Die zudem dazu führt, dass in null Komma nichts ein Zusammenhang – ein roter Faden – zwischen meinen hingekritzelten Fakten ins Auge sticht.

Wie viele Menschen in der Welt würde Castor bereitwillig begleiten, wenn sie nach ihm riefen?

Ich zerknülle mein Blatt und werfe es ins Feuer. Mir brummt der Schädel. Gibt es außer Soblewskis weitere falsche Mails? Was ist mit den mehr oder weniger aggressiven Mitteilungen von G, die in der letzten Zeit aufgehört haben? Könnten auch sie von meinem lebenden Gatten und seinem Helfer verfasst worden sein?

Ich erkenne, dass ich schon lange nicht mehr draußen gewesen bin und nach Castor gerufen habe, und – um mir selbst zu demonstrieren, dass es eine plausible und denkbare Alternative zu den Schlussfolgerungen gibt, denen ich bedrohlich nahe gekommen bin – ziehe mich an, gehe hinaus und rufe gut und gerne eine halbe Stunde lang nach ihm.

In verschiedenen Richtungen, jedoch ohne den Hof zu verlassen.

Vor meinem inneren Auge sehe ich, dass er auf der Heide so tief in ein Schlammloch eingesunken ist, dass nur noch sein Kopf aus der Erde lugt. Er versucht, ihn zu drehen, um zu schauen, aus welcher Richtung sein Frauchen kommen wird, um ihn zu retten, bis er schließlich begreift, dass eine solche Lösung nicht zu erwarten ist. Da ist es besser, die Augen zu schließen und sein schmachvolles Hundeleben aufzugeben. Besser, diese eitle Hoffnung im Keime zu ersticken.

Oder … oder er liegt in einem Wirtshaus in der Nähe auf einem Bett und leckt sich das Maul? In Dunster oder Minehead oder Lynmouth, warum nicht? Dort liegt er und betrachtet sein Herrchen, das mit einem Glas Bier und einer Zeitung im Sessel sitzt und wie aus dem Nichts auf höchst unvorhersehbare Weise aufgetaucht ist …

Und in keinem dieser Fälle ist es sonderlich hilfreich, dass sein Frauchen auf einem finsteren Hof steht und mit einer Stimme nach ihm krächzt, die immer mehr an das bereits erwähnte schwache Scharren eines Messers auf dem Boden eines Topfes erinnert.

Trotzdem ruft man. Man tut es. Solange man sich noch mit etwas beschäftigen kann, so bedeutungslos es auch sein mag, tut man es, denn so hält man sich den Wahnsinn vom Leib.

Man ruft und ruft.

Und als ich genug gerufen habe, schlafe ich auch in dieser Nacht auf der Couch ein.

42

Ich werde von einem Klopfen an der Tür geweckt.

Ich werfe die Decke von mir und setze mich auf. Stelle fest, dass ich angezogen bin, und streiche mir mit den Händen durchs Haar. Es sirrt zwischen meinen Schläfen und pocht hinter den Augen. Ich sehe vermutlich aus wie eine Hexe und weiß nicht, ob ich hingehen und die Tür öffnen soll oder nicht.

Rufe mir die Lage in Erinnerung und denke, dass es keine Rolle spielt, ob ich wie eine Hexe aussehe. Nichts spielt mehr eine Rolle, so ist es vermutlich schon lange gewesen, aber jetzt ist die Zeit reif, es auch einzusehen. Es ernst zu nehmen.

Es klopft erneut. Ich rappele mich auf und gehe zur Tür.

Es ist Lindsey, der neue Kellner aus *The Royal Oak*; es dauert ein paar Sekunden, bis es mir gelingt, ihn zu identifizieren. In der Nacht hat es geschneit, eine dünne Schicht nur, die sicher schon schmilzt, aber noch ist die Landschaft weiß, und das ist wahrhaftig eine Überraschung.

Genau wie Lindsey. Nie zuvor hat es an meine Tür in Darne Lodge geklopft. Er tritt mit seinen Halbschuhen leicht nervös im Schnee auf der Stelle und bittet um Entschuldigung.

»Tom hat mich gebeten, zu Ihnen zu fahren. Ich muss sofort wieder zurück, weil wir bald für den Mittagstisch aufmachen, und es kommt eine größere Gesellschaft …«

»Worum geht es?«

»Um Ihren Hund, Madame«, antwortet er. »Wir haben Ihren

Hund bei uns. Als Rosie nach unten kam, saß er vor der Tür. Also haben wir ihn hereingelassen und ihm etwas Futter gegeben, ich nehme an, dass er heute Morgen weggelaufen ist?«

Ich starre ihn an, ohne ein Wort herauszubekommen. Er windet sich und breitet die Hände aus, als wolle er immer noch für etwas um Entschuldigung bitten.

»Ich muss jetzt zurückfahren. Aber Sie können jederzeit vorbeikommen und ihn abholen. Das soll ich Ihnen von Rosie und Tom ausrichten.«

»Danke, Lindsey«, bringe ich endlich heraus. »Tausend Dank, dass Sie gekommen sind und mir Bescheid gesagt haben. Er ist ehrlich gesagt schon seit gestern Abend verschwunden gewesen. Man macht sich ja solche Sorgen…«

Ich weiß nicht, warum ich seine Abwesenheit um einen ganzen Tag verkürze.

»Tja, das ist alles, was ich ausrichten soll… Sie haben einen schönen Hund, Madame.«

»Ja, er ist schön. Richten Sie Rosie und Tom aus, dass ich in einer Stunde bei ihnen bin.«

»Vielen Dank, das werde ich tun«, erwidert Lindsey und kehrt zum Landrover zurück, der auf der Straße tuckert.

Ich ziehe mich aus, stelle mich unter die Dusche und brabbele den kompletten dreiundzwanzigsten Psalm vor mich hin. Diesmal jedoch, ohne unterbrochen zu werden.

Er kommt mir schon an der Tür entgegen. Ich falle auf die Knie und schlinge die Arme um ihn; eigentlich hatte ich mir vorgenommen, meine Würde zu wahren und das nicht zu tun, aber es gelingt mir nicht. Er leckt meine Ohren, das rechte und das linke. Er riecht ganz passabel, nicht ganz sauber, aber auch nicht so, wie man riechen sollte, wenn man zwei Nächte und einen Tag in einer sumpfigen Heide verbracht hat.

»Wie ich sehe, ist der verlorene Sohn zurückgekehrt.«

Das kommt von Robert, er sitzt mit einem Pint Exmoor Ale vor sich an seinem Stammplatz.

»Hunde«, sagt Rosie an der Theke stehend. »Sie sind fast wie Männer.«

»Jetzt komme ich nicht ganz mit«, meint Robert.

Rosie schnaubt ihn an. »Wenn man sie nicht zu Hause findet, dann findet man sie mit Sicherheit im Pub. Aber es ist schon schön, wenn man sie wiederfindet. Er hat etwas Futter bekommen und eine Stunde vor dem Kaminfeuer geschlafen. Lindsey sagt, dass er seit gestern Abend weg war?«

»Ja, das stimmt«, antworte ich und richte mich auf. »Ich begreife nicht, was in ihn gefahren ist. Ich habe ihn ins Freie gelassen, damit er sein Geschäft erledigt, und schwups war er fort.«

»Er hat bestimmt etwas gewittert«, wirft Tom ein, der neben seiner Frau an der Bar auftaucht.

»Sag ich doch«, stellt Rosie fest. »Genau wie Männer.«

»Habe ich etwa nicht dreißig Jahre lang treu an deiner Seite gestanden?«, entgegnet Tom seufzend und zwinkert mir zu. »Ich weiß gar nicht, wovon du redest. Ach ja, frohes Fest. Vielleicht bekommen wir sogar weiße Weihnachten, die sind Sie ja sicher gewöhnt?«

»Oh ja«, sage ich. »Aber der Schnee wird wohl nicht bleiben.«

»Hauptsache, Sie tun das«, erwidert Rosie.

Ich verstehe nicht, was sie meint, und das sieht man mir auch an.

»Zum Essen, meine ich. Bei uns gibt es heute *carvery*, in einer halben Stunde kommt ein ganzer Haufen Leute, aber wenn Sie sich jetzt setzen, kriegen Sie die besten Stücke ab.«

»Vorhin hast du mir die besten Stücke versprochen, hast du das etwa schon wieder vergessen?«, protestiert Robert und hebt sein Glas.

Ich denke, dass die Welt sich trotz allem weiterdreht, und

setze mich an den Tisch direkt neben dem Feuer. Castor zu meinen Füßen.

Denn das tut sie natürlich. Die Welt. Sich weiterdrehen. Und Castor und ich werden noch eine Weile auf ihr wandeln.

Ich sitze tatsächlich da und suhle mich in diesem empfindsamen und pompösen Gedanken, als wir nach der Fleischschlemmerei im *The Royal Oak* nach Dulverton fahren. Wir wollen dieser beständigen und funktionierenden Erde nämlich Tribut zollen, indem wir für die Weihnachtstage Delikatessen einkaufen. Was immer wir auftreiben können, aber heute ist der Dreiundzwanzigste, es wird also höchste Zeit. Die Straße ist nach den Schneefällen ein wenig rutschig und schmierig, aber Castor sitzt trotzdem unangeschnallt vorne, weil ich eine Hand auf ihn legen möchte.

Wo bist du gewesen, denke ich. Immer und immer wieder. Wo bist du gewesen? Wo bist du gewesen?

Im Grunde ist mir das in diesem Moment jedoch vollkommen egal. Vielleicht will ich es gar nicht wissen, Hauptsache, er ist zurück. Nie mehr werde ich ihn alleine in die Dunkelheit hinauslassen. Solange wir beide leben nicht mehr.

Es gelingt mir auch später, mich jeglicher Spekulationen zu enthalten, wahrscheinlich sind mir die Feiertage dabei eine große Hilfe. Heiligabend, erster Weihnachtstag, zweiter Weihnachtstag; wir fahren nirgendwohin, bleiben in Darne Lodge, machen unsere langen Spaziergänge durch die Heide, einen am Morgen, einen am Nachmittag, zum Dorf hinunter, aber nur halb, der Rest des Weges ist zu matschig, nach Wambarrows hinauf und in weiten Bögen in Richtung Tarr Steps. Tarr Steps von der guten Seite, nicht über den Weg des Teufels.

Und ich lasse ihn nicht eine Sekunde aus den Augen.

Ich lese über John Ridd und Lorna Doone, bin fast durch. Als wir unsere Weihnachtseinkäufe erledigten, war ich auch im Antiquariat und habe die beiden Romane Bessie Hyatts abgeholt, aber sie müssen sich wie auch Dickens gedulden. Ich koche und gebe acht, dass das Feuer nicht ausgeht. Wir essen, wir kuscheln auf der Couch und tauschen Gedanken aus; es geht uns nicht schlecht. Überhaupt nicht schlecht.

Das Wetter ist, wie es ist. Knapp über dem Gefrierpunkt, aber keine neuen Schneefälle, der gefallene Schnee ist weggeschmolzen. Castor muss trotzdem einen Hundemantel tragen, wenn wir unterwegs sind. Wir begegnen keinen Menschen in der Heide, drei Tage lang keinem einzigen. Die Ponys scheinen die Geburt Christi nicht zu feiern, wir stoßen wie üblich auf Gruppen von ihnen, mal hier, mal da, nachts scheinen sie den Standort zu wechseln, man weiß nie, wo sie am nächsten Morgen aufzutauchen belieben. Aber es vergeht kein Tag, ohne dass wir sie nicht irgendwo sehen, und ich stelle mir vor, dass sie Darne Lodge in irgendeiner Weise als eine Art Achse sehen, als ein Zentrum, auf das sie sich beziehen können.

Wie Castor und ich. In dieser zweihundert Jahre alten, steinernen Behausung draußen in der Heide haben wir ein Zuhause mit Vor- und Nachteilen gefunden. Noch ist die Zeit nicht reif, an den Weg zu denken, der uns von hier wegführen wird. Noch ist es eine Zeit, zu bleiben und Ruhe zu bewahren.

Ruhe zu bewahren und sich an Alltägliches zu halten.

Menelaos. Falsch.

Agamemnon. Falsch.

Achilles. Falsch.

43

In unseren mehr als dreißig gemeinsamen Jahren sind wir natürlich einer ganzen Reihe von Menschen begegnet.

Langjährige Freundschaften sind dennoch Mangelware geblieben; wenn ich daran denke, macht mich das nicht sonderlich traurig, ich vermisse auch nichts, stelle einfach nur fest, dass es so gewesen ist. Wenn wir an privaten Essenstafeln oder in einem von Stockholms Restaurants zusammengesessen haben, sind die anderen am Tisch fast immer Kollegen mit ihrer Begleitung gewesen. Meine Kollegen oder Martins Kollegen. Vorzugsweise Letzteres, ja, ich wage zu behaupten, dass ich ungefähr drei Mal so vielen Vertretern des akademischen Betriebs vorgestellt wurde, als es umgekehrt der Fall war: Fernsehleute der einen oder anderen Art, die sich auf meine lächelnde Aufforderung hin genötigt sahen, meinem Mann, dem Literaturprofessor Martin Holinek, die Hand zu schütteln.

Aber natürlich können Kollegen auch Freunde sein, und es gab ein Ehepaar, das uns nahestand. Das von mir während der gesamten achtziger und bis weit in die neunziger Jahre hinein als unsere Vertrauten betrachtet wurde. Sie hießen Sune und Louise. Sune und Martin lernten sich schon auf dem Gymnasium kennen und begannen gleichzeitig an derselben Universität, Literaturwissenschaft zu studieren. Sune ist übrigens der bereits erwähnte Dozent, der behauptet, dass Jacqueline Kennedy in einem Café in Uppsala gesessen und Kaffee getrunken hat.

Louise trat ungefähr zur selben Zeit in Sunes Leben wie ich in Martins, und die beiden bezogen ein halbes Jahr nach Gunvalds Geburt gemeinsam eine Wohnung in der Åsögatan im Stadtteil Södermalm. Louise arbeitete damals schon in der Bank, und soweit ich weiß, tut sie das immer noch, jedenfalls arbeitet sie innerhalb des Bank*wesens*.

Sune stammte aus extrem einfachen Verhältnissen. Er wuchs als einziges Kind bei einer Mutter auf, die sich in einer kleinen Ortschaft in Värmland als Putzfrau über Wasser hielt. Dank einer Lehrerin, die seine Begabung erkannte, erhielt er die Möglichkeit zu studieren; sie unterstützte sowohl Sune als auch seine Mutter während der Gymnasialzeit finanziell, als er zur Untermiete wohnte, und danach auch während seines Studiums. Sune sprach über diese Lehrerin, sie hieß Ingegerd Fintling und war seit ein paar Jahren tot, als wir uns kennenlernten, immer wie über einen Engel in Menschengestalt. Sune und Martin standen in den Siebzigern politisch natürlich weit links, und ich glaube, dass Sune in gewisser Weise Martins politisches Alibi war. Er selbst stammte aus der oberen Mittelschicht, aber etwas Proletarischeres als den Sohn einer alleinerziehenden Putzfrau konnte man sich ja kaum vorstellen. Während einiger Jahre gab es da fast so etwas wie Neid.

Im Laufe der Zeit wurde die rote Farbe natürlich von Martin abgewaschen, obwohl es ihm noch recht lange gefiel, sich als Sozialdemokrat zu geben. Jedenfalls pflegten wir in diesen Jahrzehnten einen engen Kontakt zu Sune und Louise; immerhin wohnten wir Anfang der achtziger Jahre nur ein paar Häuserblocks voneinander entfernt, und die beiden bekamen ihr einziges Kind Halldor mitten zwischen unseren beiden.

Ich erinnere mich, dass ich Louise sehr mochte, mir jedoch nicht ganz klar war, warum ich das tat. Sie war ein ungewöhnlich ruhiger und freundlicher Mensch, vielleicht lag es daran. Sie schien keine besonders hohen Ansprüche an das Leben zu stellen, war mit sich selbst und ihren Lebensumständen stets zufrieden. Wenn wir uns trafen, überließ sie Martin und Sune die großen Gesten, die Manifeste und die politische Debatte, war dabei aber nicht unterwürfig. Sie lachte häufig über die beiden, und manchmal taten wir das auch gemeinsam, aber bei Louise gab es niemals Bosheit oder Ironie, nur eine Art milde und amüsierte Nachsicht. Jungen sind nun einmal Jungen.

Es dauerte zwei Jahre, bis mir bewusst wurde, dass sie gläubig war. Tief und ganz privat und ohne viel Aufhebens darum zu machen. Als ich es begriff, fragte ich sie, warum sie mir nichts davon erzählt habe, und sie antwortete, weil ich sie nie danach gefragt habe.

Sie habe auch nicht das Bedürfnis, ihren Glauben zur Schau zu stellen, ergänzte sie. Oder darüber zu diskutieren. Sie gehe nicht in die Kirche und glaube nicht an die große Religion. Sie und Gott hätten gleichsam etwas Eigenes, es sei etwas anderes.

Ich wollte von ihr wissen, wie sie dazu gekommen sei, ob sie von Kind auf religiös gewesen sei, aber sie erklärte, sie habe mit fünfzehn eine Offenbarung gehabt, so sei es dazu gekommen.

Wie passt das zu diesen linken Schwärmereien, erkundigte ich mich und machte eine Geste zu unserem Wohnzimmer hin, in dem Martin und Sune mit der Analyse der einen oder anderen Spitzfindigkeit beschäftigt waren. Louise und ich standen in der Küche und bereiteten den Nachtisch vor, weil die Herren sich um das Hauptgericht gekümmert hatten. Wir waren beide nüchtern, da ich mit Synn schwanger war und Louise noch stillte. Halldor und Gunvald dürften in unserem Schlafzimmer geschlummert haben.

Das ist kein Problem, antwortete Louise. Natürlich habe ich keine Lust, mit Martin über unseren Herrn und den Sozialismus zu debattieren, aber in meinem Kopf ist daran nichts Seltsames. Gott kommt zuerst, wenn du verstehst, was ich meine.

Und Sune, fragte ich natürlich. Opium fürs Volk und was noch alles?

Sune kommt als Nummer drei, erläuterte Louise und kicherte, sie konnte wirklich wie eine Dreizehnjährige kichern. Halldor ist Nummer zwei, und Sune kennt diese Rangordnung und akzeptiert sie.

Aus irgendeinem Grund erzählte ich Martin nie von Louises Religiosität, und viel später, als wir keinen Kontakt mehr hatten, dachte ich gelegentlich über den Grund dafür nach. Als wäre es ein Geheimnis gewesen, das sie mir anvertraut hatte, aber das war es ja gar nicht. Louise und ich unterhielten uns auch unter vier Augen nicht oft darüber, nicht einmal, als sie während der schweren Zeit nach Synns Geburt bei mir saß und meine Hand hielt. Ich nahm natürlich an, dass sie auf ihre stille Art für mich betete, aber ich fragte sie nie und kommentierte es nicht.

Vielleicht behielt ich es aber auch für mich, weil ich Martins Ausführungen und Analysen zu diesem Thema nicht hören wollte, ja, einen tieferen Grund hatte es wahrscheinlich nicht.

Später bekam Sune dann eine Stelle an der Universität von Uppsala, und sie zogen dorthin. Wir besuchten sie mehrmals, es war ihnen gelungen, ein Haus im Stadtteil Kåbo zu kaufen, in dem man als akademischer Würdenträger traditionell wohnen sollte – Martin zog Sune regelmäßig wegen dieses gesellschaftlichen Aufstiegs und dem Verrat an seiner Herkunft auf, und ich hatte immer das Gefühl, dass da ein paar Körnchen bitteren Neids in den Kommentaren mitschwangen. Sune hatte seine Doktorarbeit früher fertiggestellt als Martin und war damals in seiner Karriere vermutlich ein, zwei Schritte weiter gekommen. Ich weiß noch, dass Martin mich ab und zu – vor allem zu Anfang, als wir noch in Södermalm wohnten – an wohlgesetzten Ansichten zu Sunes sogenannter Forschung teilhaben ließ und verkündete, dass sie in Wahrheit nicht wirklich höchsten Ansprüchen genüge.

Aber obwohl wir uns mit der Zeit seltener sahen, blieben wir auch während der gesamten neunziger Jahre in Kontakt. Sie besuchten uns in Nynäshamn, und wir fuhren nach Uppsala. Unsere Kinder kannten sich, und ich glaube, sie betrachteten einander als eine Art Cousins und Cousinen. Es stellte sich heraus, dass Halldor hochbegabt war, noch in der Mittelstufe bewältigte er in den Fächern Mathematik, Physik und Chemie den Lernstoff für das Gymnasium. Soweit ich weiß, arbeitet er heute als Forscher an einer Universität in den USA, jedenfalls verschwand er kurz nach dem Abitur mit einem Stipendium dorthin.

Dann bewarben sich Martin und Sune um dieselbe Professur. Das war kurz nach der Jahrtausendwende, und aus Gründen, die ich nicht kenne, zog sich das Auswahlverfahren in die Länge. Meinem Eindruck nach stand frühzeitig fest, dass einer der beiden die Stelle bekommen würde, es gab keine anderen Bewerber, deren Qualifikation sich mit der von Sune und Martin hätte messen können.

Es war eine seltsame Zeit. Für ein paar Monate hatte ich das Gefühl, ein Krieg zöge herauf. Als stünde etwas Großes und Unwiderrufliches vor der Tür, und als gäbe es kein Zurück mehr. Martin hatte der Berufungskommission nachträglich einige Unterlagen zukommen lassen, aber ich fragte ihn nie, worum es sich dabei handelte, da ich es nicht wissen wollte, und wenn ich ihn manchmal über den Frühstückstisch hinweg ansah, oder wenn er geistesabwesend vor dem Fernseher saß, hatte ich das Gefühl, eine Art Lähmung hätte Besitz von ihm ergriffen. Als hätte er eine Gehirnblutung erlitten, deren einzige zurückgebliebene Spur in dieser Stummheit bestand. Dieser plötzlichen Leere… oder Abwesenheit, ich weiß es nicht, aber eins begriff ich, wenn es nicht vorüberginge, würde ich gezwungen sein, einen Arzt zu konsultieren.

Aber es ging vorüber. Eines Tages Anfang November wurde bekanntgegeben, dass Martin die Professur bekommen hatte, und von jetzt auf gleich war praktisch alles wieder wie immer. Die Lähmung verschwand, der Krieg war abgeblasen. Wir feierten natürlich ein wenig, aber nicht besonders überschwänglich. Gingen mit zwei seiner Kollegen in ein Restaurant im Stadtteil Vasastan und gönnten uns etwas.

Anfang Dezember rief Louise an und wollte mich zu einem kurzen Gespräch treffen. Sie würde am nächsten Tag in Stockholm sein und wollte wissen, ob ich Zeit hätte.

Natürlich hatte ich Zeit. Wir trafen uns im Café Vetekatten in der Kunsgatan, ich erinnere mich, dass sie einen nagelneuen, roten Mantel trug und jünger aussah als bei unserer letzten Begegnung, die ehrlich gesagt ein paar Jahre zurücklag. Ich dachte außerdem, dass sie von einer Art Schimmern umgeben war; das war ein wirklich ungewöhnlicher Gedanke für einen Schädel wie meinen, was wahrscheinlich der Grund dafür ist, dass ich mich daran erinnere.

»Also gut, es gibt da etwas, was ich dir gerne erzählen möchte«, sagte sie, als wir einen abgeschiedenen Winkel gefunden und einvernehmlich an unserem Kaffee genippt hatten. »Ich wusste nicht, ob ich es tun soll, aber Sune und ich haben darüber gesprochen, und er war der gleichen Meinung wie ich. Dass du Bescheid wissen solltest.«

Sie lächelte und zuckte mit den Schultern, vielleicht um anzudeuten, dass es letztlich keine große Sache war. Ich nehme an, dass ich die Augenbrauen hob, und dann fragte ich sie natürlich, was los war.

»Er hat getrickst«, antwortete Louise. »Martin hat getrickst. Er hat diese Professur bekommen, weil er in einem bestimmten Punkt gelogen hat. Sune könnte ihn deshalb anzeigen, aber wir haben beschlossen, die Sache auf sich beruhen zu lassen.«

Ich starrte sie an.

»Das war schon alles, aber ich glaube, dass du es wissen solltest. Kein anderer weiß davon, und Sune wird schweigen wie ein Grab.«

Ich öffnete den Mund, wusste aber nicht, was ich sagen sollte.

»Wir haben uns darauf geeinigt. Du brauchst dir also keine Sorgen zu machen. Du weißt ja, dass du dich auf Sune verlassen kannst.«

Ich hätte Martin darauf ansprechen sollen, das hätte ich natürlich, aber ein weiteres Mal, als wäre es zu einer goldenen Regel in unserem Leben geworden, beschloss ich zu schweigen.

Vielleicht war es aber auch eher so, dass ich diese goldene Regel damals festschrieb. Jedenfalls begriff ich schnell, dass ich durch mein Schweigen mitschuldig wurde. Ich wusste nicht genau, worin die Schuld bestand, aber etwas zu bezweifeln, was Louise mir anvertraut hatte, war einfach unmöglich.

Ja, ich wurde zu einer Mittäterin. Ich hielt etwas unter Verschluss und zementierte eine Wunde ein, die Licht und Luft benötigt hätte, um zu heilen. Ich denke, das passt ziemlich gut zu vielem anderen, was ich auf meiner Wanderung von der Wiege bis zur Bahre unterlassen habe.

Denn so ist es wirklich gewesen.

44

Die zweite historisch belegte Person, die in Darne Lodge an die Tür klopft, ist nicht Lindsey aus dem Pub, sondern Mark Britton, der aus Scarborough zurückgekehrt ist.

Es ist der Vormittag des neunundzwanzigsten Dezember. Ich bitte ihn einzutreten, ehrlich gesagt habe ich auf ihn gewartet, und das Haus ist in einem so guten Zustand, wie es nur möglich ist. Im Kamin brennt ein Feuer, und auf dem Tisch stehen zwei brennende Kerzen. Castor schlummert auf seinem Schaffell, ich habe geduscht und erinnere so wenig an eine Hexe wie schon sehr lange nicht mehr. Dagegen sieht er ein wenig müde aus, und ich ahne, dass der Aufenthalt in Scarborough nicht ganz reibungslos verlaufen ist.

»Ich bin seit gestern Abend wieder hier«, teilt er mit. »Es war sicher nicht das idyllischste Weihnachtsfest, das ich erlebt habe, aber wenigstens musste keiner ins Krankenhaus.«

»Jeremy?«, fragte ich.

»Hat sich leider nicht von seiner besten Seite gezeigt.«

»Ich dachte, er versteht sich gut mit deiner Schwester?«

»Mit Janet gibt es keine Probleme. Aber sie hat auch noch einen Mann und drei Kinder. Und Jeremy fühlt sich verloren, sobald er sein Zimmer verlassen muss. Oder zumindest, wenn er nicht in unserem Haus ist, aber das wusste ich natürlich. Nun ja, jetzt ist es vorbei, es war ein Experiment, und ich erspare dir lieber die Details. Wie ist es dir ergangen?«

Ich habe längst beschlossen, ihm nicht zu erzählen, dass Castor verschwunden war. Ich bin mir nicht sicher, warum ich das tue, und falls er es im Pub erfahren sollte, werde ich jedenfalls irgendwie versuchen, es herunterzuspielen. Ich sage nur, dass es uns gut ergangen sei, obwohl es ein wenig einsam gewesen sei.

»Und das möchte ich gerne ändern«, sagt er, und seine Miene erhellt sich ein wenig. »Ich möchte dir zwei Vorschläge machen. Morgen eine Heidewanderung und übermorgen ein Silvesterdinner bei mir. Du hast den Schampus doch hoffentlich noch nicht getrunken?«

Getrieben von einer Art weiblichen Automatik gebe ich mich zunächst zögerlich, nehme dann jedoch beide Angebote dankend an und ergänze, dass es Castor und mir gelungen sei, uns vom Champagner fernzuhalten, wir uns aber schon darauf freuten, ihn zu kosten. Ich frage ihn, ob er einen Tee möchte, und den will er natürlich – und daraufhin sitzen wir über meine auseinandergefaltete Karte gebeugt, und er erläutert mir in groben Zügen, wie er sich die morgige Route vorstellt.

»Drei Stunden, reichen eure Kräfte dafür? Ein Rucksack mit Kaffee, Broten und Leckerchen für unterwegs.«

Ich bestätige, dass mein Hund und ich den Strapazen gewachsen sein werden. An unserer Kondition sei nichts auszusetzen. Sollte es jedoch nach Dauer- oder Schneeregen aussehen, sei ich dafür, es lieber bis in den Januar zu verschieben.

»Natürlich«, erwidert Mark Britton. »Aber daran habe ich selbst schon gedacht. Wir werden gutes Wetter bekommen, es könnte eventuell ein bisschen windig werden, aber wenn mich nicht alles täuscht, stehen sogar die Chancen ganz gut, dass die Sonne herauskommt.«

»Das glaube ich erst, wenn ich es sehe«, sage ich.

»Vergiss nicht, dass ich das Verborgene sehen kann«, entgegnet er.

Bevor er geht, umarmt er mich fest. Ich bilde mir ein, dass ich nicht ganz bedeutungslos für ihn bin.

»Morgen um diese Zeit komme ich vorbei. Du brauchst nicht an Proviant zu denken, darum kümmere ich mich. In Ordnung?«

»In Ordnung.«

»Und du hast wetterfeste Kleidung?«

»Ich wohne hier schon seit zwei Monaten.«

»Schön. Bis morgen.«

»Mark?«

»Ja?«

»Ich freue mich. Auf beides.«

»Danke. Eines Tages möchte ich lesen, was du schreibst.«

Das wirst du niemals tun, denke ich, als ich die Tür geschlossen habe. Und es gibt auch sonst vieles, was du niemals erfahren wirst.

Vieles, was nicht zusammenhängt. Vieles, was verborgen bleiben muss, selbst dir. Plötzlich fällt mir das schwer, und ich denke, dass es mir wahrscheinlich nicht gelingen wird, die Ordnung der Dinge wiederherzustellen. Aber ich habe ja schon beschlossen, das bis ins neue Jahr aufzuschieben.

Es ist ein seltsames Gefühl, eine Frau mit Mann und Hund zu sein – und nicht nur eine Frau mit Hund, Verzeihung Castor. Kurz nach halb zwölf machen wir uns am Ortsrand von Simonsbath auf den Weg. Streben im Gegenwind durch die weite Heide schnurstracks nach oben und überqueren zwanzig Minuten später eine Hügelkuppe und befinden uns an einem Ort, an dem es nicht die geringsten Anzeichen von Zivilisation gibt, egal, wohin das Auge blickt. In allen Himmelsrichtungen gibt es nichts als diese karge, wogende Landschaft. Heidekraut und Gras in dunklen und hellen Feldern, das Heidekraut ist dunkel, wächst es zu dicht, wird es fast undurchdringlich. Hier und da einzelne Gebüsche aus knäueligen Dornbüschen, an denen der Wind zerrt, hier und da kleinere Gruppen von Schafen. Eine dünne Wolkendecke verschleiert den Himmel, vielleicht wird später die Sonne herauskommen. Unter uns erstreckt sich ein Bachlauf von Ost nach West, dreht nach Norden ab und verschwindet zwischen zwei flachen Böschungen. Mark zeigt mit seinem Wanderstock in diese Richtung.

»Wir stehen auf Trout Hill. Da unten haben wir Lanacombe, und da drüben befindet sich Mrs Barretts Höhle. Ich habe mir gedacht, dass wir dort hinuntersteigen. Dann können wir die meiste Zeit windgeschützt gehen. Und danach auf der anderen Seite wieder hochlaufen, in Richtung Badgworthy. Was hältst du davon?«

Ich sage, dass sich das gut anhöre und mir der Name Barrett irgendwoher bekannt vorkomme.

»Das wundert mich nicht«, erwidert Mark. »Man könnte sagen, dass du eine Nachbarin ihrer Tochter bist. Nein, entschuldige, jetzt überspringe ich eine Generation, es ist ihre Enkelin. Das Grab hast du natürlich gesehen?«

»Ja. Elizabeth Williford Barrett. 1911 bis 1961. Ich komme fast täglich daran vorbei.«

Er nickt. »Wenn mich nicht alles täuscht, wurde sie da unten geboren.« Er zeigt wieder mit seinem Stock. »In Barretts Höhle, ja, das müsste stimmen. Ihre Mutter, ich meine Elizabeths Mutter, brachte ihr Kind bei ihrer eigenen Mutter zur Welt, weil es unehelich war, und Elizabeths Großmutter war folglich die richtige, die ursprüngliche Mrs Barrett. Kommst du mit?«

Ich nicke. Ich komme mit.

»Sie beherrschte diverse dunkle Künste, könnte man zusammenfassend sagen. Hellseherei und Zauberei und alles Mögliche in der Art; sie lebte hier in der zweiten Hälfte des neunzehnten Jahrhunderts, und es lässt sich leider nicht leugnen, dass Exmoor dem restlichen England in manchen Dingen hinterherhinkt – jedenfalls in einigen kleinen Orten draußen in der Heide. In einigen kleinen Käffern und Winkeln.«

Er lacht auf, und ich hake mich bei ihm ein. Es fühlt sich an wie die natürlichste Bewegung der Welt.

»Es gibt viele Geschichten über die Hexe Barrett«, fährt er fort, »aber sie muss kurz nachdem sie Großmutter geworden ist, gestorben sein, und offensichtlich ist niemand in ihre Höhle gezogen, nachdem sie fort war. Fünfzig, sechzig Jahre später habe ich dort oft gesessen und heimlich geraucht, das muss ich zugeben, und da war von ihrem Haus nicht mehr viel übrig.«

Es gefällt ihm, so zu erzählen, und mir gefällt es auch.

»Die Tochter Barrett, ich glaube, sie hieß Thelma, gebar ihre uneheliche Tochter in der Höhle ihrer Mutter, vermutlich weil sie sonst nirgendwohin konnte. Von dem Hof, auf dem sie als Magd gearbeitet hatte, war sie vertrieben worden, der Hausherr war mit Sicherheit der Vater ihres Kindes. Mit anderen Worten, eine nicht ganz ungewöhnliche Geschichte.«

»Ja«, sage ich. »Das meiste war früher nicht besser. Jedenfalls nicht, wenn man arm und eine Frau war.«

Wir bewegen uns die Böschung hinunter. Castor setzt sich an die Spitze, offenbar hat er gut zugehört und mitbekommen, wohin wir unterwegs sind.

»Dein Stalker?«, fragt Mark, als wir eine Weile abwärtsgegangen sind. »Hast du in letzter Zeit noch etwas von ihm gesehen?«

Ich schüttele den Kopf. »Nein, er hat sich ferngehalten.«

»Ist das nicht eher ungewöhnlich? Ich meine, wenn er dich schon ins Visier genommen und es geschafft hat, dich am Ende der Welt aufzuspüren, dann müsste er doch eigentlich … na ja, irgendetwas unternehmen, oder nicht?«

»Ich weiß es nicht«, antworte ich. »Ich habe nicht wirklich nachzuvollziehen versucht, was in seinem Kopf vorgeht. Ich habe keine Ahnung, wie er denkt oder tickt. Aber vielleicht hast du recht, wenn er mich wirklich gefunden hätte, müsste ich das merken.«

»Aber du bist dir nicht sicher?«

»Nein, ich kann mir das alles natürlich auch eingebildet haben. Wenn man glaubt, dass man verfolgt wird, kann es einem schon mal passieren, dass man ein bisschen paranoid wird.«

»Kann ich mir lebhaft vorstellen«, sagt Mark. »Aber ich möchte, dass du dich bei mir meldest, wenn noch einmal etwas passiert, können wir uns darauf einigen? Wenn du mir Bescheid gibst, bin ich in zehn Minuten bei dir.«

Ich lache auf. »Mit dem Telefon?«, sage ich. »Du meinst, ich soll dich anrufen? Ich habe kein Handy, das da oben Empfang hat, ich dachte, das hätte ich dir schon erzählt. Außerdem will ich auch gar keins haben … der große Vorteil davon, in Exmoor zu schreiben, besteht ja gerade darin, dass ich keinen Kontakt zur Außenwelt haben muss.«

»Außer, du willst selbst welchen haben?«

»Außer, ich will selbst welchen haben.«

Ich finde, dass ich vollkommen glaubwürdig klinge, als ich das sage, und welchen Grund sollte er auch haben, an meinen Worten zu zweifeln? Er geht schweigend weiter und denkt kurz nach.

»Ich weiß, was wir machen«, erklärt er schließlich. »Ich leihe dir ein Handy. Ich habe ein altes Nokia bei mir herumliegen, das ich nie benutze. Eine Prepaid-Karte, keiner hat die Nummer. Es hat da oben Empfang. Du könntest es als … als eine Sicherheitsmaßnahme betrachten.«

Da mir kein vernünftiger Einwand einfällt, nehme ich sein Angebot an.

In Barretts Höhle trinken wir Kaffee und essen Teegebäck. Es ist wirklich eine Höhle, man kann die überwucherten Reste einer Art Behausung erkennen, vermutlich drei Wände, die vierte muss der steile Hang gebildet haben, in den die Wohnstatt fast hineingegraben wurde. Ein paar Meter unterhalb strömt ein schmales Gewässer, Mark sagt, es heiße Hoccombe und fließe etwas weiter entfernt mit Badgworthy Water zusammen. Als Kind sei er hier regelmäßig angeln gegangen. Ich meine, dass sich das in meinen Ohren ein wenig nach Huckleberry Finn anhöre. In der Höhle der Hexe Barrett zu sitzen, zu rauchen und darauf zu warten, dass etwas anbeißt.

»So habe ich mich auch gefühlt«, bestätigt Mark. »Allerdings hatte ich keinen Tom Sawyer, das war es wahrscheinlich, was mir gefehlt hat. Aber es stimmt schon, dass ich das alles vermisse, es ist schon seltsam, dass es so schwer sein soll, zurückzufinden zum … na ja, zum Ursprünglichen. Ich brauche bloß hierherzukommen, und schon werde ich zum Philosophen, merkst du das?«

»Allerdings«, antworte ich. »Aber ich merke auch, dass der Himmel blau ist. Obwohl die Sonne nicht bis hier unten kommt.«

»Das stimmt«, sagt Mark. »Bis zu Barretts Höhle hinunter schafft die Sonne es nie, aber wir werden den kleinen Anstieg da hochgehen«, er zeigt wieder mit seinem Stock, »und anschließend auf dem gesamten Rückweg im Sonnenschein wandern, das verspreche ich dir.«

»Das glaube ich erst, wenn ich es sehe«, wiederhole ich. »Dann ist Elizabeth Barrett also hier unten geboren worden?«

»So will es jedenfalls die Legende«, sagt Mark und wirkt nachdenklich. »Vielleicht nicht unbedingt der sicherste Ort, um seinen Lebensweg anzutreten, aber wir wollen einmal annehmen, dass es Sommer war. Jedenfalls weiß ich, woher sie ihren mittleren Namen hat. Williford, steht es nicht so auf ihrem Grab?«

Ich bestätige es ihm.

»Den Namen hat sie erst nach ihrem Tod angenommen. Offenbar legte sie in ihrem Testament fest, dass er auf ihrem

Grabstein stehen solle. Und dass man sie in diesem kleinen Wäldchen beerdigen solle, an dem viele Leute vorbeikommen … damit es alle sehen würden, darauf kam es ihr an.«

»Worauf genau?«

»Auf den Namen Williford. Es war der Name ihres Vaters, des Bauern, der ihre Mutter geschwängert und sie anschließend vor die Tür gesetzt hatte. Eine ziemlich effektive Rache, findest du nicht? Bis heute gibt es hier in Exmoor Leute, die Williford heißen und für die der Anblick des Grabs mit Sicherheit kein Vergnügen ist.«

Er lacht.

Revenge is a dish best served cold, denke ich. Wie gesagt. Aber es ist ein Gedanke, den ich lieber nicht vertiefen möchte.

Die Wettervorhersage stimmt genau. Zwei Stunden später sitzen wir im *The Forest Inn* in Simonsbath und essen zu Mittag. Ich bin ausgepumpt, und mir ist rundum warm. Castor liegt wie tot auf dem Boden, und ich denke, dass ich nicht weiß, wie ich das alles wieder ins rechte Lot bringen soll.

Könnte ich diesem Mark Britton alles erzählen? Buchstäblich alles?

Was würde dann passieren?

Ich trinke einen Schluck Mineralwasser und denke, dass ich einen Sonnenstich haben muss. Dass ich mir diese Fragen überhaupt stelle, deutet schon darauf hin.

Ein Sonnenstich am dreißigsten Dezember? Wenn das zutrifft, dürfte es ziemlich einzigartig sein, zumindest auf diesen Breitengraden. Ich schenke Mark ein telegenes Lächeln und danke ihm für einen herrlich verbrachten Tag. Er gehört zur Gegenwart, nicht zur Vergangenheit, das ist das Entscheidende. Ich bestehe darauf, die Rechnung zu übernehmen, beiße damit aber auf Granit. Na schön, denke ich, am nächsten Tag werde ich noch Zeit für einen Abstecher nach Dulverton haben und zumindest zwei Flaschen teuren Wein kaufen können.

Als wir später auf dem Rückweg nach Winsford in seinem Wagen sitzen, fällt mir jedoch ein, dass die Geschäfte geschlossen sein werden, weil es ein Sonntag ist, und damit ist auch dieser Plan Makulatur.

»Morgen Abend, sieben Uhr?«, sagt er, als er Castor und mich absetzt. »Den Weg kennst du ja, aber vergiss nicht, ein bisschen Hundefutter mitzubringen, ich glaube nämlich nicht, dass ich dich nach Hause fahren werde. Ich suche das alte Handy heraus und schaue nach, ob es noch funktioniert.«

Für einen Moment will ich protestieren, gegen das eine wie das andere, aber mir fallen einfach nicht die richtigen Worte ein. Ich nicke und versuche stattdessen, geheimnisvoll auszusehen.

45

Und so kommt es, dass ich wieder in diesem Bett aufwache.

Der erste Januar. Zum zweiten Mal innerhalb von zwei Wochen habe ich mit einem Mann geschlafen. Einem fremden Mann, dem ich in einem Pub in einem Dorf am Ende der Welt begegnet bin.

Was soll daran falsch sein, frage ich mich. Soweit ich sehe nichts; ich setze voraus, dass mein früherer Mann tot ist, ich setze voraus, selbst wenn er wider jede Wahrscheinlichkeit noch am Leben sein sollte, würde er mich dennoch nicht mehr haben wollen. Folglich bin ich eine freie Frau.

Mein neuer Liebhaber liegt nicht neben mir im Bett, aber ich kann hören, dass er unten in der Küche aktiv ist. Wir haben ein neues Jahr, wir haben eine neue Situation.

Um zwölf durfte Jeremy einen Schluck Sekt probieren, aber er hat ihm nicht geschmeckt. Er spuckte ihn aus und spülte den unangenehmen Geschmack mit einem großen Glas Fanta hinunter. Im Bett liegend denke ich, dass er mich möglicherweise mag. Jedenfalls scheint er zu akzeptieren, dass ich auf diese Weise mit seinem Vater zusammen bin, und wenn ich Mark richtig verstanden habe, ist das alles andere als selbstverständlich. Gestern gestand er mir, dass es ein Experiment war, als er mich neulich zum Essen einlud; er hatte nicht gewusst, ob Jeremy mitspielen würde, aber dennoch beschlossen, das Risiko einzugehen. Als er zweieinhalb Jahre zuvor das letzte Mal eine Frau zu Besuch hatte, ging die Sache ziemlich schief, mehr hat er mir darüber nicht anvertrauen wollen.

Ich schaue zu dem dichten Netz aus Ästen vor dem Fenster hinaus. Es fällt nur wenig Licht herein; das Haus liegt wirklich verborgen vor der Welt, und es kommt einem vor, als wäre man hier geschützt und unerreichbar. Gestern erzählte mir Mark, dass es zehn Jahre leer gestanden hatte, als er es kaufte, und die Renovierung hätte ihn fast in den Wahnsinn getrieben. Die mittlere Etage, in der ich in diesem Moment liege und mich räkele, beherbergt Marks Schlaf- und sein Arbeitszimmer; in Letzteres habe ich allerdings nur einen flüchtigen Blick werfen können, da er mir nicht zeigen wollte, welch ein Durcheinander darin herrscht. Jedenfalls ist es vollgestopft mit Papierstapeln und Aktenordnern und Computern sowie einem ausgestopften Papagei in einem gelben Holzkäfig, der, behauptet Mark, über magische Kräfte verfügt. Der Vogel, wohlgemerkt, nicht der Käfig; jedenfalls könne er schwierige Computerprobleme lösen, wenn man ihn nur richtig zu nehmen wisse. Ich war drauf und dran, ihn, also Mark, nicht den Vogel, nach meinem kleinen Passwortproblem zu fragen, aber es gelang mir, mich zurückzuhalten. Es wäre keine gute Idee, wenn er begreifen würde, dass es um einen anderen Computer geht als meinen eigenen, und wenn es ihm tatsächlich gelänge, die Datei zu öffnen, weiß ich nicht, was er davon halten würde.

Dabei fällt mir ein, dass ich behaupten könnte, es ginge nur um etwas, worüber ich schreibe, zum Beispiel über eine weibliche Hauptfigur, die dieses kleine Problem hat, aber ich beschließe trotzdem, damit noch zu warten. An einem anderen Tag vielleicht, nicht heute. Gut möglich, dass ich letzten Endes gar nicht wissen möchte, was geschah, als an einem Tag vor zweiunddreißig Jahren sechs Männer mit ihren Revolvern im Morgengrauen losgingen.

Ich rieche, dass er unten Frühstücksspeck anbrät. Möglicherweise hat er vor, mir ein Frühstück ans Bett zu bringen, aber da ich wenig davon halte, liegend im Bett zu essen, werfe ich die Decke von mir und gehe ins Badezimmer.

Ein neues Jahr, eine neue Situation, denke ich wieder.

Ich schaue mich nach Castor um, muss aber feststellen, dass er offensichtlich unten bei Mark ist. Wo sonst, eine Küche ist immerhin eine Küche. Er hat nie die Probleme seines Frauchens gehabt, die richtigen Prioritäten zu setzen.

Wir beschließen, zu Fuß nach Darne Lodge hinaufzugehen, und verlassen Mark und Jeremy gegen zwölf. Morgen können wir dann zurückspazieren und das Auto holen, an diesem Tag haben wir keine Verwendung dafür.

In meiner Tasche liegt ein funktionierendes Handy. Orange statt Vodafone, das ist der Unterschied. Mark macht schon nach wenigen hundert Metern einen Kontrollanruf. Ich melde mich und sage, dass es anscheinend funktioniert, dann beenden wir das Gespräch. Es ist ein merkwürdiges Gefühl; mir wird bewusst, dass ich binnen weniger Sekunden Synns oder Gunvalds Stimme hören könnte, wenn ich nur ein paar Tasten drücken würde. Oder Christas? Oder Eugen Bergmans?

Ich stecke das Handy in die Tasche zurück und schwöre mir, die entsprechenden Tasten nicht zu drücken. Unter gar keinen Umständen. Beschließe stattdessen, mich an meinen Tisch zu setzen, sobald wir oben in Darne Lodge sind, und zu versuchen, in Angriff zu nehmen, was ich so lange vor mir hergeschoben habe.

Zu planen. Endlich zu akzeptieren, dass ein Meer aus Tagen, Wochen und Monaten vor mir liegt. Vielleicht Jahren. Es wird höchste Zeit, dieser Tatsache ins Auge zu blicken. Eine neue Situation?

Es ist nämlich so, dass ich eine Idee habe, die ich den ganzen Abend drehe und wende und von allen Seiten betrachte. Im Grunde ist es nicht mehr als eine sehr rudimentäre Überlegung, ein unausgegorener Gedanke, den ich bewusst so rudimentär gehalten habe, weil es für ihn das Beste gewesen ist, in Erwartung eines neuen Jahres noch in seiner Schale zu bleiben.

Ja, ich finde Gefallen daran, mir das Ganze so vorzustellen – im Dezember schließt man mit etwas ab, im Januar beginnt man etwas Neues –, das kommt mir zwar immer mehr wie eine fixe Idee vor, aber solange es nur um magisches Denken geht, stört mich das nicht. Nicht im Geringsten.

Die Gleichung hat ja nur eine Unbekannte – an dieser Stelle taucht für einen Moment das Bild meines alten Mathematiklehrers Bennemann auf, der alles andere als magisch war und über Probleme, die nicht wenigstens zwei Unbekannte enthielten, in der Regel verächtlich schnaubte. Der den Kopf schieflegte und seine Fliege gerade rückte, die unter seinem spitzen, ziegenbartgezierten Kinn stets schief saß und entweder rot mit weißen Punkten oder blau mit weißen Punkten war –, aber ich will mich jetzt nicht von ihm stören lassen und verfrachte ihn zu dem Friedhof in Mittelschweden zurück, auf dem er inzwischen mit Sicherheit ruht.

Eine Unbekannte also, und dieses Fragezeichen muss ich mit Geduld und Präzision entfernen. Genau genommen ist es ja wohl so: Sollte die Wahrheit lauten, dass meine Befürchtungen zutreffen, will sagen, dass es meinem Gatten auf irgendeine mirakulöse Weise gelungen ist, aus diesem verdammten Bunker zu kriechen, an den ich kaum noch zu denken ertrage – wenn er es also, so unwahrscheinlich es auch erscheinen mag, geschafft haben sollte, sowohl der Kälte als auch den Ratten zu entkommen, tja, dann dürfte das Spiel aus sein. Mehr oder weniger jedenfalls und natürlich abhängig davon, was man mit *aus* meint.

Aber fort damit. Lasst mich stattdessen weitermachen. Wenn

die Gedankengänge, die ich auf Grund gewisser Erfahrungen durchgespielt habe: Fasane, Mietwagen, verschwundene Hunde, Mitteilungen auf verdreckten Autotüren, falsche Mails und so weiter und so fort, wenn diese Gedankengänge tatsächlich zutreffen sollten, dann kann ich feststellen, dass … ja, was eigentlich? Was kann ich feststellen? Magister Bennemann bewegt sich an diesem Punkt ein wenig in seinem Grab und versucht, mich durch sechs Fuß Erde hindurch mit seinem Blick zu fixieren, und ich denke, amüsier dich nur, du Blödmann, und erinnere mich wieder, dass ich ihn auch in Philosophie hatte: Logik und Argumentationsanalyse, oh verdammt.

Zum letzten Mal fort mit Bennemann. Jedenfalls gibt es … ja, das kommt hin, und ich spüre, dass etwas Positives und Hoffnungsvolles in meinem Schädel kribbelt, als mir diese simple und offensichtliche Wahrheit klar wird: Es kann nur zwei menschliche Wesen geben, die hier die Wahrheit, die Lösung meiner Gleichung kennen – außer Martin selbst natürlich: mein Hund und Professor Soblewski in der Nähe von Międzyzdroje in Polen.

Castor und Soblewski.

Habe ich nicht recht, frage ich mich. Ist es nicht so? Sind das nicht die beiden Wege zur Klarheit, die mir offen stehen? Ein Hund und ein Literaturprofessor.

Ich beginne mit dem Hund und einem akzeptablen Maß magischen Denkens. Gehe vor ihm auf die Knie, schaue ihm tief in die Augen und sage: Herrchen?

Er legt den Kopf schief.

Bist du in der letzten Zeit mit deinem Herrchen zusammen gewesen, frage ich ihn. Herrchen? Du weißt, wen ich meine.

Er legt den Kopf zur anderen Seite hin schief.

Wenn du deinem Herrchen begegnet bist, dann gib mir jetzt dein rechtes Pfötchen. Das ist zugegebenermaßen magisches

Denken von einem Kaliber, dem ich mich nie zuvor hingegeben habe.

Er denkt einen Moment nach und reicht mir anschließend seine linke Pfote.

Ich weiß nicht, was das bedeuten soll. Versuche es anders.

Welchen Sinn sollte mein untoter Gatte darin sehen, mir Castor zu stehlen und ihn zwei volle Tage zu behalten, nur um ihn mir anschließend wieder zurückzugeben? Welche Logik soll das haben? Welche Logik steckt hinter silberfarbenen Mietwagen, toten Fasanen und darin, so lange um mich herumzuschleichen? Welche Logik liegt hier überhaupt in irgendetwas?

Aber ich schiebe auch das beiseite. Hinab damit in Bennemanns Massengrab und zurück auf Los. Versuche, irgendeinen Sinn im Diebstahl Castors zu finden.

Es dauert eine Weile, aber dann begreife ich es.

Eine Nachricht.

Ein irgendwie geartetes Zeichen an meinem Hund, das mich begreifen lässt, wo er gesteckt hat.

Genau, denke ich und spüre, dass dieses Kribbeln die Tonart wechselt. Genau so könnte Martin Emmanuel Holinek denken. Ich starre Castor an. Warum habe ich nicht schon früher daran gedacht? Mehr als eine Woche ist vergangen, seit er verschwand und wieder auftauchte.

Wo hinterlässt man Zeichen an einem Hund? Was würde ich selbst tun?

Es vergehen nur wenige Sekunden, bis ich die Lösung finde. Das Halsband. Es ist die einzige Möglichkeit. Man befestigt etwas Kleines am Halsband, zum Beispiel einen zusammengerollten Zettel unter einem Streifen Klebeband … oder man schreibt etwas darauf.

Ich nehme Castor das Halsband ab und untersuche es eingehend. Kann keine neu hinzugekommenen kleinen Arrangements daran entdecken. Nichts ist an ihm festgeklebt oder anderweitig befestigt worden. Ich drehe es um und schaue auf der Innenseite nach, studiere es Zentimeter für Zentimeter, so würde ich selbst vorgehen, denke ich, so und nicht anders. Ich würde *Death* schreiben oder was auch immer ich schriftlich fixiert und übermittelt sehen möchte, und so würde auch Martin vorgehen. Ich kenne ihn, wir sind ein Leben lang zusammen gewesen.

Nichts.

Nicht ein Buchstabe und nicht das kleinste Zeichen.

Ich streife Castor das Halsband wieder über den Kopf und danke ihm. Weise ihn an, sich vor das Kaminfeuer zu legen und an etwas anderes zu denken. Vergiss Herrchen.

Anschließend wende ich mich Professor Soblewski zu.

In meinem Inneren ist das Kribbeln schwächer geworden, stattdessen streckt ein trostloses kleines Wesen den Kopf heraus und verkündet mir, dass ich verrückt bin und froh sein kann, dass ich diese Untersuchung meines Geisteszustands nicht ausgerechnet heute über mich ergehen lassen muss.

Ich sage dem Wesen, es solle still sein, ich müsse mich konzentrieren.

Mark Britton, sagt es trotzdem fragend. Wie willst du in Zukunft eigentlich dieses kleine Problem handhaben?

Halt's Maul, antworte ich ihm. Verkriech dich, wo immer du hergekommen bist. Mark Britton hat hiermit nicht das Geringste zu tun. Er ist bloß ein Zeitvertreib.

Ja klar, leck mich doch, sagt das Wesen, ist dann jedoch klug genug zu schweigen. Ich wünschte mir, ich hätte eine Zigarette, was natürlich kein gutes Zeichen ist, aber wieder vorübergeht.

Danach komme ich nicht mehr weiter. Keinen Millimeter.

Wesentlich später an diesem Abend:

Bach. Falsch.

Händel. Falsch.

Brahms. Falsch.

46

Alfred Biggs hat Dienst. Es ist Vormittag, und kein anderer Besucher vertreibt sich seine Zeit im Computerzentrum. Als ich eintrete, legt sich ein Lächeln auf sein Gesicht, und er wünscht mir ein frohes neues Jahr. Ich erwidere die Neujahrswünsche. Ohne mich vorher zu fragen, begibt er sich in die Kochnische, um mir einen Tee zu machen. Ich habe auch an diesem Tag wieder vergessen, Kekse mitzubringen.

Ich beginne mit Martins Mailbox und stelle fest, dass ich Glück habe. Wie ich gehofft hatte, gibt es tatsächlich eine neue Nachricht von Soblewski. Er wünscht ein frohes neues Jahr und nutzt die Gelegenheit, die Erzählung anzuhängen, die er in seiner vorherigen Mail erwähnt hatte. »Umschwung« von Anna Słupka. Er weist darauf hin, dass die Übersetzung eventuell noch einmal überarbeitet werden müsse, möchte aber dennoch, dass Martin den Text liest und seine Meinung dazu äußert.

Bittet darum, Frau Holinek seine Grüße auszurichten.

Ich lese mir die zehn Zeilen lange Nachricht noch zwei Mal sehr sorgfältig durch, öffne die angehängte Erzählung und denke, dass dieser Anhang darauf hindeutet, dass meine Helfertheorie übertrieben war. Warum sollten die beiden versuchen, ihr Spiel mit solchen Details zu tarnen?

Umschwung? Ich lasse den Gedanken fallen. Zumindest, bis ich Fräulein Słupkas Text eingehender studiert habe. Rufe mir zudem in Erinnerung, dass die bereits erwähnte schwedische Erzählung aus der Feder eines gewissen jungen Anderson stammte, Anderson mit nur einem *s*, beschließe aber, darin nicht zu viel hineinzuinterpretieren. Die Welt steckt voller möglicher Botschaften, und ein sicherer Weg, irre zu werden, besteht darin, zu versuchen, sie alle zu deuten.

Dennoch muss ich bei meiner (Martins) Antwort an Soblewski natürlich äußerst vorsichtig vorgehen, und so dauert es eine ganze Tasse Tee und zwanzig Minuten, bis ich mit meinen Formulierungen zufrieden bin. Ich wünsche ihm ein frohes neues Jahr und bedanke mich für die Erzählung. Verspreche, sie möglichst schnell zu lesen und mich innerhalb einer Woche mit einer Einschätzung bei ihm zu melden (Alfred Biggs hilft mir, die zwölf Seiten auszudrucken). Darüber hinaus erzähle ich, dass wir hier unten in Marokko völlig unspektakulär ins neue Jahr hineingefeiert haben. Abschließend schreibe ich:

And I sincerely hope no new bodies have turned up in your village. Have they identified the last one yet?
Best, Martin

Fast hätte ich »on your beach« geschrieben, ersetze die Worte jedoch durch »in your village«. In seiner letzten Mail hatte nichts von einem Strand gestanden, allerdings auch nichts über irgendein Dorf, aber mir fällt keine bessere Formulierung ein. Außerdem finde ich, dass mein (Martins) Tonfall genau den richtigen Ton trifft; leicht scherzhaft, aber dennoch so ernst, dass es ihn veranlassen sollte, die Nachfrage in seiner nächsten Mail zu beantworten.

Dass keine Identifikation stattgefunden hat, ist selbstverständlich die einzige mögliche Antwort.

Was Martins sonstige Mails angeht, mache ich mir lediglich die Mühe, einen kurzen Gruß Bergmans zu beantworten. In Übereinstimmung mit meinem Plan schreibe ich ihm, dass ich

(Martin) beim Schreiben nur schleppend vorangekommen bin, aber hoffe, im Laufe des neuen Jahres wieder besser in Schwung zu kommen. »Es sind gewisse Probleme aufgetaucht, für die ich noch keine gute Lösung erkennen kann«, füge ich hinzu.

In diesem Stadium reicht das völlig. Ich denke, dass der Plan steht.

In meiner eigenen Mailbox, die ich erst öffne, als ich mit Martins fertig bin, taucht überraschend eine unerwartete Komplikation auf. Violetta di Parma schreibt mir und berichtet, ihre Mutter in Argentinien sei schwer erkrankt, weshalb ihre Familie möchte, dass sie so schnell wie möglich heimkehrt. Man behauptet, es sei eine Frage von Monaten, schlimmstenfalls Wochen, und Violetta schreibt, sie habe sich entschieden. Ihr Vertrag mit dem Opernballett laufe zwar noch bis Mitte April, aber der größte Teil der Arbeit werde bis Mitte Februar abgeschlossen sein, sie habe von der Opernintendanz bereits die Erlaubnis zu einer früheren Rückreise erhalten.

Und deshalb, schreibt Violetta, würde sie unser Haus gerne schon zum ersten Februar verlassen, also drei Monate früher als geplant, und möchte sich mit uns darüber austauschen. Wie regeln wir das? Soll sie dafür sorgen, dass jemand anderes einzieht und für die verbleibende Zeit auf das Haus aufpasst? Wie verfahren wir mit dem Geld, das sie uns bereits als Miete gezahlt hat? Sie sieht ein, dass sie wie verabredet für die ursprüngliche Mietdauer zahlen muss, falls wir keine andere Lösung finden sollten.

Es ist eine lange und leicht gefühlsduselige Mail, sie entschuldigt sich für die Probleme, die sie uns so bereitet, weiß sich aber keinen anderen Rat, als nach Cordoba zurückzukehren.

Meine erste Reaktion ist denn auch, dass meine Kreise auf eine vollkommen unzulässige Weise gestört worden sind. Ich brauche diese Monate, dieses Frühjahr, um alles unter Dach und

Fach zu bringen. Ich habe, wie so oft in letzter Zeit, keine Ahnung, was ich mit diesem Unterdachundfachbringen eigentlich meine, aber als ich eine Weile über die Mail nachgedacht habe – und Alfred Biggs mir eine zweite Tasse Tee serviert hat –, beginne ich, das Ganze in einem völlig neuen Licht zu betrachten.

Was hindert mich eigentlich daran, die Entwicklung ein wenig zu beschleunigen?

Warum soll ich meinen Plan nicht statt in vier Monaten in einem durchführen können?

Würde das Ergebnis dadurch nicht sogar verbessert werden können?

Ich nutze den gesamten Nachmittagspaziergang um Selworthy Combe und Bossington herum, um über diese Fragen nachzudenken, und als wir uns in der Abenddämmerung in Darne Lodge einschließen, habe ich die Antwort gefunden.

Wir werden Marokko in einem Monat verlassen. Wenn ich es richtig anstelle, wird das funktionieren und die Glaubwürdigkeit sogar noch erhöhen. Das verlangt natürlich eine größere Aktivität von mir, aber wenn es etwas gibt, was ich während meines Aufenthalts in dieser Heide vermisst habe, dann ist es Aktivität.

Als Bestätigung dafür, dass meine Schlussfolgerung vollkommen korrekt ist, passiert am späten Abend Folgendes:

Signe. Falsch.

Vivianne. Falsch.

Ingrid.

Zweimaliges Blinken auf dem Bildschirm, woraufhin die Datei »Im Morgengrauen« geöffnet wird.

Signe ist seine Mutter. Vivianne, von der ich bereits erzählt habe, seine verstorbene Schwester. Seine Mutter ist übrigens auch tot.

Ingrid dagegen ist die Frau, mit der er mich Mitte der neunziger Jahre betrogen hat. Sie lebt höchstwahrscheinlich noch, und er hat sie offensichtlich nicht vergessen.

Ich werde dieses Passwort auch nicht vergessen.

47

Im Morgengrauen

Doch schon in dieser Hinsicht irre ich mich. Der Abstand zwischen Dunkelheit und Licht ist kurz, es gibt nahezu kein Morgengrauen. Die Sonne steigt im Osten als gigantischer roter Ballon über den Bergkamm, während wir noch außerhalb der Mauer stehen und auf H und Gusov warten. Ich weiß nicht, worauf wir uns einlassen, aber etwas, was ich nicht erklären kann, treibt uns an.

Soblewski und mich. Grass und Megal. Der Franzose sieht aus, als würde er jeden Moment zusammenbrechen, von seiner gewohnten Überlegenheit ist nichts geblieben. Er ist älter als wir anderen, bedeutend älter, vielleicht ahnt er zudem, worauf dieses Theater hinausläuft. Möglicherweise erlebt er das nicht zum ersten Mal, ich gewinne fast den Eindruck. Keiner von uns sagt etwas, und ich spüre immer deutlicher die Schattenseite der Droge, die wir geraucht haben. Die Pupillen von Grass und Soblewski sind stark vergrößert. Megal trägt eine Sonnenbrille.

Als wir ungefähr fünf Minuten lang herumgestanden und gewartet haben, tritt H durch das Tor. Er ist allein, einer von uns fragt nach Gusov, und H teilt uns mit, Gusov werde sich uns später anschließen.

Bevor wir aufbrechen, trinken wir etwas. Es handelt sich um ein dunkelrotes, würziges, fast brennendes Getränk mit zahl-

reichen Aromen: Ich schmecke Anis, Minze und Bittermandel heraus. H schenkt aus einer Flasche in Plastikbecher ein, die wir anschließend in einem Stapel an der Mauer zurücklassen. H verteilt die Revolver und erklärt, dass sie gesichert, aber geladen seien, und bittet uns, während des kurzen Fußmarsches, der nun vor uns liegt, nicht miteinander zu sprechen.

Zwanzig Minuten, sagt er. In zwanzig Minuten sind wir da. Ich danke euch schon jetzt für eure Hilfe.

Anschließend machen wir uns auf einem Trampelpfad auf den Weg. Er führt sanft aufwärts, wir gehen in die wüstenartige Landschaft hinaus, direkt in die Sonne. Eidechsen flitzen vor unseren Füßen kreuz und quer, in weiter Ferne schreit ein Esel. Es wird rasch wärmer.

Auf halber Höhe eines Berghangs erreichen wir ein kleines Wäldchen und begeben uns in seinen Schatten und die relativ kühle Luft in ihm. Ich schaue auf die Uhr, es ist erst halb sieben. Wir machen eine kurze Pause. H erklärt, wir hätten unser Ziel fast erreicht, und bittet uns, die Schusswaffen bereitzuhalten. Wir trinken mehr von dem roten Getränk, diesmal direkt aus der Flasche. Es stärkt zweifellos unseren Zusammenhalt, so zu trinken. Ich habe die ganze Nacht kein Auge zugetan und spüre, dass ich mich am liebsten in den Schatten legen und schlafen würde. Ich sehe den anderen an, dass es ihnen genauso ergeht. Einfach hinlegen und die Augen schließen, ja, das wäre jetzt das Beste. Als wir uns erneut auf den Weg machen, muss Grass Megal stützen, damit er in der Lage ist weiterzugehen.

Aber das Gebräu brennt in der Kehle, auch im Gehirn, und spricht eine andere Sprache. Wahrscheinlich die gleiche Sprache wie H: weiter, weiter!

Wir folgen einem Pfad, der nun anscheinend um den Berg herumführt, und nach einer Weile haben wir die Sonne im Rücken statt direkt vor uns, was es uns etwas leichter macht. Dann geht es auf einmal abwärts, offenbar handelt es sich um eine ausgetrocknete Schlucht, und als wir ein kleines Plateau erreichen, machen wir Halt. Ein Blick auf die Uhr zeigt mir, dass wir insgesamt fünfundzwanzig Minuten unterwegs gewesen sind. Es kommt einem länger vor. H bietet uns mehr von dem roten Getränk an, holt aber auch Wasser aus seinem Rucksack und gibt uns zu trinken. Mir schwirrt der Schädel, und ich spüre, dass ich keine Ahnung habe, was hier vorgeht.

Dann zeigt er auf ein mehrere Meter weiter befindliches Gebüsch auf dem Plateau.

»Das Monster«, sagt er. »Dort wohnt das Monster. Macht euch bereit, das Monster zu töten.«

Soblewski lacht auf, offenbar findet er, dass dies zu absurd klingt. H geht zu ihm und versetzt ihm einen Schlag gegen die Brust. Soblewski verstummt und bittet um Entschuldigung. Ich betrachte Grass und sehe, dass er seinen Revolver gehoben hat, aber zittert. In mir regt sich der Impuls, einfach wegzulaufen, aber ein anderer Impuls brüllt mich an, dass mein Rücken dann von zehn Kugeln getroffen werden wird. Ich begreife wirklich nicht, was hier vorgeht.

Ungefähr zehn Meter von dem Gestrüpp entfernt stellen wir uns in einer Reihe auf. Das Gebüsch ist verdorrt und von Sandstaub grau gefärbt, aber man kann nicht hindurchsehen. Ich meine allerdings, etwas Schwarzes in ihm wahrzunehmen, kann aber nicht erkennen, was es ist.

»Das Monster ist der Vergewaltiger«, sagt H. »Er muss sterben. Es ist unsere gemeinsame Verantwortung, dass der Vergewaltiger stirbt. Deshalb sind wir hergekommen.«

Er macht eine Pause. Kein anderer sagt etwas.

»Entsichert eure Waffen«, sagt er. »Macht euch bereit.«

Wir heben unsere Revolver und zielen in das Gebüsch. Es ist nicht mehr als vier Meter breit, das Schwarze lässt sich genau in seiner Mitte erkennen.

»Feuer!«, ruft H.

Und wir leeren die Trommeln unserer Waffen bis zur letzten Kugel. Insgesamt dreißig Schüsse, ihr Nachhall hängt minutenlang über der Landschaft.

Gemeinsam gehen wir zu dem Gebüsch und ziehen das Schwarze heraus. Es sind zwei große Stoffbahnen, nun durchlöchert und blutgetränkt. Darin ein Körper. Es ist Gusov.

Wir haben das Monster getötet.

Wir haben den Vergewaltiger getötet.

48

Es gibt einen Nachtrag, offensichtlich zu einem späteren Zeitpunkt verfasst. Letztlich weiß ich natürlich nicht, wann »Im Morgengrauen« geschrieben wurde, aber in seiner Ergänzung stellt Martin Überlegungen dazu an, was geschehen war. Es sind nur zwei Seiten, und er versucht eigentlich nicht, sich – oder einen der anderen – zu rechtfertigen. Er äußert sich vor allem dazu, ob er bereits vor dem Aufbruch im Morgengrauen wusste, welche Absicht ihr Ausflug verfolgte. Und selbst wenn er es nicht *wusste,* hätte er es nicht trotz allem *begreifen* müssen? Hätte er sich nicht erschließen können, dass Bessie Hyatt und Gusov ein Verhältnis hatten, ein Verhältnis, das womöglich seit langem Bestand hatte? Mehrere Sommer lang? Er fragt sich des Weiteren, wie Herold es angestellt hat, Gusov zur Hinrichtungsstätte zu transportieren, und kommt zu dem Schluss, dass er ihn mit Drogen betäubt und im Schutze der Dunkelheit in seinem Jeep hinausgefahren haben muss. Wenn das zutrifft, musste ihm jemand geholfen haben, und als er diesen Punkt mit Soblewski und Grass erörtert, steht für die drei fest, dass dafür nur Bessie in Frage kommt. Dass sie einverstanden gewesen sein muss. Es ist Grass, vor allem Grass, der diesen Standpunkt vertritt, was er offensichtlich tut, weil er mit ihr darüber gesprochen hat. Martin ruft sich ins Gedächtnis, dass die beiden sich seit ihrer Kindheit gekannt haben und es folglich nicht abwegig erscheint, dass sie sich ihm anvertraut hat.

In der Ergänzung steht zudem, dass sowohl er selbst als auch Soblewski, Grass und das Ehepaar Megal Taza am folgenden Tag verlassen. Doris Guttmann scheint dagegen noch geblieben zu sein. Martin schreibt, dass Bessie Hyatt kurz darauf in jenem Sommer eine Abtreibung vornehmen lässt, ein Umstand, von dem er einige Monate später ebenfalls durch Grass Kenntnis erhält, und dass die Geschichte schließlich damit endet, dass sie sich im April 1981 das Leben nimmt. Er drückt es exakt so aus: »Die Geschichte endet damit, dass …«

Als ich das ganze Dokument gelesen habe, ist es kurz nach Mitternacht. Ich schließe es und lege frisches Holz auf das Feuer, das in der Zwischenzeit fast erloschen ist. Ich denke, dass ich zahlreiche Fragen und letzten Endes doch keine mehr habe.

Hyatt ist tot. Herold ist tot. Martin ist wahrscheinlich auch tot, aber ich frage mich, was er aus diesem Material machen wollte. Soblewski und Grass leben, aber es würde mich wundern, wenn dies auch für Megal gelten sollte. Höchstens für seine jüngere Ehefrau – die Hypnotiseurin, die in das eigentliche Finale jedoch nicht verwickelt war. Oder doch?

Das Finale?, denke ich, woraufhin sich wieder dieses unangenehme Gefühl einstellt, dass die ganze Sache frei erfunden sein könnte, was natürlich nicht stimmt. Die Mail von G (Grass, in dem Punkt kann es jetzt keinen Zweifel mehr geben) sowie Martins Treffen und nächtliche Unterredung mit Soblewski sind deutliche Hinweise darauf, dass es hier um wahre Ereignisse geht. Ein dunkles Geheimnis. Bessie Hyatts Selbstmord 1981 ist ebenso unumstritten.

Und über das alles wollte Martin ein Buch schreiben? Ich sitze eine ganze Weile da und versuche, das Ganze zu drehen und zu wenden, versuche zu verstehen, wie ich es dahin bringen kann, mit meinen eigenen Plänen zu verschmelzen, und mit der Zeit, als ich zu dem Gedanken an ein Theaterstück – *Die Abende in Taza,* nein, das ist wohl doch kein so guter Titel – zurückkehre, habe ich das Gefühl voranzukommen. Mit diesem kreativen Gedanken gehe ich schließlich ins Bett; fünf Akte natürlich, zwei oder drei auf Samos, das Ende in Marokko… aber immer dieselbe Essenstafel, dieselben Gäste, dieselbe Geschichte… ja, ich beschließe, über die Sache zu schlafen und die Idee noch einmal im hellen Morgenlicht in Augenschein zu nehmen.

Dritter Januar. Ich werde vom Telefon geweckt, es kommt mir vor wie ein Signal aus einer anderen Welt. Ich melde mich, da ich ahne, dass er sich sonst ins Auto setzen und zu mir fahren wird.

»Wie geht es dir?«

Ich antworte, dass es uns gut gehe, sowohl mir als auch Castor, und erkundige mich nach seinem Befinden. Und Jeremys, ergänze ich.

»Ausgezeichnet«, sagt Mark Britton. »Wann können wir uns treffen?«

Ich denke, dass noch keine achtundvierzig Stunden vergangen sind, seit ich aus seinem Bett gestiegen bin, und ich ihm wahrscheinlich mehr bedeute als er mir. Plötzlich und ohne Vorwarnung, wie ist es nur dazu gekommen?

Es ist Donnerstag. »Samstag?«, schlage ich vor. »Ich brauche zwei Arbeitstage.«

»Ist etwas passiert?«

Ich höre Besorgnis in seiner Stimme. Besorgnis, weil ich so reserviert bin.

»Aber nein«, versichere ich ihm, bereue es aber augenblicklich. Ich kann genauso gut ein Warnsignal aussenden. »Ich muss nur unter Umständen meine Pläne ein wenig ändern«, ergänze ich.

»Was denn für Pläne?«, fragt er nach. »Du hast nie über irgendwelche Pläne gesprochen.«

»Wir reden am Samstag darüber«, antworte ich abwehrend. »Wollen wir uns im Pub treffen?«

»Nein, kommt überhaupt nicht in Frage. Ich möchte natürlich, dass du zu mir kommst. Jetzt zier dich nicht, für solche Spielchen sind wir zu alt.«

Er versucht, seine Worte ein wenig ironisch und scherzhaft klingen zu lassen, was ihm allerdings nicht sonderlich gut gelingt.

Ja, es stimmt tatsächlich, denke ich, nachdem ich aufgelegt habe. Ich bedeute ihm schon viel zu viel.

Aber damit werde ich mich am Samstag auseinandersetzen müssen. Heute gibt es andere Dinge, die auf die richtige Art überdacht und in Angriff genommen werden müssen. Möglicherweise werde ich zudem ein ganzes Theaterstück schreiben, verbringe den größten Teil des Vormittags jedoch damit, Mails zu formulieren. Nach dem Mittagessen machen wir einen relativ kurzen Spaziergang zur Punch Bowl hinauf und wieder zurück und fahren anschließend zum Computerzentrum hinunter. Heute hat Margaret Allen Dienst. Wir wünschen uns gegenseitig ein frohes neues Jahr und plaudern kurz über Wind und Wetter und die Rede der Königin. Über diese Thronrede kann natürlich nur Margaret etwas sagen, da ich sie im Gegensatz zu allen wahren Engländern weder gehört noch gelesen habe.

Danach setze ich mich an meinen Stammplatz. Ich bin an diesem Tag die einzige Besucherin, und das Zentrum erscheint mir unzeitgemäßer denn je, aber ich bin dankbar, dass es existiert. Genauso dankbar für die Tasse Tee, die Margaret mir bringt, und für einen kurzen Moment kommt mir der Gedanke, dass ich hier wohnen könnte.

Dauerhaft. In dem Dorf Winsford, fern von allem. In dieser Heide, wo der Himmel und die Erde sich küssen. Während des nächsten kurzen Moments denke ich darüber nach, ob sich das mit dem Rest meines Plans vereinbaren lassen könnte, beschließe jedoch, mich nicht auch noch in diese Frage zu vertiefen. Es gibt genug anderes zu tun.

An Eugen Bergman schreibe ich von Martin:

Lieber Freund, es widerstrebt mir, das neue Jahr mit schlechten Nachrichten zu beginnen, aber es lässt sich leider nicht ändern. Es ist nämlich so, dass ich große Probleme mit dem Stoff habe, ich komme nicht weiter und weiß nicht, was ich eigentlich will, und das frustriert mich.
Ich habe gedacht, das würde sich mit der Zeit geben, aber nun wird mir allmählich klar, dass dies möglicherweise nicht der Fall sein wird. Jedenfalls dürfte eher nicht der umfangreiche Dokumentarroman über Herold und Hyatt dabei herauskommen, der dir nach meinen Ausführungen vorgeschwebt haben mag. Wenn ich überhaupt etwas zustande bringe, wird es wohl eher etwas in einem kleinen Format sein.
Ebenso beunruhigend ist, jedenfalls für mich selbst, dass ich sehr niedergeschlagen bin. So ist es jetzt seit über einem Monat gewesen, Maria tut, was sie kann, um mich wieder aufzurichten, aber das reicht nicht wirklich. Nun gut, ich schreibe dir das nur, weil ich möchte, dass du weißt, wie die Dinge liegen, und damit du im Verlag und andernorts keine großen Erwartungen weckst. Es tut mir leid, wie die Dinge sich entwickeln, aber du musst mir glauben, dass ich es nicht ändern kann.
Mit den allerherzlichsten Grüßen, M

Das ist im Großen und Ganzen wortwörtlich der Text, den ich am Vormittag in mein Notizbuch geschrieben habe. Ich lese mir die Nachricht zwei Mal durch und klicke auf Senden.

Soblewski hat noch nicht geantwortet, so dass ich diese Vorlage wieder weglege und in meine eigenen Mails schaue.

Synn schreibe ich:

Liebe Synn. Ich hoffe, du bist in New York gut ins neue Jahr gerutscht. Wir haben hier unten bei relativ milden Temperaturen eine ruhige und schöne Zeit verbracht, aber ich muss dir leider erzählen, dass dein Vater sich nicht besonders gut fühlt. Er ist schon lange vor Weihnachten schwermütig gewesen und sagt, er könne nicht arbeiten, und ich glaube, er ist mehr oder weniger dabei, in eine Depression zu fallen. Es macht die Sache natürlich auch nicht unbedingt leichter, dass wir so weit von zu Hause weg sind, und ich denke inzwischen darüber nach, ob es nicht vielleicht das Beste wäre, unseren Aufenthalt hier abzubrechen. Ich wollte nur, dass du Bescheid weißt, bislang haben wir noch nichts entschieden, stattdessen nehmen wir jeden Tag, wie er kommt, und schauen mal. Liebste Grüße, Mama

Und Gunvald:

Frohes neues Jahr, Gunvald. Ich hoffe, in Kopenhagen steht alles zum Besten – oder bist du noch in Sydney, ich habe vergessen, was dein Vater gesagt hat. Wie dem auch sei, wir verbringen hier in Marokko eine ruhige und schöne Zeit, aber ich muss dir leider erzählen, dass dein Vater es im Moment nicht leicht hat. Ich weiß, dass er es dir gegenüber niemals zugeben würde, aber er kommt mit seiner Arbeit nicht von der Stelle, und ich glaube, dass er eventuell depressiv ist, also an einer klinischen Depres-

sion leidet. Wenn du ihm schreibst, brauchst du ja nicht zu erwähnen, dass ich dir davon erzählt habe, aber ich weiß, dass er sich über ein paar freundliche Zeilen von dir freuen würde. Pass auf dich auf und herzliche Grüße, wo immer du dich gerade befinden magst. Mama

Ich sende die beiden Nachrichten und verfasse anschließend ein paar Zeilen an Violetta, in denen ich erkläre, dass sie für die Monate, die sie nicht in unserem Haus wohnt, natürlich auch keine Miete zahlen muss. Ich bedauere, dass ihre Mutter krank geworden ist, und schreibe, dass ich vollstes Verständnis dafür habe, dass sie nach Hause möchte. Es sei nicht nötig, dass sie in Bezug auf das Haus etwas unternehme, tatsächlich würden wir uns eventuell sogar entschließen, ein wenig früher als geplant heimzukehren, Martin sei es in letzter Zeit ehrlich gesagt nicht sonderlich gut gegangen.

Zufrieden mit diesen sorgsam formulierten Mitteilungen wünsche ich Margaret Allen ein schönes Wochenende und erkläre, dass ich wahrscheinlich am nächsten Montag wieder vorbeischauen werde.

49

Freitag, vierter Januar. Ein sonniger Tag, ein paar Grad über null, jedenfalls, als wir am späteren Nachmittag Darne Lodge verlassen. Ich habe die Karte zu Rate gezogen und mich für Rockford entschieden. Castor hatte nichts einzuwenden.

Es ist ein Dorf mit etwa fünfzehn Häusern, die am Ufer des East Lyn River verteilt stehen. Wir erreichen es, nachdem wir von Brendon kommend flussabwärts gewandert sind, und vom ersten Schritt an stellte sich das Gefühl eines Frühlingstages ein; die Singvögel wirbeln in den Büschen, und das Erdreich schwillt an. Es ist ein paar Minuten nach eins, und der Pub hat geöffnet, so dass wir eintreten, um etwas zu essen.

In der Gaststätte findet eine Kunstausstellung statt, an den Wänden hängen etwa zwanzig kleine Ölgemälde, die alle Motive von der Heide zeigen. Ponys im Nebel. Gatter, Stechginster. Die Künstlerin ist persönlich anwesend, sitzt mit ihren Pinseln und Farbtuben an einem Tisch und tupft vorsichtig Farbe auf eine kleine Leinwand, die vor ihr auf einer Staffelei steht.

»Jane Barrett«, erläutert die Besitzerin des Pubs, als ich an der Theke bestelle. »Sie wohnt hier im Dorf. Sie ist richtig gut, was sie nicht an andere verkauft, kaufen wir regelmäßig für unseren Pub ein. Allerdings verkauft sie fast alles. Wenn Sie Interesse an einem Heidebild haben, sollten Sie zuschlagen. Teuer sind die Bilder auch nicht.«

Castor und ich nehmen an einem Tisch neben dem der Künstlerin Platz. Wir grüßen, und ich sage ihr, dass ich ihren Namen kenne.

»Tatsächlich?«, erwidert sie. »Tja, dann wissen Sie wahrscheinlich so einiges über Exmoor.«

»Da bin ich mir nicht so sicher«, erwidere ich. »Aber da, wo ich wohne, gibt es gleich nebenan eine kleine Grabstelle. Die Frau, die dort begraben liegt, heißt Elizabeth Williford Barrett.«

»Ja, aber …?« Ihre Miene erhellt sich, und sie legt den Pinsel auf einem Stofflappen ab. »Dann wohnen Sie in Darne Lodge? Die Frau, die dort begraben liegt, war meine Großmutter. Was für ein Zufall.«

Sie schenkt mir ein breites Lächeln. Sie ist eine energische Frau Mitte vierzig, über die mein Vater wahrscheinlich gesagt hätte, dass sie Schneid hat. Eine üppige rote Haarmähne, hochgebunden mit einem noch roteren Tuch. Ein Wollpullover voller Farbflecken, der ihr bis zu den Knien reicht. Ein temperamentvoller Blick, sie sieht wirklich aus wie eine freischaffende Künstlerin.

»Stimmt, wir wohnen dort«, bekenne ich. »Mein Hund und ich. Seit zwei Monaten … aber vermutlich nur noch bis Ende Januar.«

»Es ist ein schöner Ort zum Wohnen«, sagt Jane Barrett und streichelt Castor. »Sie hätten kein besseres Haus finden können. Was immer Sie dort tun, ich möchte behaupten, dass Sie dort … nun ja, Schutz genießen.«

»Schutz?«

»Ja, genau. Zum einen haben Sie meine Großmutter gleich auf der anderen Straßenseite, zum anderen hat sie bestimmt dafür gesorgt, dass das Haus geschützt ist.«

Ich lächele unsicher. »Meinen Sie damit, dass …?«

Ich weiß nicht, was folgen soll, aber das macht nichts. Jane Barrett redet gern. »Sie wissen vielleicht nicht, was für eine Sorte wir sind, die Frauen in meiner Familie? Es soll immer eine

Hexe in der Heide geben, und in unseren Tagen bin ich das. Die Großmutter meiner Großmutter ist die bekannteste, die Hexe in Barretts Höhle … ich weiß nicht, ob Sie von ihr schon einmal gehört haben?«

Ich antworte, dass ich tatsächlich von ihr gehört und die Höhle sogar besucht habe.

»Wirklich?«, platzt Jane Barrett erneut freudig überrascht heraus. »Aber die haben das Haus doch nicht etwa in irgendwelche Touristenbroschüren aufgenommen? Obwohl, wundern würde mich das nicht.«

»Ich bin in der Gegend mit einem Freund gewandert, der in Simonsbath geboren wurde«, erkläre ich. »Er kannte es und hat es mir gezeigt.«

Sie nickt und trinkt einen Schluck Tee aus der Tasse auf ihrem Tisch. »Ich erzähle Ihnen mal was, ich glaube ehrlich gesagt, dass meine Mutter in Ihrem Haus fabriziert wurde.«

»Ihre Mutter … Elizabeth?«

Sie lacht. »Nein, Elizabeth war meine Großmutter, aber sie war natürlich für das Fabrizieren zuständig. Zumindest zur Hälfte. Ende der dreißiger Jahre wohnte sie nämlich in Darne Lodge mit einem Mann zusammen, der dann zum Kriegsdienst eingezogen wurde. Großmutter war schwanger mit meiner Mutter und brachte sie im Frühjahr 1941 zur Welt. Ungefähr zur selben Zeit starb ihr Mann irgendwo in Afrika. Er fiel, getroffen von einer deutschen Kugel. Mutter und Tochter Barrett blieben noch zwei Jahre in dem Haus, ehe sie vom Besitzer hinausgeworfen wurden, oder wie es auch immer gewesen sein mag …«

Ich denke, dass Margaret Allen das eine oder andere Kapitel aus der Geschichte von Darne Lodge verpasst zu haben schien, aber vielleicht hatte ich ihr auch nicht richtig zugehört.

»Wie auch immer«, fährt Jane Barrett fort, »Großmutter Elizabeth sorgte dafür, das Haus sicher zu machen. Kein Teufelszeug soll sich die Mühe machen, nach Darne Lodge zu kommen. Ja, ich weiß, dass dort Menschen gestorben und gewisse Dinge passiert sind, aber das ist etwas anderes. Oder fühlen Sie sich da oben etwa nicht sicher?«

Ich denke nach und sage, dass es stimmt, ich fühle mich sicher.

»Und was machen Sie so?«

»Ich schreibe Bücher. Ich bin Schriftstellerin.«

Daraufhin gibt sie mir die Hand. »Ich habe mir doch gleich gedacht, dass Sie ein freier Geist sind. Wissen Sie, so etwas spürt man … vor allem, wenn man eine Hexe ist.«

Sie lehnt sich zurück, schiebt die Daumen in die Achselhöhlen und lacht. »Das wird vererbt, und alles kommt irgendwann wieder«, stellt sie ein wenig rätselhaft fest. »Wir Barretts bringen nur Mädchen zur Welt. Eins in jeder Generation. Und wir behalten den Namen Barrett. Aber Sie haben sicher gesehen, dass auf Großmutters Grab Williford steht?«

Ich antworte, dass ich den Namen gesehen habe und zu wissen glaube, warum er dort steht.

»Genau«, sagt Jane Barett. »Dieser reiche Bauernbonze, der ihre Mutter vergewaltigte. Meine Urgroßmutter. Und wissen Sie was, ich habe auch eine Tochter … ein Mädchen, das erst siebzehn ist. Schön wie ein Sonnenaufgang. Kurz vor Weihnachten kommt sie nach Hause und stellt mir ihren Freund vor. Er heißt James Williford … die Auswahl in der Heide ist ein wenig eingeschränkt, könnte man sagen. Fast schon Inzucht, oder was meinen Sie?«

Sie lacht erneut. Ich denke einige Sekunden nach und erzähle ihr dann von den Fasanen.

»Sie Glückliche«, sagt sie, als ich fertig bin. »Ich habe es Ihnen ja gleich gesagt, einen besseren Schutz können Sie nicht bekommen. Die Vögel hat Ihnen keiner vor die Tür gelegt. Als ihre Zeit gekommen war, sind sie aus freien Stücken dorthin gekommen. Sie haben sich auf Ihre Schwelle gelegt, damit der

Tod nicht hereinkommt. Wir Hexen haben ein außergewöhnlich gutes Händchen für Vögel, müssen Sie wissen. Allerdings deutet das eventuell darauf hin, dass Sie … nun ja, es bedeutet vielleicht auch, dass Sie diesen Schutz nötig haben. Könnte das stimmen?«

Sie sieht mich mit gespieltem Ernst an.

»Wer kann nicht etwas Schutz gebrauchen?«

»Da haben Sie vollkommen recht. Aber woher kommen Sie? Ich höre, dass Sie nicht gerade in Oxford geboren sind, wenn Sie entschuldigen.«

»Aus Schweden. Und wie gesagt, Ende des Monats reise ich wohl wieder heim. Aber danke … danke für den Schutz. Ich glaube, ich würde gerne eines Ihrer Bilder kaufen.«

»Wenn Sie mir eines Ihrer Bücher geben, können wir tauschen … aber Sie schreiben vielleicht gar nicht auf Englisch?«

»Leider nicht.«

»Ach, was soll's. Sie bekommen trotzdem ein Bild. Hexen brauchen kein Geld.«

Ich entscheide mich für ein Gemälde von ein paar Ponys, die Wasser aus einem Bach trinken. Es ist nicht groß, ungefähr zwanzig mal dreißig Zentimeter; es gefällt mir sehr, und ich bestehe darauf, es bezahlen zu dürfen.

»Kommt überhaupt nicht in Frage«, erwidert Jane Barrett. »Eine Abmachung ist eine Abmachung. Grüßen Sie Großmutter von mir.«

Das verspreche ich zu tun.

Als wäre ich tatsächlich eine Schriftstellerin, sitze ich später den ganzen Abend am Tisch und schreibe. Den kompletten ersten Akt und die ersten Szenen des zweiten. Ich bekomme Lust, eine Hexe in die Handlung einzubauen, aber das geht natürlich nicht. Madame Megal muss reichen. Die Arbeit verläuft nahezu reibungslos; ich weiß natürlich, dass Bergman sich über das Ergebnis wundern wird, aber wenn er das Ganze erst einmal gelesen hat, wird er verstehen. Ich denke, dass ich ja noch genügend Zeit habe, ihn ein wenig zu impfen, und finde es gut, wie die Dinge sich entwickelt haben. Vor dem dritten und vierten Akt muss ich unbedingt Bessie Hyatts Bücher lesen, bis jetzt ist sie noch nicht die Hauptperson in meinem Drama, aber nach dem Umzug von Samos nach Taza wird sie es zweifellos werden.

Während ich schreibe, klingelt zwei Mal das Handy. Es gibt nur einen Menschen, der meine Nummer hat, und ich verzichte darauf, mich zu melden. Mark Britton ist ein Problem, für das ich jetzt keine Zeit habe. Wir sehen uns doch morgen Abend, warum muss er mich jetzt anrufen?

Andererseits nimmt er einen Telefonanruf vielleicht gar nicht als ernstzunehmendes Ereignis wahr, wie ich es auf Grund der herrschenden Umstände mittlerweile tue. Vielleicht will er ja nur wissen, ob ich Koriander mag?

Ich melde mich trotzdem nicht, aber der Gedanke, dass ich hierher zurückkehren könnte, taucht wieder auf.

Wenn der Plan umgesetzt worden ist. In einem halben Jahr oder so. Auf Dauer in der Heide wohnen? Unter dem Schutz von Hexen und was noch alles. Sicher nicht in Darne Lodge, aber in der ganzen Gegend wimmelt es von Häusern, die vermietet oder verkauft werden sollen. In jedem Dorf sieht man Schilder von Maklern.

Was wäre die Alternative? Zehn weitere Jahre im Affenstall?

Ich überlege, was das Haus in Nynäshamn wert sein könnte. Zwei Millionen Kronen mindestens … vielleicht sogar drei? Ich würde über die Runden kommen.

Ich würde tatsächlich über die Runden kommen.

50

Sonntag, sechster Januar. Bewölkt, kaum Wind, ein wenig kälter.

Mark Britton ist wirklich eine Komplikation, und ich kann im Moment keine Komplikationen gebrauchen. Oder sind sie gerade das, was ich brauche?

Zum dritten Mal habe ich in Heathercombe Cottage gegessen und übernachtet, zum dritten Mal haben wir uns geliebt. Wenn ich Komplikation schreibe, meine ich nicht ganz, was ich vor ein paar Tagen gedacht habe. Dass ich ihm schon viel zu viel bedeute und er für mich nicht genauso wichtig ist.

Ich spüre, dass ich mein Urteil ein wenig revidieren muss. Ich bin fünfundfünfzig Jahre alt und habe mich ganz gut gehalten, aber wo in aller Welt soll ich nur einen besseren Mann finden? Wenn ich mich nicht entscheide, alleine zu leben, sobald ich … sobald ich irgendwann meinen Hund überlebt habe?

Besagter Hund weist im Übrigen keine Anzeichen von Altersschwäche auf, vielleicht sollte ich mir also lieber einen anderen Maßstab suchen? Revidiere auch das. Gestern Abend erläuterte ich Mark, dass ich Darne Lodge voraussichtlich Ende des Monats verlassen werde, und ein Teil der Komplikation besteht natürlich darin, dass ich mir eine glaubwürdige Geschichte zurechtlegen muss. Was ich auch versucht habe; ich erzählte ihm, dass ich für eine Freundin einspringen müsse, die bei der Arbeit an einer Fernsehspielproduktion wegen eines Burnout-Syndroms zusammengebrochen sei. Sie sei einfach völlig überarbeitet gewesen, und ich hätte im Prinzip versprochen, ab Anfang Februar sechs Wochen lang als Regieassistentin und einiges andere für sie einzuspringen.

»Und danach?«

Ich antwortete, dass ich es nicht wisse. Dass ich es wirklich nicht wisse, diese Wahrheit habe ich ihm wenigstens nicht vorenthalten.

Aber das reicht natürlich nicht. Castor und ich sind wieder in Darne Lodge; es ist Nachmittag, ich sitze an meinem üblichen Platz am Tisch und habe mit einem gewissen Gefühl von Scham zu kämpfen. Oder zumindest Beschämung.

Als würde ich ihn ausnutzen. Er lädt mich zu einer fantastischen Mahlzeit nach der anderen ein, wir trinken gute Weine, wir lieben uns in einer völlig selbstverständlichen und hemmungslosen Weise, und Jeremy gibt mir immer ungezwungener die Hand.

Martin hatte ein literarisches Steckenpferd, wenn es um Liebesgeschichten ging, ich glaubte lange, dass es ihm um die Liebesgeschichten anderer ging: Entweder ist sie eine verdammt gute Erzählung oder ein vielversprechendes erstes Kapitel in einem Roman, der hält, was er verspricht, oder völlig aus dem Ruder läuft. Es kommt darauf an zu wissen, was von beidem der Fall ist. Vielleicht kommt es auch darauf an, sich für das eine oder andere zu *entscheiden*.

Wenn ich es nicht ein bisschen zu oft gehört hätte, würde ich ihm möglicherweise zustimmen. Und dem kurzen Format der Erzählung haftet etwas leicht Trauriges an, nicht wahr? Die Kurzgeschichte, der die Kraft fehlt, groß zu werden.

Ich schiebe diese Fragen von mir und beschließe, an meinem Drama weiterzuarbeiten. Zweiter Akt; ich habe mich entschieden, Maurice Megal eine etwas andere Rolle spielen zu lassen, als in Martins Notizen anklingt – bei mir wird er zu einer Art

Beobachter und Erzähler, auch in den Szenen, die in Griechenland spielen –, und merke, dass mir diese Arbeit Spaß macht. Das hätte ich wirklich nicht geglaubt. Meine fiktive Schriftstellerrolle fasst in der Realität immer besser Fuß.

Innerhalb von drei Stunden stelle ich den Akt zusammen; natürlich werde ich später zurückgehen und umschreiben, Dialogzeilen hinzufügen und wegnehmen müssen, aber das liegt in der Natur des Entstehungsprozesses. Entscheidend ist, dass ich das Ganze vor mir sehe – sowohl das große Ganze als auch den Weg dorthin –, und da für Bessie Hyatt nun der Zeitpunkt gekommen ist, in die Rolle der tragischen Heldin zu schlüpfen, beginne ich am Abend, *Bevor ich stürze* zu lesen. Schon nach kurzer Zeit bin ich völlig in das Buch vertieft und begreife nicht, warum ich es nicht in jenen Jahren las, in denen die ganze Welt dies tat.

Kurz vor elf ruft Mark Britton an, um mir eine Gute Nacht zu wünschen.

Ich vermisse dich schon, sagt er, und ich erwidere, dass ich ihn auch vermisse.

Das müssen wir irgendwie besser regeln, sagt er.

Ja, sage ich. Das müssen wir vielleicht.

Als wir aufgelegt haben, fällt mir ein, dass ich auch noch die Erzählung von Anna Słupka lesen muss – »Umschwung« –, obwohl es mir widerstrebt.

Das Format ist ein wenig traurig, lautete so nicht der Schluss, zu dem ich vor einer Weile gekommen war? So ähnlich wie Bessie Hyatts Leben. Wie das meiner Schwester. Ich schwöre mir, dass ich mich am nächsten Tag Fräulein Słupkas annehmen werde. Ich darf den Kontakt zu Soblewski nicht vernachlässigen.

Mail von Eugen Bergman an Martin am siebten Januar:

Lieber Freund, es schmerzt mich zu hören, dass sich alles gegen dich verschworen zu haben scheint. Aber eine Schreibhemmung ist nun wirklich kein Phänomen, das nur dich und sonst niemanden trifft, vergiss das nicht. Und vergiss bitte auch nicht, dass es Heilmittel gibt; welches am besten passt, ist natürlich sehr individuell, aber das Wichtigste ist, dass man nicht darüber nachgrübelt. Es tut niemandem gut, ein weißes Blatt Papier oder einen leeren Computerbildschirm anzustarren, während die Worte brachliegen oder sich ineinander verheddern. Lieber Martin, lass die Sache eine Weile ruhen und versuche stattdessen, anderes zu genießen. Fahr nach Casablanca oder Marrakesch, wenn ich nur die Namen dieser Orte schreibe, bekomme ich schon eine leichte Gänsehaut. Stockholm ist um diese Jahreszeit einfach nur beschissen, sei froh, dass du nicht hier bist.

Sag Bescheid, wenn du etwas zu lesen haben möchtest, dann schicke ich es dir zu.

Ich hoffe wirklich, dass du mit der Zeit deine gute Laune wiederfinden kannst, aber auch das eilt nicht. Man soll die Langsamkeit nicht verachten. Herzlichste Grüße auch an Maria, und schreib mir bitte, wann immer es dir ein Bedürfnis ist. Ich weiß, dass ich dein Lektor bin, aber ich bin auch dein Freund, vergiss das nicht. Eugen

Von Gunvald an Martin:

Hallo! Sitze im Flughafen von Sydney und warte auf einen verspäteten Flug. Habe hier unten eine außerordentlich schöne Zeit verlebt, sowohl die Tagung als auch meine freien Tage hier sind ausgesprochen bereichernd gewesen. Habe mich sogar ans Surfen gewagt, aber das bleibt eine einmalige Aktion. Das Opernhaus. Manly Beach. Austern und Chardonnay im The Rocks, Blue Mountains… you name it. Ich hoffe, euch geht es in Marokko zumindest ansatzweise genauso passabel. Übrigens, wie lange bleibt ihr eigentlich noch? Herzliche Grüße an Mama. Gunvald.

Von Synn an mich:

So, so, sieh einer an. Ich muss gestehen, dass es mir schwerfällt, Mitleid mit ihm zu haben. Das wirst du wohl übernehmen müssen, schließlich bist du mit ihm verheiratet, nicht ich. Wenn du findest, dass ich mich teilnahmslos anhöre, kann ich es auch nicht ändern, du weißt ja, dass ich Konventionen und falsche Töne hasse. Wie auch immer, hier blicken wir auf eine sehr erfolgreiche Saison zurück, und in den Frühjahrsmonaten werden wir viel zu tun haben, so dass es noch dauern dürfte, bis ich das nächste Mal über den Atlantik fliege. Ich hoffe jedenfalls, dass er keine neuen Skandale auslöst, der letzte hat mir völlig gereicht. Du kannst ihm ja irgendetwas Freundliches von mir ausrichten, was du dir leider selbst einfallen lassen musst. Grüße aus einem saukalten Manhattan, der Wind weht kleine Nadeln über den Hudson. Synn

Von Violetta di Parma an mich:

Liebe Maria. Tausend Dank für dein Verständnis. Ich habe einen Flug am 31. Januar gebucht. Werde dafür sorgen, dass das Haus geputzt ist und so weiter. Ich bezahle gerne etwas mehr als nur die Miete für Januar, aber darauf können wir uns ja vielleicht später einigen? In und um Stockholm ist es kalt, sehr kalt, ich nehme an, euch geht es in Marokko ein bisschen besser. Und daheim in Argentinien werde ich natürlich mitten im Sommer landen. Herzliche Grüße an Martin, richte ihm bitte aus, dass ich mich in eurem schönen Haus sehr wohl-

gefühlt habe und es mir leidtut, meinen Aufenthalt auf diese Weise abbrechen zu müssen. Herzlichst, Violetta

Nichts von Soblewski. Ich nehme an, dass er auf mein (Martins) Urteil zu Anna Słupka wartet, hoffe aber dennoch, dass er von sich hören lässt, noch ehe er es bekommt. Ich kann die nicht identifizierte Leiche im Grunde nicht noch einmal ansprechen, aber wenn er meine (Martins) Frage vergisst, kann das ja wohl nur bedeuten, dass ich mir keine Sorgen zu machen brauche. Ich beschließe, die Sache auf jeden Fall aus diesem Blickwinkel zu betrachten, und beschließe auch, aus der Datenernte des Tages keine einzige Mail zu beantworten; das kann ruhig ein paar Tage warten, und wenn es so weit ist, könnte es meines Erachtens auch an der Zeit sein, Eugen Bergman persönlich anzuschreiben. Als ich selbst, meine ich.

Ich verlasse das Zentrum und schlage die Ash Lane ein. Als ich vor Mr Tawkings blauer Tür stehe, von der Lack abblättert, erkenne ich, dass ich während der ganzen Zeit keinen Ton von ihm gehört habe. Seit über zwei Monaten wohne ich nun in seinem Haus, das ist schon ein wenig seltsam.

Ich denke, dass er womöglich tot ist und man nur vergessen hat, mich von seinem Ableben zu unterrichten, klopfe aber dennoch an.

Er öffnet nach einer Weile und sieht wirklich nicht besonders lebendig aus, aber das hat er auch bei unserer letzten Begegnung nicht getan. Ich habe den Eindruck, dass er mich nicht erkennt, und beginne ihm auseinanderzusetzen, dass ich seit November sein Haus in Winsford Hill miete.

»Ich weiß«, unterbricht er mich, »ich sehe nur ein bisschen schlecht. Treten Sie ein.«

Diesmal bekomme ich keinen Tee, und es dauert eine ganze Weile, bis wir zu einer Einigung gekommen sind. Vertrag ist

Vertrag, meint Mr Tawking, und wenn ich so dumm bin, eine Halbjahresmiete im Voraus zu zahlen, muss ich für die Folgen geradestehen.

Ich weise darauf hin, dass es seine Bedingung dafür war, dass ich überhaupt in das Haus ziehen durfte, und daraufhin sitzen wir in seinem tristen Wohnzimmer zusammen und feilschen. Ich denke, dass es mir eigentlich egal sein kann, wie die Sache ausgeht, so schlecht geht es mir finanziell ja nicht, aber am Ende lässt er sich dann doch darauf ein, zweihundert Pfund zurückzuzahlen, wenn ich bis zum ersten Februar ausziehe. Ich soll mir das Geld ein paar Tage später abholen, dann werden wir einen neuen Vertrag unterzeichnen. Ich denke, dass er der einzige wirklich unangenehme Mensch ist, dem ich begegnet bin, seit ich nach Exmoor gekommen bin und mich in der Heide niedergelassen habe.

Also schön, denke ich, als ich ihn verlasse, und spaziere mit Castor auf den Fersen zum Denkmal zurück. Das heißt also, mir bleiben drei Wochen. Das wird reichen.

51

Was ist eigentlich aus deinem Stalker geworden«, sagt Mark Britton. »Du hast ihn schon länger nicht mehr erwähnt.«

Wir wandern im Barle Valley. Ausnahmsweise werden wir von Jeremy begleitet; er geht zehn Meter hinter uns, hat einen großen Kopfhörer aufgesetzt und die Hände in den Taschen vergraben. Mark behauptet, dass er ihn fast nie aus dem Haus bekommt. Castor bleibt übrigens kurz hinter Jeremy, aber auf dem Rückweg wird er sich bestimmt an die Spitze setzen.

»Stimmt«, erwidere ich. »In den letzten Wochen habe ich ihn nicht bemerkt. Ich glaube, seit ich dir von ihm erzählt habe, nicht mehr.«

Es ist der fünfzehnte Januar. Ich denke, dass es stimmt. Fast ein Monat muss vergangen sein, seit ich den silberfarbenen Renault gesehen habe.

»Hm«, brummt Mark Britton und tritt gegen einen Stein. Ich spüre, dass er mit dem Thema noch nicht fertig ist.

»Warum fragst du?«

Er zögert. Dreht sich um und kontrolliert, dass Jeremy bei uns ist. Rückt seinen Schal zurecht.

»Es könnte sein, dass ich ihn gesehen habe«, erklärt er schließlich.

Ich bleibe stehen. »Wie meinst du das? Du hast ihn gesehen … wo denn?«

»Es war vor zwei Tagen«, antwortet Mark und versucht aus

irgendeinem Grund, entschuldigend auszusehen. »In Dulverton, sein Auto parkte direkt vor der Metzgerei, ja, er kam ehrlich gesagt aus dem Geschäft, setzte sich in den Wagen und fuhr davon.«

»Er?«

»Ja. Ein Mann von … tja, was weiß ich … etwa sechzig Jahren vielleicht? Ich konnte mir kein richtiges Bild von seinem Aussehen machen, ich stand auf der anderen Straßenseite. Außerdem trug er einen Hut. Aber es war ein Mietwagen von Sixt, und ich habe mir das Kennzeichen notiert.«

»Aha?« Plötzlich habe ich ganz weiche Knie. Als könnte ich keinen Schritt mehr weitergehen. Er sieht es mir an.

»Fühlst du dich nicht gut?«

»Doch, doch. Mir war nur gerade ein bisschen schwindlig.«

»Schwindlig? Dir wird doch sonst nie schwindlig.«

»Es geht schon wieder. Was hast du mit dem Autokennzeichen gemacht?«

Denn ich höre ihm natürlich an, dass er sich damit nicht zufriedengegeben hat. Deshalb musste er sich eben entschuldigen.

Er räuspert sich. »Ich bin ihm nachgegangen«, sagt er kurz angebunden.

»Aha?«, sage ich. »Was heißt das?«

»Ich habe die Autovermietung angerufen und ihnen eine Geschichte aufgetischt. Dass ich glauben würde, der Fahrer dieses Wagens sei beim Zurücksetzen gegen mein Auto gefahren und dass ich mich deshalb mit ihm in Verbindung setzen wolle. Sie haben gezögert, aber als ich behauptete, ich würde für die Polizei in Taunton arbeiten, und meinte, sie sollten sich nicht so anstellen, haben sie nachgegeben. Sie haben im Mietvertrag nachgesehen, und dabei hat sich herausgestellt, dass der Wagen für einen längeren Zeitraum an eine Person polnischer Herkunft vermietet ist.«

»An eine Person polnischer…?«

Mein Blickfeld verengt sich zu einem Tunnel. Ich balle die Hände zu Fäusten und atme tief durch.

»Ja, aber dein Stalker hat doch keine Verbindungen zu Polen, oder? Hieß er nicht Simmel? Ehrlich gesagt…«

»Was denn?«

Er lacht auf. »Ehrlich gesagt konnten sie mir seinen Namen nicht vorlesen. Er war lang und polnisch und kompliziert. Aber wenn ich Anspruch auf eine Schadensregulierung erheben wolle, bräuchte ich ihnen bloß die Schadensmeldung zu schicken. In dem Fall würden sie ihn über die Führerscheinnummer ermitteln, das ist anscheinend eine reine Routinesache. Ich habe mich bedankt und gesagt, ich würde mir die Sache überlegen. Was denkst du?«

»Was ich denke?«

»Ja. Das dürfte ja wohl bedeuten, dass er es nicht ist?«

Ich sehe ihn an und versuche, nicht die Fassung zu verlieren. »Da hast du natürlich recht. Ich war nur so überrascht… ich hatte wirklich lange nicht mehr an ihn gedacht.«

Im Moment ist dagegen für kaum etwas anderes Platz in meinem Kopf. So ist das nun einmal, denke ich. Wenn der Deckel abgehoben wird, quillt viel zu viel heraus. Was wohl Gudrun Ewerts dazu sagen würde?

Ich lege den Deckel wieder auf, und wir gehen weiter. Wandern am Flussufer entlang, halten jedoch inne, als wir merken, dass Jeremy nicht mehr hinter uns geht. Wir kehren um und entdecken ihn schon bald. Er ist ohne erkennbaren Grund mitten auf dem Weg stehen geblieben. Steht dort mit den Händen in den Taschen und stiert in die Luft. Castor sitzt, nur einen Meter entfernt, neben ihm.

»Großer Gott«, sagt Mark. »Ich muss mir unbedingt einen Hund anschaffen.«

Ich treffe mich zu oft mit Mark Britton. Ich sage das nicht meinetwegen, sondern seinetwegen. Ich habe aufgehört zu zählen, wie oft ich schon in Heathercombe Cottage aufgewacht bin, aber bald reise ich ab. Ich weiß, dass er auf eine Fortsetzung hofft, obwohl wir nie darüber gesprochen haben. Und eine Fortsetzung hieße natürlich, dass ich nach Exmoor zurückkehre. Dass er mit Jeremy an einen anderen Ort zieht, ist ausgeschlossen. Diese Entscheidung hat er endgültig getroffen.

Ich will diesem Gedanken jedoch keinen Nährboden geben. Noch nicht. Mein Gespür für magisches Denken verbietet es; man darf es nicht zu eilig haben, nicht zu Kästchen sieben springen wollen, wenn man auf Kästchen drei steht. Es ist gut möglich, dass Mark das versteht; natürlich nicht die Details und auch nicht so ausgedrückt, aber sein Instinkt scheint ihm einzuflüstern, mich lieber nicht unter Druck zu setzen. Nichts zu verabreden und mich nicht zu zwingen, Dinge zu versprechen, weil das nichts bringt. Dafür bin ich ihm dankbar, denn wenn ich weitere detaillierte Lügengebilde errichten müsste, würde es allmählich kompliziert werden. Alles Unausgesprochene ist so viel lebendiger, es bleiben mir nur noch zwei Wochen in Darne Lodge, und nachdem ich den ganzen Spätherbst und Winter alle Zeit der Welt hatte, sind die Tage plötzlich mit zahlreichen notwendigen Erledigungen ausgefüllt.

Ich muss mein Theaterstück beenden. Ich muss eine Reihe gut durchdachter Mails an eine Reihe von Personen senden: Bergman, Gunvald, Synn, Christa und zu guter Letzt, aber deshalb nicht weniger wichtig an – Soblewski. Ich habe schon länger nichts mehr von ihm gehört, aber übermorgen werde ich ihm meine (Martins) Kommentare zu Anna Słupkas Erzählung (die ich heute Abend endlich lesen werde) zukommen lassen – zusammen mit einem ziemlich düsteren Bericht über meine (Martins) Schreibtätigkeit und einem Haufen depressiver Gedanken. Die nicht identifizierte Leiche kann ich natürlich nicht noch einmal ansprechen, hoffe aber, dass er sich an meine Frage erinnert und mir die Antwort nicht schuldig bleiben wird.

Wenn er mir gar nicht antwortet, muss ich ernsthaft damit rechnen, dass etwas nicht so ist, wie es sein sollte. Oder denke ich in diesem Punkt falsch?

Heute ist Dienstag, Mark und ich haben verabredet, erst am Samstag wieder von uns hören zu lassen. Dann bin ich an der Reihe, ihn zu einem Abendessen im *The Royal Oak* einzuladen. Ich denke, wir gehen beide davon aus, dass wir den Abend anschließend bei ihm daheim ausklingen lassen. Genau wie Castor, vielleicht sogar Jeremy.

Jeremy ist im Übrigen eine willkommene Entschuldigung dafür, dass ich ihn nicht in Darne Lodge zum Essen einladen kann. Mark hat nur kurz seinen Fuß in dieses Haus gesetzt, und ich gedenke, es dabei zu belassen. Ich verwahre hier einiges an Herrenbekleidung und andere schwer erklärbare Dinge, derer ich mich aus gewissen Gründen nicht entledigen kann, ich muss unbedingt mit Martins gesamter Habe heimkehren. Dieser Gedanke – dass ich mich tatsächlich mit Castor ins Auto setzen und davonfahren werde – lässt mich einerseits freudig erregt reagieren, andererseits auch innerlich zittern. Nein, falsch, bis jetzt ist der Anteil des Zitterns größer, aber ich hoffe, dass sich das Gleichgewicht einstellen wird, wenn es erst einmal so weit ist.

Mail von mir an Christa am siebzehnten Januar:

Liebe Christa, ich hoffe, dir und Paolo geht es gut. Ich fürchte, hier in Marokko steht leider nicht alles zum Besten. Vielleicht war es eine idiotische Aktion, überhaupt hierherzufahren, mir wird allmählich klar, dass Martin und ich nach allem, was sich ereignet hat, besser auf die Stimme der Vernunft gehört hätten und an unterschiedliche Orte gereist wären. Es ist nicht etwa so, dass wir uns streiten, aber Martin ist von einer furchtbaren Nieder-

geschlagenheit erfasst worden, er will nicht darüber sprechen, weil er ein Sturkopf ist, aber ich glaube allmählich fast, dass er eine Dummheit begehen könnte. Ich will dich damit natürlich nicht belasten, aber ich habe hier unten niemanden zum Reden. Ich muss einfach mal loswerden, dass alles verdammt anstrengend ist, und möchte dich bitten, uns die Daumen zu drücken. Glücklicherweise ist ein möglicher Ausweg aufgetaucht: Die Frau, die unser Haus in Nynäshamn mietet, muss ausziehen, da ihre Mutter in Argentinien schwer erkrankt ist, so dass uns nichts daran hindert, den Heimweg anzutreten. Ich versuche bereits, Martin zu überreden, denn in Marokko dürfte es keine adäquate medizinische Versorgung für ihn geben, und ich schätze die Lage wirklich so ein, dass er in eine Klinik gehen oder zumindest professionelle psychiatrische Hilfe in Anspruch nehmen sollte. Das Projekt, an dem er während unseres Aufenthaltes hier arbeiten wollte, hat sich auch nicht so entwickelt, wie er sich das erhofft hatte, was sich natürlich noch zusätzlich negativ auswirkt. Aber wie gesagt, drück mir bitte die Daumen, liebe Christa. Und drück mir die Daumen, dass es mir gelingt, Martin zu überreden, mich nach Hause zu begleiten. Ich umarme dich, Maria

Mail von Martin an Soblewski:

Dear Sob. Let's go ahead with Miss Słupka. No doubt a real talent. As for myself, though, I have huge misgivings regarding my talent. My work is going to pieces and so am I. Fuck Herold and Hyatt. I will give it a last push by trying to write a play about it, but not sure it will work. Sorry to have to tell you this but it is unfortunately the truth. I drink too much, have taken up smoking again and Maria is very worried about me. So am I. M

Mail von Martin an Eugen Bergman:

Lieber Eugen. Hab Dank für deine Fürsorglichkeit. Bin ganz unten, habe sogar wieder angefangen zu rauchen. Ich glaube, wir müssen nach Hause fahren, so geht es einfach nicht mehr weiter. M

Das soll für heute reichen. Sollte ich am Montag jedoch keine Antwort von Soblewski erhalten haben, muss ich andere Maßnahmen ergreifen als bisher geplant. Ich bleibe noch eine Weile im Computerzentrum sitzen und denke darüber nach, während ich ohne größeres Interesse Nachrichten aus der großen, weiten Welt lese. Wenn ich tatsächlich aus meinem Versteck krieche, ist es vielleicht besser, dafür zu sorgen, dass ich auf dem Laufenden bin. Aber das ist ein sehr uninspirierter Gedanke.

Außerdem versuche ich – zum zwanzigsten Mal, seit er davon erzählt hat –, Marks Beobachtung vor der Metzgerei in Dulverton einzuschätzen, und komme lediglich zu dem gleichen Ergebnis wie die neunzehn Male zuvor auch.

Ich habe nie gesehen, dass Martin jemals einen Hut getragen hätte.

Um die sechzig, lautete Marks Schätzung. Professor Soblewski muss mindestens siebzig sein.

Dass ein Pole dieses Auto mietet, wusste ich schon – durch die Zeitung, die auf der Ablage über dem Armaturenbrett lag.

Dass sich dort auch eine schwedische *Dagens Nyheter* befand … tja, ich beschließe, diese Frage ad acta zu legen.

Ich habe keine Lust, darüber nachzugrübeln, dass ich exakt zu diesen Schlussfolgerungen kommen *will*. Die Zeit des Zögerns und Zweifelns ist vorbei.

Und in der tristen Erzählung von Słupka gab es nur eine Zeile – eine einzige –, die einen Missklang bildete: dass Frauen kaltblütiger sind als Männer, wird ihnen erst nach den Wechseljahren bewusst.

Geschrieben von einer jungen Frau. Woher will sie das wissen?

Ich lasse auch das Winsford Community Computer Centre links liegen und gehe um die Kirche herum und die Ash Lane hinauf zu Mr Tawking, um meine zweihundert Pfund zu kassieren. Es dämmert schon und regnet in Strömen. Ich gehe davon aus, dass es mein vorletzter Donnerstagabend in Winsford ist, und das Dorf hüllt sich in seine düsterste Gestalt.

Ich klopfe an die Tür, aber es kommt niemand, um mir zu öffnen. Ich sehe, dass in zwei Fenstern Licht brennt, weshalb ich das ein wenig seltsam finde. Außerdem steht Castor neben mir und knurrt, was er sonst beim besten Willen nicht tut. Ich klopfe noch zwei Mal an und habe das Gefühl, ein Geräusch zu hören, das aus dem Haus kommt. Ich denke ein paar Sekunden nach, dann drücke ich die Klinke hinunter.

Die Tür ist offen, und wir treten ein.

»Mr Tawking?«

Er liegt bäuchlings auf dem Boden, die Arme unter sich. Ich sehe sein linkes Auge, da der Kopf zur Seite gedreht ist. Er betrachtet mich mit panischer Angst, offensichtlich lebt er noch. Castor knurrt und bleibt auf Distanz.

»Mr Tawking?«

Der Kopf bewegt sich ein wenig, und das Auge blinzelt.

Ein Gehirnschlag?, denke ich. Eine Gehirnblutung? Ein Schlaganfall?

Oder sind das nur drei Namen für das Gleiche?

Ich erkenne, dass dies keine Frage ist, zu der ich Stellung beziehen muss, und eile hinaus. Klingele bei den Nachbarn, wo mir eine etwa vierzig Jahre alte Frau öffnet. Ich zeige und erkläre ihr, was los ist.

»Very well«, sagt sie. »Tja, das war ja wohl nur eine Frage der

Zeit, aber ich bin Krankenschwester, ich kümmere mich darum. Bill, hol das verdammte Brathähnchen aus dem Ofen, wir müssen später essen!«

Sie nickt mir zu und ist bereits dabei, einen Krankenwagen zu rufen. Ich begreife, dass die Chancen, meine zweihundert Pfund zurückzubekommen, schlecht stehen.

52

Im Pub haben sie gesagt, dass Castor verschwunden war. Das hast du mir gar nicht erzählt?«

Ich denke nach. »Ja, kann sein, dass ich es nicht erwähnt habe.«

»Warum nicht?«

»Ich weiß nicht. Es ist während der Weihnachtstage passiert, als du mit Jeremy in Scarborough warst.«

»Es ist trotzdem seltsam, dass du es mir nicht erzählt hast.«

»Findest du? Na ja, ich habe ehrlich gesagt gedacht, ich hätte es dir gesagt.«

Was ist denn jetzt los, denke ich und verspüre zum ersten Mal einen Anflug von Verärgerung über Mark Britton. Vielleicht richtet sich dieser Ärger aber auch gegen mich selbst. Ich hätte ihm von den furchtbaren Tagen erzählen sollen, in denen Castor fort war; ich schweige und lüge und behalte manche Dinge völlig unnötig für mich, bis die Situation am Ende unhaltbar wird.

»Jedenfalls kann man dir nicht vorwerfen, ein offenes Buch zu sein«, sagt er. »Aber das macht nichts, Mysteriöses ist bei mir eher Mangelware, und früher oder später werde ich doch alle Seiten lesen dürfen. Oder etwa nicht?«

Er lacht, und ich beschließe, seinem Beispiel zu folgen. Immerhin ist es eine unserer letzten Begegnungen. Zumindest für absehbare Zeit. Ich nehme einen Happen Käse und einen Schluck Wein, er tut das Gleiche. Wir sitzen in seiner Küche, und es schmerzt mich ein wenig, wenn ich daran denke, dass ich bald nicht mehr hier sitzen werde.

»Dich kann man ja nicht einmal googeln«, ergänzt er. »So ein Pseudonym ist schon genial.«

Ich nicke. »Genial ist das richtige Wort.«

»Und du willst mir immer noch nicht verraten, welchen Namen du verwendest?«

»Du musst entschuldigen, aber noch nicht.«

Ahnt er etwas? Beginnt Mark Britton zu verstehen, dass sich hinter meiner Geheimniskrämerei unausgesprochene und beunruhigende Motive verbergen? Vielleicht, ich kann es nicht erkennen. Auf jeden Fall findet er Spaß daran, solche kleinen Haken auszuwerfen, vor einem Monat war das noch anders. Andererseits kann ich nicht behaupten, dass ich ihn nicht verstehe.

Erst recht nicht, wenn ich ihm wirklich so viel bedeute, wie ich mir einbilde.

Es ist allerdings nicht unsere allerletzte Begegnung. Wenn ich wie geplant am neunundzwanzigsten fahre, bleibt uns noch ein Wochenende. Ich habe in meinen Kalender geschaut und den Tag angekreuzt, später darf ich dann nur nicht vergessen, den Kalender loszuwerden, aber es gibt auch noch einige andere Dinge, die das gleiche Schicksal erwartet.

»Ich bin in dich verliebt, Maria, das verstehst du doch?«

Das sollte eigentlich nicht unerwartet kommen, aber ich lasse trotzdem fast mein Glas fallen. Ich denke, dass ich solche Worte nicht mehr gehört habe, seit … daraufhin versuche ich mich zu erinnern, ob Martin sie jemals ausgesprochen hat. Ich weiß es beim besten Willen nicht. Das hieße dann seit Rolf.

Wie viele Menschen hören es ihr ganzes Leben nicht: dass jemand sie liebt?

»Danke«, sage ich. »Ich danke dir dafür, dass du das sagst. Ich habe dich sehr gern, Mark. Mein Leben in dieser Heide ist so viel erfüllter geworden, seit ich dich kennengelernt habe. Ich kann dir nur nichts versprechen… wenn es das ist, worauf du hoffst?«

Er sitzt da und denkt eine ganze Weile über meine Worte nach, das hätte ich an seiner Stelle auch getan. Dann nickt er und sagt: »Weißt du, was das betrifft, bin ich ziemlich zuversichtlich. Es muss doch einen Grund dafür geben, dass du ausgerechnet in diesem Dorf gelandet bist.«

»Stimmt«, sage ich. »Irgendeinen Grund gab es bestimmt.«

»Wir sind erwachsene Menschen«, erklärt er.

»Ja, das sind wir«, erwidere ich.

»Wir wissen, was es bedeutet, zu verzichten.«

»Darin sind wir Experten.«

Er beugt sich über den Tisch und hält meinen Kopf mit beiden Händen. »Verliebt, habe ich das schon gesagt?«

Mail von Martin an Gunvald:

Hallo, Gunvald, danke für deine Mail und toll zu hören, dass du down under eine schöne Zeit hattest. Die Lage in Marokko ist nicht ganz so rosig, muss ich leider gestehen. Ich komme beim Schreiben überhaupt nicht weiter und bin ehrlich gesagt ziemlich deprimiert. Vielleicht kehren wir früher nach Schweden zurück als geplant, ich weiß, es ist eine elende Jahreszeit und so weiter, aber was soll man da machen? Jedenfalls, pass auf dich auf, wir bleiben in Kontakt. Papa

Von Eugen Bergman an Martin:

Lieber Freund! Komm unverzüglich nach Hause, wenn du nicht weiterkommst. Es gibt keinen Grund, in fremden Ländern zu hocken und sich zu quälen. Und vielleicht ist ein Theaterstück ja letzten Endes die perfekte Lösung? Immerhin hast du noch nie etwas für das Theater ge-

schrieben. Aber das ergibt sich, oder es ergibt sich nicht, Hauptsache, du kommst wieder auf die Beine. Allerherzlichste Grüße – auch an Maria natürlich. Eugen

Von Soblewski an Martin:

My dear friend! You are far too young for depressions! But I can imagine how sitting in that very country with that very story could make anybody go crazy. I suggest you leave it and try to find other distractions – and if you are really on your way home, you are more than welcome to spend a few days in my house, which might enable us to talk things through properly. Your lovely wife and your dog are welcome too, of course. No new bodies have been reported and whether they managed to identify the old one I have no idea. I have heard nothing more about it. All the best, Sob

Ich lese mir Soblewskis Mail sehr aufmerksam durch und übersetze seine letzten Worte sicherheitshalber im Kopf: *Es gibt keine Berichte über neue Leichen, und ich habe nicht gehört, dass es ihnen gelungen ist, die alte zu identifizieren.*

Ich denke darüber nach. Ist das nicht, überlege ich, ist das nicht in der Tat die positivste Nachricht, die ich mir hätte wünschen können? Ich betrachte die Worte für eine Minute von allen Seiten und komme dennoch zu keinem anderen Schluss.

Alles andere liegt folglich in meinen eigenen Händen.

Mail von Martin an Eugen Bergman:

Wir werden sehen, lieber Eugen. Es ist schwer, aber vielleicht tun wir, was du sagst, und setzen Kurs gen Norden. Aber mach dir bitte keine Hoffnungen, was das Theaterstück betrifft. Mit freundlichen Grüßen M

Von Martin an Soblewski:

Thank you for your concern. We shall see what happens. M

Von Christa an mich:

Verdammt! Ich wusste doch, dass an diesen Träumen etwas dran war! Und du musst da unten natürlich mit seinem Zusammenbruch zurechtkommen? Nun ja, ich kann leider nicht behaupten, dass mich das wundert. Wie du weißt, habe ich selbst eine ordentliche Portion depressiver Kerle abbekommen. Wenn du mich fragst, schlimmer als Dreijährige mit Mittelohrentzündungen, entschuldige bitte, dass ich das sage. Sorg verdammt noch mal dafür, dass ihr nach Hause kommt, damit wir uns treffen und über alles reden können. Ich bin bis Mitte Februar in Stockholm, es ist also noch Zeit. Danach Gott sei Dank für einen Monat in Florida. Melde dich wieder und komm nach Hause! Christa

Von mir an Christa:

Ja, es sieht wirklich nicht gut aus. Ich könnte mir vorstellen, dass wir in ungefähr einer Woche hier abhauen. Wenn du noch in der Stadt bist, können wir uns ja Anfang Februar mal treffen. Am liebsten würde ich Martin in ein Flugzeug setzen und die ganze Strecke alleine fahren, aber das geht natürlich nicht. Wie auch immer, danke, dass du mir beistehst. Ich umarme dich, Maria

Von mir an Gunvald und Synn:

Lieber Gunvald und liebe Synn, ich möchte nur, dass ihr wisst, Papa geht es gar nicht gut. Wir planen, unsere lange Heimreise schon in ein paar Tagen anzutreten. Ich weiß nicht, ob er sich bei einem von euch gemeldet hat, vermutlich eher nicht. Er ist sehr niedergeschlagen und spricht selbst mit mir kaum noch ein Wort. Drückt uns die Daumen, dass wir gut nach Hause kommen und ihm dort geholfen wird. MvG, Mama

Damit, denke ich mir, steht das sorgfältig gemauerte Fundament, und daraufhin verlasse ich zum letzten Mal und mit einem Gefühl von Leichtigkeit und vorsichtigem Optimismus das Winsford Community Computer Centre.

53

An den letzten Tagen wiederholen wir alles.

Wir gehen noch einmal unsere Lieblingswanderwege: Doone Valley, Culbone, Selworthy Combe, Glenthorne Beach. Wir finden zurück zu Barretts Höhle und zum Pub in Rockford, wo Jane Barretts Ausstellung noch läuft, die Künstlerin selbst aber gerade außer Hauses ist. Es schmerzt mich ein wenig, dass sie nicht da ist, ich hätte sie gerne ein paar Dinge gefragt, aber dann muss es eben auch so gehen. Ich denke, am wichtigsten wird sein, dass man sich traut, zuversichtlich zu sein: sich darauf zu verlassen, dass der Schutz weiter besteht. Wir besuchen ein letztes Mal das Antiquariat in Dulverton und verabschieden uns von der hundertjährigen Löwenzahnpflanze. Verabschieden uns auch von Rosie, Tom und Robert im *The Royal Oak Inn*. Es ist ein eigenartiges Gefühl, dass nur drei Monate vergangen sind, seit ich zum ersten Mal meinen Fuß in diese Schänke gesetzt habe. Plötzlich fällt mir die Couch ein, auf die diese Katze so lange gepinkelt hat. Was wohl aus ihr und aus Mrs Simmons geworden ist?

Und ich schreibe. Es ist erstaunlich, wie problemlos ich an dem Stück »Bei Sonnenaufgang« arbeite – so lautet der Arbeitstitel inzwischen. Ich schreibe natürlich auf Martins Notebook, und vielleicht ist es ja nur das, die Tatsache, dass ich nicht wirklich die Verantwortung für das Ganze übernehmen muss, was die Dialoge so mühelos sprudeln lässt. Parallel dazu lese ich

Bessie Hyatts Bücher, und mit Martins Bericht im Hinterkopf ist es nicht schwer, Schlüssel zu finden.

Durchgängig das unveränderte Bühnenbild, der große Tisch auf der Terrasse; es wird erklärt, dass wir uns während der beiden ersten Akte in Griechenland befinden und während der drei abschließenden in Marokko. Entscheidend ist, dem Publikum klarzumachen, dass Zeit vergangen ist. Elf Rollen, von denen zwei Diener sind. Megal sowie seine hypnotische Frau nutze ich als Erzähler. Sie dürfen das Publikum direkt ansprechen und wie in einem klassischen Drama beschreiben, was abseits der Bühne geschieht. Besonders wichtig wird ihre Rolle in den Schlussszenen sein, wenn sie zusammen mit Bessie Hyatt, von ferne, aus dem Haus heraus, beobachten, was mit Gusov geschieht. Wie man ihn tatsächlich ermordet.

Aber es geht natürlich vor allem um Herold und Hyatt, die Namen aller übrigen Charaktere habe ich verändert, und Herold schildere ich so negativ, wie ich es wage, ohne eine Karikatur aus ihm zu machen. Hyatt ist die Unschuldige, allerdings nicht ganz; alle anderen sind Mitläufer, die dafür sorgen, dass Herolds Machtposition nie in Frage gestellt wird. Die es ihm ermöglichen, sowohl Gusov als auch Bessie Hyatt zu vernichten. Bessies Abtreibung lasse ich beispielsweise in einem angrenzenden Zimmer stattfinden, das Theaterpublikum soll wissen, was passiert. Die anderen Figuren kommentieren die Vorgänge jedoch nicht, sondern sitzen zusammen und essen und hören ihre Schreie durch das offene Fenster, ohne ihnen Beachtung zu schenken. Von ihrem Selbstmord wird bereits in einer Art Prolog erzählt, noch ehe sich der Vorhang hebt. Ich weiß, dass mein Stück hart und düster ist, ohne Gnade und Versöhnung, aber ich denke, dass sich dies bei einer Überarbeitung ein wenig abmildern und kultivieren lassen wird. Falls es dazu eine Veranlassung geben sollte. Außerdem spiele ich mit dem Gedanken, Eugen Bergman in ferner Zukunft mitzuteilen, dass ich an dem

Text mit Martin zusammen gearbeitet habe und ich es deshalb übernehmen könnte, ihn gründlich durchzusehen und zu überarbeiten. In einer noch ferneren Zukunft sehe ich vor mir, wie das Drama am Königlich Dramatischen Schauspielhaus aufgeführt wird und ich am Bühnenrand stehend ein paar Worte über Martin sage, bevor das Spiel beginnen kann. Meiner Fantasie sind keine Grenzen gesetzt.

Zwei Tage vor unserer Abreise komme ich zum Schluss. Fünf Akte, hundertzwanzig Seiten Dialog. Tom Herold und Bessie Hyatt unter die Lupe genommen; ich staune über die sanfte Euphorie, die in mir pocht, und denke, so muss es sich also anfühlen, eine richtige Schriftstellerin zu sein. Wenn man endlich den Moment erreicht, in dem man glaubt, ein Werk zu einem glücklichen Ende gebracht zu haben.

Der Abschied von Mark Britton fällt weniger emotional aus, als ich befürchtet hatte, und ich denke, dass ich ihn unterschätzt habe. Castor und ich verbringen wie üblich einen Abend, eine Nacht und einen Vormittag in Heathercombe Cottage; als wir uns am Sonntag trennen, haben wir gegenseitig unsere Telefonnummern und Mailadressen überprüft, und ich bin mir sicher, dass wir uns wiedersehen werden. Nichts, nicht einmal die miserabelste Erzählung, kann auf diese Weise enden.

»Wir werden uns wiedersehen«, sagt Mark. »Das weiß ich.«

»Siehst du mir wieder in den Schädel?«

»Ich sehe es auf alle möglichen Arten. Und wenn ich innerhalb einer Woche nichts von dir höre, reise ich dir hinterher. Aber es wird natürlich das Beste sein, wenn du erledigst, was du dort tun musst, und anschließend wieder hierherziehst. Noch Fragen?«

Ich lache. »Sieht so Plan A aus?«

»Genau«, antwortet Mark. »Und von einem Plan B willst du nichts wissen, das kann ich dir versprechen. Ich bin verliebt, habe ich dir das nicht gesagt?«

Ich umarme ihn und erkläre, dass es um mich wohl ziemlich ähnlich bestellt sei. Er solle sich keine Sorgen machen.

»Ich mache mir keine Sorgen«, erwidert Mark Britton.

Ich gebe Jeremy, der heute einen gelben Harlequins-Sweater mit blauer und roter Schrift trägt, die Hand, und dann verlassen Castor und ich Heathercombe Cottage. Im Auto, auf dem Weg nach Winsford Hill, beginne ich zu weinen und lasse den Tränen freien Lauf, bis sie von selbst versiegen.

Am frühen Morgen des neunundzwanzigsten Januar schließe ich das Tor zu Darne Lodge. Fahre ein letztes Mal die Halse Lane hinab und parke am Kriegerdenkmal. Es ist ein nebliger Morgen, grau und schwermütig. Ich nehme Castor zu einem kurzen Spaziergang die Ash Lane hinauf mit und klopfe bei Mr Tawkings Nachbarn.

Es ist wieder die Krankenschwester, die mir öffnet, und sie berichtet, dass der alte Tawking in Minehead im Krankenhaus liegt und wohl nicht mehr lange zu leben hat. Ich danke ihr und übergebe ihr den Schlüssel.

»Sie fahren jetzt?«

»Ja«, sage ich. »Ich fahre jetzt.«

»Sie sollten in einer anderen Jahreszeit wiederkommen«, meint sie. »Der Winter ist zum Kotzen.«

Ich nicke und sage, dass ich ganz sicher zurückkehren werde.

Wir gehen am Computerzentrum vorbei, aber es ist so früh, dass es noch nicht geöffnet ist. Ich klopfe bei Alfred Biggs, aber es rührt sich nichts. Ausnahmsweise ist er nicht zu Hause, aber ich denke, dass ich ihm und Margaret Allen schon gedankt und Lebewohl gesagt habe.

Außerdem habe ich ja, wie gesagt, ohnehin vor zurückzukehren.

Das habe ich doch?

Dann spazieren wir zum Auto und fahren los.

Die A 396 über Wheddon Cross, auf der wir auch gekommen sind. Wir gehen nicht in den *The Rest and Be Thankful Inn*, um ein Glas Rotwein zu trinken. Er hat im Übrigen auch gar nicht geöffnet.

V.

54

Ich sitze an einem runden, für sechs Gäste gedeckten Tisch. Die übrigen Plätze sind leer, was im Übrigen für das gesamte Restaurant gilt. Ein älterer, glatzköpfiger Kellner in einer roten Livree betritt mit meinem Hauptgericht den Raum: Wiener Schnitzel mit Kartoffelgratin und Pfifferlingsauce. Füllt ohne vorher zu fragen mein Rotweinglas nach.

Es ist neun Uhr abends. Das Hotel heißt Duisburger Hof, die Stadt Duisburg. Castor liegt in unserem Zimmer auf dem Bett und schlummert sanft, wir haben einen ausgedehnten Abendspaziergang hinter uns. Es ist ein großes Hotel, und in einem an das Restaurant angrenzenden Raum findet ein Rotary-Treffen statt; ab und zu dringen von dort Lachen und Rufe herüber, was auf recht anschauliche Weise meine eigene Einsamkeit unterstreicht. Ich glaube, der Kellner denkt das Gleiche, denn von Zeit zu Zeit kommt er zu mir und erkundigt sich, ob alles zu meiner Zufriedenheit sei. Ich antworte jedes Mal, es sei alles bestens.

Bis hierher ist die Fahrt nach Plan und völlig problemlos verlaufen, aber je weiter ich mich von Exmoor entfernt habe, desto seltsamer habe ich mich gefühlt. Je weiter ich mich von England entfernt habe. Bevor wir in Folkestone an Bord des Tunnelzugs stiegen, musste ich meinen Pass vorzeigen, aber ein schläfriger Grenzbeamter warf nur einen flüchtigen Blick darauf. Ich musste nicht einmal Castor verstecken; nur wenn man in die andere Richtung unterwegs ist, sind die Kontrollen streng. Wenn man in das Vereinigte Königreich einreisen möchte.

Am Nachmittag fuhren wir dann durch Frankreich, Belgien und die Niederlande und erreichten schließlich Deutschland. Schwierigkeiten, Antwerpen zu umfahren, Schwierigkeiten, aus einem Automaten an einer Tankstelle vor Gent einen Kaffee zu ziehen, ansonsten keinerlei Probleme.

Abgesehen von einem gewissen Gefühl der Unwirklichkeit; von etwas Bleibendem, was mich nicht loslassen will, und davon, keinen wirklichen Kontakt zu meiner Umgebung zu haben.

Im Kielwasser dieser Empfindung zudem eine Verletzlichkeit, wie ich sie seit meinen ersten Tagen in der Heide nicht mehr erlebt habe. Ich denke jedoch, dass sich diese Schwäche in eine Stärke verwandeln lassen könnte, wenn man bedenkt, welche Rolle ich in den nächsten Tagen spielen muss. Ein Nervenzusammenbruch wäre sicher nicht von Nachteil, im Gegenteil. Ich muss ihn nur noch einen Tag hinauszögern: Ich darf ihn nicht zu früh erleiden, und so schlimm steht es auch gar nicht um mich. Überhaupt nicht.

Als es mir endlich gelungen war, in Gent diesen Kaffee aus dem Automaten zu ziehen, verbrachte ich eine halbe Stunde damit, eine Unterkunft für die Nacht zu suchen – weil es in der Tankstelle WLAN gab –, und fand dieses Hotel. Rief dort mit dem Handy an, das ich von Mark Britton bekommen hatte, und erklärte, ich reise mit einem wohlerzogenen Hund zusammen, außerdem habe man mir meine Kreditkarte gestohlen, weshalb ich bar bezahlen wolle. Weder das eine noch das andere erwies sich als Problem; erleichtert geht mir durch den Kopf, dass ich diesen billigen Trick nun wohl zum letzten Mal anwenden muss. Sobald ich auf dänischem Boden bin, kann ich wieder meine wahre Identität annehmen und in einen authentischen Zusammenhang treten, eine Tatsache, der ich innerlich tief gespalten gegenüberstehe. Es liegt eine ansprechende Süße in dem Gedanken, sich für den Rest meines Lebens inkognito ein Zimmer in einem komfortablen Hotel zu nehmen, mit oder ohne Rotarier, mit oder ohne Wiener Schnitzel, aber mit Rotwein und rot gewandeten Kellnern.

Mir ist natürlich auch bewusst, falls jemand auf den Gedanken kommen sollte, alles nachzuprüfen, unsere Adresse in Marokko, unsere Reiseroute, unsere Aufenthalte und Übernachtungen unterwegs und was noch alles, dann würde selbstverständlich alles in sich zusammenfallen wie ein Kartenhaus. Aber warum sollte das jemand kontrollieren? Warum?

Dieser Punkt ist wirklich ein geniales Detail in meinem Plan, da muss ich mich einfach mal selbst loben, während ich in diesem sicheren deutschen Hotelrestaurant sitze und mein wohlverdientes Schnitzel verspeise. Die ganze Aufmerksamkeit wird sich darauf konzentrieren, was mit Martin geschehen ist, kein Mensch wird unseren Aufenthalt in Nordafrika in Frage stellen. Durch meine zahlreichen Mails hierhin und dorthin ist er viel zu gut dokumentiert. Ich habe nur Mitleid und Verständnis zu erwarten, keine unverschämten Fragen. Keine Kontrollen.

Ich trinke einen Schluck Wein. Denke erneut, dass ich mir einen kleinen – oder großen – Zusammenbruch erlauben kann, es würde absolut verständlich erscheinen.

Ja, angesichts der Umstände überaus verständlich. Die arme Frau, was hat sie nicht alles durchmachen müssen.

Ich lächele, auf einmal kann ich mir in meiner Einsamkeit ein Lächeln nicht verkneifen. Ich denke, dass am morgigen Tag nur ein kurzes Drehbuch funktionieren muss, aber auch diese Rolle wird nicht besonders schwer zu spielen sein. Ich werde es schaffen.

Ich leere langsam mein Glas, und da mein Kellner es vorschlägt, nehme ich auch noch einen Kaffee und einen Cognac. Ich fühle mich leicht berauscht und kann durch diesen dünnen

Schleier alles aus einer praktischen und angenehmen Distanz betrachten. Ich denke, dass unser Leben aus so vielen Komponenten besteht; vielleicht ist mein gesamter Aufenthalt in Exmoor ein abgeschlossenes Kapitel – und Mark Britton trotz allem eine Erzählung –, vielleicht werde ich in Zukunft so darauf zurückblicken. Diese drei Monate in einem Jahr oder so als eine Zutat betrachten, als eine Reihe von Umständen, die mit Martins Tod zusammenhingen... vielleicht auch mit Wehmut daran zurückdenken, wie vital und bedeutungsvoll mir alles erschien, während es passierte, und wie rasch es hinterher verblasste.

Oder ich werde zurückkehren. Ich lasse den Cognacschwenker in meiner Hand kreisen und versuche, mir eine solche Entwicklung vorzustellen. Vielleicht kommt es so, wie ich es Mark vage vorgespielt habe; vielleicht werde ich das Haus in Nynäshamn tatsächlich verkaufen und Schweden verlassen. Meinen wenigen guten Freunden erzählen, dass ich mir überlegt habe, mich für ein paar Jahre in England niederzulassen; es brauche einen Tapetenwechsel, nachdem ich nun Witwe geworden sei. Was könnte nachvollziehbarer sein? Wer würde das eigenartig finden? Man kann nicht in alten Reifenspuren weiterwandeln, wenn ein Rad nicht mehr rollt. Hier lächele ich wieder, diesmal über die Formulierung; ich frage mich, ob ich sie gerade erfunden oder irgendwo gelesen habe. *Wenn ein Rad nicht mehr rollt?*

Während ich noch in dieser soliden Umgebung sitze und es noch ein letztes Schlückchen Cognac in meinem Glas gibt, beginne ich aus irgendeinem Grund, über all die Menschen nachzudenken, denen ich begegnet bin und die inzwischen tot sind. Was ist, wenn sie mich tatsächlich sehen und meinen Gedanken folgen können, während ich mich gerade sanft berauscht mitten zwischen zwei Kapiteln erhole. Mitten zwischen dem vierten und dem fünften Akt: Rolf. Gudrun Ewerts. Mein Vater und meine Mutter. Die kleine Gun natürlich, immerhin war sie die erste in der Reihe. Vivianne, das verrückte Huhn. Elizabeth Williford Barrett, ihr bin ich natürlich nie begegnet, aber in den letzten drei Monaten mindestens hundert Mal an ihrem Grab vorbeigekommen, woran mag sie denken? Und Martin? Worüber grübelt er in seinem Bunker nach? Oder eventuell auch in einem polnischen Kühlfach? Oder sitzt er auf einem Wolkenkissen und betrachtet mein Tun mit einer steilen Falte auf der Stirn, einer tiefen und sehr vertrauten Falte?

Bei dem Gedanken ereilt mich plötzlich ein unangenehmes Gefühl, und ich leere mein Cognacglas. Winke meinem rotgekleideten Freund zu und erkläre, zahlen zu wollen. Er erkundigt sich, ob er den Betrag aufs Zimmer schreiben soll, und ich antworte, das sei eine gute Idee. Lasse als Trinkgeld einen Zehneuroschein auf dem Tisch liegen, weil ich es nicht kleiner habe, und nehme den Aufzug zu meinem Bettgefährten hinauf.

In meinem Zimmer mache ich den Fehler, den Fernseher einzuschalten. Abgesehen von dem einen oder anderen fernen, flimmernden Bild in irgendeinem Pub habe ich seit drei Monaten nicht mehr ferngesehen, und als ich nun eine Art Podiumsrunde mit gut geschminkten Gästen vor einem begeisterten Publikum sehe, überkommt mich heftiger Ekel. Ein Moderator, der sich mit Schuhwichse gekämmt hat und ein glitzerndes Jackett trägt, huscht vor und hinter den Gästen umher und verkündet lautstark unverständliche Behauptungen, auf die sie anschließend reagieren sollen, indem sie sich auf rote oder grüne Knöpfe stürzen. Wer als Erster den Knopf gedrückt hat, sagt etwas Witziges, und das Publikum kringelt sich vor Lachen. Immer und immer wieder, ich schaue mir das Elend fünf Minuten an, dann schalte ich aus. Dem habe ich mein Leben gewidmet, denke ich.

Und erkenne, dass ich auf keinen Fall in dieser Reifenspur werde weitermachen können. Dieser einsamen Fahrspur.

Als ich schließlich im Bett bin, schlafe ich praktisch sofort ein und träume von einer großen Anzahl – lebender und toter – Menschen, die sich keinesfalls in verständliche Muster einordnen lassen wollen: Mark Britton und Jeremy, Jane Barrett, Alfred Biggs und Margaret Allen. Tom Herold und Bessie Hyatt. Professor Soblewski. Sowie der Pfarrer in Selworthy, der seine Kirche weiß streichen ließ, damit er verirrt und volltrunken wieder nach Hause fand, ja, sie gehen in meinem Bewusstsein ein und aus, ohne ihr Anliegen vorzubringen, diese Gestalten, aber dennoch in aufdringlicher Manier, als wollten sie für etwas Rechenschaft von mir verlangen, und als ich am nächsten Morgen gegen sieben aufwache, kommt es mir vor, als hätte ich die ganze Nacht kein Auge zugetan.

Aber es ist in vieler Hinsicht der letzte Tag, und ich denke, wenn ich auf der Autobahn nicht in einen Unfall verwickelt werde, wird sich alles zum Guten wenden. Mit Geduld und Raffinesse habe ich bis hierher alle Hindernisse überwunden, die verbleibende kleine Krux werde ich jetzt auch noch lösen. Ich muss nur darauf achten, genug Kaffee zu trinken.

Ich dusche und mache mit Castor einen Spaziergang in der näheren Umgebung, es nieselt, und er verrichtet seine Notdurft auf dem erstbesten Fleckchen Gras. Anschließend bekommt er sein Futter auf dem Zimmer, während ich am selben Tisch sitze wie am Vorabend und frühstücke. Der Kellner ist allerdings ein anderer, dreißig Jahre jünger, aber ebenfalls rot.

Um halb zehn verlassen wir den Duisburger Hof und setzen unsere Fahrt nach Norden fort.

55

Der Kaffee und die Sorge, in einen Unfall verwickelt zu werden, halten mich wach. Es ist ein windiger und regnerischer Tag, und die Autobahn nach Norden – auf der A 2, dann der A 43, danach der A 1, über Münster, Osnabrück, Bremen und Hamburg – ist dicht befahren. Ich glaube nicht, dass ich in meinem Leben jemals so langsam und vorsichtig gefahren bin, aber der Gedanke, dass etwas passieren könnte – was in wenigen Sekunden alles zunichtemachen würde –, fühlt sich zeitweilig an wie eine Schlinge um meinen Hals. Zu allem Überfluss geht der Regen nach ein paar Stunden in Schneeregen über, und ich habe allen Grund, auf der Hut zu sein.

Um sechs Uhr haben wir jedoch Hamburg hinter uns gelassen, und es regnet nicht mehr; ich denke, dass es das Beste sein wird, nicht zu früh den Fährhafen zu erreichen, woraufhin wir uns einen einstündigen Aufenthalt an einer Autobahnraststätte gönnen. Wir machen einen kurzen Spaziergang und teilen uns im Auto freundschaftlich eine Bratwurst; Frauchen trinkt anschließend einen Kaffee an der Theke, und nach dem Tanken setzen wir unseren Weg Richtung Fehmarn und Puttgarden fort.

Es stehen ungefähr fünfzig Autos in der Warteschlange, und ich denke, wie gut, dass es doch so viele sind, die übersetzen wollen. Die nächste Fähre geht um 21.00 Uhr, um diese Zeit fahren sie etwas seltener als sonst. Ungefähr zehn Minuten vor neun rollen die ersten Fahrzeuge an Bord. Ich lande an hinterster Stelle in einer Reihe an der Wand, das ist hervorragend.

Wir begeben uns auf das Einkaufsdeck, wo es zwei Restaurants und Cafés, einen Tax-free-shop sowie reichlich Menschen gibt, die hierhin und dorthin wimmeln und genau zu wissen scheinen, wie sie die knapp einstündige Überfahrt verbringen wollen. Castor und ich schlendern ein wenig ziellos auf und ab, ehe wir eine Treppe hochsteigen und in einer Art Salon auf einer bananenförmigen Couch Platz nehmen. Hier halten sich etwa zwanzig Menschen auf, und laufend kommen und gehen Leute. Ich schaue auf die Uhr und stelle fest, dass fünfundzwanzig Minuten vergangen sind.

Und dann beschließe ich, jetzt, während wir an diesem anonymsten aller Orte sitzen, ich auf der Couch, Castor auf dem Boden, nehme ich wieder meine wahre Identität an. Von diesem Moment an ist alles authentisch. Als mir das bewusst wird, bekomme ich ein wenig Herzklopfen, wovon die anderen Reisenden natürlich nichts merken.

Kurz darauf wird über die Lautsprecher mitgeteilt, dass motorisierte Reisende zu ihren Fahrzeugen zurückkehren, die Motoren allerdings erst anlassen sollen, sobald das Zeichen dazu gegeben wird. Ich schaue mich leicht besorgt um und werfe wieder einen Blick auf die Uhr. Nehme Castor mit und gehe die Treppe hinunter, mache einen Abstecher zu einem der Restaurants, schaue hinein und schüttele den Kopf.

Sehe nochmals auf die Uhr, zucke mit den Schultern und finde die richtige Tür zum Fahrzeugdeck.

Ich lasse Castor hinten in den Wagen, setze mich aber nicht ans Steuer. Stattdessen stehe ich neben dem Auto und halte Ausschau. Innerhalb weniger Minuten ist das Bugvisier geöffnet worden, und die ersten Autos fahren von Bord. Unsere Reihe allerdings vorerst noch nicht. Ich bleibe stehen und spähe. Schaue unruhig auf die Uhr.

Ich setze mich auf den Fahrersitz, überlege es mir dann anders und steige wieder aus.

Das Auto vor mir, ein großer Van mit deutschem Nummernschild, rollt los. Ich bleibe stehen. Die Reihe neben mir setzt sich in Bewegung. Kurz darauf bin ich vollkommen allein auf dem Deck. Ein Besatzungsmitglied mit oranger Weste kommt zu mir und fragt, ob etwas nicht funktioniere. Springt mein Wagen nicht an?

Ich antworte, dass mit dem Auto alles in Ordnung sei, ich aber noch auf meinen Mann warten würde. Ich könne nicht begreifen, wo er sei.

Er wirkt ratlos.

»Dann wollten Sie sich am Auto treffen?«

Er spricht ein gut verständliches Dänisch.

»Ja, ich verstehe einfach nicht …?«

In meiner Stimme noch keine Angst. Dafür ist es zu früh. Eine leichte Sorge möglicherweise, vermischt mit einer gewissen Verärgerung.

»Einen Moment. Ich hole meinen Chef.«

Eine halbe Minute später taucht eine ältere Autoritätsperson auf. Der Mann hat einen rotbraunen Schnäuzer, der aussieht, als würde er ein halbes Kilo wiegen.

»Sie vermissen Ihren Mann?«

»Ja.«

»Und er weiß, wo Ihr Auto steht?«

»Ja … ja, natürlich.«

»Er kann nicht mit den Fahrgästen an Land gegangen sein, die nicht motorisiert sind?«

Der Schnäuzer wippt auf und ab. Ich sage, das wisse ich nicht.

»Sie müssen von der Fähre herunterfahren, ich begleite Sie, dann werden wir schauen, dass wir ihn finden.«

Er steigt auf der Beifahrerseite ein, ich lasse den Wagen an, und wir rollen an Land. Er zeigt auf ein flaches Gebäude rechts von uns.

»Fahren Sie da lang. Halten Sie bitte einen Moment.«

Er zieht sein Handy heraus und spricht mit einem Kollegen. Dann weist er mich an, einen anderen Weg zu nehmen, woraufhin wir die Tür erreichen, aus der nach und nach die nicht motorisierten Fahrgäste herauskommen und in einem wartenden grünen Bus Platz nehmen. Es sind nicht besonders viele, fällt mir auf. Sie werden den Bus nicht einmal halb füllen. Der Busfahrer steht rauchend daneben.

Der Schnäuzermann bittet mich, im Auto zu bleiben, er selbst steigt aus.

»Bleiben Sie sitzen und schauen Sie, ob Sie Ihren Mann sehen. Sie können übrigens auch einen Blick in den Bus werfen.«

Er zeigt, ich nicke. Ich gehe zu dem Bus und schaue hinein. Martin sitzt nicht darin. Ich kehre zum Auto zurück und warte.

Ungefähr zehn Minuten später ist das Terminal menschenleer. Der Bus ist abgefahren. Der Schnäuzermann kommt in Begleitung eines uniformierten Mannes zurück, und ich begreife, dass er ein Polizist sein muss.

»Sie haben ihn nicht gesehen?«

»Nein …«

Kaum hörbar. Inzwischen bin ich merklich erschüttert.

»Dürfen wir Sie bitten mitzukommen, dann können wir uns die Sache näher ansehen.«

Das sagt der Polizist. Mir fällt auf, dass er beinahe Schwedisch spricht.

»Kann ich meinen Hund mitnehmen?«

Er nickt. »Selbstverständlich.«

Wir sitzen in einem kleinen, sehr hell erleuchteten Raum im Terminal. Castor und ich, der Polizist, der fast Schwedisch spricht, und eine junge Polizistin mit einem Pferdeschwanz, die so dänisch aussieht, dass sie in eine Werbekampagne der Polizei passen würde. Ich bin völlig durcheinander und muss mich kaum verstellen. Weil ich so zittere, muss ich meine Kaffeetasse mit beiden Händen anheben.

»Jetzt bleiben wir erst einmal ganz ruhig«, meint die Polizistin. »Ich heiße Lene.«

Auch sie versucht, eine Art Mischmasch aus Dänisch und Schwedisch zu sprechen, damit ich sie verstehe.

»Knud«, sagt ihr Kollege. »Sie fragen sich vielleicht, warum ich fast Schwedisch spreche. Das liegt daran, dass ich zehn Jahre in Göteborg gearbeitet habe. Können Sie mir bitte erzählen, was passiert ist?«

Ich atme mehrmals tief durch und versuche, mich zu beruhigen.

»Mein Mann«, sage ich. »Ich weiß nicht, wo er ist.«

Knud nickt. »Wie heißen Sie? Sie und Ihr Mann? Sie sind auf dem Heimweg nach Schweden?«

Das bestätige ich. Wir seien ein paar Monate in Marokko gewesen und wollten nun nach Stockholm zurück.

»Ihre Namen?«, fragt Lene. Sie hält Notizblock und Stift bereit, um alles festzuhalten, was ich sage.

»Ich heiße Maria Holinek. Mein Mann heißt Martin Holinek. Wir …«

»Sie haben nicht zufällig Ihre Pässe zur Hand?«

Ich breite die Hände aus. »Martin … mein Mann hat sie. Er hat beide an sich genommen, weil … na ja, es hat sich einfach so ergeben.«

Knud nickt, Lene schreibt.

»Tragen Sie etwas anderes bei sich, womit Sie sich ausweisen können?«

Ich hole meinen Führerschein heraus. Lene notiert sich eine Reihe von Angaben und gibt ihn mir zurück.

»Was ist auf der Fähre passiert?«, erkundigt sich Knud.

»Ich weiß es nicht. Wir haben uns nur kurz getrennt. Er ging in ein Restaurant, um etwas zu essen, aber ich hatte keinen Hunger, so dass ich bei Castor geblieben bin … unserem Hund. Er meinte, er würde vielleicht auch noch eine Zigarette rauchen gehen. Und dann … dann ist er nicht zurückgekommen.«

An dieser Stelle durchzuckt mich ein heftiges Schluchzen. Lene stellt eine Box mit Kleenextüchern auf den Tisch. Ich nehme mir eins und schnäuze mich umständlich. Keiner der anderen sagt etwas.

»Entschuldigen Sie. Ich habe dort gesessen und gewartet, bis es hieß, man solle auf das Fahrzeugdeck zurückgehen, und als Martin nicht kam, dachte ich … na ja, ich habe gedacht, dass er direkt zum Wagen kommen würde.«

Knud räuspert sich. »Wir müssen uns vielleicht ein wenig beeilen. Sie wirken sehr besorgt, Frau Holinek?«

»Ja …?«

Ich weiß nicht, was ich antworten soll. Wir schweigen alle drei einige Sekunden.

»Haben Sie eine Vermutung, was passiert sein könnte?«

Ich schüttele den Kopf. Spüre eine völlig natürliche Panik in mir aufsteigen.

»In welchem Zustand war er?«, fragt Lene. »Es ist wichtig, dass wir erfahren, wie die Dinge liegen, und zwar möglichst schnell. Was glauben Sie, Frau Holinek?«

Ich antworte nicht. Starre auf den Tisch.

»War Ihr Mann depressiv?«, fragt Knud. »Hatten Sie sich gestritten?«

Ich schüttele den Kopf, dann nicke ich. Ohne einen von ihnen anzusehen. Ich falte meine Hände.

»Ja, er war depressiv. Aber wir hatten uns nicht gestritten.«

Sie wechseln einen Blick.

»Ist es denkbar …«, sagt Knud langsam, während er mit dem Zeigefingernagel an einem Fleck auf seinem Hemdärmel kratzt.

»Ist es denkbar, dass Ihr Mann ins Meer gesprungen ist?«

Ich starre die beiden an, einen nach dem anderen. Spüre, wie ich am ganzen Leib zittere. Dann nicke ich.

Knud steht auf und verlässt mit dem Handy in der Hand den Raum.

Lene bleibt bei mir und Castor.

»Jetzt bleiben wir erst einmal ganz ruhig«, wiederholt sie.

Wir bekommen ein Zimmer im Danhotel in Rödbyhamn. Als wir zu Bett gehen, ist es kurz nach zwölf. Für den Fall, dass ich etwas brauche, schläft die Polizistin Lene im Nebenzimmer. Wir haben mehr als eine Stunde in einer Ecke des Restaurants gesessen und uns unterhalten. Ich habe ihr alles über Martins Depression erzählt, dass er nicht arbeiten konnte, zu viel trank und mehr als fünfzehn Jahre, nachdem er es aufgegeben hatte, wieder angefangen hatte zu rauchen. Dass ich mir Sorgen um ihn gemacht hatte, und es … ja, es in der Tat nicht auszuschließen war, dass er sich entschlossen hatte, über Bord zu springen, statt mit einem mühlsteinschweren Scheitern um den Hals nach Schweden zurückzukehren.

Lene hat mir erklärt, dass man mit Schiffen und Hubschraubern nach ihm suche, dies in der Dunkelheit allerdings eine fast unmögliche Aufgabe sei. Sobald es ein wenig heller werde, wolle man die Hilfsaktionen ausweiten, aber ich müsse mich auf das Schlimmste gefasst machen. Um diese Jahreszeit überlebe man nicht lange im Wasser.

Ich habe mehrfach geweint und bin zusammengebrochen und habe mich dafür nicht verstellen müssen. Gudrun Ewerts wäre stolz auf mich gewesen. Lene wollte wissen, wen sie in meinem Namen informieren solle – Kinder zum Beispiel –, aber ich habe ihr gesagt, dass andere erst informiert werden sollten, wenn etwas mehr Zeit vergangen sei. Am nächsten Tag vielleicht.

Als wir uns vor den Hotelzimmern trennen, nimmt sie mich in den Arm.

»Sollte etwas sein, klopfen Sie einfach an«, sagt sie. »Wissen Sie, ich kann auch bei Ihnen schlafen.«

»Ich habe ja meinen Hund«, erwidere ich. »Es wird schon gehen. Trotzdem vielen Dank.«

56

Vor dem Frühstück gehen wir eine Stunde spazieren. Es ist ein grauer Morgen mit tröpfelnden Regenschauern, die kommen und gehen. Über dem Meer sehen und hören wir von Zeit zu Zeit einen Hubschrauber, und ich nehme an, dass er nach Martins Leiche sucht.

Wir schlendern durch menschenleere Stadtstraßen und gelangen nach einer Weile ans Wasser. Erreichen einen Abschnitt Sandstrand, an dem ich die Plastiktüte mit unseren zerschnittenen Pässen aus der Tasche hole. Ich habe einige Zeit damit zugebracht, sie in kleine Schnipsel zu schneiden, bevor wir uns auf den Weg machten, kein Rest ist größer als zwei Quadratzentimeter, und nun verteile ich das Konfetti an zehn verschiedenen Stellen. Vergrabe es gründlich, verteile es, so gut es geht, und denke dabei, dass dies meine letzte Vorsichtsmaßnahme sein wird. Sein Handy und Portemonnaie werfe ich dagegen ins Meer und überlege, dass ich dies besser schon von der Fähre aus getan hätte, wozu ich aber einfach nicht kaltblütig genug gewesen war.

Als wir zum Danhotel zurückkehren, erwartet Lene uns im Frühstücksraum. Sie hat einen älteren Kollegen an ihrer Seite. Knud habe die ganze Nacht gearbeitet und schlafe sich zu Hause aus, erklärt sie.

Der Kollege begrüßt mich und sagt, er heiße Palle, und ich frage mich kurz, ob dänische Polizisten eigentlich nur Vornamen haben. Er erläutert, dass Lene und er sich mit mir unterhalten müssten, ich aber gerne erst frühstücken könne.

»Ein schöner Hund«, ergänzt er. »Ein Rhodesian Ridgeback. Ein Nachbar von mir hat zwei davon.«

Er streichelt Castor auf die richtige Art, und ich fasse augenblicklich Vertrauen zu ihm.

Wir verbringen den gesamten Vormittag im Danhotel in Rödby. Palle erklärt mir, dass die nächtlichen und morgendlichen Suchaktionen über dem Meer ergebnislos geblieben sind, und ich muss ein weiteres Mal möglichst genau wiedergeben, was während der Überfahrt passiert ist. Darüber hinaus wollen sie ein paar Hintergrundinformationen haben, und ich muss ihnen von unserem Aufenthalt in Marokko und von Martins Schwermut erzählen.

»Hat er jemals davon gesprochen, sich das Leben nehmen zu wollen?«, fragt Palle.

»Nein«, antworte ich unsicher. »Ich kann mich nicht erinnern, dass er das offen ausgesprochen hat.«

»Sind Sie überrascht? Oder können Sie jetzt, da wir uns offenbar damit konfrontiert sehen, einen Zusammenhang mit seinem Zustand erkennen?«

Ich sage, dass ich nicht weiß, was ich denken soll. Erwähne, dass seine Schwester sich das Leben genommen hat. Palle nickt, und Lene macht sich Notizen.

»Könnte er es als Niederlage empfunden haben, vorzeitig heimzukehren und nicht erreicht zu haben, was er sich vorgenommen hatte? Beim Schreiben, meine ich.«

»Ja, ich denke schon.«

Ich werde mehrfach von Weinkrämpfen geschüttelt, die sich tatsächlich einstellen, ohne dass ich sie bewusst herbeiführen muss. Wie immer, wenn ich weine, taucht Gudrun Ewerts wieder auf. Während ich mich mit den beiden dänischen Polizisten unterhalte, setzen mir überhaupt viele verwirrende Gedanken und Impulse zu. So denke ich etwa, dass ich lange unter Wasser geschwommen und nun endlich aufgetaucht bin. Das ist natürlich ein seltsames Bild, wenn man bedenkt, dass es eigentlich um Martins Körper geht, der den umgekehrten Weg gegangen ist. Zumindest bilden sich das die Polizisten ein.

Als sie keine Fragen mehr zu dem haben, was vorgefallen ist, erkundigen sie sich, was ich nun vorhabe. Möchte ich noch etwas länger in Rödby bleiben – es könne ja trotz allem ein Wunder geschehen – oder möchte ich den Heimweg nach Stockholm antreten?

Ich sage, dass ich nach Hause will.

»Haben Sie jemanden verständigt, der Ihnen nahesteht?«

Ich schüttele den Kopf.

»Wen möchten Sie verständigen?«

Ich antworte ihnen, dass ich unsere beiden Kinder verständigen möchte, und kurze Zeit später verfasse ich eine Mail, die ich an beide schicke. Es sind nur ein paar Zeilen, aber es fällt mir nicht leicht, sie zu formulieren. Ich teile ihnen mit, dass ich auf dem Weg nach Stockholm bin und mein Handy den ganzen Nachmittag anhaben werde.

»Sind Sie in der Lage, die weite Strecke nach Stockholm zu fahren?«, erkundigt sich Lene.

Ich versichere ihr, dass es schon gehen werde. Ich sei eine geübte Autofahrerin, und es sei immerhin besser, als herumzusitzen und nichts zu tun.

»Wird bei Ihrer Ankunft jemand für Sie da sein?«

»Aber ja«, antworte ich. »Das wird kein Problem sein.«

»Und Sie sind sicher, dass Sie fahren können?«

»Ja, das geht schon.«

Um zwölf verabschiede ich mich von den beiden Polizisten. Sie teilen mir mit, dass sie ihre schwedischen Kollegen informiert haben, außerdem erfahre ich, dass sie der Presse nicht mitteilen werden, was sich ereignet hat. Weder die dänische noch die schwedische Polizei wird dies tun, es bleibt mir überlassen, in welcher Form ich das Unglück publik machen möchte.

Offenbar haben sie von ihren Kollegen auf der anderen Seite des Sundes erfahren, dass Martin und ich keine Unbekannten sind.

»Passen Sie gut auf sich auf«, sagt Lene. »Wenn Sie möchten, dürfen Sie mich gerne anrufen.«

Ich danke ihr. Ihre Karte liegt in meinem Portemonnaie.

Dann steigen wir ins Auto und setzen unsere Fahrt durch Dänemark fort. Als wir uns eineinhalb Stunden später mitten auf der Öresundbrücke befinden, fängt es an zu schneien.

Gunvald ruft als Erster an. Ich habe an einer Tankstelle kurz hinter Helsingborg gehalten und will gerade aus dem Wagen steigen, um zu tanken, aber als ich sehe, dass er es ist, fahre ich stattdessen zu einem Parkplatz.

»Hallo«, sagt er. »Ist es wahr?«

»Ja«, erwidere ich. »Es ist leider wahr.«

»Mein Gott.«

»Ja.«

»Wo bist du?«

»Auf der E 4, nördlich von Helsingborg. Auf dem Weg nach Hause.«

»Wann ist es passiert?«

»Gestern Abend. Wir haben in Puttgarden die Fähre genommen.«

»Und er…?«

»Ja.«

»Hast du es gesehen?«

»Nein. Aber als wir vom Schiff fahren sollten, kam er nicht zum Auto.«

»Ich habe nicht gewusst … ich meine, er hat ja geschrieben … na ja, du hast es ja auch geschrieben.«

»Ich hatte keine Ahnung, Gunvald. Mir war wirklich nicht klar, dass es so schlimm um ihn stand. Ich hielt es für richtig, dass wir nach Hause fahren, aber …«

»So etwas kann man einfach nicht wissen.«

»Nein.«

»Aber man hat ihn nicht gefunden?«

»Nein.«

»Gibt es eine Chance, dass er …?«

»Nein. Es ist zu kalt.«

»Mein Gott.«

Danach wissen wir nicht mehr, was wir noch sagen sollen, Gunvald so wenig wie ich. Trotzdem legen wir nicht auf. Ich starre eine Weile auf die wirbelnden Schneeflocken hinaus und lausche Gunvalds Atemzügen. Mir fällt ein, dass ich nachts häufig wach lag und ihnen lauschte, als er ein Säugling war. Jetzt sitze ich an einer Tankstelle im Auto, und sein Vater ist tot.

»Ich versuche, morgen nach Stockholm zu kommen«, sagt er. »Synn weiß Bescheid?«

Ich antworte, dass ich ihr gemailt habe, aber New York liegt ja einige Stunden zurück.

»Du brauchst morgen nicht zu kommen«, füge ich hinzu. »Warte ein paar Tage, lass mich erst einmal richtig ankommen. Wir bleiben per Telefon in Kontakt.«

»Okay«, sagt Gunvald. »Dann machen wir es so. Mama …?«

»Ja?«

»Es tut mir so leid …«

»Mir auch, Gunvald. Wir müssen versuchen, darüber hinwegzukommen.«

»Ja«, sagt er. »Wir müssen es versuchen.«

Anschließend legen wir auf. Ich fahre zu den Zapfsäulen zurück und tanke.

Es schneit immer noch. Ich kaufe eine Tageszeitung, in der ich lese, dass es den Abend und die ganze Nacht weiterschneien wird. Autofahrer werden gebeten, vorsichtig zu fahren.

Irgendwo mitten im småländischen Hochland ruft Synn an. Sie ist gerade von einer Joggingrunde im Central Park zurückgekommen und weint laut. Das überrascht mich.

»Es tut mir so leid, was ich geschrieben habe, Mama«, schluchzt sie. »Ich konnte doch nicht wissen, dass es ihm so schlecht geht.«

»Nein, aber so ist es anscheinend gewesen«, erwidere ich. »Ich habe ihm allerdings nie erzählt, was du mir geschrieben hast, du brauchst dir also deshalb keine Sorgen zu machen.«

Danach sagen wir in etwa das Gleiche wie Gunvald und ich eine Stunde zuvor, und dann bricht die Verbindung ohne Vorwarnung ab. Vielleicht liegt es an den Schneefällen, vielleicht an etwas anderem. Sie ruft erst wieder an, als wir bereits Gränna hinter uns gelassen haben, und berichtet, dass sie dabei sei, nach Flügen zu suchen, um heimzukehren. Ich bitte sie, damit noch ein wenig zu warten. Es sei besser, ein paar Tage Ruhe zu bewahren und zunächst einmal zu verdauen, was passiert sei. Es gebe ja auch gar keine Leiche, und ohne eine solche stehe auch keine Beerdigung an. »Ich habe es nicht begriffen«, sagt Synn und fängt wieder an zu weinen. Als wir das Gespräch beenden, passiere ich gerade die Abfahrt Ödeshög.

Als ich vor unserem Haus in Nynäshamn parke, ist es halb zehn. Laut Autothermometer liegt die Temperatur bei acht Grad unter null, und es schneit nicht mehr ganz so stark. Der Schneedecke in unserer Straße nach zu urteilen ist die Fahrbahn vor relativ kurzer Zeit von einem Schneepflug geräumt worden.

Ich bleibe eine Weile sitzen, ehe ich mich dazu durchringe, die Tür zu öffnen und aus dem Auto zu steigen. Castor bleibt auf dem Beifahrersitz liegen und rührt sich nicht.

57

Sechzehnter Februar.

Zwölf Grad unter null. Es ist halb sechs Uhr abends, ich stehe in der Küche und bereite einen Rinderfiletbraten zu. Ich habe ihn von allen Seiten angebraten und lege ihn nun in einen Bratschlauch, danach kommt er bei niedriger Temperatur eine Stunde in den Ofen. Im Wohnzimmer läuft Chet Baker.

Als Beilage nur ein Salat und eine Pilzsauce mit Rosmarin, das Gericht habe ich sicher hundert Mal gekocht, es gelingt immer.

Blinis mit Sahnedickmilch, Maränenrogen und Schalotten als Vorspeise, ein klassisches skandinavisches Gericht, schließlich will ich ihm auch etwas vorsetzen, was er so bestimmt noch nie gegessen hat.

Obwohl ich anfangs versucht habe, ihn von seinem Vorhaben abzuhalten. Natürlich; ihn in meine schwedische Existenz hineinzuziehen, die eine mit der anderen in dieser Weise ohne Vorsichtsmaßnahmen zu vermengen, erschien mir unangebracht und riskant. Dann erklärte er jedoch, er wolle mich lediglich so treffen wie sonst auch. Ein Abend, eine Nacht und ein Morgen. Genau wie in Heathercombe Cottage. Als ich trotzdem protestierte, entgegnete er, dass er den Flug schon gebucht habe, Abflug von Heathrow am Samstagnachmittag, Rückflug von Arlanda am Sonntagnachmittag. Er wolle nicht, dass ich ihm Stockholm und Schweden zeige. Wolle meine Freunde nicht treffen. Nicht in die berühmten Schären hinausfahren und nicht das Stadthaus besichtigen. Nur wie gewohnt einen halben Tag mit mir zusammen sein.

Ich ließ mich erweichen. Er gab mir keine Bedenkzeit; sein Anruf kam am Donnerstag, jetzt ist Samstag. Ich fragte ihn, ob ich ihn am Flughafen abholen solle, er meinte, dass ich lieber zu Hause bleiben und uns etwas kochen solle. Er sei sehr gespannt, mit meiner Kochkunst Bekanntschaft zu machen.

Er lachte. Ich lachte.

»Und am Sonntagvormittag nimmst du dann wieder ein Taxi?«

»Genau«, bestätigte Mark Britton. »Du brauchst nicht einmal aus dem Haus zu gehen.«

»Jeremy?«, fragte ich.

»Meine Schwester kommt zu uns«, erläuterte er. »Länger konnte sie nicht von zu Hause weg. Sonst wäre ich ehrlich gesagt vielleicht sogar ein paar Tage geblieben.«

»Ich verstehe«, sagte ich. »Also schön, herzlich willkommen.«

»Wie lange dauert es, vom Flughafen zu dir zu kommen?«

»Ungefähr eineinhalb Stunden. Am schnellsten geht es, wenn du den Arlanda-Express in die Stadt nimmst.«

»Das kriege ich schon hin. Dann bin ich so gegen sieben bei dir. Wenn ich später komme, rufe ich an. Aber du kannst dich darauf verlassen, dass ich komme. Und wenn ich schwimmen müsste.«

»Ruf mich an, sobald du gelandet bist.«

»Mache ich.«

Nachdem wir aufgelegt hatten, ging ich am Flurspiegel vorbei und sah mein Gesicht. Ich lächelte.

Ich werde Mark zum Flughafen fahren. Selbstverständlich werde ich das tun. Morgen Nachmittag kann ich ohnehin nicht zu Hause bleiben, da ein paar Leute vorbeikommen wollen, um sich das Haus anzuschauen. Der eigentliche Besichtigungstermin ist zwar erst nächstes Wochenende, aber der Makler meinte, er habe da einige wirklich gute Kaufinteressenten an der Hand und dass es dumm wäre, ihnen nicht einen kleinen Vorsprung zu gewähren.

Alle sagen, dass ich es zu eilig habe, und ich lasse sie reden. Sie finden, dass ich erst mindestens ein halbes Jahr bleiben und in mich hineinhorchen soll. Ihr kennt meine Geschichte nicht, denke ich, während ich mir ihre Argumente anhöre. Ihr versteht das nicht. Wichtige Entscheidungen solle man nicht treffen, wenn man in einer Krise sei, behaupten sie. Vorher solle man sich zumindest Zeit zum Trauern zugestehen.

Ich bin in keiner Krise, denke ich. Ich trauere nicht.

Christa ist die Einzige, der ich erzählt habe, dass ich es fast nicht ertrage, in dem Haus zu sein. Nicht noch eine Woche, kaum einen Tag mehr. Ich glaube, sie versteht mich. Besser gesagt, sie versteht zumindest die Fiktion, die ich ihr präsentiere.

Gunvald und Synn sind hier gewesen und wieder gefahren. Das ganze letzte Wochenende haben wir zusammen verbracht, ich habe das Ganze als eine Art steifes und falsch klingendes Theater empfunden. Ich weiß, dass Martins Tod sie beide erschüttert hat, aber wir finden nicht den richtigen Draht zueinander. Wir sind drei verlorene und ungestimmte Instrumente, die so tun, als bildeten sie ein Trio, obwohl wir das nie gewesen sind und schlechte Aussichten haben, jemals eins zu werden. Ich dachte, dass ich vielleicht dennoch – und mit der Zeit – ein besseres Verhältnis zu Synn bekommen werde. Ich konnte es in kurzen Sekunden und Blickkontakten mit ihr erahnen, aber Gunvalds Anwesenheit und die Situation verschlossen diesmal noch sämtliche Türen.

Gunvald kehrte letzten Montag nach Kopenhagen zurück. Synn flog einen Tag später nach New York. Eine Beerdigung steht derzeit ja nicht an, aber wir haben verabredet, Ostern eine Art Gedenkfeier abzuhalten. Ich habe mit einem Geistlichen gesprochen, der mir erklärt hat, das sei in einer solchen Situation üblich.

Will sagen, wenn sich bis dahin nichts Neues ergibt. Wenn man vor Fehmarn keine Leiche aus der See fischt. Ein Polizist, mit dem ich sprach, hat mir erzählt, dass die Meeresströmungen in dieser Gegend ziemlich unberechenbar sind. Manche ziehen nach Dänemark hoch, manche in die Ostsee hinaus, es sei im Grunde unmöglich vorherzusagen, wohin es Dinge, die über Bord gegangen seien, verschlagen werde.

Am Tag nach meiner Heimkehr verfasste ich eine kurze Nachricht, die ich an alle möglichen Betroffenen mailte: Bergman, Soblewski, Christa, Martins engste Mitarbeiter am Institut, meine engsten Kollegen im Affenstall sowie einige andere. An meinen Bruder natürlich. In den ersten zwei Tagen meldeten sich daraufhin viele bei mir, danach wurde es eigentümlich still. Ich glaube, die meisten bringen Martins Selbstmord mit dem in Verbindung, was vor knapp einem Jahr in jenem Hotel in Göteborg geschah. Im Grunde wäre es wohl auch seltsam, wenn sie das nicht täten.

Moment mal, Bergman hat sich mehrmals gemeldet. Gestern rief er an und erzählte, er habe Martins Theaterstück gelesen. Ein unglaublich starker Text, meinte er. Das Stück bringe alle Voraussetzungen mit, ein Bühnenklassiker zu werden. Ich hoffe, das kann dir ein wenig Trost spenden, wenn … nun ja, wenn es tatsächlich das Letzte gewesen ist, was er geschrieben hat?

Ich antwortete ihm, dass ich versuchen würde, es so zu sehen.

Ob ich etwas dagegen hätte, wenn er vorsorglich ein paar Theaterleute anspreche?

Ich erwiderte, da ließe ich ihm freie Hand.

Ich beginne, Schalotten kleinzuhacken, und denke, dass es mir guttun wird, Schweden zu verlassen. Ich hätte wirklich nicht gedacht, dass es mir so leichtfallen würde, diese Entscheidung zu treffen, aber ein einziger Tag in unserem Haus reichte aus, um den Entschluss in mir reifen zu lassen. Außerdem weiß ich, dass es nicht nur an Mark liegt, sondern auch an allem anderen. An der Landschaft. Den Ponys. Nach einer langen Wanderung die Tür zu einem Dorfpub aufzudrücken, in dem man noch nicht gewesen ist. Am ständig blühenden Stechginster, der ganzjährig Liebe gestattet. Dunster Beach. Simonsbath. Die Hexen Barrett?

Als ich das alles gegen zehn weitere Jahre im Affenstall in die Waagschale warf, verschwanden plötzlich alle Zweifel, und schon am dritten Tag nach meiner Heimkehr meldete ich mich bei einem Makler.

Oh ja, ich sehne mich nach der Heide, das ist die schlichte Wahrheit. Es ist eine fast schon körperliche Empfindung, und nachts träume ich von ihr: vom Wind, vom Regen und den Nebelschwaden. Ich begreife nicht, wie es dazu kommen konnte, aber andererseits ist es auch nichts, was man verstehen muss.

Ich schaue auf die Uhr. Mark müsste eigentlich jeden Moment vom Flughafen aus anrufen und Bescheid geben, dass er gelandet ist. Ich stelle den Ofen an und denke, dass es reichen wird, das Fleisch hineinzuschieben, sobald er sich bei mir meldet. Ich kontrolliere, dass der Weißwein im Kühlschrank steht, und öffne den Rotwein.

Dann klingelt es an der Tür.

Was ist jetzt?, denke ich.

Aber dann geht mir ein Licht auf. Er hat mich hereingelegt. Er hat eine frühere Maschine genommen und will mich überraschen. Ich spüre, dass mir wie einem Teenager ganz heiß wird, und als ich am Flurspiegel vorbeigehe, entgeht mir nicht, dass ich wieder lächele.

Ich sehe gut aus, und ich lächele. Vielleicht sehe ich aus, wie man nur aussehen kann, wenn man verliebt ist, und der Gedanke macht mich ein wenig verlegen, in einer Frau meines Alters sollte dafür kein Platz sein. Ich eile, um die Tür zu öffnen.

Wer klingelt an der Tür?

Ich verfasse diese Nachschrift einige Zeit später. Keine besonders lange Zeit, aber auch keine besonders kurze. Davon habe ich jetzt jede Menge: Zeit. Genau genommen ist sie das Einzige, was ich habe. Mein Zimmer ist fünfzehn Quadratmeter groß, das Fenster bietet mir Aussicht auf einen Waldrand und den Himmel. Nachts kann ich recht viele Sterne sehen, und ich liege oft wach und tue genau das: die Sterne betrachten. Es heißt, das Licht, das man hier unten auf der Erde beobachten könne, sei das Licht, das sie vor Tausenden von Jahren ausgesandt hätten, es sei also durchaus möglich, dass sie längst erloschen sind. Dass sie tot sind. Ich finde das interessant, es erinnert an das Leben. Es hat bereits stattgefunden, alles Wesentliche ist schon vor langer Zeit geschehen. Wenn es denn wirklich so wesentlich war, aber wir sind ja mit einem Bewusstsein ausgestattet, das uns erlaubt, uns alles Mögliche einzubilden. Ich bin mit diesem einen Literaturprofessor einer Meinung, dass unser Gehirn seine vielen Windungen benötigt, damit wir unglücklich sein können, das ist eine vollkommen korrekte Beobachtung – aber es ist auch nicht ganz unwichtig, sich überhaupt etwas vorstellen zu können. Über etwas, was nicht existiert. Was nie gewesen ist, oder was doch gewesen, aber verschwunden ist. It was. It will never be again. Remember – voilà, eine wahrhaft prägnante Lebensgleichung in nur acht Wörtern.

Außerdem bin ich mir sicher, dass wir unsere Gehirne bekommen haben, um mit der Zeit zurechtzukommen. Es sind viele tiefgründige Dinge darüber geschrieben worden, was die Zeit eigentlich ist, meistens haben sich dieser Aufgabe verzweifelte Männer gewidmet, die ihr irgendwie zu entkommen such-

ten. Ich persönlich habe sie, seit ich hier gelandet bin, einfach freigelassen. Sie darf kommen und gehen, wie sie will. Sekunden dürfen wachsen und Jahre schrumpfen, so ist es ja ohnehin. Ich finde, unsere Gehirne sollten die Sache so handhaben. Es gibt kleine, goldene Sekunden und Minuten, die wirklich so viel schwerer wiegen als ein Haufen weggeworfener Mistjahre, aber dann… vielleicht will ich hierauf hinaus, das will ich trotz allem unterstreichen, während ich hier sitze und zu den erloschenen oder eventuell auch noch nicht erloschenen Sternen hinausblicke… dann gibt es eben diese verdichteten Augenblicke, die so bedeutungsschwer sind, dass sie kaum in sich bergen können, was sie in sich tragen. Was mich betrifft, denke ich in allererster Linie an diese Sekunden, es können wirklich nicht besonders viele gewesen sein, als ich an jenem Abend im Februar losgehe, um die Tür zu öffnen. Dieses kurze Zeitintervall von dem Moment, in dem ich mich im Spiegel sehe und entdecke, dass ich lächele und schön bin – bis zu dem Moment, in dem ich die Hand auf die Klinke lege und die Tür öffne. Es können kaum mehr als drei Sekunden gewesen sein. Höchstens vier, größer ist der Abstand zwischen Spiegel und Haustür beim besten Willen nicht. Doch hier wird die Zeit freigelassen, sie tut es ganz allein, sie erschafft sich ihre eigene Freiheit oder holt sie sich möglicherweise zurück, der Vorgang ist von meiner Seite aus mit keinem Wollen oder Bemühen verbunden, und was in meinem Kopf geschieht, die Gedanken, die mich bedrängen, dürften normalerweise – ich finde kein besseres Wort als »normalerweise«, aber das werde ich bestimmt noch, wenn ich diese Aufzeichnungen morgen ins Reine schreibe –, dürften normalerweise in diesem Zeitintervall keinen Platz finden.

Es beginnt also mit meiner frohen Erwartung, draußen Mark Britton erblicken zu dürfen, ich bin überzeugt, dass er einen Strauß Rosen dabeihat oder eine Flasche Champagner, vielleicht auch beides – aber dann wird diese Erwartung von einer

Wolke überschattet, sie kommt beschämt vom rechten Weg ab, verirrt sich heillos und stürzt schließlich einen Abhang hinab. Das Ganze erinnert an ein kleines Mädchen, das sich in einem Wald verlaufen hat, ich sehe es ganz deutlich vor mir; unschuldig, roggenblonde Zöpfe und so weiter, ich brauche nicht näher darauf einzugehen, wen sie darstellt.

Es wird nicht Mark sein, der vor der Tür steht, denke ich nämlich mit meiner linken Gehirnhälfte, die sich nicht mit Märchen und Ähnlichem beschäftigt, meine Freude und mein hochgestimmtes Lebensgefühl sind völlig verschwendet gewesen. Falsch wie Augen sind sie, jemand anderes wird dort stehen.

Ist es ein anderer? Was bedeutet diese Frage? Nun, was sie bedeutet, kann jeder Idiot herausfinden, aber gibt es mehr als eine Antwort auf sie? Gibt es in dieser Situation mehr als eine Person, die in die Rolle »eines anderen« schlüpfen könnte? Wie ist es mir… wie ist es mir in nur wenigen Wochen gelungen, diesen ganzen fabelhaften Zukunftsglauben und vergeblichen Optimismus zusammenzukratzen, einen Optimismus, der nun von mir abperlt wie das Wasser auf der Gans, die ich bekanntermaßen bin.

Mach die Tür nicht auf!, schreit eine Stimme in meinem Inneren. Sie brüllt fast, denn sie ist wirklich kräftig, so kräftig, dass ich mir für Bruchteile einer dieser Sekunden einbilde, dass mir tatsächlich ein anderer Mensch die Worte zuruft. Noch ein anderer, der sich offenbar hinter mir befindet, irgendwo im Haus steht und vergeblich versucht, mich zu warnen – mich zurückzuhalten, mich zu retten, ich weiß nicht, was, aber ich stelle mir blitzschnell und gewandt einen rettenden Engel vor. Ja, heute, hinterher, weiß ich mit Sicherheit, dass es sich um einen Engel gehandelt haben muss. Um einen brüllenden Engel, gibt es solche? Jedenfalls bringt es nicht viel zu warnen oder zu brüllen, nicht zu diesem Zeitpunkt im Leben, nicht in der neunundfünfzigsten Sekunde der sechzigsten Minute der zwölften Stunde.

Doch ehe ich dazu komme, diesem finsteren Erdrutsch nachzugeben, der so plötzlich und unerwartet in mir geschieht, werde ich aus der Dunkelheit gehoben. Ich gewinne mich zurück, das Grauen lässt von mir ab, alles wiederholt sich und deutet in die andere Richtung, von Todesangst zu Freude und Zuversicht mit dem schnellsten Aufzug der Welt, oder vielleicht doch mit besagtem Engel, und als ich dann tatsächlich die Klinke herunterdrücke, zu der ich nun endlich gelangt bin, ist mein ganzes Ich von fast schon kindlicher Neugier erfüllt: Wer steht denn jetzt da draußen?

Denn ehe man nachgesehen hat, ehe man den Deckel abgehoben hat, kann man über den Inhalt nichts wissen. Ehe wir die allerletzte Sekunde erreicht haben, ist noch alles möglich.

Freudige Erwartung, eine süßere Süße wird einem im Leben nicht geschenkt.

Wer ist es, der an der Tür klingelt?

58

Ein Mann von etwa sechzig Jahren steht davor. Ein wenig zusammengesunken, ein wenig übergewichtig.

»Ja…?«

»Frau Holinek?«

»Ja… ja natürlich. Worum geht es?«

Er zieht etwas aus der Brusttasche seines Mantels und hält es hoch. Ich begreife nicht, was es ist.

»Kommissar Simonsson. Darf ich hereinkommen?«

Ich sehe, dass vor dem Gartentor ein dunkles Auto parkt. Der Motor läuft, und am Steuer sitzt ein Mann und spricht in sein Handy.

»Ja, natürlich. Bitte… Verzeihung, ich koche gerade.«

Er tritt in den Flur und schnuppert. »Das rieche ich.«

Er legt seinen Mantel ab. »Können wir uns irgendwo unterhalten? Ich hätte da ein paar Fragen.«

»Geht es…?«

»Ja, es geht um Ihren Mann, Frau Holinek.«

Ich führe ihn ins Wohnzimmer, und wir nehmen in Sesseln Platz.

»Darf ich Ihnen etwas anbieten?«

»Danke.«

Er holt einen Notizblock heraus und blättert kurz darin.

»Ihr Mann, Martin Holinek, verschwand also am Abend des dreißigsten Januar von der Fähre zwischen Puttgarden und

Rödby. Er soll ins Meer gesprungen sein. Das haben Sie so angegeben, ist das korrekt?«

»Ja ... ja, das ist korrekt. Warum fragen Sie danach? Ich habe schon mehrere Male mit der dänischen und der schwedischen Polizei gesprochen ...«

Er hebt eine Hand, und ich verstumme.

»Es ist so, dass man möglicherweise seine Leiche gefunden hat, Frau Holinek.«

»Man hat ...?«

Für einen Moment erleide ich eine Art Kurzschluss im Gehirn. Ich starre ihn an und versuche, mich zu erinnern, wie er hieß.

»Jedenfalls besteht die Möglichkeit«, ergänzt er. »Es gibt da eine Reihe verblüffender Umstände.«

»Verzeihung, was sagten Sie noch, wie war Ihr Name?«

»Simonsson. Kommissar Simonsson.«

»Danke. Ich verstehe nicht ganz ... verblüffende Umstände?«

Er räuspert sich und wirft einen Blick in seinen Block.

»Ich finde keine besseren Worte dafür. Aber vielleicht können Sie mir ja weiterhelfen. Ihr Mann soll also vor ... tja, vor gut zwei Wochen mitten zwischen Puttgarden und Rödby von der Fähre aus ins Meer gesprungen sein. Und nun hat man eine Leiche gefunden, die eventuell er sein könnte.«

»Was meinen Sie mit ›eventuell‹?«

Er nickt mehrmals und schaut sich im Raum um, ehe er mehr sagt. Als suchte er im Bücherregal oder unter der Decke nach einer Antwort.

»Als Erstes bereitet uns der Ort Kopfzerbrechen, an dem er gefunden wurde. Er ist ziemlich weit von der Stelle entfernt, an der er über Bord gesprungen sein soll.«

»Wenn ich ... wenn ich es richtig verstanden habe, herrschen da unten starke Meeresströmungen. Das hat jedenfalls die dänische Polizei behauptet.«

Er nickt. »Das ist richtig. Aber der besagte Leichnam wurde

ehrlich gesagt reichlich weit östlich von Fehmarn entdeckt … genauer gesagt in Polen.«

»In Polen?«

»Ja. Das ist der eine Umstand. Der zweite Umstand betrifft den Zeitaspekt. Der Mann, um den es hier geht, ist offenbar schon seit mehreren Monaten tot … die Leiche ist ziemlich übel zugerichtet und wurde außerdem in einem Bunker gefunden.«

»Einem Bunker?«

»Ja. Einem alten, verlassenen Kasten aus dem Krieg …«

»Ja, aber dann kann es doch gar nicht mein Mann sein. Wie … wie soll er denn in einem Bunker gelandet sein?«

Ich verstehe nicht, woher ich den neutralen, fast schon leicht gereizten Tonfall in meiner Stimme herhole.

Kommissar Simonsson richtet sich in seinem Sessel ein wenig auf und lehnt sich etwas näher zu mir herüber. »Diese Frage stellen wir uns auch, Frau Holinek. Die Leiche hat schon eine ganze Weile bei der polnischen Polizei gelegen, aber es ist den Kollegen leider nicht gelungen, sie zu identifizieren … weil sie so übel zugerichtet ist. Der Mann ist allem Anschein nach in diesem Bunker gestorben, aber bevor er starb, hat er wohl noch etwas an die Wand geschrieben.«

»Er hat etwas geschrieben … hat ›wohl‹ etwas geschrieben, sagen Sie …?«

»Ja. Offensichtlich ist einiges an diese Bunkerwände gekritzelt worden. Namen und so. Aber als die polnische Polizei bei dem Versuch, die Leiche zu identifizieren, nicht weiterkam, verschickte sie über Interpol eine Liste. Das war vor ungefähr einem Monat, insgesamt elf Namen, und einen von ihnen könnte besagter Mann vor seinem Tod dort eingeritzt haben, jedenfalls behaupten das die polnischen Kollegen.«

»Aha? Ich glaube, ich verstehe nicht …«

»Einer dieser Namen ist Holinek. Hm-hm. Einem meiner jüngeren Kollegen ist er zufällig ins Auge gefallen, und daraufhin hat er sich erinnert, ihn in dem Bericht aus Rödby gelesen zu haben. Er sitzt übrigens draußen im Auto. Stensson, ein vielversprechender Kriminalpolizist, aber das nur nebenher.«

Ich schlucke und versuche, etwas zu sagen, finde aber keine Worte. Stattdessen betrachte ich den Kommissar mit einem ruhigen und nachsichtigen Fernsehlächeln.

»Das ist natürlich bloß ein Schuss ins Blaue«, fährt er fort und schließt seinen Notizblock wieder, »aber man will natürlich nichts unversucht lassen, das ist nun einmal unsere Arbeitsweise …«

»Ich verstehe trotzdem nicht. Das kann doch unmöglich mein Mann sein. Wie sollte er es sein können …?«

Er hebt erneut die Hand. »Ich gebe Ihnen recht, es klingt undenkbar. Aber wir wollten der Sache trotzdem nachgehen. Immerhin gibt es nicht viele, die Holinek heißen. Nur um Klarheit zu haben und diese Möglichkeit ausschließen zu können, damit sind Sie doch sicher einverstanden?«

»Natürlich. Selbstverständlich möchte ich nichts lieber, als dass Martins Leiche gefunden wird, damit … nun ja, damit man Gewissheit hat. Denken Sie …?«

»Ja?«

»Denken Sie an DNA oder so etwas?«

Er stopft den Notizblock in die Brusttasche seines Jacketts zurück und nickt. »Das ist natürlich eine denkbare Methode. Aber vielleicht gibt es in diesem Fall eine kleine Abkürzung.«

»Eine Abkürzung?«

Er steht auf. Schaut sich wieder leicht abschätzend im Zimmer um. »Von dieser Leiche in dem Bunker ist offenbar nicht mehr viel übrig. Weder vom Körper noch von den Kleidern. Aber ein kleiner Gegenstand ist trotz allem intakt geblieben. Vor zwei Stunden habe ich ihn auf meinen Schreibtisch bekommen.«

»Was denn?«

»Einen Autoschlüssel. Er hatte einen Autoschlüssel dabei, der den Ratten offenbar nicht gemundet hat … nun ja, verzeihen Sie. Anscheinend hat er ihn benutzt, um etwas in die Wand zu ritzen. Sagen Sie, das ist doch Ihr Audi, der draußen vor der Garage steht?«

Er ist zum Fenster gegangen, und ich sehe, dass er seinem Kollegen ein Zeichen gibt. Stensson.

»Kommen Sie, dann wollen wir mal sehen.«

Ich gehe zum Fenster und stelle mich neben ihn. Sehe, dass der junge Stensson, ein großer und gut gebauter Mann von dreißig Jahren, aus dem Wagen gestiegen ist, in dem er während des kleinen Gesprächs zwischen Kommissar Simonsson und mir gewartet hat.

Ich erkenne … ja, ich erkenne plötzlich und unzweifelhaft, dass ich an genau derselben Stelle stehe, an der ich an jenem Winterabend vor langer Zeit stand. Genauso kalt oder kälter als dieser; ich stehe hier neben Martin und betrachte seine Schwester, die mit ihrem heimlichen Geliebten zu unserem Haus heraufkommt. Unsere Kinder sind noch klein, und das ganze Leben liegt vor uns, uns stehen so viele wunderbare Möglichkeiten offen, so viele Tage, aber daran denken wir nicht; wir stehen hier nur, an derselben Stelle wie Kommissar Simonsson und ich siebenundzwanzig Jahre später, Martin und ich, und versuchen uns vorzustellen, wer dieser Mann mit den Halbschuhen und dem Pullover über dem Kopf sein könnte – und so schnell vergeht das Leben, denke ich, dass man immer noch am selben Fleck stehen kann und nicht merkt, dass alles längst zu spät ist. Jahrelang tritt man auf der Stelle und glaubt die ganze Zeit, man wäre irgendwohin unterwegs.

Und dann bin ich zurück und sehe, wie der junge Polizeibeamte die Fahrertür meines Wagens öffnet, den ich wie üblich nicht abgeschlossen habe, ich sehe, wie er sich ans Steuer setzt und uns fast ein wenig verlegen, will mir scheinen, zuwinkt – ehe er sich vorbeugt und einen Schlüssel ins Zündschloss steckt.

Die Ponys, denke ich. Die Fasane. *Der Schutz …*

Die Scheinwerfer leuchten auf, der Motor springt beim ersten Versuch an.

»Sieh einer an«, bemerkt Kommissar Simonsson und wendet sich mir zu. »Er ist angesprungen. Wie wollen Sie das erklären?«

Ich antworte nicht.

»Wissen Sie, ich denke, ich muss Sie bitten, uns zu begleiten, Frau Holinek, damit wir unser Gespräch an einem anderen Ort fortsetzen können.«

Ich sage nichts. Stehe da und betrachte mein Auto, das draußen in der Kälte immer noch läuft. Castor kommt und setzt sich neben mich. Mein Handy klingelt, ich weiß, wer es ist, brauche nicht erst nachzusehen.

»Ich muss nur kurz den Ofen ausschalten«, sage ich.

Anmerkung

Dieser Roman basiert auf den freien Fantasien des Autors. Dies gilt für schwedische Professoren und schmächtige Minister, es gilt für englische und amerikanische Schriftsteller, und es gilt für die Menschen im und rund um das Dorf Winsford in der Grafschaft Somerset, England. Die Umgebung und Atmosphäre von Exmoor werden jedoch in völliger Übereinstimmung mit der Wirklichkeit geschildert.

Die schwedische Originalausgabe erschien 2013 unter dem Titel »Levande och döda I Winsford« bei Albert Bonniers, Stockholm.

FSC
www.fsc.org
MIX
Papier aus verantwortungsvollen Quellen
FSC® C014496

Verlagsgruppe Random House FSC® N001967
Das für dieses Buch verwendete FSC®-zertifizierte Papier
Munken Premium liefert Arctic Paper Munkedals AB, Schweden.

1. Auflage

Satz: Uhl + Massooust, Aalen
Druck und Einband: GGP Media GmbH, Pößneck
Printed in Germany
ISBN 978-3-442-75449-6

www.btb-verlag.de